REI
DA
IRA

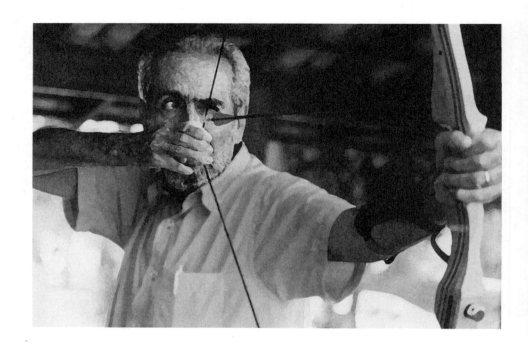

O Arqueiro

GERALDO JORDÃO PEREIRA (1938-2008) começou sua carreira aos 17 anos, quando foi trabalhar com seu pai, o célebre editor José Olympio, publicando obras marcantes como *O menino do dedo verde*, de Maurice Druon, e *Minha vida*, de Charles Chaplin.

Em 1976, fundou a Editora Salamandra com o propósito de formar uma nova geração de leitores e acabou criando um dos catálogos infantis mais premiados do Brasil. Em 1992, fugindo de sua linha editorial, lançou *Muitas vidas, muitos mestres*, de Brian Weiss, livro que deu origem à Editora Sextante.

Fã de histórias de suspense, Geraldo descobriu *O Código Da Vinci* antes mesmo de ele ser lançado nos Estados Unidos. A aposta em ficção, que não era o foco da Sextante, foi certeira: o título se transformou em um dos maiores fenômenos editoriais de todos os tempos.

Mas não foi só aos livros que se dedicou. Com seu desejo de ajudar o próximo, Geraldo desenvolveu diversos projetos sociais que se tornaram sua grande paixão.

Com a missão de publicar histórias empolgantes, tornar os livros cada vez mais acessíveis e despertar o amor pela leitura, a Editora Arqueiro é uma homenagem a esta figura extraordinária, capaz de enxergar mais além, mirar nas coisas verdadeiramente importantes e não perder o idealismo e a esperança diante dos desafios e contratempos da vida.

ANA HUANG

REI
DA
IRA

Título original: *King of Wrath*

Copyright © 2022, 2023 por Ana Huang
Copyright da tradução © 2023 por Editora Arqueiro Ltda.

Todos os direitos reservados. Nenhuma parte deste livro pode ser utilizada ou reproduzida sob quaisquer meios existentes sem autorização por escrito dos editores.

coordenação editorial: Gabriel Machado
produção editorial: Ana Sarah Maciel
tradução: Roberta Clapp
preparo de originais: Beatriz D'Oliveira
revisão: Pedro Staite e Rayana Faria
diagramação: Ana Paula Daudt Brandão
capa: Cat/TRC Designs
adaptação de capa: Natali Nabekura
impressão e acabamento: Associação Religiosa Imprensa da Fé

CIP-BRASIL. CATALOGAÇÃO NA PUBLICAÇÃO
SINDICATO NACIONAL DOS EDITORES DE LIVROS, RJ

H86r

Huang, Ana
 Rei da ira / Ana Huang ; tradução Roberta Clapp. – 1. ed. – São Paulo : Arqueiro, 2023.
 384 p. ; 23 cm. (Reis do pecado ; 1)

 Tradução de: King of wrath
 Continua com: Rei do orgulho
 ISBN 978-65-5565-562-9

 1. Ficção americana. I. Clapp, Roberta. II. Título. III. Série.

23-86060
CDD: 813
CDU: 82-3(73)

Meri Gleice Rodrigues de Souza – Bibliotecária – CRB-7/6439

Todos os direitos reservados, no Brasil, por
Editora Arqueiro Ltda.
Rua Artur de Azevedo, 1.767 – Conj. 177 – Pinheiros
05404-014 – São Paulo – SP
Tel.: (11) 2894-4987
E-mail: atendimento@editoraarqueiro.com.br
www.editoraarqueiro.com.br

A todos e todas que lutam pelas pessoas que amam – inclusive por elas mesmas

Playlist

"Empire State of Mind", Jay-Z e Alicia Keys
"Luxurious", Gwen Stefani
"Red", Taylor Swift
"Teeth", 5 Seconds of Summer
"Partition", Beyoncé
"Pretty Boy", Cavale
"All Mine", PLAZA
"Can't Help Falling in Love", Elvis Presley
"We Found Love", Rihanna
"Counting Stars", One Republic
"The Heart Wants What It Wants", Selena Gomez
"Stay", Rihanna

LINK DO SPOTIFY:

Nota sobre o conteúdo

Esta história possui conteúdo sexual explícito, palavrões, violência leve e temas que podem ser delicados para alguns leitores.

CAPÍTULO 1

Vivian

— EU NÃO ACREDITO QUE ELE VEIO. Ele nunca vai a esse tipo de evento, a não ser que o organizador seja algum amigo.

— Você viu que ele ultrapassou Arno Reinhart na lista de bilionários da *Forbes*? O coitado do Arnie estava no Jean-Georges quando soube. Quase teve um treco no meio do restaurante.

Os boatos começaram durante o evento anual de arrecadação de fundos para animais ameaçados de extinção, promovido pela Fundação Frederick pela Preservação da Vida Selvagem.

A suposta estrela do show naquele ano era a batuíra-melodiosa, um passarinho pequeno da cor da areia, mas nenhum dos duzentos convidados debatia o bem-estar da ave enquanto saboreava suas taças de Veuve Clicquot e seus cannolis de caviar.

— Ouvi dizer que a *villa* da família dele no lago de Como está passando por uma reforma de cem *milhões* de dólares. Para um lugar com séculos de idade, acho que já era hora mesmo.

Os cochichos cresciam em intensidade, acompanhados de olhares furtivos e um ou outro suspiro sonhador.

Não me virei para ver quem havia deixado tão exaltados os membros da alta sociedade de Manhattan, em geral impassíveis. Na verdade, não dava a mínima. Estava focada em certa herdeira de uma loja de departamentos que cambaleava sobre saltos altíssimos em direção à mesa de brindes. A herdeira olhou furtivamente ao redor antes de surrupiar uma das sacolinhas de presente personalizadas e enfiá-la na bolsa.

Assim que ela se afastou, avisei no minúsculo microfone do comunicador:
– Shannon, Código Rosa na mesa de brindes. Descobre de quem era a sacola que ela pegou e repõe.

Cada sacola continha mais de oito mil dólares em brindes, mas era mais fácil considerar a perda de parte do orçamento do evento a ter que confrontar a herdeira dos Denmans.

Pelo fone, ouvi minha assistente resmungar:
– Tilly Denman *de novo*? Ela poderia comprar tudo que está naquela mesa e ainda teria *milhões*!

– Sim, mas não é pelo dinheiro. É pela adrenalina. Vai lá. Amanhã eu compro aquele doce de banana da Magnolia Bakery para você, para compensar a árdua tarefa de substituir a sacolinha. E, pelo amor de Deus, descobre onde a Penelope se meteu. Ela deveria estar cuidando da estação de presentes.

– Rá, rá – fez Shannon, obviamente percebendo meu sarcasmo. – Tá bem. Vou lá verificar os brindes e depois procurar a Penelope, mas quero *um quilo de doce* amanhã.

Enquanto ela ia repor os brindes, dei uma circulada pelo salão, de olho em outros possíveis incêndios, fossem grandes ou pequenos.

Quando entrei nesse ramo, parecia estranho produzir eventos aos quais antes eu iria como convidada. Mas com os anos fui me acostumando, e o que recebia me permitia certo grau de independência dos meus pais.

Aquele dinheiro não vinha da minha família nem de uma herança. Eu o havia ganhado com meu trabalho honesto, como promotora de eventos de luxo em Nova York.

Eu adorava o desafio de criar eventos incríveis do zero e gente rica sempre gostava de coisas bonitas. Todo mundo saía ganhando.

Estava verificando o sistema de som para o discurso que haveria mais tarde quando Shannon chegou correndo.

– Vivian! Você não me falou que ele estava aqui! – disse ela entre dentes.
– Ele quem?
– *Dante Russo.*

Na mesma hora esqueci qualquer coisa envolvendo sacolinhas de brinde e testes de som.

Me virei subitamente para Shannon. Seus olhos brilhavam e suas faces estavam coradas.

– Dante Russo? – Meu coração disparou sem motivo aparente. – Mas ele não confirmou presença.

– Bem, ele não é o tipo de pessoa que precisa confirmar presença em eventos. – Ela praticamente vibrava de empolgação. – Não acredito que ele veio. As pessoas vão falar disso por *semanas*.

Os cochichos que eu vinha notando de repente fizeram sentido.

Dante Russo, o enigmático CEO do Russo Group, um conglomerado de empresas de artigos de luxo, comparecia a raros eventos que não fossem promovidos por ele próprio, por um amigo próximo ou por algum importante parceiro de negócios. A Fundação Frederick pela Preservação da Vida Selvagem não se enquadrava em nenhuma dessas categorias.

Ele também era um dos homens mais ricos e, consequentemente, mais observados de Nova York.

Shannon tinha razão: as pessoas comentariam sua presença naquele evento por semanas, talvez até meses.

– Ótimo – falei, tentando controlar meus batimentos cardíacos. – Talvez isso traga mais conscientização para a questão da batuíra-melodiosa.

– Vivian, ninguém se importa com a... – Shannon parou de súbito, olhou ao redor e baixou a voz antes de continuar: – *Ninguém se importa de verdade* com as batuíras. Eu fico mal por elas estarem correndo risco de extinção, mas vamos ser sinceras: as pessoas só estão aqui pelo evento.

Mais uma vez, ela tinha razão. No entanto, independentemente do motivo, os convidados arrecadavam dinheiro para uma boa causa e os eventos me mantinham em atividade.

– O verdadeiro assunto da noite é como Dante é gato – continuou Shannon. – Nunca vi um homem ficar tão bem de smoking.

– Você tem namorado, Shan.

– E daí? A gente pode admirar a beleza de outras pessoas.

– Pois eu acho que você já *admirou* bastante. Estamos aqui para trabalhar, não para ficar babando nos convidados. – Comecei a conduzi-la para a mesa de sobremesas. – Você pode trazer mais tarteletes? Estão quase acabando.

– Estraga-prazeres – resmungou ela, mas obedeceu.

Tentei me concentrar novamente no sistema de som, mas foi impossível não esquadrinhar o salão em busca do convidado-surpresa da noite. Meu olhar passou pelo DJ e pelo display em 3-D da batuíra e pousou na aglomeração perto da entrada.

Era tanta gente que não dava para ver muita coisa, mas apostaria todo o saldo da minha conta bancária que Dante era o centro de toda aquela atenção.

Minhas suspeitas foram confirmadas quando a multidão se moveu um pouco, revelando um vislumbre de cabelos pretos e ombros largos.

Senti um arrepio na espinha.

Meu círculo social esbarrava no de Dante, mas nunca tínhamos sido apresentados oficialmente. E, considerando tudo que já ouvira falar sobre ele, não fazia a menor questão de mudar isso.

Mas sua presença era magnética. Mesmo dali, do outro lado do salão, eu sentia a atração que ele exercia.

Uma vibração insistente em meu quadril acabou com o formigamento que percorria minha pele e desviou minha atenção do fã-clube de Dante. Senti o estômago revirar quando peguei meu celular pessoal na bolsa e vi o nome na tela.

Eu não deveria atender ligações pessoais no meio de um evento de trabalho, mas não podia simplesmente ignorar Francis Lau.

Após conferir se não havia alguma emergência exigindo minha atenção imediata na festa, entrei no banheiro mais próximo.

– Oi, pai.

Eu tinha deixado de chamá-lo de "papai" ainda criança, depois que sua joalheria, a Lau Jewels, decolou e nos mudamos do nosso apertado apartamento de dois quartos para uma mansão em Beacon Hill. Ele fez questão de ser chamado de pai, pois, aparentemente, soava mais "sofisticado".

Sua voz grave retumbou do outro lado da linha:

– Onde você está? Por que todo esse eco?

– Estou trabalhando. Entrei no banheiro para te atender. – Apoiei o quadril na bancada da pia e me senti no dever de acrescentar: – É uma arrecadação de fundos para a batuíra-melodiosa, que está ameaçada de extinção.

Sorri ao ouvir o suspiro pesado que ele deu. Meu pai tinha pouca paciência para os motivos obscuros que as pessoas davam como desculpa para festejar, embora ele também participasse desses eventos e doasse dinheiro. Era o certo a fazer.

– Todo dia eu fico sabendo de mais um animal entrando em extinção – resmungou ele. – Sua mãe está em um comitê de arrecadação de fundos para um peixe aí qualquer, como se a gente não comesse frutos do mar toda semana.

Minha mãe, ex-esteticista, agora era uma socialite profissional e membro de um comitê de caridade.

– Já que você está trabalhando, vou ser breve – continuou meu pai. – Gostaríamos que você jantasse com a gente na sexta-feira. Temos notícias importantes.

Apesar da escolha de palavras, aquilo não era um pedido.

Meu sorriso desapareceu.

– *Nesta* sexta?

Era terça-feira e eu morava em Nova York, a mais de trezentos quilômetros da casa dos meus pais em Boston. Era um pedido de última hora, mesmo para os padrões deles.

– Sim. – Ele não entrou em detalhes. – O jantar é às sete em ponto. Não se atrase.

Ele desligou.

Fiquei um tempo paralisada, o celular grudado na orelha. O aparelho escorregou pela palma da minha mão úmida de suor e quase caiu no chão antes que eu o colocasse de volta na bolsa.

Engraçado como uma simples frase podia me lançar numa espiral de ansiedade.

Temos notícias importantes.

Será que tinha acontecido alguma coisa com a empresa? Alguém estava doente ou morrendo? Será que meus pais estavam vendendo a casa e se mudando para Nova York, como uma vez ameaçaram fazer?

Milhares de perguntas e possibilidades passaram pela minha cabeça.

Eu não tinha uma resposta, mas de uma coisa eu sabia: uma convocação urgente à mansão dos Laus nunca era um bom presságio.

CAPÍTULO 2

Vivian

A SALA DE ESTAR DOS MEUS PAIS parecia saída de uma revista de arquitetura. Sofás capitonê alinhados perfeitamente a mesas de madeira entalhada e jogos de chá de porcelana disputando espaço com pequenos itens de valor inestimável. Até o ar tinha um cheiro frio e impessoal, como de um aromatizador caríssimo e genérico.

Algumas pessoas têm casas; meus pais tinham um showroom.

– Sua pele está tão opaca – comentou minha mãe, me examinando com um olhar crítico. – Você está em dia com os procedimentos?

Ela estava sentada à minha frente, uma luminosidade perolada no rosto.

– Estou, mãe.

Minhas bochechas doíam de sustentar a polidez forçada do sorriso.

Fazia apenas dez minutos que eu pisara na casa onde passei a infância e já tinha recebido críticas por meu cabelo (bagunçado demais), minhas unhas (compridas demais) e, agora, minha pele.

Apenas mais uma noite na mansão dos Laus.

– Ótimo. Você não pode se descuidar, lembre-se disso – comentou minha mãe. – Ainda não é casada.

Contive um suspiro. *Lá vamos nós de novo.*

Apesar de minha próspera carreira em Manhattan, onde o mercado de produção de eventos era mais impiedoso do que um saldão com peças-piloto de estilistas famosos, meus pais viviam obcecados com o fato de eu não ter namorado e, portanto, nenhuma perspectiva de casamento.

Eles toleravam meu trabalho porque não fazer nada já estava fora de moda entre as herdeiras, mas *salivavam* por um genro, alguém que pudesse elevar sua posição nos círculos da elite tradicional.

Éramos ricos, mas nunca seríamos considerados *old money*. Não nesta geração.

– Eu ainda sou jovem – respondi pacientemente. – Tenho bastante tempo para conhecer alguém.

Eu tinha só 28 anos, mas meus pais agiam como se eu fosse murchar e virar uma anciã decrépita no primeiro segundo após a meia-noite do meu trigésimo aniversário.

– Você está com quase 30 – argumentou minha mãe. – O tempo está passando e você *precisa* pensar em se casar e ter filhos. Quanto mais espera, menos opções tem.

– Eu *estou* pensando nisso. – *Pensando no ano de liberdade que ainda tenho à frente antes de ser forçada a me casar com um banqueiro qualquer com algarismos romanos depois do sobrenome.* – Quanto ao tempo, é para isso que servem o botox e as cirurgias plásticas.

Se minha irmã estivesse ali, teria dado risada. Como não estava, minha piada foi mais sem graça do que um suflê de chuchu.

Minha mãe não gostou.

Ao lado dela, as sobrancelhas grossas e grisalhas de meu pai formaram um severo V acima do nariz.

Aos 60 anos, em forma e ativo, Francis Lau realmente parecia um homem que construíra sozinho sua fortuna. Ao longo de três décadas, havia expandido a Lau Jewels: antes um pequeno negócio familiar, agora era uma gigante multinacional. Um olhar silencioso dele bastava para que eu me encolhesse no sofá.

– Toda vez que falamos em casamento você faz piada – disse meu pai, num tom de nítida reprovação. – Casamento *não é* brincadeira, Vivian. É um assunto importante para a nossa família. Veja a sua irmã. Graças a ela, agora estamos vinculados à família real de Eldorra.

Cerrei os dentes com força.

Minha irmã se casara com um conde eldorrano que era primo distante da rainha. Nosso "vínculo" com a família real do pequeno reino europeu era um exagero, mas, aos olhos do meu pai, um título aristocrático era um título aristocrático.

– Eu sei que não é piada – respondi, pegando minha xícara de chá para ter algo com que ocupar as mãos. – Mas também não preciso pensar nisso *agora*. Estou conhecendo pessoas. Explorando as possibilidades. Tem muitos homens solteiros em Nova York, eu só preciso encontrar o cara certo.

Deixei de fora uma ressalva: há muitos homens solteiros em Nova York, mas as opções de homens solteiros heterossexuais e confiáveis que não fossem babacas nem perturbadoramente esquisitos eram muito menores.

O último cara com quem eu saíra havia tentado me levar a uma sessão espírita para entrar em contato com sua mãe falecida de modo que ela pudesse "me conhecer e dar sua aprovação". Não preciso nem dizer que nunca mais o vi.

Mas meus pais não precisavam saber disso. Para eles, eu estava saindo a torto e a direito com belos rapazes nascidos em berço de ouro.

– Nós te demos bastante tempo para encontrar um companheiro adequado nos últimos dois anos – disse meu pai, que não parecia impressionado com meu discurso. – Você não teve um único namoro sério desde o último... *relacionamento*. Está claro que não sente a mesma urgência que nós, e foi por isso que assumi as rédeas desse assunto.

Minha xícara de chá parou a meio caminho da boca.

– O que isso significa?

Achava que a notícia importante a que ele havia se referido tinha a ver com minha irmã ou com a empresa. Mas e se...

Senti meu sangue gelar.

Não. Não pode ser.

– Significa que encontrei um pretendente adequado para você. – Meu pai soltou a bomba praticamente sem qualquer aviso ou emoção visível. – Não posso dizer que tenha sido fácil, mas enfim consegui finalizar o acordo.

Encontrei um pretendente adequado para você.

Os fragmentos da fala dele explodiram em meu peito e quase tiraram minha compostura.

Pousei a xícara de chá de volta no pires com estrépito, e minha mãe me olhou com ar de reprovação.

Pela primeira vez, eu estava ocupada demais processando tudo aquilo para me preocupar com ela.

Casamentos arranjados eram uma prática comum em nosso mundo de grandes negócios e jogos de poder, em que o matrimônio não era um gesto romântico, mas uma questão de aliança. Meus pais casaram minha irmã por um título e eu sabia que minha vez estava chegando. Só não esperava que fosse tão... *cedo*.

Uma mistura amarga de choque e pavor desceu pela minha garganta. Esperava-se que eu assinasse um contrato vitalício que meu pai conseguira com alguma dificuldade.

Exatamente o que toda mulher quer ouvir.

– Deixamos você enrolar por tempo demais, e esse arranjo será extremamente benéfico para nós – prosseguiu ele. – Tenho certeza de que você vai concordar assim que conhecê-lo no jantar.

A mistura se transformou em veneno e devorou minhas entranhas.

– Jantar? Está falando do jantar *de hoje*? – Minha voz soou distante e estranha, como se eu a estivesse ouvindo em um pesadelo. – Por que não me contou antes?

Ser emboscada pela notícia de um casamento arranjado já era bem ruim. Conhecer meu futuro noivo sem um único segundo de preparação era cem vezes pior.

Não era de admirar que minha mãe estivesse sendo ainda mais crítica do que o normal. Ela esperava seu futuro genro como convidado.

Senti o estômago revirar, e a possibilidade de expelir seu conteúdo por todo o valioso tapete persa de minha mãe chegou bem perto de se concretizar.

Tudo aquilo estava acontecendo rápido demais. A convocação para o jantar, a notícia de um noivado, o encontro iminente com meu pretendente – minha cabeça girava tentando acompanhar.

– Ele não tinha confirmado até hoje cedo, devido a... questões de agenda – disse meu pai, alisando a camisa. – Você vai ter que conhecê-lo em algum momento. Não importa se é hoje, daqui a uma semana ou daqui a um mês.

Na verdade, importa, sim. Há uma diferença entre estar mentalmente preparada para conhecer meu noivo e alguém atirá-lo na minha cara sem aviso prévio.

A resposta fervia em mim, destinada a nunca explodir. Responder era estritamente proibido na casa dos Laus. Eu vivia de acordo com as regras da família mesmo depois de adulta, e a desobediência sempre foi recebida com uma punição rápida e palavras duras.

– Queremos que as coisas andem o mais rápido possível – interveio minha mãe. – Planejar um casamento do jeito certo leva tempo, e seu noivo é, humm, meticuloso com os detalhes.

Engraçado como ela já se referia ao sujeito como meu noivo quando eu ainda nem sequer o conhecia.

– No ano passado, ele foi eleito pela *Mode de Vie* um dos solteiros com menos de 40 anos mais cobiçados do mundo. Rico, bonito, poderoso. Sinceramente, seu pai se superou. – Minha mãe deu um tapinha no braço dele, o rosto radiante.

Eu não a via tão animada desde que conseguira uma vaga no comitê de planejamento do leilão de vinhos da Boston Society, no ano anterior.

– Que… maravilha. – Meu sorriso vacilou diante do esforço de se manter intacto.

Ao que tudo indicava, pelo menos meu pretendente tinha todos os dentes. Não duvidaria que meus pais me casassem com algum bilionário decrépito em seu leito de morte. Dinheiro e status vinham primeiro, enquanto todo o resto ocupava um distante segundo lugar.

Respirei fundo e torci para que minha mente não espiralasse rumo *àquele* caminho específico.

Recomponha-se, Viv.

Por mais chateada que estivesse com meus pais por terem me bombardeado com a notícia, eu poderia surtar mais tarde, depois que a noite terminasse. Não era como se tivesse a opção de dizer não para aquele encontro. Meus pais me deserdariam.

Além disso, meu futuro marido – meu estômago revirou mais uma vez – chegaria a qualquer minuto, e eu não queria fazer uma cena.

Sequei as mãos nas coxas. Minha cabeça girava, mas me agarrei à máscara que sempre usava em casa. *Tranquila. Calma. Respeitável.*

– Bem – disse, contendo o mal-estar e forçando um tom leve –, será que o Sr. Perfeito tem nome ou é conhecido apenas pelo patrimônio?

Não me lembrava de todos na lista da *Mode de Vie*, mas as pessoas de quem me lembrava não inspiravam muita confiança. Se ele…

– Pelo patrimônio, por desconhecidos. Amigos e familiares me chamam pelo nome.

Minha coluna enrijeceu diante do som da voz grave e inesperada atrás de mim. Estava tão próxima que *senti* o ressoar das palavras nas minhas costas, escorrendo feito mel aquecido pelo sol – uma voz intensa e sensual, com um leve sotaque italiano que fez cada uma de minhas terminações nervosas formigar de prazer.

Um calor se espalhou sob minha pele.

– Ah, aí está você. – Meu pai se levantou, um brilho estranhamente triunfante nos olhos. – Agradeço por aceitar meu convite de última hora.

– Como eu poderia perder a oportunidade de conhecer sua adorável filha?

Uma pitada de escárnio maculou a palavra *adorável* e imediatamente exterminou qualquer atração que senti por aquela voz.

Uma pedra de gelo apagou o calor em minhas veias.

Pelo visto, nada de Sr. Perfeito.

Já tinha aprendido a confiar em meu instinto em relação a pessoas, e ele me dizia que o dono da voz estava tão empolgado com aquele jantar quanto eu.

– Vivian, venha cumprimentar o nosso convidado. – Se minha mãe sorrisse mais, seu rosto se partiria ao meio.

Fiquei quase esperando que ela apoiasse a bochecha na mão e suspirasse como uma colegial apaixonada e sonhadora.

Afastei aquela imagem perturbadora da minha mente antes de erguer o queixo.

Me levantei.

Me virei.

E todo o ar que havia em meus pulmões sumiu.

Cabelo preto e grosso. Pele bronzeada. Um nariz levemente torto que realçava seu charme grosseiramente masculino em vez de diminuí-lo.

Meu futuro marido era um monumento em um terno. Não era bonito de um jeito convencional, mas era tão forte e atraente que sua presença engolia cada molécula de oxigênio da sala, como um buraco negro consumindo uma estrela recém-nascida.

Havia homens bonitos de um jeito genérico, e havia *ele*.

E, ao contrário de sua voz, seu rosto era ilustremente reconhecível.

Meu coração se apertou por causa do choque.

Impossível. Não tinha como ele ser meu noivo arranjado. Só podia ser uma piada.

– Vivian. – Dizendo apenas meu nome, minha mãe me deu uma bronca disfarçada.

Certo. Jantar. Noivo. Encontro.

Tentei me livrar do estupor e esbocei um sorriso tenso, mas educado.

– Sou Vivian Lau. É um prazer conhecê-lo.

Estendi a mão.

Um segundo se passou antes que ele a apertasse. Uma força quente envolveu a palma da minha mão e enviou uma descarga elétrica pelo meu braço.

– Foi o que concluí, pelas várias vezes que sua mãe disse seu nome.

Sua fala arrastada fez o comentário parecer uma piada; a dureza em seus olhos me disse que não havia humor algum naquilo.

– Dante Russo. O prazer é todo meu.

Lá estava o escárnio novamente, sutil, mas lancinante.

Dante Russo.

CEO do Russo Group, lenda da Fortune 500, o homem que havia criado um imenso burburinho na festa da Fundação Frederick pela Preservação da Vida Selvagem três noites antes. Ele não era apenas um bom partido; ele era *o* bom partido. O bilionário inalcançável que todas as mulheres queriam e nenhuma conseguia.

Ele tinha 36 anos, era notoriamente casado com o trabalho e até aquele momento não havia demonstrado nenhuma intenção de abrir mão de seu estilo de vida de solteiro.

Por que então Dante Russo concordaria com um casamento arranjado?

– Eu poderia me apresentar pelo meu patrimônio – disse ele. – Mas seria indelicado categorizar você como uma desconhecida, levando em consideração o propósito do jantar desta noite.

Seu sorriso não continha um pingo de calor.

Minhas bochechas esquentaram ao lembrar que ele ouvira minha piada. Não tinha sido maldosa, mas falar sobre o patrimônio de outras pessoas era considerado grosseiro, embora todo mundo o fizesse em particular.

– É muito gentil da sua parte. – Minha resposta fria mascarou meu constrangimento. – Não se preocupe, Sr. Russo, se eu quisesse saber o valor do seu patrimônio, poderia pesquisar no Google. Tenho certeza de que a informação vai estar tão prontamente disponível quanto as histórias envolvendo seu famoso charme.

Uma faísca brilhou em seus olhos, mas ele não mordeu minha isca. Nós nos encaramos por um intenso segundo antes de ele soltar minha mão e percorrer meu corpo com um olhar clínico e desinteressado.

Minha mão formigava de calor, mas uma frieza correu por todas as outras partes do meu corpo, como a indiferença de um deus diante de um mortal.

Fiquei tensa outra vez sob a análise de Dante, de repente hiperconsciente de meu tailleur de tweed aprovado por Cecelia Lau, dos brincos de pérola e dos sapatos de salto baixo. Tinha trocado até meu batom vermelho favorito pela cor neutra que ela preferia. Aquele era o uniforme que usava para visitar meus pais e, a julgar pela maneira como os lábios de Dante se contraíram, ele não estava nem um pouco impressionado.

Um misto de nervosismo e irritação revirou meu estômago quando aqueles olhos escuros e implacáveis reencontraram os meus.

Tínhamos trocado apenas meia dúzia de palavras, mas eu já tinha certeza de duas coisas.

A primeira era que Dante ia ser meu noivo.

E a segunda era que havia a possibilidade de nos matarmos antes mesmo de chegarmos ao altar.

CAPÍTULO 3

Dante

— O CASAMENTO SERÁ DAQUI A SEIS MESES — disse Francis. — É tempo suficiente para planejar uma festa adequada sem prolongar muito a situação. Mas o anúncio precisa ser feito imediatamente.

Ele sorriu, sem mostrar qualquer sinal do veneno escondido sob o tom e a expressão cordiais.

Tínhamos passado para a sala de jantar logo após a minha chegada, e a conversa mudou de curso rapidamente, concentrando-se no planejamento do matrimônio.

Fui invadido por um sentimento de aversão. Era óbvio que ele queria que o mundo inteiro soubesse que sua filha se casaria com um Russo o mais rápido possível.

Homens como Francis eram capazes de qualquer coisa para ascender socialmente, inclusive de reunir coragem para me chantagear dentro do *meu* escritório, duas semanas atrás, logo após a morte do meu avô.

A fúria voltou a queimar meu peito. Se dependesse de mim, ele não teria deixado Nova York com os ossos intactos. Infelizmente, eu estava de mãos atadas e, até encontrar uma maneira de *desatá-las*, precisava bancar o bonzinho.

Na maioria das vezes.

— Não, seis meses, não. — Segurei a haste da minha taça de vinho e me imaginei estrangulando o pescoço de Francis. — Se eu me casar com alguém assim, do nada, as pessoas vão pensar que há algo errado.

Por exemplo, que sua filha está grávida. A insinuação deixou todo mundo desconfortável, enquanto eu mantive o rosto sem expressão e a voz entediada.

Não é da minha natureza ficar me controlando. Se não gosto de alguém, faço questão de que a pessoa saiba, mas circunstâncias extraordinárias exigiam medidas extraordinárias.

Francis contraiu os lábios.

– O que você sugere, então?

– Um ano é um prazo mais razoável.

Nunca seria melhor, mas, infelizmente, não era uma opção. Um ano estava bom. Era um período curto o suficiente para garantir que Francis aceitasse e longo o suficiente para eu encontrar e destruir as provas da chantagem. Se eu tivesse sorte.

– O anúncio também deve vir só mais para a frente – falei. – Um mês nos dá tempo para elaborar uma boa história, considerando que sua filha e eu nunca fomos vistos juntos em público.

– Não precisamos de um mês para inventar uma história – disparou Francis.

Embora casamentos arranjados fossem comuns na alta sociedade, as partes envolvidas faziam de tudo para esconder o verdadeiro motivo por trás do acordo. Admitir que a família de alguém se unira a outra simplesmente por questões de status era considerado vulgar.

– Duas semanas – disse ele. – Faremos o anúncio no fim de semana que Vivian vai se mudar para a sua casa.

Senti meu maxilar contrair. Ao meu lado, Vivian ficou tensa, claramente pega de surpresa pela revelação de que teria que se mudar antes do casamento. Aquela era uma das condições impostas por Francis para ficar de boca calada, e eu já estava temendo a situação. Odeio pessoas invadindo meu espaço pessoal.

– Tenho certeza de que a sua família também iria gostar que o anúncio fosse feito o quanto antes – prosseguiu ele, enfatizando levemente a palavra *família*. – Não acha?

Mantive os olhos cravados nos de Francis, que desviou o olhar.

– Duas semanas, então.

A data do anúncio não importava. Eu simplesmente queria dificultar ao máximo o planejamento.

O que importava era a data do casamento.

Um ano.

Um ano para destruir as fotos e romper o noivado. Seria um grande escândalo, mas minha reputação aguentaria o tranco. A dos Laus, não.

Pela primeira vez naquela noite, eu sorri.

Francis pigarreou.

– Muito bem. Faremos juntos o rascunho do...

– Eu farei o rascunho do anúncio. Próximo ponto.

Ignorei o jeito como ele me olhou e tomei outro gole de merlot.

A conversa evoluiu para uma série de assuntos monótonos, como convites, flores e um milhão de outras coisas para as quais eu não dava a mínima.

Uma raiva inquieta se agitava sob minha pele enquanto eu fingia ouvir Francis e sua esposa.

Em vez de trabalhar no acordo com a Santeri ou relaxar no Valhalla Club, estava preso ali alimentando as bobagens daquela gente em uma noite de sexta-feira.

Ao meu lado, Vivian comia calada, perdida em pensamentos. Depois de vários minutos de um silêncio tenso, ela finalmente se manifestou:

– Como foi a viagem?

– Boa.

– Obrigada por ter arrumado um tempo para vir até aqui quando poderíamos ter nos encontrado em Nova York. Imagino que você seja muito ocupado.

Cortei um pedaço de carne e o levei à boca.

O olhar de Vivian abria um buraco em minha bochecha enquanto eu mastigava lentamente.

– Também ouvi dizer que quanto mais zeros a pessoa tem na conta bancária, menos palavras ela é capaz de falar. – Sua voz enganosamente agradável soou bem afiada. – Você está provando que o boato é verdadeiro.

– Pensei que uma herdeira da alta classe como você saberia que não se deve falar de dinheiro na companhia de pessoas educadas.

– De pessoas *educadas*.

A sombra de um sorriso perpassou minha boca.

Em circunstâncias normais, eu talvez até gostasse de Vivian. Ela era linda e surpreendentemente espirituosa, com olhos castanhos inteligentes e o tipo de estrutura óssea naturalmente refinada que nenhum dinheiro podia comprar. Mas, com as pérolas e o terninho Chanel de tweed, ela parecia uma cópia da mãe e de todas as outras herdeiras reprimidas que só se importavam com o status social.

Além disso, era filha de Francis. Não era culpa dela ter aquele desgraçado como pai, mas eu não dava a mínima. Nenhum grau de beleza poderia apagar essa mácula em seu histórico.

– Não é *educado* falar com um convidado desse jeito – zombei baixinho. Peguei o sal. A manga da minha camisa roçou em seu braço e ela ficou visivelmente tensa. – O que seus pais diriam?

Em menos de uma hora de encontro eu já havia decodificado as fraquezas de Vivian. Perfeccionismo, submissão, uma necessidade desesperada de receber a aprovação dos pais.

Chata, chata, chata.

Os olhos dela se estreitaram.

– Eles diriam que os *convidados* devem seguir as regras de cortesia tanto quanto o anfitrião, inclusive fazendo um esforço para manter uma conversa educada.

– Ah, é? As cortesias incluem se vestir como se você tivesse saído de uma fábrica de esposas da Quinta Avenida? – falei, lançando um olhar para o terninho e as pérolas.

Nunca dei a mínima se pessoas como Cecelia usavam roupas como aquela, mas Vivian parecia tão deslocada naqueles trajes quanto um diamante em um saco de juta. Isso me irritava sem nenhum motivo razoável.

– Não, mas certamente *não* incluem estragar um jantar bom como esse com falta de educação – disse Vivian friamente. – Você deveria comprar boas maneiras para combinar com seu terno, Sr. Russo. Como CEO de artigos de luxo, sabe melhor do que ninguém como um acessório feio pode arruinar todo o estilo.

Outro sorriso, ainda fraco, porém mais sólido.

Não é tão chata assim, afinal.

No entanto, os vestígios de diversão se desvaneceram feito fumaça no momento em que a mãe dela se meteu em nossa conversa.

– Dante, é verdade que todos os Russos se casam na propriedade da família, no lago de Como? Ouvi dizer que as reformas serão concluídas no próximo verão, antes do casamento.

Meus músculos se contraíram e meu sorriso desapareceu. Encarei a expressão ansiosa de Cecelia.

– Sim – respondi num tom cortante. – Todos os casamentos dos Russos são realizados na Villa Serafina desde o século XVIII.

Meu ta ta ta tataravô construiu a *villa* e deu a ela o nome da esposa. Minha família tem raízes na Sicília, mas posteriormente migrou para Veneza e fez fortuna no comércio de tecidos de luxo. Quando o boom comercial de Veneza chegou ao fim, eles haviam diversificado o suficiente para manter suas riquezas, que usaram para adquirir propriedades em toda a Europa.

Naquele momento, séculos depois, havia parentes meus espalhados pelo mundo inteiro (Estados Unidos, Itália, Suíça, França), mas a Villa Serafina continuava sendo a mais amada de todas as propriedades da família. Prefiro me afogar no Mediterrâneo a maculá-la com a farsa que será esse casamento.

Minha raiva voltou com tudo.

– Que maravilha! – exclamou Cecelia, sorridente. – Ah, eu estou tão feliz que em breve você fará parte da família. Você e Vivian são *perfeitos* um para o outro. Sabe, ela fala seis idiomas, toca piano e violino e...

– Com licença. – Afastei a cadeira da mesa, interrompendo Cecelia no meio da frase. Os pés rasparam o chão, fazendo um ruído satisfatoriamente esganiçado. – Necessidades fisiológicas.

O silêncio retumbou após aquela grosseria chocante.

Não esperei por resposta antes de me retirar da sala de jantar, deixando para trás Francis, furioso, Cecelia, visivelmente frustrada, e Vivian, que tinha o rosto todo vermelho.

Minha raiva era como uma ardência inquieta sob a pele, mas esfriava a cada passo, à medida que me afastava deles.

Já executei vinganças imediatas com pessoas que me irritaram. Dane-se que a vingança é um prato que se come frio; meu lema sempre foi atacar depressa, com força e precisão.

O mundo se move rápido demais para que eu não o acompanhe. Eu lidava com o problema com severidade suficiente para garantir que não haveria outros no futuro e seguia em frente.

Resolver a situação de Lau, por outro lado, exigia paciência. Era uma virtude com a qual eu não estava familiarizado e que me incomodava como um terno mal-ajustado.

O eco dos meus passos desapareceu quando o piso de mármore deu lugar ao carpete. Já havia visitado uma quantidade suficiente de mansões com plantas semelhantes para adivinhar onde ficava o banheiro, mas o ignorei, indo em direção à pesada porta de mogno no final do corredor.

Um giro da maçaneta revelou um escritório inspirado em uma biblioteca inglesa. Painéis de madeira, móveis estofados de couro, detalhes em verde-floresta.

O santuário particular de Francis.

Ao menos não tinha a assombrosa quantidade de enfeites dourados do restante da casa. Meus olhos estavam começando a doer.

Deixei a porta aberta e fui até a mesa a passos lentos. Se Francis tivesse algum problema comigo bisbilhotando seu escritório, que ficasse à vontade para me confrontar.

Ele não era burro a ponto de deixar as fotos atrás de uma porta destrancada sabendo que eu estaria ali naquela noite. Mesmo que as fotos *estivessem* ali, ele teria um backup em algum outro local.

Me instalei em sua cadeira, peguei um charuto cubano da caixa que ficava na gaveta e o acendi enquanto examinava o cômodo. Minha raiva deu lugar a especulações.

Fiquei tentado pela tela escura do computador, mas a tarefa de hackear tinha sido delegada a Christian, que já estava rastreando as cópias digitais das imagens. Passei para uma foto emoldurada de Francis com a família nos Hamptons. Conforme o que havia pesquisado, eles tinham uma casa de veraneio em Bridgehampton, e eu apostaria meu recém-adquirido Renoir que ele mantinha pelo menos parte das evidências por lá.

Onde mais...

– O que você está fazendo?

A fumaça do charuto obscureceu o rosto de Vivian, mas sua desaprovação ecoava com limpidez.

Até que foi rápido. Eu esperava no mínimo mais uns cinco minutos até que seus pais a obrigassem a ir atrás de mim.

– Uma pausa para fumar. – Dei outro trago preguiçoso.

Não gosto de charuto, mas me permito um Cohiba de vez em quando. Pelo menos Francis tinha bom gosto para tabaco.

– No escritório do meu pai?

– É claro.

Uma satisfação sombria preencheu meu peito quando a fumaça se dissolveu, revelando a testa franzida de Vivian.

Finalmente. Alguma demonstração de emoção.

Estava começando a achar que passaria o resto daquele noivado ridículo preso a um robô.

Ela cruzou a sala, arrancou o charuto da minha mão e o jogou no copo com água pela metade que estava sobre a escrivaninha, sem tirar os olhos dos meus.

– Entendo que você esteja acostumado a fazer o que quer, mas é extremamente grosseiro se retirar durante um jantar e fumar no escritório do seu anfitrião. – A tensão marcava suas feições elegantes. – Por favor, volte à sala de jantar. Sua comida está esfriando.

– Isso é problema meu, não seu – respondi, me inclinando para trás. – Por que não faz uma pausa comigo? Garanto que vai ser bem mais agradável do que ficar ouvindo sua mãe falar sobre arranjos de flores.

– Com base nas nossas interações até agora, eu duvido muito – retrucou ela.

Observei, entretido, o momento em que ela respirou fundo e soltou o ar em um suspiro longo e controlado.

– Eu não entendo o que você está fazendo aqui – disse Vivian, agora mais calma. – É óbvio que está insatisfeito com esse arranjo, não precisa do dinheiro nem da conexão com a minha família e pode ter a mulher que quiser.

– Posso? – perguntei, com a voz arrastada. – E se eu quiser você?

Ela hesitou.

– Você não me quer.

– Você se dá muito pouco valor.

Eu me levantei e dei a volta na mesa, parando tão perto que notei uma veia pulsando no pescoço dela. Pulsaria mais rápido se eu enrolasse seu cabelo em meu punho e puxasse sua cabeça para trás? Se eu a beijasse até deixar seus lábios inchados e levantasse sua saia até que ela me implorasse para que eu a comesse?

Senti um calor correr pela minha virilha. Não estava realmente interessado em transar com ela, mas Vivian era tão formal e correta que era como se implorasse para ser corrompida.

O silêncio era ensurdecedor quando levantei a mão e passei o polegar por seu lábio inferior. A respiração de Vivian ficou mais curta, mas ela não se afastou. Ela me encarou, os olhos desafiadores enquanto eu explorava com calma a exuberante curva de sua boca. Lábios grossos, suaves e perturbadoramente tentadores em comparação com a rígida formalidade do resto de sua aparência.

– Você é uma mulher bonita – falei, preguiçosamente. – Talvez eu tenha visto você em algum evento e ficado tão apaixonado que pedi a sua mão em casamento para o seu pai.

– Não sei por quê, mas eu duvido muito. – A respiração dela soprou sobre a minha pele. – Que tipo de acordo você fez com meu pai?

A lembrança do acordo arruinou a sensualidade do momento.

Meu polegar parou no meio de seu lábio inferior, então baixei a mão, xingando baixinho. Minha pele formigava com o calor da lembrança da maciez dela.

Eu odiava Francis pela chantagem, mas odiava Vivian por ser um fantoche do pai, então por que estava flertando com ela no escritório dele?

– Você deveria fazer essa pergunta ao seu querido pai. – Meu sorriso cortou meu rosto, cruel e desprovido de humor enquanto eu me recompunha. – Os detalhes não importam. Apenas saiba que, se eu tivesse escolha, não estaria me casando. Mas negócios são negócios, e você... – Dei de ombros. – Você apenas faz parte do acordo.

Vivian não sabia de toda a manipulação do pai. Francis tinha me avisado para não contar a ela; eu já não pretendia fazê-lo mesmo. Quanto menos pessoas soubessem da chantagem, melhor.

Ele havia descoberto um dos meus poucos pontos fracos, e eu jamais o anunciaria para o mundo.

Os olhos de Vivian brilhavam de raiva.

– Você é um babaca.

– Sou mesmo. Melhor se acostumar com isso, *mia cara*, porque também sou seu futuro marido. Agora, se me dá licença. – Alisei meu blazer com um cuidado exagerado. – Tenho que voltar para o jantar. Como você disse, minha comida está esfriando.

Passei por ela, me deliciando com sua indignação.

Um dia, seu desejo seria realizado e ela acordaria com o noivado terminado. Até lá, eu levaria o tempo que fosse necessário e entraria no jogo, porque o ultimato de Francis havia sido claro: ou me casava com Vivian, ou meu irmão seria morto.

CAPÍTULO 4

NEM FRANCIS, NEM CECELIA disseram uma palavra sobre meu longo período de ausência da mesa de jantar. Vivian não mencionou nossa conversinha no escritório e eu voltei para Nova York insatisfeito e irritado.

Eu poderia ter ateado fogo na mansão dos Laus com meu isqueiro.

Infelizmente, isso levaria as autoridades diretamente à porta da minha casa. Um incêndio criminoso não seria bom para os negócios, e eu jamais apelaria para assassinato... por enquanto. Mas certas pessoas me instigavam a ultrapassar esse limite todos os dias, e uma delas, inclusive, era sangue do meu sangue.

– Qual é a emergência? – perguntou Luca dando um bocejo, largado na cadeira em frente à minha. – Eu acabei de sair de um avião. Deixa eu dormir um pouco.

– De acordo com as colunas sociais, você não dormiu no último mês.

Ele estava pelo mundo se divertindo, isso sim. Mykonos num dia, Ibiza no outro. Sua última parada tinha sido Mônaco, onde perdera cinquenta mil dólares no pôquer.

– Exatamente. – Ele bocejou mais uma vez. – É por isso que eu preciso dormir.

Minha mandíbula se contraiu.

Ele era cinco anos mais novo que eu, mas agia como se tivesse 21 em vez de 31. Se Luca não fosse meu irmão, eu já teria cortado relações sem pensar duas vezes, *principalmente* devido à situação de merda em que me encontrava graças a ele.

– Você não está curioso para saber por que eu te chamei aqui?

Luca deu de ombros, alheio à tempestade que se formava sob minha calma.

– Sentiu saudade do seu irmãozinho?

– Não exatamente. – Peguei uma pasta de papel pardo da gaveta e a coloquei sobre a mesa. – Abre.

Ele me olhou de um jeito estranho, mas obedeceu. Mantive os olhos cravados em seu rosto enquanto Luca folheava as fotos, devagar no começo, depois mais depressa, ao ser tomado pelo pânico.

Fui dominado por uma satisfação sombria quando ele finalmente ergueu os olhos, seu rosto muito mais pálido do que quando chegara. Pelo menos ele entendia o que estava em jogo.

– Você sabe quem é a mulher nessas fotos? – perguntei.

Vi seu pomo de adão subir e descer quando ele engoliu em seco.

– Maria Romano. – Dei um tapinha na foto no topo da pilha. – Sobrinha do mafioso *don* Gabriele Romano. Tem 27 anos, é viúva e a menina dos olhos do tio. O nome dela deve soar familiar, considerando que você estava transando com ela antes de ir para a Europa, como dá para ver nessas fotos.

Meu irmão cerrou os punhos.

– Como você...?

– Essa não é a pergunta certa, Luca. A pergunta é: em que tipo de caixão você gostaria de ser enterrado? Porque esse é o tipo de coisa que eu vou ter que resolver se o Romano ficar sabendo dessa *merda*!

A tempestade caiu no meio da minha frase, alimentada por semanas de fúria e frustração reprimidas.

Luca se encolheu na cadeira quando empurrei a minha para trás e me levantei, meu corpo vibrando diante de tamanha *idiotice*.

– Uma princesa da Máfia? Você está de *sacanagem*?

Varri a pasta da mesa em um movimento furioso, arrastando um peso de papel junto. O vidro se quebrou com um estrondo ensurdecedor enquanto as fotos voavam e caíam no chão.

Luca se encolheu.

– Você já fez muita merda na vida, mas isso realmente merece um prêmio – falei, fervendo de ódio. – Você tem ideia do que o Romano seria capaz de fazer com você se descobrisse? Ele arrancaria as suas tripas como as de um peixe, da maneira mais lenta e dolorosa possível. Dinheiro nenhum poderia te salvar. Ele ia pendurar o seu corpo na merda de um viaduto para servir de exemplo... *se* sobrasse corpo depois que ele terminasse!

O último cara que tocou em uma mulher da família de Romano sem a permissão dele acabou dentro de um quarto com o pau arrancado e os miolos estourados. E o cara só tinha beijado a prima de Romano na bochecha. Segundo os boatos, o mafioso nem *gostava* da prima.

Se descobrisse que Luca havia dormido com sua amada sobrinha, meu irmão imploraria pela morte.

A pele de Luca assumiu um verde mórbido.

– Você não enten...

– Que *merda* você tinha na cabeça? Como conheceu essa garota?

Os Romanos eram conhecidos por serem isolados. Gabriele mantinha seu pessoal sob rédea curta, e eles raramente se aventuravam fora de seus locais habituais, sempre controlados pela família.

– A gente se conheceu num bar. Não conversamos muito, mas nos demos bem e trocamos telefone. – Luca falava rápido, como se estivesse com medo de que eu pulasse em cima dele caso parasse. – Depois que ela ficou viúva, a vigilância em cima dela diminuiu, mas eu te juro que só soube quem ela era depois que a gente dormiu junto. Ela disse que o pai dela trabalhava com construção.

Uma veia latejava na minha têmpora.

– Ele *trabalha* com construção.

E com boates, restaurantes e mais uma dezena de outras empresas de fachada para seus negócios sujos.

Se fosse qualquer um que não o Romano, eu teria minado a ameaça de Francis, oferecendo dinheiro ou fechando um acordo mutuamente benéfico. Mas, ao contrário de alguns homens de negócios míopes a ponto de se envolver com o submundo, eu não mexia com a máfia. Depois de entrar nisso, a única forma de sair era dentro de um caixão, e eu preferia atear fogo em mim mesmo a me colocar voluntariamente em uma posição em que tivesse que me reportar a outra pessoa.

Francis queria os benefícios do meu sobrenome. Romano ia querer cada dólar da minha conta bancária e cada gota do meu sangue, mesmo *depois* de cortar o pescoço do meu irmão.

– Eu sei que parece ruim, mas você não entende – disse Luca com uma expressão aflita. – Eu amo a Maria.

Fui tomado por uma calma terrível.

– Você ama a Maria.

– Amo. – A expressão dele se suavizou. – Ela é incrível. Linda, inteligente...

– Você ama essa mulher, mas passou as últimas *duas semanas* por aí trepando com qualquer coisa viva.

– Eu *não* fiz isso. – O rosto de Luca ficou vermelho. – Era tudo fingimento, só para manter minha reputação, entende? Tive que passar um tempo fora porque a prima dela fugiu e o tio estava em cima da família toda, mas a gente tomou cuidado.

Nunca estive tão perto de matar um parente.

– Parece que não *o suficiente* – respondi entredentes, fazendo com que ele se encolhesse outra vez.

Respirei fundo e esperei que aquela raiva explosiva passasse antes de me sentar, lenta e calmamente, para não acabar estrangulando meu único irmão.

– Você quer saber como eu consegui essas fotos, Luca?

Ele abriu a boca, depois fechou e balançou a cabeça.

– Francis Lau entrou no meu escritório, duas semanas atrás, e jogou as fotos na minha mesa. Ele por acaso tinha estado na cidade mais cedo e visto você com a Maria. Lau reconheceu os dois e foi atrás de vocês. Assim que conseguiu o que precisava, me procurou para fechar um acordo. – Abri um sorriso cortante. – Você consegue imaginar quais são os termos do acordo?

Luca balançou a cabeça de novo.

– Eu me caso com a filha dele, e ele guarda esse segredo. Caso contrário, ele manda as fotos para o Romano e você morre.

Eu tinha um excelente serviço de segurança privada. Homens bem treinados, profissionais moralmente flexíveis o suficiente para lidar com intrusos de forma a dissuadir futuros intrusos de cruzar o meu caminho. No entanto, havia uma diferença entre segurança e punição e guerra com a porra da máfia.

Luca arregalou os olhos.

– *Merda* – disse ele, esfregando o rosto. – Dante, eu...

– Não fala mais nada. Ouve bem o que você vai fazer *agora*. – Olhei severamente para ele. – Você vai cortar todo e qualquer contato com a Maria, começando neste segundo. Eu não dou a mínima se ela é a sua alma gêmea e você nunca mais vai encontrar outro amor. A partir de agora, ela não existe para você. Você não vai mais vê-la, não vai mais falar com ela nem se comunicar de qualquer forma. Se fizer isso, eu congelo todas as suas contas e qualquer pessoa que te ajudar financeiramente vai ser considerado um inimigo.

Nosso avô estava ciente dos hábitos extravagantes de Luca e me deixara no controle absoluto da empresa e das finanças da família em seu testamento. Ser meu inimigo significava ser inimigo de todas as pessoas em nosso círculo social, e mesmo os coleguinhas idiotas do Luca não eram burros o suficiente para se arriscar.

– Também vou cortar sua mesada pela metade até você provar que é capaz de fazer escolhas melhores.

– Como é que é? – explodiu Luca. – Você não pode...

– Me interrompe de novo e seu dinheiro vai ser reduzido a nada – respondi friamente. Ele ficou em silêncio, com uma expressão revoltada. – Você vai ter que *merecer* a outra metade do dinheiro trabalhando em uma das nossas lojas, onde vai ser tratado como qualquer outro funcionário. Nada de regalias, nada de beber ou foder no trabalho, e nada de sair para almoçar e voltar duas horas depois. Se você relaxar, vai ficar sem nada. Entendeu bem?

Depois de um longo silêncio, Luca contraiu os lábios em uma linha fina e assentiu levemente.

– Ótimo. Agora *dá o fora* da minha sala.

Se eu tivesse que olhar para ele por mais um minuto, talvez acabasse fazendo algo de que me arrependeria.

Ele deve ter sentido o perigo iminente, porque se levantou e partiu correndo em direção à saída sem dizer mais nada.

– E... Luca? – Eu o parei antes que ele abrisse a porta. – Se eu ficar sabendo que você violou as regras e entrou em contato com a Maria de novo, eu mesmo te mato.

Meu punho acertou o abdômen dele com força e precisão. Meu primeiro golpe daquela noite.

Senti a adrenalina tomar conta quando Kai grunhiu com o impacto. Qualquer outra pessoa teria saído tropeçando, sem ar, mas, como sempre, Kai apenas fez uma pequena pausa antes de se recompor.

– Você parece irritado – disse ele enquanto contra-atacava com um gancho de esquerda. Me esquivei e escapei por milímetros. – Dia ruim no trabalho?

Havia um quê de sarcasmo na pergunta, apesar do soco que ele acabara de levar.

– Tipo isso.

O suor escorria pela minha testa e cobria minhas costas enquanto eu extravasava minhas frustrações no ringue. Tinha ido direto do trabalho para o Valhalla Club. A maioria dos membros preferia o spa, os restaurantes ou o luxuoso clube de cavalheiros, logo raramente tinha alguém na academia de boxe, exceto eu e Kai.

– Fiquei sabendo que o acordo com a Santeri está caminhando, então imagino que não seja isso. – O fôlego de Kai estava praticamente intacto, apesar da agressividade de nosso primeiro round. – Talvez não seja trabalho. Talvez... – Seu rosto ganhou uma expressão pensativa. – Tenha a ver com o seu noivado com a herdeira de certa marca de joias.

Ele soltou outro pequeno grunhido quando acertei a parte de baixo de suas costelas, mas isso não o impediu de rir da minha cara amarrada.

– Você deveria saber que não dá para manter algo dessa dimensão em segredo – disse ele. – O escritório inteiro está comentando.

– Sua equipe deveria passar mais tempo trabalhando e menos tempo fofocando. Quem sabe assim a circulação não estaria tão baixa.

O anúncio do noivado só seria publicado na cobiçada seção de estilo do site da *Mode de Vie* em meados de setembro, mas a revista de moda e luxo era a joia da coroa do império de mídia controlado pelos Youngs. Seria surpreendente se Kai *não* ficasse sabendo do noivado com antecedência.

– Nunca imaginei que esse dia chegaria. – Ele ignorou minha tentativa de ataque. – Muito menos que seria com Vivian Lau. Como você conseguiu manter esse relacionamento em segredo por tanto tempo?

– Nós ainda não somos casados. – Bloqueei outra tentativa dele de me dar um soco. – E não mantive relacionamento nenhum em segredo. O nosso noivado é um acordo comercial. Eu nunca tinha saído com ela antes de o negócio ser fechado.

A palavra *noivado* deixou um gosto amargo na minha boca. A ideia de me prender a alguém pelo resto da vida era tão atraente quanto entrar no oceano com blocos de concreto amarrados aos pés.

Eu preferia o trabalho às pessoas, muitas das quais não gostavam de ficar atrás de contratos e reuniões. Mas negócios eram lucrativos, práticos e, na maioria das vezes, previsíveis. Relacionamentos, não.

– Isso faz mais sentido – disse Kai. – Eu devia ter imaginado que até sua vida pessoal seria organizada por meio de fusões e aquisições.

– Engraçadinho.

A risada dele desapareceu quando o acertei com um direto no queixo, e Kai revidou com um soco que me tirou o fôlego. A conversa foi diminuindo, sendo substituída por grunhidos e xingamentos enquanto nos esmurrávamos.

Kai era a pessoa mais educada que eu conhecia, mas tinha uma veia competitiva fortíssima. Havíamos começado a treinar boxe juntos no ano anterior, e ele se tornara meu parceiro favorito para extravasar porque nunca se continha. Quem precisava de terapia quando se podia socar a cara de um amigo toda semana?

Socar, abaixar, esquivar, socar. Sem parar, até que terminamos a noite em um empate e com bem mais contusões do que quando começamos.

Mas eu enfim havia superado minha raiva, e quando encontrei Kai no vestiário, depois do banho, já tinha atingido um nível de clareza suficiente para não perder a cabeça com meu irmão outra vez. Eu estive *muito* perto de cortar relações com ele depois da conversa que tivemos naquela tarde, que se danassem as regras e as promessas que eu fizera. Ele até que merecia, mas naquele momento eu não teria energia para lidar com seu inevitável acesso de raiva.

– Está melhor?

Kai já estava vestido quando entrei. Camisa social, blazer, óculos de armação preta em metal bem fino. Todos os vestígios do lutador atroz que estava naquele ringue haviam desaparecido, substituídos pela personificação da sofisticação acadêmica.

– Um pouco. – Me vesti e esfreguei o maxilar dolorido. – Sua mão é pesada.

– Foi para isso que você me ligou. Você ia odiar se eu pegasse leve.

– Tanto quanto você odiaria perder – respondi, bufando.

Saímos da academia e pegamos o elevador até o primeiro andar. O Valhalla Club era uma sociedade exclusiva de nível global, restrita àqueles que tivessem um determinado patrimônio líquido, e tinha filiais no mundo inteiro. No entanto, a sede de Nova York era a maior e mais opulenta, abrangendo quatro andares e um quarteirão inteiro em Upper Manhattan.

– Eu estive com a Vivian algumas vezes – disse Kai casualmente enquanto as portas do elevador se abriam. – Ela é bonita, inteligente, charmosa. Você podia ter acabado com alguém muito pior.

Senti uma pontada de irritação no peito.

– Talvez você devesse se casar com ela, então.

Eu não estava nem aí se a Vivian era uma santa em formato de supermodelo que salvava cachorros de prédios em chamas em seu tempo livre. Ela era apenas alguém que eu teria que tolerar até destruir todas aquelas fotos. Infelizmente, de acordo com as últimas informações que Christian me dera, Francis havia de fato armazenado as imagens tanto em formato digital quanto analógico. Christian poderia facilmente dar cabo das evidências digitais, mas destruir evidências físicas era mais complicado, pois não sabíamos quantos backups Francis tinha. Eu não podia arriscar dar um passo sequer até que estivéssemos cem por cento certos de que tínhamos rastreado todos os seus esconderijos.

– Se eu pudesse, casaria mesmo. – O olhar sombrio de Kai se desfez tão rapidamente quanto apareceu.

Como herdeiro da fortuna Young, seu futuro era ainda mais predeterminado do que o meu.

– Só não seja um babaca com ela. – Kai meneou a cabeça, cumprimentando um membro do clube que passava por nós, e esperou até que ele estivesse fora do alcance de sua voz antes de acrescentar: – A garota não tem culpa de estar amarrada a um ogro feito você.

Ah, se ele soubesse...

– Pare de se intrometer na minha vida pessoal e preste mais atenção na sua. – Ergui uma sobrancelha, indicando suas abotoaduras. Leões de ouro com olhos de ametista, parte do brasão da família Young. – Leonora Young não vai querer esperar por um neto para sempre.

– Para a sorte dela, já tem dois, graças à minha irmã. E não tente fugir do assunto – disse Kai enquanto cruzávamos o hall de mármore preto brilhante em direção à saída. – Estou falando sério em relação à Vivian. Seja legal com ela.

Senti meus dentes cerrarem.

Gostando ou não dela, Vivian era minha noiva, e eu estava ficando cansado de ouvi-lo dizer seu nome.

– Pode deixar – respondi. – Vou tratá-la exatamente como ela merece.

CAPÍTULO 5

Vivian

– COMO ASSIM VOCÊ NÃO FALA com o seu noivo desde o dia do noivado? – perguntou Isabella, com os braços cruzados e o olhar reprovador. – Isso é ridículo, que tipo de relacionamento é esse?

– Um relacionamento arranjado.

O bar girou e depois voltou ao normal. Talvez eu não devesse ter tomado dois Mai Tais e meio seguidos, mas meu happy hour semanal com Isabella e Sloane era o único momento da semana em que eu conseguia relaxar.

Sem julgamento, sem a necessidade de ser perfeita e "respeitável".

E daí se eu estava meio bêbada? Eu estava em um bar, que inclusive se chamava Tipsy Goat, "a cabra bêbada". Já era esperado.

– Foi melhor mesmo não termos nos falado – acrescentei. – O papo dele não é muito agradável.

Mesmo agora, a mera lembrança de meu primeiro, e até então único, encontro com Dante me causou uma onda de indignação. Ele não havia mostrado nenhum remorso por passar metade do nosso jantar de apresentação fumando charuto no escritório do meu pai, e tinha ido embora sem dizer nem mesmo um obrigado ou um boa-noite.

Dante era um bilionário, mas tinha os modos de um ogro mal-educado.

– Então por que você vai se casar com ele? – perguntou Sloane, levantando uma de suas sobrancelhas perfeitas. – Fala para os seus pais acharem alguém melhor.

– Esse é o problema. *Não existe* alguém melhor, aos olhos deles. Eles acham o Dante perfeito.

– Dante Russo? Perfeito? – A sobrancelha dela se arqueou ainda mais. – Uma vez, tentaram invadir a casa dele e a equipe de segurança mandou o cara para o hospital. O invasor passou meses em coma, com costelas quebradas e uma das rótulas completamente destruída. É impressionante, mas eu não diria que ele é perfeito.

Só Sloane acharia impressionante deixar alguém em coma.

– Eu sei disso, pode acreditar. Não sou eu que você tem que convencer – murmurei.

Não que a notória impiedade de Dante fizesse alguma diferença para a minha família. Ele poderia atirar em alguém na hora do rush, no centro de Manhattan, e eles diriam que a pessoa mereceu.

– Não entendo por que você aceitou ter *qualquer* tipo de compromisso com esse sujeito. – Sloane balançou a cabeça. – Você não precisa do dinheiro dos seus pais. Pode se casar com quem quiser e não há nada que eles possam fazer a respeito.

– Não é pelo dinheiro.

Mesmo que meus pais cortassem minha herança, ainda sobraria uma bela quantia oriunda do meu trabalho, além de investimentos e de uma poupança que meus pais me passaram quando completei 21 anos.

– É... – Procurei as palavras certas. – É pela família.

Isabella e Sloane se entreolharam.

Não era a primeira vez que discutíamos meu noivado *ou* meu relacionamento com meus pais, mas me sentia motivada a defendê-los sempre.

– Na minha família, já se espera um casamento arranjado. Minha irmã passou por um, e agora é minha vez. Sabia que isso ia acontecer desde que era adolescente.

– Tudo bem, mas o que eles vão fazer se você disser não? – perguntou Isabella. – Deserdar você?

Senti meu estômago revirar. Tensa, forcei uma risada.

– Talvez.

Com certeza.

Eles não pouparam elogios à minha tia por deserdar minha prima depois que ela recusou uma bolsa de estudos em Princeton para abrir um *food truck*. Recusar-se a casar com um Russo era mil vezes pior.

Se eu rompesse o noivado, meus pais nunca mais falariam comigo. Eles não eram perfeitos, mas a perspectiva de ser cortada da família e ficar sozinha fez os Mai Tais revirarem perigosamente em meu estômago.

Isabella não entenderia, no entanto. Culturalmente, éramos semelhantes, embora ela fosse sino-filipina, e eu, chinesa de Hong Kong. Mas Isabella vinha de uma família grande e amorosa que estava tranquila com o fato de ela se mudar para o outro lado do país para ser bartender e correr atrás de seu sonho de ser escritora.

Se eu expressasse desejos desse tipo aos meus pais, eles me trancariam no quarto, me submeteriam a um exorcismo ou me jogariam na rua sem nada além das roupas do corpo – figurativamente falando.

– Não quero decepcioná-los – expliquei. – Eles me criaram e se sacrificaram muito para que eu pudesse ter a vida que tenho agora. Casar com o Dante ajudaria a *todos* nós.

Relacionamentos familiares não deveriam ser um negócio, mas eu não conseguia me livrar da sensação de que tinha uma dívida enorme com meus pais por tudo – as oportunidades, a educação, a liberdade de morar e trabalhar onde eu quisesse sem me preocupar com dinheiro. Eram privilégios que a maioria das pessoas não tinha, e eu os valorizava.

Pais cuidavam dos filhos. Depois que os filhos cresciam, eles cuidavam dos pais. No nosso caso, isso significava se casar bem e aumentar a riqueza e o grau de influência da família. Era assim que funcionava o nosso mundo.

Isabela deu um suspiro. Éramos amigas desde que nos conhecemos em uma aula de ioga, quando eu tinha 22 anos. As aulas de ioga não duraram, mas nossa amizade, sim. Ela sabia que não adiantava discutir comigo sobre minha família.

– Está bem, mas isso não muda o fato de que você não falou com ele, sendo que vai se mudar para a casa dele *na semana que vem*.

Passei uns segundos brincando com minha pulseira de safira. Eu poderia ter resistido a abrir mão do meu apartamento no West Village para ir morar na cobertura de Dante no Upper East Side, mas que diferença faria? Só perderia tempo discutindo com meu pai. No entanto, além do endereço de Dante, eu não tinha nenhum detalhe sobre a mudança: chaves, regras do condomínio... nada.

– Você vai ter que falar com ele em algum momento – acrescentou Isabella. – Não seja frouxa.

— Eu *não sou* frouxa — respondi, me virando para Sloane em seguida. — Sou?

Ela tirou os olhos do celular. Em teoria, nenhuma de nós tinha permissão para mexer no celular durante o happy hour. Quem quebrasse a regra tinha que pagar a conta da noite.

Na prática, Sloane vinha financiando nossos happy hours pelos últimos seis meses. Era a personificação da palavra *workaholic*.

— Embora eu discorde dos conselhos da Isabella em 78 por cento do tempo, ela tem razão. Você precisa falar com ele antes de se mudar — sugeriu ela, com um dar de ombros gracioso. — Vai ter uma exposição na casa do Dante hoje à noite. Você deveria ir.

Dante era dono de uma coleção de arte notoriamente impressionante que, segundo rumores, valia centenas de milhões de dólares. A exposição privada anual para mostrar as últimas aquisições era um dos convites mais cobiçados de Manhattan.

Tecnicamente, estávamos noivos, e não ter sido convidada poderia ser considerado constrangedor, mas na verdade fiquei aliviada. Depois que me mudasse, teria que passar *todas* as noites com ele, então me agarraria à minha liberdade enquanto era possível. A perspectiva de dividir um quarto, uma *cama*, com Dante Russo era... desconcertante.

Veio à minha mente a imagem dele sentado à mesa de meu pai, os olhos escuros e a postura arrogante, espirais de fumaça ondulando ao redor de seu rosto ousado e carismático.

Um calor inesperado correu entre minhas pernas.

A pressão de seu polegar contra meu lábio, o brilho turvo em seus olhos quando ele me encarou... Houve um momento, muito breve, em que pensei que ele fosse me beijar. Não para demonstrar afeto, mas para me desonrar. Para me dominar e me corromper.

O calor foi diminuindo até que a expectativa pesada nos olhares das minhas amigas me trouxe de volta ao presente. Eu não estava no escritório do meu pai. Estava em um bar e elas esperavam uma resposta.

A exposição. Verdade.

Uma onda fria de realidade dissipou o calor.

— Eu não posso aparecer sem ser convidada — falei, torcendo para que elas não conseguissem ver meu rubor sob a vermelhidão induzida pelo álcool. — É falta de educação.

– Você não é uma penetra aleatória. É a *noiva* dele, mesmo que ainda não tenha um anel no dedo – retrucou Isabella. – Além disso, você vai se mudar para lá em breve, de qualquer maneira. Considere uma visita à sua nova casa, para onde você não pode se mudar a não ser que *fale* com ele.

Dei um suspiro, sonhando em poder voltar um mês no tempo e me preparar mentalmente para o que estava por vir.

– Eu odeio quando você tem razão.

Covinhas se formaram nas bochechas de Isabella.

– A maioria das pessoas odeia. Eu até iria com você, porque adoro entrar de penetra em festas, fazer tour pelas casas, mas tenho que trabalhar esta noite.

Durante o dia, ela era uma aspirante a autora de thrillers eróticos. À noite, servia bebidas superfaturadas para estudantes de fraternidade grandalhões em um bar do East Village. Ela odiava o bar, a clientela e o gerente bizarro, e estava ativamente em busca de outro emprego, mas, até que encontrasse, estava presa àquele.

– Sloane? – perguntei, esperançosa.

Se era para confrontar Dante naquela noite, precisaria de reforços.

– Não posso. Asher Donovan bateu com a Ferrari dele em Londres. Ele está bem – disse Sloane quando Isabella e eu nos assustamos. Nenhuma de nós ligava para esportes, mas o famoso astro do futebol era bonito demais para morrer. – Mas eu tenho que apagar o incêndio que isso gerou na mídia. É o segundo carro que ele bate em dois meses.

Sloane dirigia uma sofisticada agência de relações públicas com uma lista de clientes pequena, mas poderosa. Ela estava *sempre* apagando incêndios.

Fez um gesto para o garçom, pedindo a conta, pagou e me fez prometer que ligaria para ela se precisasse de alguma coisa antes de desaparecer porta afora em uma nuvem de cabelo loiro platinado e perfume Jo Malone.

Isabella saiu logo depois para ir para o trabalho, mas eu ainda passei um tempinho à mesa, refletindo sobre o que fazer a seguir.

Se eu fosse esperta, iria para casa e terminaria de empacotar as coisas para a mudança. Invadir a festa de Dante não traria nada de bom, e eu podia ligar para ele no dia seguinte, se realmente quisesse.

Arrume as coisas, tome um banho e vá dormir, decidi.

Esse era o meu plano, e eu ia cumpri-lo.

– Sinto muito, senhorita, mas seu nome não está na lista. Não importa se você é mãe, irmã ou *noiva* do Sr. Russo. – A recepcionista ergueu as sobrancelhas, indicando meu dedo sem anel nenhum. – Não posso deixar você entrar sem convite.

Meu sorriso não vacilou.

– Se você ligar para o Dante, ele vai confirmar quem eu sou – respondi, embora não tivesse certeza disso. Um problema para depois. – Deve ter sido algum erro.

Eu tinha ido para casa depois do happy hour, como planejado, e levei um total de vinte minutos para ceder à sugestão de Isabella e Sloane. Elas tinham razão. Eu não podia ficar sentada esperando por Dante, considerando que a data da minha mudança estava tão próxima. Precisava engolir o sapo e ir até ele, independentemente do quanto ele me irritasse ou me desconcertasse.

Claro, para vê-lo, eu teria que *entrar* na festa.

O rosto da recepcionista ficou vermelho.

– Eu garanto a você, não houve erro nenhum. Nós somos muito meticulosos e…

– Vivian, aí está você.

Um sotaque britânico e aristocrático cortou delicadamente nosso impasse.

Eu me virei, surpresa ao ver o belo homem asiático sorrindo para mim. Seu rosto impecavelmente esculpido e os olhos intensos e escuros seriam quase perfeitos *demais*, não fosse pela armação preta simples dos óculos que lhe dava um ar mais ameno.

– Dante acabou de mandar uma mensagem. Ele estava atrás de você, mas você não atendeu o telefone. – Ele parou ao meu lado, tirou um elegante convite cor de creme do bolso do paletó e o entregou à recepcionista. – Eu posso acompanhar a Srta. Lau, assim não incomodamos o Dante nesta noite tão importante.

Ela olhou para mim e abriu um sorriso contido para Kai.

– Claro, Sr. Young. Aproveite a festa – disse ela, dando um passo para o lado, acompanhada pelos dois seguranças sisudos de terno atrás dela.

Ao contrário do que acontecia em bares ou boates, eventos exclusivos

43

como aquele raramente exigiam a identidade dos convidados. A equipe precisava memorizar os rostos e associá-los a seus nomes logo à primeira vista.

Esperei até que estivéssemos afastados o bastante antes de me virar para Kai com um sorriso agradecido.

– Obrigada. Você não precisava ter feito isso.

Kai e eu não éramos amigos próximos, mas frequentemente íamos às mesmas festas e conversávamos sempre que nos cruzávamos. Seu comportamento gentil e reservado era uma lufada de ar fresco na selva narcisista da alta sociedade de Manhattan.

– De nada. – Seu tom formal me fez sorrir.

Nascido em Hong Kong, criado em Londres e educado em Oxford e Cambridge, Kai tinha maneirismos que refletiam muito bem sua educação.

– Tenho certeza de que a ausência do seu nome na lista foi um descuido do Dante. – Ele pegou duas taças de champanhe da bandeja de um garçom que passava e entregou uma para mim. – Aliás, parabéns pelo noivado. Ou devo dizer "meus pêsames"?

Meu sorriso se transformou em uma risada.

– Ainda não sei te dizer.

Até onde eu sabia, Kai e Dante eram amigos. Eu não tinha certeza do que Dante dissera a ele sobre o noivado, mas era melhor ser cautelosa. No que dizia respeito ao público geral, éramos um casal feliz e apaixonado que não poderia estar mais contente com o noivado.

– Esperta. A maioria das pessoas trata o Dante como se ele fosse capaz de caminhar sobre a água. – Os olhos de Kai brilhavam. – Ele precisa de alguém para lembrá-lo de que é um mero mortal, como todos nós.

– Ah, pode acreditar, eu não acho que ele seja um deus.

Está mais para um demônio enviado para me tirar do sério.

Kai deu uma risada. Conversamos por mais alguns minutos antes de ele pedir licença para ir cumprimentar um velho amigo da faculdade.

Por que eu não podia ter acabado com alguém como ele? Educado, charmoso e rico o suficiente para atender aos padrões de meus pais. Em vez disso, estava presa a um italiano taciturno que achava que etiqueta era só o que vinha na gola das camisas.

Suspirei e coloquei minha taça vazia em uma bandeja próxima antes de vagar pela cobertura, apreciando a arquitetura e a decoração belíssimas.

Dante tinha deixado de lado o minimalismo moderno, tão popular entre seus colegas solteiros, em favor de móveis artesanais e cores vibrantes. Tapetes de seda turcos e persas cobriam os pisos brilhantes e cortinas de veludo exuberantes emolduravam janelas que iam do chão ao teto, com vistas panorâmicas do Central Park e do icônico horizonte da cidade.

Passei por duas salas de estar, quatro lavabos, uma sala de TV e um salão de jogos antes de entrar na longa galeria iluminada por uma claraboia onde estava sendo realizada a exposição.

Não tinha visto Dante ainda, mas ele provavelmente…

Diminuí o passo quando cabelos pretos e brilhantes familiares surgiram em meu campo de visão.

Dante estava do outro lado do salão, conversando com uma linda ruiva e um homem asiático com maçãs do rosto tão proeminentes que poderiam cortar gelo. Ele sorriu para algo que eles disseram, sua expressão calorosa.

Então ele era capaz de sentir emoções humanas, afinal. *Bom saber.*

Meu sangue se aqueceu um pouco, não sabia se pelo álcool ou pela visão de um sorriso legítimo vindo dele. Escolhi acreditar na primeira opção.

Dante devia ter sentido o peso do meu olhar, pois parou de falar e se virou. Nossos olhos se encontraram e a expressão calorosa desapareceu de seu rosto, como o sol se pondo no horizonte.

Meu coração descompassou. Um grande salão nos separava, mas seu descontentamento era tão potente que se infiltrou no ar e em meu corpo como um veneno letal.

Dante pediu licença aos convidados e caminhou na minha direção, seu corpo forte e musculoso cortando a multidão com a segurança obstinada de um predador focado em sua presa. Senti um arrepio descer pela coluna, mas me obriguei a manter a calma, mesmo quando todos os instintos de autopreservação gritavam para que eu *corresse.*

Está tudo bem. Ele não vai matar você em público. Provavelmente. Talvez.

– Linda festa. Acho que meu convite se perdeu no correio, mas consegui vir mesmo assim – falei quando ele se aproximou. Peguei uma taça de uma bandeja próxima e a estendi para ele. – Champanhe?

– Não foi o seu convite que se perdeu, *mia cara*. – O apelido teria sido afetuoso e apaixonante, não fosse pela tensão que fervilhava sob a superfície. Ele não tocou na bebida que lhe ofereci. – O que você está fazendo aqui?

– Desfrutando da comida e das obras de arte. – Levei a taça aos lábios e tomei um gole. Nada tinha um sabor tão doce quanto coragem líquida.
– Você tem um gosto refinado, mas ainda precisa aprender bons modos.

Um sorriso duro cortou sua boca.

– Que engraçado... Você vive me ensinando boas maneiras, mas não fui eu que apareci em um evento privado sem ser convidada.

– Estamos noivos – falei, deixando de rodeios e indo direto ao ponto. Quanto mais rápido eu tirasse aquele assunto do caminho, mais rápido poderia ir embora. – Não trocamos uma palavra desde o jantar, embora eu deva me mudar para cá na *semana que vem*. Não espero declarações de amor nem flores todos os dias – *embora fosse ser legal* –, mas espero o mínimo de cortesia e comunicação. Já que você parece incapaz de tomar a iniciativa, resolvi eu mesma fazer isso. – Terminei minha bebida e coloquei a taça na mesa. – Ah, e não considere isso aqui uma intrusão minha. Sou apenas eu aceitando seu convite com antecedência. Afinal, você concordou com a minha mudança para cá, não foi? Eu só queria dar uma olhada na minha nova casa antes de tomar a decisão.

Meu coração estava disparado de nervosismo, mas mantive um tom calmo. Eu não podia estabelecer um precedente ao recuar sempre que Dante ficasse irritado. Se ele sentisse qualquer sinal de fraqueza, atacaria.

O sorriso de Dante não chegou a seus olhos.

– Belo discurso. Você certamente não tinha tanto assim a dizer no outro dia, durante o jantar. – O aço frio de sua voz derreteu, virando uma seda áspera, enquanto seu olhar me varria, aumentando o calor à medida que viajava pelo meu corpo. – Quase não te reconheço.

A intimidade embutida no duplo sentido de suas palavras pulsou em minhas veias e pousou entre minhas pernas.

O terninho de tweed e as pérolas estavam guardados em segurança no fundo do armário, agora que eu estava de volta a Nova York. Em vez disso, usava um vestido de festa preto clássico, salto alto e meu batom vermelho favorito. Diamantes brilhavam em volta do meu pescoço e nas minhas orelhas. Não era nada inovador, mas foi o melhor que consegui fazer na pressa de me arrumar.

No entanto, a intensidade do escrutínio de Dante fez com que eu sentisse como se tivesse aparecido em uma reunião da igreja usando um biquíni fio dental.

Meu estômago revirou quando seu olhar desceu do meu rosto para o meu peito, depois para onde o vestido abraçava meus quadris. Em seguida, deslizou por todo o comprimento de minhas pernas nuas, uma averiguação quase obscena em sua lentidão e erótica em sua minúcia, como a carícia de um amante determinado a mapear cada centímetro do meu corpo com sua atenção.

Minha garganta secou. Uma chama se acendeu em minha barriga, e de repente desejei ter colocado um terninho conservador outra vez esta noite. Era mais seguro. Menos capaz de enevoar minha mente com falas arrastadas e uma atração eletrizante.

Sobre o que estávamos falando mesmo?

– Ocasiões diferentes exigem abordagens diferentes. – Busquei palavras e torci para que fizessem sentido.

Ergui uma sobrancelha, rezando para que Dante não pudesse ouvir as batidas aceleradas do meu coração. Eu sabia que isso era fisicamente impossível, mas não conseguia me livrar da estranha sensação de que ele podia ver através de mim como se eu fosse feita de nada além de mil cacos de vidro transparente.

– Talvez você devesse experimentar essa estratégia algum dia – acrescentei, determinada a manter a conversa fluindo para não afundar no calor entorpecente de seu olhar mais uma vez. – Quem sabe assim as pessoas gostem de você um pouco mais.

– Eu faria isso se me importasse com a opinião alheia. – Ele levou os olhos de volta aos meus, reassumindo a imagem cruel e debochada. – Ao contrário de alguns dos meus estimados convidados, minha autoestima não é definida pelo que as pessoas pensam de mim.

A insinuação me atingiu no estômago, e minha pele passou de excessivamente quente para extremamente gelada em um piscar de olhos. Ninguém ia de tolerável a babaca mais depressa do que Dante Russo. Foi necessária toda a força de vontade do mundo para que eu não jogasse a bebida mais próxima na cara dele.

Ele era muito abusado, mas o pior de tudo era que não estava errado. Insultos que traziam uma pontada de verdade sempre machucavam mais.

– Que bom. Porque eu garanto que a opinião deles sobre você é bem ruim – disparei.

Não dê um tapa nele. Não faça uma cena.

Respirei fundo e resolvi terminar a conversa antes que desobedecesse ao meu próprio conselho.

– Por mais agradável que seja a nossa conversa, vou ter que me retirar porque tenho outros compromissos. No entanto, aguardo todas as informações logísticas relacionadas à minha mudança no meu e-mail amanhã até o meio-dia. Eu odiaria ter que aparecer na frente do seu prédio e revelar aos vizinhos como você é incompetente – disse, tocando o pingente de diamante em meu pescoço. – Imagina como seria constrangedor se as pessoas descobrissem que o grande Dante Russo não foi capaz de coordenar algo tão simples como a mudança da própria noiva.

O olhar de Dante poderia ter derretido as molduras de ouro nas paredes.

– Você pode até não se importar com o que os outros pensam a seu respeito sobre sua vida pessoal, mas reputação é tudo no mundo dos negócios. Se não consegue lidar com sua vida doméstica, como poderia lidar com seus negócios? – Tirei um cartão de visita da bolsa e o enfiei no bolso do paletó dele. – Imagino que você já tenha o meu contato, mas, caso não tenha, aqui está meu cartão. Aguardo seu e-mail.

Eu me afastei antes que ele pudesse responder.

O calor de sua raiva açoitou minhas costas, mas eu tinha detectado um pequeno lampejo de algo mais em seus olhos antes de sair.

Respeito.

Continuei andando, com o coração na boca e os pés se movendo cada vez mais rápido até chegar ao banheiro mais próximo. Depois que fechei a porta, me encostei na parede e cobri o rosto com as mãos.

Respire.

A onda de adrenalina já estava diminuindo, deixando-me exausta e ansiosa.

Havia me posicionado contra Dante e vencido... por enquanto. Mas não era ingênua a ponto de achar que aquilo era o fim. Mesmo que enfrentá-lo tivesse me feito ganhar alguns pontos relutantes em sua opinião, Dante não deixaria que o placar se mantivesse desfavorável para ele.

De alguma maneira, eu havia entrado em uma guerra fria com meu noivo, e aquela noite era apenas a primeira batalha.

CAPÍTULO 6

Dante

ENVIEI A VIVIAN AS INFORMAÇÕES de que ela precisava para a mudança, que aconteceria no domingo ao meio-dia em ponto. Não por medo de que ela fizesse um escândalo na frente do meu prédio, mas pela admiração que relutantemente senti diante de sua façanha no dia da exposição.

Parecia que aquela delicada rosa tinha espinhos, afinal.

No fim de semana seguinte, Vivian apareceu na minha casa de novo, dessa vez com um exército de carregadores a reboque. Greta, minha governanta, e Edward, meu mordomo, se encarregaram de guiar os homens pelo apartamento enquanto eu conduzia Vivian até o quarto dela. Não trocamos uma palavra, e o silêncio foi aumentando a cada passo até se tornar uma entidade viva entre nós.

Meu peito foi invadido por uma sensação incômoda. Vivian tinha sido extremamente amigável com Greta, Edward e o restante dos funcionários, a quem cumprimentou com sorrisos calorosos e malditos cookies da Levain, os mais famosos da cidade. Mas, quando chegou a minha vez, ela se fechou como se *eu* fosse a pessoa se mudando para a casa *dela*, atrapalhando sua vida meticulosamente planejada. Como se eu tivesse aparecido sem ser convidado em sua festa vestindo uma roupa que poderia deixar qualquer homem de joelhos. Uma semana depois, a imagem daquele vestido preto ressaltando suas curvas ainda estava arraigada na minha mente, assim como a chama em seus olhos quando ela partiu para cima de mim.

Não havia sinal daquela chama no momento. Vivian era a representação perfeita de uma elegância displicente e isso me irritava sem motivo justificável. Ou talvez minha ira tivesse algo a ver com o fato de que, mesmo usando uma saia e uma blusa sem nada de especial, sua presença despertava um calor indesejado em minhas entranhas. Meu corpo nunca tinha reagido de maneira tão visceral a ninguém antes, e eu nem sequer gostava dela.

Paramos em frente a uma porta de madeira entalhada.

– Esse é o seu quarto. – Eu a havia instalado na suíte mais distante da minha, e mesmo assim ainda era perto demais. – Greta vai desfazer suas malas mais tarde. – Minha voz soou alta demais depois do silêncio opressor.

Ela ergueu uma das sobrancelhas.

– Quartos separados até o casamento. Não sabia que você respeitava tanto assim as tradições.

– Eu não sabia que você estava tão ansiosa para dividir a cama comigo.

Abri um sorriso discreto quando Vivian ficou corada. Foi a primeira vez que ela perdeu a compostura em todo aquele tempo.

– Eu não disse que queria dividir a cama com você – respondeu ela friamente. – Apenas apontei como seu pensamento é ultrapassado. Dormir em quartos separados é coisa de casais brigados, não de casais que acabaram de noivar e que deveriam estar apaixonados. Isso vai se espalhar por aí. As pessoas vão comentar.

– Nada vai se espalhar e ninguém vai comentar. – Minha equipe de empregados domésticos trabalhava comigo havia anos e se orgulhava de sua discrição. – Se acontecer, eu resolvo. Mas, como estamos falando de imagem pública, deveríamos estabelecer os limites do nosso relacionamento.

– Olha só, comunicação. Acho que você finalmente está concluindo a fase neandertal da sua vida.

Ignorei seu insulto irônico e prossegui:

– Em público, vamos fazer o papel do casal apaixonado. Iremos a eventos juntos, vamos sorrir para as câmeras e fingir que nos gostamos. Você também terá total acesso ao portfólio das marcas do Russo Group. Se quiser qualquer coisa de alguma das nossas coleções, é só falar com a Helena, minha assistente, que ela resolve. Na mesa de cabeceira, você encontrará o número dela, um Amex Black e seu anel de noivado. Use-o.

O anúncio do noivado fora feito naquela manhã. Vivian e eu estávamos oficialmente vinculados, o que significava que minha reputação também estava em jogo.

Eu não me importava se as pessoas gostavam ou não de mim em termos pessoais, mas a percepção do público era importante na minha área de trabalho. Uma discórdia explícita levantaria muitos questionamentos, e a última coisa de que eu precisava era de colunistas sociais intrometidos bisbilhotando.

– Um anel na minha mesa de cabeceira. Que romântico. – Vivian tocou a pulseira de safira em seu pulso. – Você realmente sabe como fazer uma mulher se sentir especial.

– Eu não estou aqui para fazer você se sentir especial. – Inclinei a cabeça na direção dela. Um aroma doce e levemente ácido de maçã invadiu meus pulmões enquanto eu enunciava com bastante clareza: – Estou aqui porque fiz um acordo com o seu pai.

Vivian não recuou, mas surpresa e uma pitada de dúvida surgiram em seus olhos quando passei o dedo lentamente pela corrente de ouro em seu pescoço.

Mesmo a essa distância, sua pele era impecável, como creme derramado sobre seda. Longos cílios escuros emolduravam os olhos castanhos e intensos, e uma pequena pinta, tão pequena que era necessário estar tão perto quanto eu estava naquele momento para vê-la, marcava a região acima de seus lábios luxuriantes.

Meus olhos desceram para sua boca. Um calor subiu da minha pelve para a barriga. Ela usava o mesmo batom da exposição. Ousado, vermelho e sedutor, como o canto de uma sereia em um mar de ondas tranquilas.

Queria esfregar meu polegar em seu lábio inferior e manchar o batom perfeitamente aplicado, até que seu belo rosto ficasse todo sujo. Arrancar sua máscara de serenidade e ver a feiura que havia por baixo.

Vivian podia estar embrulhada em um belo pacote, mas um Lau era um Lau. Eles eram todos feitos a partir do mesmo molde.

– Não espere por jantares românticos nem declarações de amor dentro desta casa, *mia cara* – falei, minhas palavras tão suaves e preguiçosas quanto meu toque. – Não haverá nada disso.

Em vez de tocar sua boca, deslizei as costas da mão por sua clavícula, passando pela curvatura de seu ombro, e desci por seu braço até chegar à pulsação frenética em seu punho.

– Livre-se de qualquer sonho romântico que tenha de nos apaixonarmos e vivermos felizes para sempre. Isso não vai acontecer. – Pressionei o polegar contra seu pulso, com força, e sorri quando ela estremeceu diante do movimento brusco e repentino. – Isso aqui é um acordo comercial. Nada além disso. Ficou claro?

Vivian pressionou os lábios, formando uma linha reta, dura.

O ar parecia crepitar com energia e animosidade. Vibrava contra a minha pele, contraindo meus músculos e avivando aquele fogo estranho e faminto em meu estômago.

Ela manteve um silêncio rebelde, então levantei o braço e fechei a mão ao redor de seu pescoço. Levemente, apenas o suficiente para sentir sua respiração superficial.

Minha voz mudou para um aviso perigoso.

– Ficou. Claro?

Os olhos de Vivian relampejaram.

– Como água. – A resposta dela prometia uma retaliação.

– Ótimo. – Eu a soltei e dei um passo para trás com um sorriso debochado. – Bem-vinda, querida.

Saí sem esperar resposta.

O calor da pele de Vivian permaneceu na palma da minha mão até que a fechei em volta do meu isqueiro e deixei o metal frio afugentar os resquícios daquele toque.

– Não fala nada – disse ao passar por Greta, que estava de cara amarrada. Ela limpava a sala de estar, perto o suficiente para ouvir ao menos parte da minha conversa com Vivian.

Os carregadores já deviam ter ido embora.

– Você foi duro demais – advertiu ela, confirmando minha suspeita.

Greta tinha mais de 70 anos, mas sua audição era de dar inveja aos morcegos.

– Duro, não. Sincero. – Conferi o relógio. Tinha um almoço em duas horas com um CEO que estava na cidade e precisava me preparar antes de sair. – Você preferia que eu a iludisse? Que alimentasse fantasias sobre um príncipe encantado que aparece do nada e conquista o coração dela?

– De onde você tirou que ela tem essas fantasias? – Greta passou o espanador sobre a cornija da lareira com mais força do que o necessário. – Ela parece ser uma mulher pragmática.

– Você a conhece há meia hora.

Eu não podia acreditar que estava discutindo com minha governanta por causa da minha noiva. Devia ser culpa daqueles malditos cookies com os quais Vivian a subornou. Greta tinha uma queda por doces e uma predileção especial por gotas de chocolate.

— Eu tenho bons instintos quando se trata de pessoas. Se não fosse assim... — Mais uma espanada agressiva na lareira. — Teria decidido anos atrás que você não passava de um clone autoritário de seu avô.

Fechei a cara.

— Acho bom você não esquecer quem manda aqui — avisei com um tom sombrio.

— *Non osare farmi una ramanzina quando sono stata io a pulirti il culo da piccolo.* — *Não repreenda alguém que trocou as suas fraldas.* — Se quiser me demitir, me demita. Mas eu sei que em algum lugar aí dentro bate um coração, *ragazzo mio.* Use-o e trate sua futura esposa com respeito.

— Eu dei a ela um Amex Black e um anel de diamante.

Muitas mulheres seriam capazes de matar por essas coisas, e já era mais do que Vivian merecia, considerando quem era o seu pai.

Greta me encarou por um minuto inteiro antes de balançar a cabeça e, furiosa, murmurar qualquer coisa em italiano bem baixinho. Não consegui ouvir o que ela disse, mas imaginei que não fosse nada muito elogioso.

Cheguei ao lado de Greta e coloquei a mão no espanador, forçando-a a parar.

— Valorizo o seu trabalho nesta casa, mas quem dá os limites aqui sou eu — disse friamente. — Se quiser tirar umas férias para clarear a cabeça, me avise e vamos providenciar.

A ameaça pairou no ar como uma oferta.

Ela estreitou os olhos.

— Não preciso de férias.

— Ótimo.

Greta trabalhava para a minha família desde que eu era bebê. Havia ajudado a nos criar, Luca e eu, já que meus pais eram péssimos na função, e cuidara da casa do meu avô até que a convenci a vir trabalhar para mim, quatro anos atrás. Em vez de ficar chateado, meu avô me presenteou com uma garrafa de vinho de dez mil dólares por ter passado a perna nele com sucesso.

Embora eu tivesse carinho por Greta e a considerasse a avó que nunca tive — minhas duas avós biológicas morreram antes de eu nascer —, não toleraria um desrespeito tão flagrante. Se fosse qualquer outra pessoa, eu a teria demitido e colocado em minha lista de inimizades no segundo em que a palavra *duro* saiu de sua boca.

Um pigarreio educado chamou minha atenção para a porta, onde Edward estava parado com uma expressão neutra.

– Senhor, os responsáveis pela mudança deixaram as instalações – declarou ele. – Gostaria que eu fizesse um tour completo com a Srta. Lau?

Eu havia levado Vivian diretamente para seu quarto sem mostrar a ela o resto da casa. Que inferno, ela já tinha visto metade do apartamento na exposição da semana anterior.

– Por favor, faça isso. – Ela deveria conhecer a planta completa do imóvel. Não queria que entrasse acidentalmente no meu quarto ou no meu escritório.

Ele inclinou a cabeça e desapareceu pelo corredor. Greta passou por mim e sumiu em outro canto da cobertura sem dizer uma palavra, mas sua desaprovação pairava no ar como o cheiro de seu produto de limpeza favorito, com aroma de limão.

Apertei a ponte do nariz.

Menos de uma hora depois de se mudar, Vivian já estava causando caos. Os problemas com a minha equipe eram apenas o começo. Ela mudaria as coisas de lugar. Perturbaria o ambiente que eu cuidadosamente cultivara. Eu voltaria para casa sem saber o que ver ou esperar.

Senti uma irritação crescer em meu peito. Saí da sala e fui para meu escritório, onde tentei revisar o material para a reunião. Mas, embora tivesse fechado a porta e estivesse isolado no lado oposto ao quarto de Vivian na casa, ainda sentia o leve e enlouquecedor cheiro de maçã.

CAPÍTULO 7

Vivian

EU COSTUMAVA RESPEITAR AS LEIS, mas, se havia alguém capaz de me levar ao maritricídio, essa pessoa era meu futuro marido.

Eu odiava sua arrogância, sua grosseria e o jeito debochado com que me chamava de *mia cara*. Odiei a maneira como meu coração disparou com sua mão áspera ao redor do meu pescoço. E odiava como ele parecia sempre tão grandioso, como se as moléculas de qualquer espaço em que ele entrasse tivessem que se dobrar para acomodá-lo.

Ficou. Claro? Sua voz enlouquecedora ecoava na minha cabeça.

Estava tudo muito claro. Estava claro que Dante Russo era satanás vestindo um belo terno.

Forcei meus pulmões a se expandirem na tentativa de fazer passar a raiva. *Inspira, um, dois, três. Expira, um, dois, três.*

Só depois que minha pressão arterial estabilizou foi que abri a porta do meu novo quarto, em vez de ir em busca da faca mais afiada que pudesse encontrar.

Como prometido, um cartão de visita com o número da assistente de Dante e um Amex Black aguardavam na mesinha de cabeceira ao lado de uma distinta caixinha vermelha. Quando abri a tampa, um diamante translúcido cintilou para mim.

Passei os dedos pela pedra deslumbrante. Seis quilates, um raríssimo corte Asscher, com diamantes menores em lapidação baguete adornando o aro de cada lado do principal.

Eu deveria estar emocionada. O anel era extraordinário e, a julgar pela cor e limpidez do diamante, valia pelo menos cem mil dólares. Era o tipo de anel que a maioria das mulheres faria qualquer coisa para ter. Mas quando o tirei da caixa e deslizei pelo meu dedo não senti... nada.

Nada, exceto o toque frio do metal e um peso que parecia mais uma prisão do que uma promessa.

A maioria dos anéis de noivado eram símbolos de amor e compromisso. O meu equivalia à assinatura de um contrato de fusão.

Senti um estranho aperto na garganta. Eu não deveria ter esperado nada além daquilo que Dante me deu. Alguns casamentos arranjados, como o da minha irmã, se transformaram em amor verdadeiro, mas de modo geral as chances não eram grandes.

Afundei na cama. O aperto se espalhou da garganta para o peito. Era ridículo que eu me sentisse triste daquele jeito. E daí que Dante havia feito a proposta de casamento da maneira mais impessoal possível? Desde nosso primeiro encontro eu soube que não iríamos nos entrosar. Pelo menos ele foi sincero em relação a suas intenções e limites. Ainda assim, parte de mim torcera para que nossas interações anteriores tivessem sido só experiências ruins e que gradualmente nos acostumássemos um ao outro, mas não. Meu futuro marido era simplesmente um babaca.

O zumbido de uma nova mensagem interrompeu minha lamentação.

Peguei o celular, já esperando mais uma mensagem de felicitações ou um lembrete de Isabella para convidá-la a vir me visitar assim que eu me acomodasse.

Mas encontrei uma mensagem da última pessoa de quem esperava notícias.

Heath: Feliz Dia do Chocolate Quente com Abóbora :)

Olhei para as palavras, esperando que desaparecessem como se eu as tivesse invocado por acidente. Não desapareceram.

Senti meu estômago revirar.

Entre todos os dias em que ele poderia ter me mandado uma mensagem do nada, tinha que ser hoje, logo depois de eu me mudar para a casa de Dante. O universo tinha um senso de humor cruel.

Havia um milhão de coisas que eu queria dizer, mas preferi algo seguro e neutro.

Eu: Tem isso na Califórnia?

Heath: Chocolate quente com abóbora? Nada
Heath: Aqui você só pode tomar smoothies e suco verde ou é expulso da ilha

Meu leve sorriso desapareceu tão depressa quanto surgira. Não deveríamos estar conversando, mas eu não era capaz de bloqueá-lo.

Heath: Tenho enviado e-mails para o Bonnie Sue's todos os dias pedindo que abram uma loja em São Francisco, mas até agora nada

Senti uma pontada diante da menção ao Bonnie Sue's. Era um café popular perto da Universidade de Columbia, onde Heath e eu cursamos a graduação. Era famoso por seu sazonal chocolate quente com abóbora e, embora eu não gostasse de abóbora e ele não gostasse de chocolate quente, íamos lá todo ano quando voltavam a servir a bebida, em meados de setembro. Nada de equinócio; o verdadeiro primeiro dia do nosso outono era o dia em que aquele chocolate quente voltava para o cardápio do Bonnie Sue's.

Eu: Vai dar certo. A persistência sempre vence

A culpa inflou meu peito enquanto eu e Heath trocávamos mais algumas mensagens superficiais. Ele perguntou sobre meu trabalho em Nova York; eu perguntei sobre o cachorro dele e o clima em São Francisco.
Era a nossa conversa mais longa em anos. Geralmente, apenas trocamos mensagens em aniversários e festas de fim de ano, e nunca nos falamos ao telefone. Era mais fácil fingir que éramos apenas meros conhecidos, embora não passasse nem perto da verdade.
Heath Arnett.
Meu melhor amigo na faculdade. Meu ex-namorado. E meu primeiro amor.
Cheguei a pensar que fôssemos nos casar. Tinha me convencido de que superaríamos as exigências de meus pais e viveríamos felizes para sempre, mas nosso rompimento, dois anos atrás, provara que minhas esperanças eram apenas isso – esperanças. Frágeis e débeis diante da ira de meus pais.
Afastei as lembranças *daquele* dia e tentei retomar o foco.

Eu: Como anda a empresa?

Depois que terminamos, Heath se mudara para a Califórnia e expandira seu aplicativo de armazenamento em nuvem, levando-o à potência que era atualmente. A última vez que verifiquei, era um dos quinze aplicativos mais baixados nos Estados Unidos.

Heath: Muito bem. Vamos abrir o capital no fim do ano
Heath: Estamos esperando um IPO dos grandes. Talvez...

Os três pontinhos que indicavam que ele estava digitando apareceram, desapareceram e depois apareceram novamente.

Heath: A gente possa conversar sobre isso depois

Minha culpa se agravou, virando pânico.
Ele não sabia sobre o noivado. Eu não havia postado nada na internet, não tínhamos mais amigos em comum e Heath não seguia as colunas sociais, logo eu tinha que contar a ele. Não poderia mentir por omissão e deixar que ele achasse que havia uma chance de voltarmos.

Heath: Se você quiser, é claro

Eu quase podia vê-lo passando a mão pelo cabelo do jeito que sempre fazia quando estava nervoso.
Mordi o lábio com força. Sabia que parte do motivo de ele ter trabalhado tanto na startup era para provar que meus pais estavam errados. Eles tinham ficado furiosos ao descobrir que eu havia escondido nosso relacionamento por anos e mais furiosos ainda quando souberam que Heath não tinha o histórico "apropriado".
Na época, ele ganhava bem como engenheiro de software e trabalhava paralelamente em seu aplicativo, mas não era um Russo ou um Young. Meu pai ameaçou me deserdar se eu não terminasse com Heath e, no final, escolhi a família em vez do amor.
Heath provavelmente achava que meus pais mudariam de ideia depois que sua empresa abrisse o capital e ele ficasse milionário. E eu não tinha coragem de dizer a ele que isso jamais aconteceria.
Minha família tinha muito dinheiro, mas éramos novos-ricos. Não impor-

tava o quanto doássemos para a caridade ou quantos zeros tivéssemos em nossas contas bancárias, certos setores da sociedade permaneceriam fechados para nós... *a menos que* nos casássemos com homens nascidos em berço de ouro.

Heath nunca seria um herdeiro, logo meus pais nunca o aprovariam como um pretendente para mim.

Conta logo para ele.

Respirei fundo antes de disparar.

Eu: Estou noiva

Não foi uma revelação muito delicada, mas foi curta, clara e direta.

Resisti a cair no antigo hábito de roer as unhas enquanto aguardava alguma resposta.

Que nunca veio.

Eu: Faz algumas semanas
Eu: Queria ter te contado antes

Eu deveria ter parado por aí, mas não consegui segurar a enxurrada em forma de mensagens.

Eu: O casamento é daqui a um ano.

Grilos.

Cinco minutos se passaram, mas meu celular permaneceu apagado e silencioso.

Deixei escapar um gemido e o atirei para o lado.

Eu *não deveria* me sentir culpada. Heath e eu terminamos havia muito tempo e, sinceramente, fiquei surpresa por ele querer uma segunda chance. Eu pensava que...

Uma batida suave interrompeu meus pensamentos caóticos.

Inspirei fundo outra vez e suavizei minha expressão, fazendo uma cara neutra e educada antes de responder.

– Entra.

A porta se abriu, revelando cabelos grisalhos bem-arrumados e um terno preto perfeitamente passado.

Edward, o mordomo de Dante.

– Srta. Vivian, o Sr. Dante pediu que eu a levasse para um tour completo pela casa – disse ele, seu sotaque britânico tão distinto quanto suas roupas. – É uma boa hora, ou gostaria que eu voltasse em um horário de sua escolha?

Olhei para o celular, em seguida observei o cômodo frio e bonito em que me encontrava. Aquela era minha casa, agora. Eu podia me trancar na minha suíte, chafurdar na autopiedade e agonizar enquanto pensava no passado, ou podia tentar tirar o máximo de proveito da situação.

Me levantei e abri um sorriso que me pareceu apenas levemente forçado.

– Agora seria perfeito.

Naquela noite, Dante e eu fizemos nossa primeira refeição juntos como casal.

Considerando "casal" no sentido mais amplo da palavra.

Eu usava o anel que ele me deu, e morávamos sob o mesmo teto, mas o abismo entre nós fazia o Grand Canyon parecer um buraco qualquer no chão.

Fiz uma tentativa corajosa de fechá-lo.

– Adorei sua coleção de arte – comentei. – As pinturas são incríveis.

Exceto aquela que parece vômito de gato. A peça, intitulada *Magda*, ficava tão deslocada em sua galeria que me surpreendi ao vê-la.

– Você tem alguma peça favorita?

Não era o tópico mais interessante do mundo, mas eu estava me esforçando. Até o momento, havia arrancado seis palavras de Dante, três das quais tinham sido *passe o sal*. Ele estava basicamente a dois níveis de ser um mímico bem-vestido.

– Não tenho favoritos – respondeu ele, cortando o bife.

Cerrei os dentes, mas engoli a irritação. Desde nossa interação nada inspirada durante a mudança, eu havia passado dos estágios de choque e raiva em relação a esse noivado à total resignação. Estava presa a Dante, gostasse ou não. Precisava tirar o melhor daquela situação. Se não...

Imagens de dias frios, noites solitárias e sorrisos forçados invadiram minha cabeça.

Senti um desconforto no estômago, mas tomei um gole de água e tentei novamente.

– Quais são suas expectativas para quando estivermos sozinhos?

Ele pousou a faca e o garfo sobre o prato.

– Como é?

Uma reação perceptível. *Um avanço.*

– Você já me disse que vamos fazer o papel do casal apaixonado em público e me alertou para que eu me livrasse, abre aspas, *de qualquer sonho romântico que tenha de nós dois nos apaixonarmos*, fecha aspas. Mas nunca discutimos como seria nossa vida privada para além dos quartos separados. Jantamos juntos toda noite? Falamos sobre problemas de trabalho? Vamos ao supermercado e debatemos sobre qual marca de vinho comprar?

– Não, não e não – respondeu ele categoricamente. – Eu não vou ao supermercado.

Claro que não.

– Vamos levar vidas separadas. Não sou seu amigo, seu terapeuta nem seu confidente, Vivian. Esse jantar só está acontecendo porque é a sua primeira noite aqui e porque por acaso eu estou em casa. – A faca e o garfo voltaram a se mover. – Aliás, tenho uma viagem de negócios para a Europa em breve. Viajo daqui a dois dias. Vou passar um mês fora.

A notícia foi quase um tapa na cara.

Olhei para ele e esperei que me dissesse que aquilo era piada. Como isso não aconteceu, uma onda de indignação levou embora minha vontade de ser agradável.

– Um mês? Que tipo de viagem de negócios exige que você passe um mês fora?

– O tipo que dá dinheiro.

A indignação se transformou em raiva. Ele nem sequer estava *tentando*. Talvez a viagem de negócios fosse legítima, mas eu tinha acabado de me mudar e ele ia passar um mês fora de casa? O momento era conveniente demais para que eu ignorasse.

– Você já tem bastante dinheiro – retruquei, irritada demais para medir as palavras. – Mas nitidamente *não tem* interesse em ser civilizado, então o que está fazendo aqui?

Dante ergueu uma sobrancelha.

– Essa é a minha casa, Vivian.

– Eu estou falando disso *aqui*. Desse noivado. – Apontei de mim para ele. – Você fugiu da minha pergunta da primeira vez, mas vou perguntar de novo. O que você vai tirar desse acordo que não conseguiria obter sozinho?

A Lau Jewels era uma empresa grande, mas o Russo Group era umas dez vezes maior. Não fazia sentido. Meu pai dissera que tinha algo a ver com o acesso ao mercado asiático, que era reconhecidamente o ponto forte da Lau Jewels e o ponto fraco do Russo Group, mas será que isso era importante o suficiente para Dante mudar drasticamente sua vida pessoal?

A expressão dele endureceu.

– Não interessa.

– Considerando que essa é a razão pela qual estamos juntos, eu acho que interessa, sim.

– Não, não interessa. Por que você se importa com o motivo pelo qual estamos juntos? – A voz dele tornou-se fria, debochada. – Vai se casar comigo de qualquer maneira. A filha obediente que faz tudo o que o papai manda. Eu poderia passar o próximo ano inteiro fora, até o dia do casamento, e *mesmo assim* você obedeceria. Não é?

Uma garra gelada arrancou o ar de meus pulmões, deixando-me em choque. Eu não sabia como a conversa tinha avançado tão rápido, mas de alguma maneira, sem nem tentar, Dante havia atingido meu lado mais feio e indesejável. A parte que eu mais detestava, mas da qual não conseguia me livrar.

– Agora eu entendo. – Lutei para manter a calma, mas um tremor de raiva transbordou. – Um casamento arranjado é a única maneira de convencer alguém a se casar com você. Você é tão... tão... – Lutei para encontrar a palavra certa. – *Horrível.*

Não foi minha melhor tirada, mas teria que servir.

O olhar dele era sombrio, mas Dante parecia se divertir.

– Se eu sou tão horrível assim, então fala para a sua família que o casamento está cancelado. – Ele meneou a cabeça em direção ao meu celular. – Liga para eles agora mesmo. A gente faz a mudança de volta para o seu apartamento, como se nada disso tivesse acontecido.

Era um misto de desafio e sedução. Ele não me achava capaz, mas sua voz foi tão intensa e persuasiva que quase me fez obedecer.

Meus dedos se curvaram ao redor do garfo. O metal afundou em minha pele, frio e implacável.

Não toquei no celular. Queria muito, ainda mais do que jogar meu vinho na cara presunçosa de Dante, mas *não podia.*

A raiva do meu pai. As críticas da minha mãe. O fracasso se eu não fosse adiante com o casamento...

Eu não podia fazer aquilo.

A expressão divertida de Dante desapareceu em meio ao clima de tensão. Algo brilhou em seus olhos. Decepção? Reprovação? Era impossível dizer.

– Pois é – disse ele suavemente.

O tom conclusivo de sua fala cortou mais fundo do que uma faca recém-afiada.

Terminamos o jantar em silêncio, mas meu bife havia perdido o sabor. Dei um gole no vinho para fazê-lo descer e deixei o calor corroer minha vergonha.

CAPÍTULO 8

Dante

APESAR DO QUE VIVIAN PENSAVA, eu havia marcado a viagem para a Europa antes de ela se mudar. A maioria das marcas do Russo Group tinha sede lá, e eu reservava um mês por ano para participar pessoalmente de reuniões com os chefes de nossas subsidiárias europeias.

Este ano, o timing apenas acabara sendo de extrema conveniência.

No entanto, garanti que Luca e Vivian fossem vigiados enquanto eu estivesse fora. Havia atribuído a Luca uma função no setor de vendas em uma das lojas de varejo de nossas subsidiárias de joias. Ele era uma pessoa sociável, e trancafiá-lo em um escritório qualquer representaria apenas um desastre para ele e para a loja em questão. De acordo com o gerente da loja, o começo foi difícil – meu irmão nunca foi pontual –, mas quando voltei para Nova York, ele parecia já ter se adaptado a seu novo papel, ainda que a contragosto.

Vivian, por outro lado, havia se habituado ao novo ambiente com a maior naturalidade. Greta e Edward puxavam o saco dela em todos os relatórios, e, ao voltar para casa, encontrei uma nova pintura na galeria, toalhas com o monograma *D&V* nos banheiros e malditas flores por todos os lados.

– Dante, relaxa o rosto – disse Winona. – Dá um sorriso... Isso! Perfeito.

O obturador da câmera clicou várias vezes.

Vivian e eu tínhamos passado a manhã tirando fotos de noivado no Central Park. Foi tão penoso quanto eu imaginara, cheio de sorrisos e abraços falsos enquanto Winona nos guiava em poses destinadas a mostrar como estávamos "apaixonados".

– Vivian, coloca os braços ao redor do pescoço dele e chega mais perto.

Meu corpo retesou quando Vivian obedeceu e deu um passo hesitante em minha direção.

– Mais perto. Tem espaço para passar um trator entre vocês – brincou Winona.

– Obedece para a gente poder acabar logo com isso – resmunguei.

Quanto mais cedo eu conseguisse me distanciar dela, melhor.

– Você se torna mais adorável a cada dia. – A voz de Vivian era tão doce que daria para regar panquecas com ela. – A Europa realmente fez maravilhas pela sua personalidade.

– Mais perto – incentivou Winona. Se ela notou a hostilidade entre nós, não demonstrou nada. – Mais um passinho para a frente...

Os seios de Vivian roçaram no meu peito quando ela fechou o espaço que restava entre nós.

Meus músculos ficaram rígidos.

– Dante, abraça a Vivian.

Pelo amor de Deus.

Como eu só queria acabar com aquela tortura, contraí a mandíbula e coloquei as mãos na cintura de Vivian. O calor atravessava a seda de seu vestido, e seu maldito cheiro de maçã invadiu meus pulmões mais uma vez. Nenhum de nós se mexeu, com medo de que um mínimo movimento inadvertidamente nos aproximasse ainda mais.

– Eu recebi uma ligação interessante do meu contador, quando estava em Paris – comentei, tentando me distrair de nossa proximidade perturbadora. – Cem mil dólares em compras no meu Amex em um único dia, incluindo dez mil em flores. Você se importaria de explicar?

– Você me deu um Amex Black. Eu usei – respondeu Vivian com um gracioso dar de ombros. – O que posso fazer? Eu gosto de flores. E de sapatos.

Tradução: você foi um babaca antes de ir e eu descontei na sua conta bancária.

Um ato sutil e mesquinho de vingança. Muito bem.

Não havia nada mais irritante do que alguém que não sabia se defender.

– Deu para notar – respondi, tentando não inspirar muito fundo para que o cheiro dela não me envolvesse completamente. – E as toalhas?

– Foram presente da minha mãe.

Claro que foram.

– Da próxima vez que você for passar um mês fora, me avise com antecedência – disse ela. – Quero ter tempo para planejar uma festa, redecorar a sala de estar, talvez fazer uma lista de compras robusta. É incrível a quantidade de coisas que dá para fazer quando não se tem um limite de gastos.

Estreitei os olhos. Eu não me importava com o cartão de crédito. Certa vez, Luca gastou um milhão de dólares em uma ridícula banheira de ouro maciço de 24 quilates para uma festa do pijama. Cem mil não era nada.

O que me irritou foi a maneira como Vivian reorganizou tudo enquanto eu estava fora. As toalhas e as flores eram apenas a ponta do iceberg. Havia novas obras de arte nas paredes, aromaterapia jorrando de difusores escondidos e um estúdio de massagem.

Passei um mês fora e ao voltar descobri que minha casa tinha sido transformada em uma porcaria de um hotel spa.

– Você se divertiu enquanto eu estava viajando, não foi? – Um tom perigoso envolveu minhas palavras.

– Eu me diverti *horrores*. – Vivian passou os dedos pelo meu cabelo e puxou com força suficiente para machucar. Ela sorriu. – A casa tem estado muito agradável sem tanta cara feia e resmungos.

– Achei que você sentiria minha falta. – Soltei um muxoxo. – Estou magoado.

– Eu pediria desculpas, mas levar em conta seus sentimentos não faz parte do nosso acordo. Isso aqui é *apenas* um negócio. Lembra?

Um sorriso relutante se abriu um meu rosto.

Touché.

– Olha só vocês dois. Que graça. – Winona suspirou. – Dante, por que você não dá um beijo nela? Vai ser a foto perfeita para encerrar o ensaio.

Meu sorriso desapareceu.

Vivian ficou congelada em meus braços.

– Não precisa – disse ela de pronto. – Nós não... somos muito de demonstrações públicas de afeto.

– Não tem ninguém aqui, só nós – apontou Winona.

Eu havia mexido alguns pauzinhos e reservado áreas do parque para a sessão de fotos. Odiava multidões. Barulhento demais, imprevisível demais, *contato* demais.

– Sim, mas... – Vivian hesitou. Ela parecia um coelho prestes a ser pego pelos faróis de um carro.

Sua expressão de choque se transformou em aborrecimento. Eu não *queria* beijá-la, mas não gostei de como ela reagiu, como se me beijar fosse o equivalente a ser picado por uma cobra venenosa.

– Nós realmente não ficamos confortáveis nos beijando na frente de *outras pessoas* – concluiu Vivian.

Ela tentou dar um passo para trás, mas meu aperto em sua cintura a impediu.

Minha irritação aumentou. Tínhamos concordado em fazer o papel do casal apaixonado em público, mas ela não estava agindo de forma particularmente amorosa.

– Se você não quiser, tudo bem, mas um ensaio de noivado de verdade sempre tem um beijo. – Winona parecia intrigada com nossa hesitação. – Prometo que não vou ficar chocada.

– Certo. – Vivian mordeu o lábio.

Meu Deus. Não era possível que uma pessoa fosse tão indecisa.

Em vez de ficar esperando que ela tomasse uma atitude em algum momento do próximo século, abaixei a cabeça e rocei a boca na dela. Suavemente, apenas por tempo suficiente para ouvir o clique do obturador da câmera outra vez.

O corpo de Vivian, que já estava contraído, ficou completamente rígido. Seus lábios se abriram, sugando ar bruscamente, e senti algo doce com um toque de especiarias.

Meu sangue ferveu. Era para ser apenas um beijo rápido para a câmera. Eu deveria me afastar, mas sua boca era tão quente e macia que não pude resistir a prová-la um pouco mais. E um pouco mais.

Antes que eu me desse conta, minha mão deslizou para cima por vontade própria. Meus dedos afundaram em seu cabelo e evocaram um desejo irresistível de aprofundar o beijo. De enroscar meu punho em torno daquela seda e puxá-la até que sua boca se abrisse totalmente para mim, deixando-me explorar e matar minha vontade.

Meu coração bateu mais forte. Atribuí minhas atitudes sem sentido ao mês que passei longe dela. A distância fortalece o amor e toda essa baboseira. Era o único motivo plausível pelo qual beijar a filha de Francis Lau não me fez querer esfregar alvejante no corpo inteiro.

Vivian ergueu o queixo levemente, me dando mais acesso. Meu...

– Prontinho! – A voz de Winona nos separou tão repentina e violentamente quanto o estampido de um tiro.

Em um segundo, estávamos nos beijando. No momento seguinte, minhas mãos haviam saído da cintura e do cabelo de Vivian, os braços dela soltaram meu pescoço e meu coração estava disparado como se eu tivesse acabado de completar uma prova de triatlo.

Vivian e eu nos encaramos por um segundo antes de desviarmos rápido o olhar. O beijo durara menos de um minuto, mas minha boca ficara marcada com seus lábios. Senti um peso sobre minha pele, feito uma manta de caxemira, enquanto Winona, antes agachada, levantava-se.

– Acho que vocês são o casal mais fotogênico com que eu já trabalhei. – Ela sorriu. – Mal posso esperar para que vocês vejam a versão final das fotos.

– Obrigada – disse Vivian, o rosto corado. – Tenho certeza de que ficarão excelentes.

– Terminamos?

Tirei o paletó e ignorei o olhar de reprovação dela. Tínhamos feito o maldito ensaio. O que mais ela queria?

E por que estava fazendo tanto calor em meados de outubro?

– Sim, daqui a duas semanas eu mando por e-mail um link para uma pasta com as fotos – informou Winona, imperturbável diante de minha resposta curta. – Parabéns mais uma vez pelo noivado.

Vivian agradeceu novamente enquanto eu passava por ela rumo às escadas para sair do Bethesda Terrace. Precisava aumentar a distância entre nós de imediato.

Infelizmente, Vivian logo me alcançou, e andamos em silêncio em direção a uma das saídas do parque enquanto eu praguejava contra mim mesmo por aquele momento de fraqueza. Não era apenas o beijo, mas a sessão de fotos como um todo. Eu devia ter contratado alguém para fazer umas montagens nos Photoshop. Assim eu não teria que lidar com... aquilo *tudo*.

A inquietação sob a minha pele. Meus músculos retesados quando eu sentia o perfume dela. A lembrança de sua boca na minha.

Não tinha a ver com o beijo, que precisava mesmo acontecer se não quiséssemos levantar suspeitas em Winona. Tinha a ver com o fato de eu ter estendido aquele momento.

Vivian finalmente se manifestou ao cruzarmos a saída da Rua 79 com a Quinta Avenida.

– Quanto ao beijo...

– Foi para a foto – falei sem olhar para ela.

– Eu sei, mas...

– Está com fome? – Meneei a cabeça em direção a um carrinho de comida na esquina da rua. Preferia tomar um banho de ácido a discutir aquele assunto.

Vivian deu um suspiro, mas mudou de assunto.

– Eu comeria – admitiu. Ela ergueu as sobrancelhas quando parei na frente do carrinho. – O que você está fazendo?

– Comprando café da manhã. – Tirei uma nota de vinte da carteira. – Dois cafés e dois bagels da casa. Fica com o troco. Obrigado, Omar.

Mesmo querendo me afastar de Vivian o mais rápido possível, eu estava morrendo de fome. Acordamos cedo demais para tomar café da manhã, e eu não podia comprar comida para mim sem comprar para ela também.

Eu era um babaca, não um troglodita.

Virei-me e vi que ela estava me encarando como se eu tivesse criado chifres e penas no meio da Quinta Avenida.

– O que foi?

– Você chamou o dono do carrinho pelo nome.

– Lógico. – Guardei a carteira de volta no bolso. – Eu corro aqui de manhã sempre que tenho tempo e já experimentei todos os carrinhos de café da manhã ao redor do parque. O do Omar é o melhor.

– E eu que pensei que você vivesse à base de caviar e coração humano.

– Não seja ridícula. Caviar nem combina com coração humano.

A risada de Vivian evocou uma sensação estranha em meu peito. *Azia? Investigar depois.* Peguei a comida e lhe entreguei um copo de papel e um bagel embrulhado.

– Eu prezo pela qualidade, não pelo preço. O que é caro nem sempre é bom, principalmente quando se trata de comida.

– Pela primeira vez nós concordamos. – Ela me acompanhou até um banco próximo e ajeitou o vestido sob as coxas antes de se sentar. – A gente deveria checar se a previsão do tempo indica que vai chover canivete.

Senti um leve princípio de sorriso, mas desfiz a expressão antes que ela percebesse.

– Um dos meus restaurantes favoritos, antes de fechar, era um lugarzinho na Chinatown de Boston – disse Vivian, hesitante, como se estivesse pensando se deveria ou não compartilhar aquela informação comigo, mesmo depois de as palavras já terem saído de sua boca. – Se você não estivesse procurando, não ia nem reparar no lugar. A decoração era uma coisa meio início dos anos 1990 e o chão era pegajoso, mas eles tinham os melhores guiozas que eu já provei na vida.

A curiosidade falou mais alto:

– E por que fechou?

– O dono morreu e o filho não quis assumir. Ele vendeu para alguém que transformou o lugar em uma oficina de conserto de eletrônicos. – Uma nota de melancolia surgiu em sua voz. – Minha família e eu comíamos lá toda semana, mas acho que teríamos parado de frequentar mesmo se tivesse continuado aberto. Agora eles só vão a lugares com estrelas Michelin. Se me vissem comprando algo em um carrinho de comida, teriam um infarto.

Tomei um lento gole de café enquanto processava o que ela disse. Pensei que Vivian vivesse sob o controle absoluto dos pais, mas, a julgar por seu tom, nem tudo era perfeito na família Lau.

– Eu e meu irmão sempre íamos a um lugar em Midtown quando éramos crianças – contei. – Moondust Diner. A região tinha vários lugares que eram só armadilhas para turistas, mas essa lanchonete tinha os melhores milk-shakes da cidade. Custava dois dólares e os copos eram quase do tamanho da nossa cabeça. Íamos lá toda semana depois da aula, até que nosso avô descobriu. Ele ficou furioso. Disse que os Russos não frequentavam lanchonetes baratas e colocou uma pessoa para acompanhar a gente até em casa depois da escola. Nunca mais voltamos lá.

Jamais tinha falado a ninguém sobre o restaurante, mas como ela me contou sobre os guiozas, senti a necessidade de retribuir.

Aquele beijo realmente tinha *ferrado* com a minha cabeça.

– Um milk-shake de dois dólares? Eu teria virado o pesadelo do meu dentista – brincou Vivian.

– O meu também não era muito meu fã.

O Moondust Diner ainda existia, mas eu não era mais criança. Minha tara por doces havia desaparecido e eu não tinha tempo para ficar me afundando em nostalgia.

Passamos um minuto comendo em silêncio até que eu disse:

– As coisas devem ter mudado bastante depois que o negócio do seu pai decolou.

Era sempre bom ter mais informações sobre os Laus, e se alguém conhecia bem Francis, era sua filha. Pelo menos esse foi o motivo que dei a mim mesmo para não ir embora, embora já tivesse terminado meu bagel.

– Isso é um eufemismo. – Vivian contornou a borda do copo de café com o dedo. – Quando eu tinha 14 anos, minha mãe sentou comigo para uma conversa. Não era sobre sexo... Era sobre as expectativas deles em relação a quem eu deveria e poderia namorar. Eu era livre para ficar com quem quisesse, *desde que* atendesse a certos critérios. Esse também foi o dia em que descobri que provavelmente teria um casamento arranjado, se não encontrasse alguém "adequado" até um determinado prazo.

Disso eu já suspeitava. Famílias de novos-ricos, como os Laus, geralmente tentavam melhorar seu status social por meio do casamento. Famílias tradicionais também faziam isso, mas de um jeito mais sutil.

– Imagino que seus pais não gostassem muito dos seus ex.

Se gostassem, Vivian e eu não estaríamos noivos.

– Não. – Uma sombra perpassou o rosto dela. – E você? Alguma ex com quem pensou em se casar?

– Eu não tinha interesse em me casar.

– Humm. Não me surpreende.

Lancei um olhar para ela.

– O que isso significa?

– Significa que você é um maníaco por controle. Provavelmente odiava, e *ainda* odeia, a ideia de alguém chegar e bagunçar a sua vida. Quanto mais pessoas em uma casa, mais difícil é controlar o ambiente.

Meu choque deve ter sido evidente, porque Vivian deu uma gargalhada e abriu um sorriso em parte provocador, em parte presunçoso.

– Fica bastante óbvio pelo jeito como você administra a sua casa – disse ela. – Além disso, durante as refeições, você é completamente obsessivo em relação aos alimentos não se tocarem. Você coloca a carne no canto superior esquerdo do prato, os legumes no canto superior direito e os carboidratos e grãos na parte de baixo. Você fez isso na casa dos meus pais e na minha primeira noite na sua casa, antes de ir para a Europa. – Ela tomou um gole de café, conseguindo parecer elegante mesmo bebendo de um copo de papel. – Maníaco por controle – resumiu ela.

Uma admiração relutante tomou conta de mim.

– Impressionante.

Desde criança, eu era bastante criterioso em relação aos alimentos se tocarem. Não sabia por quê; a imagem e a textura de alimentos misturados simplesmente me causavam calafrios.

– Faz parte do meu trabalho – disse Vivian. – Planejar eventos exige muita atenção aos detalhes, em especial quando se está lidando com clientes como os meus.

Ricos. Mimados. Carentes.

Ela não precisava dizer em voz alta para eu saber a que se referia.

– Por que planejar eventos em vez de cuidar da empresa da família? – Eu estava genuinamente curioso.

Vivian deu de ombros.

– Gosto de joias como consumidora, mas não tenho interesse no lado corporativo do negócio. Gerenciar a Lau Jewels não envolveria criatividade. Apenas acionistas, relatórios financeiros e milhares de outras coisas que não me interessam. Odeio números e não sou boa com eles. Minha irmã, Agnes, é quem gosta dessas coisas. Ela é a gerente de vendas e de marketing da empresa e, quando meu pai se aposentar, vai assumir como CEO.

Não haverá vaga nenhuma para assumir depois que eu acabar com eles.

Uma pequena pontada de mal-estar atingiu minhas entranhas, mas logo a rechacei. O pai dela merecia o que estava por vir. Vivian e a irmã, não, mas a ruína e os danos colaterais andavam de mãos dadas. Era o preço dos negócios.

– E você? Já quis fazer outra coisa? – perguntou Vivian.

– Não.

Eu me preparara a vida inteira para assumir o Russo Group. Seguir outra carreira nunca passara pela minha cabeça.

– Meu pai se recusou a assumir a empresa, então coube a mim manter a tradição dos Russos – expliquei. – Renunciar nunca foi uma opção.

– O seu pai pôde renunciar, mas você não? Parece injusto.

– Não existe justiça no mundo dos negócios. Além disso, meu pai teria sido uma merda de CEO. Ele é o tipo de cara que se preocupa mais em ser amado do que em fazer o que tem que ser feito. Ele teria arruinado a empresa em poucos anos, e meu avô sabia disso. Foi por isso que ele não forçou o filho a assumir um cargo executivo.

As palavras saíram por conta própria.

Eu não sabia por que estava contando a Vivian sobre minha família. Uma hora atrás, eu teria preferido pular do Empire State Building a passar um minuto a mais me forçando a ser legal com ela. Talvez o beijo tivesse causado um curto-circuito em meu cérebro, ou talvez fosse porque aquele era meu primeiro momento de quase paz desde a morte do meu avô.

Os últimos meses tinham sido uma dor de cabeça atrás da outra. Os preparativos para o velório, a chantagem de Francis, as bobagens de Luca, o noivado, a viagem para a Europa, o trabalho de sempre e as obrigações sociais que eu tinha que cumprir.

Era bom poder sentar e respirar por um minuto.

– Falando nos meus pais, eles querem te conhecer – falei. Apresentar Vivian a eles era uma dor de cabeça que eu tinha esperado evitar, embora soubesse que as chances de mantê-los a distância por um ano ou pelo tempo que levasse para romper o noivado eram mínimas. – Vamos passar o Dia de Ação de Graças com eles.

De acordo com o relatório de Christian, os Laus não ligavam muito para o Dia de Ação de Graças, então Vivian não deveria ficar chateada por perder o feriado junto à família.

Não que eu me importasse caso ela ficasse.

– Está bem. – Ela fez uma pausa, obviamente esperando por mais informações. Como não forneci nenhuma, ela perguntou: – Seus pais moram em Nova York?

– Um pouco mais longe. – Joguei o copo de café vazio em uma lixeira próxima. – Bali.

Por enquanto. Havia décadas que meus pais não passavam mais de três meses em um mesmo lugar.

Vivian ficou boquiaberta.

– Você quer que a gente pegue um avião até *Bali* para conhecer seus pais no Dia de Ação de Graças?

– Vamos passar uma semana lá. Saímos no domingo anterior e voltamos na segunda-feira seguinte.

– Dante. – Ela parecia estar lutando para manter a calma. – Eu não posso simplesmente passar uma semana em Bali sem que você me avise com pelo menos dois meses de antecedência. Eu tenho um emprego, planos...

– É um feriado – respondi, impaciente. – Que evento você vai estar planejando? O desfile de Ação de Graças da Macy's?

Ela amassou a embalagem do bagel e os nós de seus dedos ficaram brancos.

– Eu preciso estar de volta na segunda-feira de manhã para uma reunião com um cliente. Vou estar cansada, com *jet lag*...

– Então voltamos no sábado. – Foram meus pais que insistiram que passássemos uma semana lá. O trabalho de Vivian me dava uma ótima desculpa para retornar mais cedo. – Vamos de jatinho e ficamos na *villa* dos meus pais. Não é nada de mais. Pelo amor de Deus, nós vamos para Bali. Todo mundo quer ir para Bali.

– Essa não é a questão. Deveríamos consultar um ao outro em relação a esse tipo de coisa. Você é meu noivo, não meu chefe. Não pode simplesmente esperar que eu obedeça a qualquer ordem sua.

Nossa, quanta chatice.

– Considerando que paguei pelos seus sapatos e pelas flores, acho que posso, sim.

Soube que era a coisa errada a dizer assim que as palavras saíram da minha boca, mas era tarde demais para voltar atrás.

Vivian levantou-se abruptamente. Uma brisa soprou sua saia na altura das coxas, e um sujeito fazendo jogging a encarou boquiaberto, até que eu o afugentei com um olhar.

– Graças a Deus você mostrou mais uma vez sua verdadeira personalidade – disse ela, as bochechas coradas. – Eu estava começando a achar que você era humano. – Ela jogou fora o copo e a embalagem. – Obrigada pelo café da manhã. Podemos combinar de nunca mais fazer isso?

Ela se afastou, os ombros rígidos.

Em seu food truck, Omar balançou a cabeça e franziu a testa para mim.

Eu o ignorei. E daí que tinha sido uma coisa idiota de se dizer? Eu já tinha baixado a guarda mais do que deveria naquela manhã. Vivian era a filha do inimigo, e era bom que eu me lembrasse disso.

Passei mais um tempo sentado no banco, tentando recuperar a magia de antes, mas a paz havia desaparecido.

Quando voltei para casa, encontrei um cheque em minha mesa de cabeceira no valor exato de cem mil dólares.

CAPÍTULO 9

Vivian

O MERCADO DE PULGAS estava cheio do som de barganhas e das buzinas fracas dos táxis nas ruas vizinhas. O cheiro de churros pairava no ar e de todos os lados via-se uma explosão de cores, texturas e tecidos.

Havia anos que eu visitava o mesmo mercado todo sábado. Era um tesouro escondido cheio de inspiração e itens únicos que eu não conseguia encontrar nas lojas de luxo meticulosamente selecionadas, e nunca falhava em me tirar de um bloqueio criativo. Também era o local que eu mais gostava de visitar quando precisava espairecer.

Naquele dia, no entanto, o lugar não surtiu qualquer desses efeitos.

Não importava o quanto eu tentasse, não conseguia afastar a lembrança da boca de Dante na minha. A firmeza de seus lábios. O calor de seu corpo. O cheiro sutil de seu perfume caro, e o peso confiante de suas mãos na minha cintura. Dias depois, eu ainda podia *sentir* o momento de forma tão nítida que era como tivesse acabado de acontecer.

Era enfurecedor. Quase tão enfurecedor quanto a maneira como me abri com ele durante o café da manhã, para no fim das contas ele voltar a ser um babaca depois de uma breve e chocante demonstração de humanidade.

Por um momento, eu *gostei* de Dante, embora possa ter sido apenas minha solidão falando mais alto. Ao contrário do que disse a ele durante a sessão de fotos, era um tanto perturbador voltar todos os dias para uma casa silenciosa e imaculada. Aquele mês separados aliviou a mágoa em relação ao que ele dissera antes de partir para a Europa, e eu não tinha percebido o quanto a presença de Dante eletrizava o espaço até o momento que ele foi embora.

— A gente já passou nessa barraca — disse Isabella.

— O quê? — respondi, passando os dedos nas franjas de um lenço de estampa roxa.

— Essa barraca. A gente já passou aqui — repetiu ela. — Lembra que você comprou a pashmina?

Hesitei quando o restante do conteúdo da barraca entrou em foco. Ela tinha razão. Foi um dos primeiros lugares por que passamos ao chegarmos.

— Desculpa. — Soltei o lenço com um suspiro. — Estou um pouco fora do ar hoje.

Estou ocupada demais pensando no meu noivo idiota.

— Jura? Nem percebi. — O sorriso implicante de Isabella desapareceu quando eu não o retribuí. — O que está havendo? Você normalmente roda esse lugar como se estivesse sendo perseguida pelos guardiões do inferno.

Isabella adorava economizar e participava das minhas excursões de sábado sempre que podia. Eu havia tentado convencer Sloane a vir uma vez, mas as chances de ela pisar em um mercado de pulgas eram menores do que um salto agulha Jimmy Choo.

— Muita coisa na cabeça, só isso.

Queria contar a Isabella sobre a sessão de fotos, mas não havia *nada* para contar. Meus lábios e os de Dante haviam se tocado por trinta segundos para uma foto. Qualquer coisa além disso eram os hormônios e meu período de seca falando mais alto.

Além disso, eu não estava mentindo. Em meio ao trabalho, ao tenso relacionamento com Dante, às novas obrigações sociais como a futura Sra. Russo e à longa lista de tarefas para o casamento, eu estava esgotada.

— Nós já vamos embora — acrescentei. — Só preciso encontrar um espelho de ouro para a festa de 16 anos da neta de Buffy Darlington.

— Eu não acredito que a gente vive em um mundo onde existem pessoas chamadas Buffy Darlington. — Isabel estremeceu. — Os pais dela deviam odiá-la.

— Buffy Darlington III, para ser exata. É um nome de família.

— Então é ainda pior.

Dei uma gargalhada.

— Bem, independentemente do nome, a Buffy é a grande dama da sociedade de Nova York *e* a chefe do comitê do Legacy Ball. Tenho que impressioná-la, ou é melhor dar adeus ao meu negócio.

O Legacy Ball era o evento mais exclusivo do circuito internacional. Mudava de local todos os anos, e o próximo baile, no mês de maio, por acaso seria em Nova York. Produzir o evento era considerado uma grande honra. Eu tinha torcido muito para ter essa chance, mas a escolhida fora a esposa de um magnata do mercado financeiro.

– Por falar em alta sociedade, como anda o seu novo emprego?

Isabella havia pedido demissão do bar na semana anterior, depois de conseguir um emprego altamente cobiçado no Valhalla Club, uma sociedade exclusiva para as pessoas mais ricas e poderosas do mundo. Meu pai vinha tentando ser admitido fazia anos, mas a filial de Boston não estava aceitando novas candidaturas, e nossa família não tinha contatos suficientes para se esgueirar pela porta dos fundos.

O rosto de Isabella se iluminou.

– *Incrível*. O salário é mais alto, os benefícios são melhores *e* a carga horária é menor do que em qualquer outro emprego nesta cidade. É mil vezes melhor do que trabalhar como bartender com aquele esquisito do Colin em cima de mim. Pode ser que agora eu realmente tenha tempo para terminar o meu livro... – Ela parou de falar enquanto espiava por cima do meu ombro. – Hã... Viv?

– Oi? – Avistei um espelho dourado em uma mesa próxima. A festa da neta de Buffy tinha como tema *A Bela e a Fera* e, embora eu já tivesse finalizado a decoração, queria uma peça única para amarrar tudo.

– Acho que talvez você queira dar uma olhadinha para trás. – A voz dela tinha um estranho tom abafado.

Minha curiosidade foi atiçada e me virei para ver o que Isabella estava olhando. Poucas coisas a abalavam.

A princípio, tudo o que vi foram transeuntes segurando churros e ambulantes vendendo seus produtos. Então notei a pessoa parada atrás de nós.

Cabelo loiro-claro. Olhos azuis. Um corpo outrora esguio que havia se preenchido de músculos ao longo dos anos.

Minhas sacolas de compras caíram no chão quando o choque fez com que o ar deixasse meus pulmões.

Heath.

— Desculpa te pegar de surpresa desse jeito. Eu estava passando e lembrei que você adorava vir aqui aos sábados — disse ele, dando uma risadinha. — Pelo visto, ainda vem.

Retribuí com um sorriso cauteloso.

— É difícil se livrar de hábitos antigos.

Depois que Isabella se retirou para "tirar um cochilo e escrever" e eu superei o choque, Heath e eu saímos do mercado para tomar um café em uma pequena cafeteria com mesas ao ar livre naquela rua mesmo. Não havia nenhum outro cliente, então éramos apenas nós dois conversando em meio a cappuccinos, como se não tivessem se passado dois anos desde a última vez que nos vimos.

Era surreal.

— Você está aqui de férias? — perguntei.

Heath tinha me enviado aleatoriamente uma foto do chocolate quente com abóbora do Bonnie Sue's outro dia, então eu sabia que ele estava na cidade. Foi a primeira mensagem que ele mandou desde que contei que estava noiva.

Heath não havia mencionado o noivado e eu não tinha planos de me encontrar com ele.

— Trabalho. Tenho uma reunião com investidores na segunda-feira e pensei em vir antes para aproveitar a cidade. Já faz um tempo. — Ele esfregou a nuca. — Eu pensei em te ligar, mas...

— Não precisa explicar.

O encontro daquele dia era uma anomalia. Normalmente não avisávamos um ao outro quando estávamos na cidade nem batíamos papo em meio a bebidas. Não tínhamos mais esse tipo de relacionamento.

— Claro. — Heath deu um pigarro. — Você está ótima, Viv. De verdade.

Minha expressão suavizou.

— Você também.

O Heath que eu havia namorado fazia o tipo garoto-propaganda de escolas particulares de New England. O homem sentado na minha frente agora parecia pertencer ao pôster de um filme de surfistas da Califórnia. Mais bronzeado, mais saudável, mais musculoso.

Muitas vezes me perguntei o que aconteceria se eu esbarrasse com Heath novamente. Esperava sentir tristeza, arrependimento e talvez saudade. Tínhamos sido amigos e depois namorados por anos; sentimentos não desapareciam só porque as pessoas se separavam. Porém, eram entorpecidos pelo tempo, pois tudo que eu sentia agora era a brisa fria na pele e uma estranha inquietação na boca do estômago.

– Como anda a preparação para o IPO? – perguntei na falta de algo melhor para dizer.

Costumávamos conversar sobre absolutamente qualquer assunto. E agora estávamos mais constrangidos do que completos desconhecidos forçados a dividir a mesa em um restaurante superlotado.

– Muito bem. Tem sido estressante, mas estamos avançando.

Uma oferta pública inicial, ou IPO, exigia uma longa preparação, então Heath provavelmente estava dormindo apenas algumas horas por noite até o fim do processo.

– Como andam, hã... os eventos?

– Bem. Contratei uma pessoa para cuidar das nossas redes sociais há alguns meses, então agora somos uma equipe de quatro.

– Muito bem.

Tínhamos que parar de usar a palavra *bem*.

O silêncio incômodo se expandiu. Heath e eu olhamos sem jeito um para o outro por mais um minuto antes de os olhos dele recaírem no meu anel de noivado. Uma tempestade de emoções nublou seus olhos, e eu resisti ao impulso de esconder a mão no meu colo.

– Você não estava brincando sobre o noivado.

Senti uma pontada no peito com sua primeira menção direta a meu novo status de relacionamento.

– Eu não brincaria com um assunto desses – respondi suavemente.

– Eu sei. Eu só achei que... – Ele jogou a cabeça para trás e soltou um longo suspiro. – Quando é o casamento?

– Ano que vem. Início de agosto. – Nervosa, esfreguei o polegar no anel.

– Na propriedade dos Russos no lago de Como?

Ele devia ter pesquisado as notícias depois que lhe contei.

– Sim.

– Você e Dante Russo. Seus pais devem estar animadíssimos. – Heath me encarou novamente com um sorriso sarcástico. – Quanto ele vale? Um bilhão de dólares?

Dois.

– Tipo isso.

– Como vocês se conheceram?

– Em um evento – respondi vagamente.

Não queria mentir para Heath, mas também não queria contar que era um casamento arranjado. A aprovação dos meus pais era um assunto delicado para nós dois. Infelizmente, ele me conhecia bem o bastante para captar as nuances da minha resposta vazia.

Heath estreitou os olhos. A inquietação em meu estômago aumentou quando vi o rosto dele lentamente ganhar uma expressão horrorizada.

– Espera. Você vai se casar com ele porque quer ou porque *seus pais* querem?

Eu me remexi, de repente desejando ter pulado a ida ao mercado naquela manhã.

Não respondi, mas meu silêncio disse tudo o que ele precisava saber.

– Porra, Viv. – A voz dele soou cheia de frustração. – Eu *sabia* que você jamais escolheria alguém como esse Dante por livre e espontânea vontade. Fiz uma pesquisa sobre ele depois daquela mensagem. Todos os boatos sobre ele, sobre como ele é... Não tem dinheiro no mundo que valha a pena. No que seus pais estavam pensando? Além do fato de ele ser bilionário. – Uma pontada atípica de amargura tomou as palavras dele.

– Ele não é *tão* ruim assim – respondi, me sentindo estranhamente na defensiva em relação a Dante, embora ele tivesse sido um escroto durante noventa por cento de nossas interações.

Mas... o beijo. O café da manhã. A história do Moondust Diner. Eram pequenas coisas no grande esquema que era o nosso relacionamento, mas me davam esperança.

Dante Russo tinha um lado humano. Ele simplesmente não o mostrava com frequência.

– Isso é o que ele quer que você pense. Mesmo que ele não seja tão ruim como dizem por aí, você quer se casar com alguém que já é casado com o trabalho?

Minha mente voltou para a viagem de um mês que Dante fez à Europa. Esfreguei o anel outra vez, minhas entranhas retorcidas pela frustração. Eu me sentia como um pássaro preso em uma gaiola feita de circunstâncias fora do meu controle, incapaz de fazer qualquer coisa exceto cantar e ser belo.

Heath se inclinou para a frente com o rosto sério.

– Você não *tem* que se casar com ele, Viv.

– Heath...

– Estou falando sério. – A ferocidade de seu tom me assustou. – Você sempre fez o que seus pais mandaram, mas não estamos falando de um trabalho ou de qual faculdade você vai fazer. Estamos falando do resto da sua vida. Você não é mais uma adolescente, e ganha o próprio dinheiro. Pode se recusar a fazer isso.

Já tínhamos tido essa conversa antes, e terminava sempre da mesma maneira.

– Eu não posso me recusar. Eles são a minha *família*, Heath. Não posso virar as costas para eles.

Heath deu uma risada desprovida de humor.

– Eu devia ter imaginado que você ia dizer isso. – Ele se recostou na cadeira, o olhar fixo no meu. – Sabe, eu não namorei mais ninguém desde que a gente terminou. Nada sério, pelo menos. Meu relacionamento mais longo depois de você durou um mês.

Outra pontada atingiu meu peito diante daquela confissão.

– Nem eu – respondi baixinho. – Mas agora estou noiva e essa conversa é totalmente inapropriada.

Eu não gostava de Dante, mas jamais o trairia ou desrespeitaria a promessa implícita que fiz quando aceitei seu anel.

Heath construía uma imagem tentadora de um mundo onde eu era livre para fazer o que quisesse, mas era só isso, uma imagem. Fantasia, não realidade. No mundo real, eu tinha deveres e obrigações a cumprir. Não importava que Dante fosse grosseiro ou arrogante, eu tinha que fazer meu noivado dar certo, de um jeito ou de outro. Não havia opção.

– É melhor você ir – falei. – Tenho certeza de que tem muito a fazer antes da reunião de segunda-feira.

Heath me olhou por um segundo antes de balançar a cabeça.

– Está bem. – Ele empurrou a cadeira para trás e se levantou. A expressão amarga voltou, mas sua voz foi suave quando ele se despediu. – Bom te ver, Viv. Se você mudar de ideia, sabe onde me encontrar.

Observei-o se afastar, o coração pesado e a mente a toda. Tanta coisa havia acontecido na última semana que parecia um sonho febril.

Dante voltando da Europa.

O beijo e nossa primeira conversa de verdade.

Heath aparecendo do nada e me pedindo para romper o noivado.

Dante e eu não tínhamos falado sobre nosso histórico amoroso, mas o que ele diria se descobrisse o que aconteceu hoje? Independentemente de seus sentimentos por mim, ele não me parecia o tipo de homem que responderia bem a outras pessoas interferindo em seus relacionamentos.

Uma vez, tentaram invadir a casa dele e a equipe de segurança mandou o cara para o hospital. O invasor passou meses em coma, com costelas quebradas e uma das rótulas completamente destruída.

A voz de Sloane ecoou em minha cabeça, seguida por uma imagem de olhos escuros como carvão e mãos calejadas.

Um arrepio percorreu minhas costas. De repente, fiquei feliz por Dante não ter nenhum interesse em saber aonde eu ia ou deixava de ir. Se tivesse... Meu pressentimento era de que Heath talvez não conseguisse seguir com o IPO de sua empresa.

CAPÍTULO 10

– MAIS UM FOI FISGADO. Deve ter alguma coisa na água, porque todo mundo ao meu redor de repente decidiu se casar. – disse Christian com a voz arrastada. – E como estão as coisas com a sua bela noiva? Uma maravilha, espero.

– Para com essa merda, Harper, ou eu mesmo te expulso daqui – rosnei.

Minha festa de noivado já estava insuportável sem ter que lidar com ele. Ainda me sentia inquieto por conta do beijo em Vivian na semana anterior, e agora tinha que jogar conversa fora com um bando de gente de que não gostava muito.

Um sorriso malicioso apareceu no rosto de Christian.

– Nada de maravilhoso, então.

Eu conhecia Christian Harper havia catorze anos e nenhum deles tinha se passado sem que eu sentisse vontade de matá-lo. Chegava a ser impressionante.

Em vez de estrangulá-lo como eu queria, alisei casualmente a gravata.

– Comparado com a sua paixão não correspondida? Porra, é um paraíso.

Ele estreitou os olhos.

– Eu não estou apaixonado.

– Não. Você só reduz o aluguel de qualquer um que queira morar no seu prédio sem motivo nenhum.

Ele não era o único que ficava de olho nas pessoas em seu círculo.

Enquanto gênio da computação, proprietário de um prédio de luxo em Washington e CEO da Harper Security, uma empresa de segurança privada de elite, Christian tinha olhos e ouvidos em todos os lugares. Ele sabia da chantagem de Francis. Foi a ele que dei a missão de rastrear e destruir as evidências, cacete. Mas Christian também era um babaca que gostava de ver até que ponto podia pressionar as pessoas. Algumas resistiam. A maioria não. Infelizmente para ele, eu era um dos poucos que respondiam às suas palhaçadas sem hesitar.

– Eu não estou aqui para discutir minhas decisões comerciais com você – disse ele friamente. Se havia alguma coisa capaz de irritar o contido Christian era a menção, ainda que indireta, a certa inquilina de seu prédio. – Vim para celebrar esse *emocionante* novo capítulo da sua vida. – Ele ergueu o copo. – Um brinde a você e à Vivian. Que tenham uma vida longa e feliz juntos.

– Vai à merda.

O babaca riu em resposta, mas ouvir o nome de Vivian involuntariamente fez meus olhos se voltarem para ela, que conversava com um elegante casal mais velho. Ela tinha passado o dia todo recebendo os convidados, interagindo com eles e encantando-os de tal maneira que chegou ao ponto em que eu não conseguia dar dois passos sem que alguém me dissesse como ela era adorável.

Era irritante.

Meus olhos se demoraram nos cabelos que caíam em cascata sobre seus ombros e no redemoinho de seda ao redor de seus joelhos. Os pais dela estavam presentes, mas graças a Deus ela não vestia um terninho de tweed. Estava com um vestido marfim que fluía sobre suas curvas e fazia meu coração acelerar. Mangas curtas, decote discreto, corte elegante. O vestido não era nem um pouco ousado, mas o jeito como ela brilhava nele – o jeito como sua pele parecia mais macia que a seda e como a saia ondulava com a brisa – fazia meu sangue esquentar.

Vivian riu de algo que o casal disse. Seu rosto todo se iluminou, e eu percebi que nunca a tinha visto sorrir de um jeito genuíno e desarmado antes. Livre de sarcasmo ou de puritanismo, apenas olhos brilhantes, bochechas rosadas e uma leveza que a transformava de linda em deslumbrante.

Essa constatação causou uma sensação quente e indesejada em meu peito.

– Quer que eu volte depois que você já tiver terminado de comer ela com os olhos? – Christian girou o gelo em seu copo. – Não quero me intrometer em um momento íntimo.

– Não estou comendo ela com os olhos. – Desviei o olhar de Vivian, mas sua presença permaneceu, um calor tangível em minha pele. Tentei afastar aquele sentimento, mas não tive sucesso. – Chega de bobagem. Me atualiza do projeto.

Christian ficou sério.

– As operações comerciais estão indo conforme o planejado. A outra situação está avançando, mas não tão rapidamente quanto a gente esperava.

As peças estavam se encaixando no que se referia a acabar com os negócios de Francis, mas ainda estávamos parados na questão das evidências. *Merda.*

– Só resolve isso antes do casamento. E me mantenha informado.

– Sempre. – O brilho de diversão nos olhos de Christian voltou quando ele olhou por cima do meu ombro. – Se prepare.

Eu a senti antes de vê-la. O som de seus saltos, o cheiro de seu perfume, o farfalhar suave do tecido contra sua pele. Esvaziei o copo em um longo gole bem quando Vivian apareceu ao meu lado.

– Desculpe interromper. – Ela tocou meu braço e sorriu para Christian, fazendo com perfeição o papel da noiva educada.

Minha pele formigou sob a mão dela, e eu quase a afastei antes de me lembrar de onde estávamos. *Festa de noivado. Casal apaixonado. Fingimento.*

– Preciso roubar o Dante rapidinho. A *Mode de Vie* quer uma foto para a sessão de casamentos.

– Claro – disse Christian com sua voz arrastada. – Divirtam-se.

Um dia, eu retribuiria toda essa provocação a respeito de Vivian.

Eu a acompanhei até o local das fotos, onde Francis aguardava junto com Cecelia, Agnes, irmã de Vivian, e o marido dela. Meu irmão estava parado logo ao lado, os olhos grudados no celular enquanto o fotógrafo ajustava a câmera.

Uma sensação de perigo fez pressão em meu peito. Tinha evitado Francis o dia inteiro. Ele não merecia minha atenção em público, o que apenas elevaria seu status, e eu não precisava me sentir ainda mais tentado a matá-lo. Aparentemente, minha fuga havia chegado ao fim.

– Você não me disse que era uma foto de família. – A palavra *família* saiu com uma pitada de ironia.

– Não sabia que tinha problema. – Vivian me olhou de soslaio. – Eu pedi para a *Mode de Vie* esperar até que estivéssemos todos juntos, só que eles queriam uma foto na festa. Mas concordaram em tirar outras com seus pais quando eles estiverem por aqui.

Quase ri diante da insinuação de que eu estava chateado com a ausência de meus pais. Não conseguia me lembrar da última vez que Giovanni e Janis Russo tinham aparecido em algum momento importante da vida dos filhos.

– Eu vou sobreviver sem uma foto da nossa grande família feliz – respondi com um tom seco.

Assumi meu lugar na frente da câmera, o mais longe possível de Francis. Quando o fotógrafo nos deu sinal verde, passei o braço ao redor da cintura de Vivian e forcei um sorriso tenso.

Meu Deus, como eu odiava sessões de fotos. Por sorte, aquela não exigiu um beijo, e em menos de cinco minutos já tínhamos conseguido a foto. As amigas de Vivian a puxaram para longe, por algum motivo, bem no momento em que Luca veio falar comigo.

– Ei, é... Eu só queria... te dar os parabéns? Pelo noivado.

Meu olhar poderia ter incendiado a sala. Ele ergueu as mãos.

– Calma, eu estou tentando ser legal, beleza? Eu só... – Ele abaixou as mãos e olhou ao redor antes de me encarar novamente. Havia culpa em sua expressão. – Eu sinto muito por isso tudo ter afetado você.

Sua voz era praticamente inaudível em meio à conversa dos outros convidados, mas atingiu meu peito em cheio.

– As coisas são como são.

Eu estava acostumado a resolver os problemas do meu irmão. Porra, considerando algumas de suas escolhas anteriores, eu deveria estar feliz por ele não ter *se juntado* à máfia.

A situação era uma merda, mas sempre podia piorar.

Luca passou a mão no rosto.

– Eu sei, mas eu... Merda. Eu sei que você nunca quis se casar. Isso é muito sério, Dante, e sei que está tentando encontrar...

– Luca. – Seu nome soou como um aviso. – Agora não.

Christian era discreto, mas meu irmão, não. Eu não queria que ninguém acabasse nos entreouvindo durante aquela maldita festa.

– Certo. Bom, eu só queria dar os parabéns... Quer dizer, queria pedir desculpas. E agradecer. – Ele pareceu constrangido. – Sei que não digo isso com frequência, mas você é um ótimo irmão. Sempre foi.

Senti o peito apertar antes de reagir às palavras dele com um breve meneio de cabeça.

– Vai curtir a festa. Te vejo no jantar, semana que vem.

Eu queria saber como estavam indo as coisas na Lohman & Sons, e ter certeza de que ele estava mantendo distância de Maria. Apesar de seu aparente remorso, não confiava em Luca o suficiente para passar um longo período sem ficar de olho nele.

Depois que Luca se retirou, fui até o bar e acabei sendo parado por Francis, que até aquele momento estivera ocupado conversando com Kai.

– A festa está cheia – disse ele, e Kai me lançou um olhar indecifrável antes de ir embora. – Parece que todos os membros do Valhalla de East Coast vieram. – Ele fez uma pausa e completou: – Você é um membro assíduo do clube, não?

Encarei-o friamente, a tensão da conversa com Luca afundando em um poço de desgosto. Meu bisavô tinha sido um dos doze membros fundadores do clube. Se eu indicasse alguém, a vaga estaria garantida, desde que atendesse aos critérios básicos de elegibilidade.

– Nem mais nem menos que os outros membros – respondi.

– Claro. – O sorriso de Francis ganhou vida como um tubarão sentindo cheiro de sangue na água. – Fiquei sabendo que em breve abrirá uma vaga na filial de Boston. Algo relacionado à falência de Peltzer.

Era irônico que Francis soasse tão contente em relação àquilo, uma vez que ele próprio logo estaria no mesmo barco que Peltzer.

Eu mal podia esperar. Até lá...

– Foi o que ouvi dizer. – Inclinei a cabeça para o lado. – Seu pedido foi negado da última vez que você se inscreveu, não foi? Talvez tenha mais sorte dessa vez.

O rosto de Francis se fechou antes de relaxar em outro sorriso.

– Tenho certeza de que, com o seu apoio, terei. Somos praticamente uma família agora, e família é para se ajudar. Não é? – disse ele, lançando um olhar expressivo na direção de Luca.

A raiva fez minha mandíbula se contrair diante de sua óbvia ameaça.

Os membros influentes do Valhalla tinham direito a cinco indicações ao longo da vida. Eu já tinha feito duas, uma com Christian, outra com Dominic. Preferia cortar meu pau fora a desperdiçar a terceira com Francis.

– Não tenho muita entrada na filial de Boston. – Não era totalmente mentira. Eu tinha conexões lá, mas cada filial atuava de maneira bastante independente, de acordo com a cultura, a política e as tradições locais. – O comitê de membros do Valhalla é diligente em seu processo de seleção. Se alguém for digno de ser admitido, será.

As bochechas de Francis ficaram vermelhas com minha sutil provocação.

– Ainda que eu seja totalmente a favor de ajudar a família... – Meu sorriso endureceu, tornando-se um aviso. – É melhor saber que não se deve forçar muito a barra. Isso nunca acaba bem para as partes envolvidas.

Francis era audacioso o bastante para me chantagear, mas não o suficiente para agir como se mandasse em mim. Estava testando meus limites, para ver até onde poderia ir com aquilo tudo. Mal sabia ele que meus limites haviam sido ultrapassados no minuto em que ele entrou na minha sala e colocou aquelas fotos em cima da mesa.

Antes que ele pudesse responder, Vivian voltou, as bochechas visivelmente mais coradas do que antes. Eu me perguntei quantos drinques ela havia tomado com as amigas.

– O que eu perdi? – perguntou ela.

– Seu pai e eu estávamos debatendo a logística do casamento. – Não tirei os olhos de Francis. – Não é?

O olhar do homem se encheu de ressentimento, mas ele não contestou.

– Isso mesmo.

Os olhos de Vivian oscilaram entre nós dois. Ela deve ter captado a hostilidade latente, pois logo empurrou o pai para o colunista de estilo de vida da *Mode de Vie*, antes de me puxar de lado.

– Não sei sobre o que vocês estavam conversando de fato, mas você não deveria provocar o meu pai – disse ela. – É como provocar um tigre ferido.

Achei graça, e aquilo esfriou minha raiva.

– Eu não tenho medo do seu pai, *mia cara*. Se ele não gostar de algo que eu disser, é só vir resolver comigo.

– Não me chame assim. *Mia cara* – pediu ela. – É ofensivo.

Arqueei uma sobrancelha.

– Ofensivo por quê?

– Porque não é sincero.

– É bem comum falarmos coisas que não são sinceras. – Acenei com a cabeça para um convidado de cabelos grisalhos parado no bar. – Por exemplo, sua conversa fascinante com Thomas Dreyer mais cedo. Não me diga que estava realmente interessada nas minúcias das reduções da carga tributária.

– Como você ouviu... Não importa. Não importa. – Vivian balançou a cabeça. – Olha, eu sei que isso aqui é um negócio para você. Você também não está no topo da minha lista de noivo dos sonhos, mas isso não muda o fato de que temos que conviver. Deveríamos ao menos *tentar* tirar o máximo proveito dessa situação.

Que porra é essa?

Uma onda de irritação percorreu minha coluna.

– Quem exatamente *está* na sua lista de noivo dos sonhos?

– Sério? – A voz dela foi tomada por indignação. – Foi *nisso* que você focou, de tudo que eu acabei de dizer?

– É grande a sua lista?

Não importava que eu tivesse sido forçado a aceitar aquele noivado. Minha noiva não deveria ter uma lista de outros homens com quem gostaria de se casar. Ponto-final.

– Não importa.

– Ah, importa, sim.

– Eu não... – A frase de Vivian foi interrompida quando um convidado bêbado esbarrou nela ao passar.

Ela tropeçou e eu instintivamente estiquei o braço antes que ela caísse em cima da mesa de champanhe ao lado. Ficamos os dois congelados, nossos olhos fixos no ponto onde nossos corpos estavam se tocando.

O barulho ao redor se transformou em um rugido abafado, dominado pelas batidas pesadas do meu coração e o súbito zumbido de eletricidade no ar.

Mesmo de salto alto, Vivian era uns quinze centímetros mais baixa do que eu, e pude ver o movimento de seus cílios enquanto seu olhar se concentrava onde meus dedos circundavam seu pulso. Era tão delicado que eu poderia quebrá-lo mesmo sem querer.

Seus batimentos aceleraram, deixando-me tentado a continuar agarrado ao braço dela, até que recobrei os sentidos e soltei sua mão como se fosse carvão em brasa. O encanto se estilhaçou com o fim do contato e os sons da festa voltaram, eliminando qualquer resquício.

Vivian se afastou e esfregou o pulso, as bochechas rosadas.

– O que eu estava querendo dizer, antes de sermos interrompidos, é que deveríamos tentar nos dar bem – disse ela, sem fôlego. – Conhecer um ao outro. Talvez ter um ou dois encontros.

Parte da tensão de antes se dissipou.

– Você está me convidando para sair, *mia cara*? – O olhar irritado dela me fez sorrir levemente.

– Eu já falei para você parar de me chamar assim.

– Falou mesmo.

Eu a chamaria de *mia cara* sempre que pudesse.

Vivian fechou os olhos e pareceu estar rezando pedindo paciência antes de reabri-los, alguns segundos depois.

– Tudo bem, vamos fazer um acordo. Você pode me chamar de *mia cara, com moderação*, se concordar com a trégua.

– Eu não sabia que estávamos em guerra – respondi em tom provocador.

Esfreguei o polegar sobre meu lábio inferior, ponderando a oferta. Originalmente, eu planejava ignorar Vivian até conseguir terminar o noivado. O que os olhos não veem o coração não sente. Mas seus pequenos lampejos de desafio me intrigavam, assim como os insights que ela inadvertidamente compartilhava sobre sua família.

Talvez mantê-la longe fosse a estratégia errada.

Mantenha os amigos por perto e os inimigos mais perto ainda.

Tomei minha decisão em uma fração de segundo.

– Combinado – falei, estendendo a mão.

Vivian olhou para ela com uma pontada de surpresa, depois de cautela, antes de apertá-la.

Ela soltou o ar em um pequeno suspiro quando apertei sua mão com mais força e a puxei na minha direção.

– Precisamos manter as aparências – murmurei.

Inclinei a cabeça para a direita, de onde pelo menos uma dúzia de convidados nos espiavam. Minha caixa de entrada tinha explodido depois que a notícia do noivado veio à tona. Ninguém acreditou que eu estava noivo até verem com os próprios olhos, e eu podia apostar que dezenas de fotos espontâneas minhas e de Vivian chegariam à internet mais tarde naquela noite, se já não tivessem chegado.

Deslizei a mão livre pelas costas dela e segurei sua nuca antes de baixar a boca em direção ao seu ouvido.

– Bem-vinda à trégua, *mia cara*.

Minha respiração tocou sua bochecha.

O corpo dela enrijeceu, sua própria respiração assumindo um ritmo irregular.

Sorri.

Aquilo seria divertido.

CAPÍTULO 11

Vivian

EU NÃO CONSEGUIA DORMIR.

Tinha caído na cama três horas antes, o corpo exausto, mas a mente acelerada como se tivesse sido injetada com umas dez doses de café espresso. Contei carneirinhos, fantasiei com Asher Donovan, recorri ao ruído branco embutido em meu despertador, mas nada funcionou.

Toda vez que fechava os olhos, as imagens da festa de noivado eram reproduzidas em um loop abrupto.

A mão de Dante em volta do meu pulso.

O roçar de seus dedos ao longo da minha coluna.

O som grave de sua voz em meu ouvido. *Bem-vinda à trégua*, mia cara.

Formigamentos irrompiam em cada centímetro do meu corpo.

Dei um gemido e virei de lado, torcendo para que a mudança de posição afastasse a lembrança persistente do toque de Dante e de sua voz áspera e aveludada. Não funcionou.

Sinceramente, fiquei surpresa de ele ter concordado tão depressa com a trégua. Não havíamos trocado mais de uma dúzia de palavras desde que o larguei naquele banco no meio da rua, depois de nossa sessão de fotos de noivado, mas ignorá-lo ativamente era mais desgastante do que eu havia imaginado.

A cobertura era gigantesca, mas mesmo assim nos esbarrávamos várias vezes ao dia – ele saía do quarto bem na hora que eu estava indo em direção ao meu; eu ia pegar um ar fresco enquanto ele atendia a uma ligação na varanda; entrávamos sorrateiramente na sala de projeção para assistir a algum filme tarde da noite no mesmo momento. Um de nós sempre saía quando via o outro, mas eu não conseguia virar um corredor sem que meu coração pulasse na expectativa de esbarrar com Dante.

A trégua era a melhor opção para minha sanidade e para minha pressão arterial.

Além disso, a única conversa espontânea que tivéramos até aquele momento tinha sido... agradável. Inesperada, mas agradável. Havia um coração sob o exterior mal-humorado e carrancudo de Dante. Talvez fosse sombrio e atrofiado, mas existia.

Os números em meu relógio mudaram de 00h02 para 00h03. Meu estômago emitiu um ruído raivoso. Depois de ter sobrevivido à base de meia dúzia de canapés e champanhe a noite inteira, ele finalmente estava se rebelando.

Dei outro gemido. Tecnicamente, estava muito tarde para comer, mas...

Que se dane. Eu não conseguia dormir mesmo.

Depois de um momento de hesitação, joguei as cobertas para o lado e na ponta dos pés saí do quarto e atravessei o corredor. Havia anos que não fazia um lanche de madrugada, mas de repente desejei profundamente determinado combo de comidas que um dia fora meu favorito.

Acendi as luzes da cozinha, abri a geladeira e observei o que havia ali até localizar um pote de picles em rodelas e uma tigela de pudim de chocolate na primeira prateleira.

Arrá!

Coloquei meus achados na ilha da cozinha antes de sair em busca do último ingrediente.

Massa seca, condimentos, biscoitos, snack de algas... Abri e fechei a interminável fileira de armários em busca de *certo* tubo de papelão de batatas chips. Os armários eram tão altos que eu tinha que ficar na ponta dos pés para enxergar o fundo, e meus braços e coxas começaram a doer. Por que Dante tinha tanto espaço de armazenamento? Quem precisava de um armário inteiro de óleos de cozinha?

Se eu não...

– O que você está fazendo?

Dei um pulo e sufoquei um grito. Meu quadril bateu no balcão quando me virei, provocando uma onda de dor cujas reverberações acompanharam as batidas repentinamente frenéticas do meu coração.

Dante estava na porta, um olhar confuso viajando entre mim e o armário aberto.

Dessa vez ele não estava de terno e gravata. Usava uma camiseta branca justa nos ombros, ressaltando os músculos que pareciam esculpidos e o bronze intenso de sua pele. Calça de moletom preta, baixa o suficiente para provocar pensamentos lascivos antes que eu pudesse evitá-los.

– Você me assustou. – Minha voz saiu mais ofegante do que o pretendido. – O que está fazendo acordado?

Era uma pergunta idiota. Obviamente, ele estava acordado pelo mesmo motivo que eu, mas eu não conseguia pensar direito em meio à névoa de adrenalina.

– Não consegui dormir. – Sua fala arrastada me atingiu e encontrou lugar bem entre minhas pernas. – Acho que não sou o único.

Os olhos de Dante focaram nos meus por um breve momento antes de me percorrerem.

Uma sensação de *déjà-vu* desceu pelas minhas costas, mas, ao contrário do que aconteceu em nosso primeiro encontro, percebi uma rachadura na indiferença de Dante. Era minúscula, apenas a sombra de uma chama, mas foi o suficiente para me causar um frio na barriga.

Seus olhos pararam em meu abdômen. A sombra aumentou, escurecendo seus olhos de um castanho-escuro para quase obsidiana.

Olhei para baixo e meu coração disparou ao ver o que chamara sua atenção.

Eu sentia calor durante a noite, então geralmente usava alguma variação de blusinha de seda e short para dormir. Não tinha problema, na privacidade do meu quarto, mas era completamente inapropriado diante de outras pessoas. O short parava um centímetro acima da metade da coxa, e minha blusa havia subido em algum momento durante a busca nos armários, revelando uma generosa faixa de pele.

Quando ergui os olhos novamente, o olhar de Dante havia voltado para o meu rosto.

Fiquei imóvel, com medo de respirar enquanto ele se movia em minha direção com a graça lânguida e poderosa de um predador perseguindo sua presa. Cada passo suave representava mais uma chama acesa no espaço entre nós.

Ele parou quando o calor de seu corpo envolveu o meu. A centímetros de distância, tão perto que eu podia contar os fios da barba por fazer que sombreava sua mandíbula.

– O que você está procurando? – Seu tom casual conflitou com a tensão que pairava no ar, mas eu apenas disse a primeira coisa que me veio à mente.

– Pringles. Clássica.

A verdade era sempre a melhor resposta.

Puxei a blusa para baixo discretamente enquanto Dante enfiava a mão no armário acima da minha cabeça. A leve brisa de seu movimento tocou minha pele. Senti um arrepio, e algo quente se revirou em meu estômago.

Ele pegou um tubo fechado de batatas chips e me entregou sem dizer uma palavra.

– Obrigada.

Segurei o tubo, sem saber o que fazer em seguida. Parte de mim queria fugir para a segurança do meu quarto. A outra queria ficar e ver quanto tempo eu conseguia brincar com fogo sem me queimar.

– Pringles, picles e pudim. – Dante me salvou de uma decisão. – Combinação interessante.

O alívio afrouxou o nó em meu peito. Minha respiração normalizou agora que eu tinha algo em que focar além da reação involuntária do meu corpo ao dele.

– Fica muito bom. Não critique até ter experimentado.

Reassumi o controle de meus braços e pernas, e desviei dele a caminho da ilha. O toque de seu olhar me acompanhou, uma pressão insistente na parte inferior das minhas costas.

Abri a lata de Pringles. *Não se vire.*

– Desculpa. Longe de mim questionar suas escolhas gastronômicas. – Uma centelha de humor dominava a voz dele.

Ouvi a geladeira abrir atrás de mim, seguida pelo tilintar de talheres e o *clique* de uma porta de armário se fechando.

Um minuto depois, Dante deslizou para o banco ao meu lado.

Fiquei boquiaberta quando ele começou a preparar seu lanche.

– Você zomba das minhas escolhas alimentares, mas está enchendo o sorvete de *molho de soja*?

A tensão recuou diante do meu choque. Não importava mais a maneira como os músculos dele flexionavam a cada movimento ou como a camiseta abraçava seu torso. Ele estava cometendo um crime contra a humanidade diante dos meus olhos.

– Enchendo, não, é só um fiozinho. E não critique até ter experimentado – zombou Dante, jogando minhas palavras contra mim. – Aposto que é bem mais gostoso do que essa abominação que você está preparando.

Ele franziu a testa ao ver na minha mão a batata chips que eu havia mergulhado no pudim e coberto com picles.

Era um desafio tácito.

– Duvido.

Seguei a mão dele e botei a batata cuidadosamente montada em sua palma. Ele a encarou como se fosse um pedaço de chiclete velho preso em seu sapato.

– Vamos trocar e ver quem está errado e quem está certo.

Puxei sua tigela para mim fazendo uma pequena careta. Eu adorava sorvete e adorava molho de soja... *separadamente*. Algumas coisas não deveriam se misturar, mas eu estava disposta a engolir aquilo para provar meu ponto de vista. Ou seja, que eu estava certa e ele estava errado.

– Eu sempre estou certo – comentou Dante. Ele olhou para mim e depois para a batata com uma pitada de curiosidade. – Está bem. Vou engolir essa. No três.

Quase perguntei se o trocadilho era proposital, mas lembrei que seu senso de humor era mais subdesenvolvido do que o vocabulário de uma criança.

– Um – falei.

– Dois. – A careta dele combinava com a minha.

– Três.

Coloquei uma colherada de sorvete na boca ao mesmo tempo que ele mordeu a batata.

O cômodo foi tomado pelo silêncio, interrompido apenas pelo barulho de mastigação e pelo zumbido da geladeira.

Eu havia me preparado para uma onda de repulsa, mas a combinação da baunilha francesa e do molho de soja era...

Não pode ser. Talvez minhas papilas gustativas estivessem com algum problema.

Peguei outra colher só para ter certeza.

Dante deu um sorriso sagaz.

– Já vai repetir?
– Não seja tão presunçoso. Não é *tão* bom assim – menti.
– Nesse caso, vou pegar o sorvete de volta...
– Não! – Puxei a tigela. – Eu já comi desse pote. É... anti-higiênico compartilhar comida. Pega um para você.

O sorriso de Dante se alargou.

Deixei escapar um suspiro.

– Tá bem. É gostoso. Satisfeito? – Lancei um olhar significativo para a ilha da cozinha. – Eu não era a única que estava errada. Você já comeu metade das batatas.

– Que exagero. – Ele mergulhou outra combinação de picles e chips no pudim. – Mas não é tão terrível quanto eu imaginava.

– Viu? Jamais vou te colocar em furada no que diz respeito a comida.

Enfiei a colher na tigela para mais um bocado de sorvete de baunilha e me deixei dominar pela sensação de tranquilidade pouco familiar, embora nem um pouco desagradável, entre nós. Talvez a trégua tivesse sido mesmo uma boa ideia.

– Como foi que você chegou a essa combinação?

Não conseguia imaginar Dante provando diferentes combinações de comida em seu tempo livre até encontrar uma vencedora, como eu tinha feito. Até onde eu sabia, ele mal tinha tempo de comer.

Ele ficou um longo momento em silêncio antes de dizer:

– Eu e o Luca passávamos muito tempo na cozinha, quando éramos crianças. Tínhamos uma sala de jogos, piscina, todos os brinquedos mais modernos... praticamente tudo que alguém com menos de 12 anos seria capaz de desejar. Mas às vezes queríamos uma companhia que não fosse um do outro, e o chef era uma das poucas pessoas na casa que nos tratavam como gente de verdade. Quando não estava cozinhando, ele nos deixava brincar por lá. – Dante deu de ombros. – Nós éramos crianças. Experimentávamos.

Meu peito aqueceu com a imagem mental do pequeno Dante correndo pela cozinha com o irmão.

– Vocês dois devem ser próximos.

Eu tinha sido apresentada a Luca na festa de noivado. Ele fora bastante educado, embora tivesse me passado a sensação de que não estava muito animado com o nosso casamento. Conversamos apenas por alguns minutos antes de ele abruptamente pedir licença e se retirar.

O rosto de Dante se fechou.

– Não tão próximos quanto antigamente.

Hesitei diante do tom estranho em sua voz. Por algum motivo, o irmão dele era um assunto delicado.

– Ele trabalha para a empresa? – arrisquei, já que Dante não me deu mais nenhuma informação.

Não queria pressioná-lo demais e fazê-lo se fechar quando finalmente estávamos progredindo, mas era difícil conter a curiosidade. Eu não sabia muita coisa a respeito dele além do que era de conhecimento público.

Dante vinha de uma família muito antiga e muito rica que fez fortuna com têxteis antes de seu avô fundar o Russo Group e expandir o império familiar até se tornar o que era hoje. Ele havia se formado como o primeiro da classe na faculdade de administração de Harvard, e aumentado o valor de mercado de sua empresa em cinco vezes desde que assumira o cargo de CEO. Eliminava a concorrência com uma eficácia chocante, esmagando ou adquirindo as empresas, e a crueldade de sua equipe de segurança o transportara para um status mítico.

Talvez eu tenha lido coisa demais sobre Dante enquanto ele estava na Europa.

– Hoje em dia, sim. – O tom de Dante sugeria que a mudança não tinha sido uma escolha de Luca. – Ele estagiou na empresa durante a faculdade. Foi um desastre, então nosso avô o autorizou a "seguir suas paixões" em vez de assumir um cargo corporativo. Ele já tinha a mim como herdeiro, não precisava de Luca. Mas dar liberdade demais para o meu irmão foi um erro. Luca passou uma década pulando de um emprego para outro. Num dia era DJ, no outro era ator. Ele investiu uma grana numa boate que fechou oito meses após a abertura. Luca precisa de estabilidade e estrutura, não de mais tempo e dinheiro para gastar.

Foi a maior quantidade de palavras que ouvi saindo da boca de Dante desde que nos conhecemos.

– Então você deu um emprego para ele – deduzi. – O que ele faz atualmente?

– É vendedor. – O canto da boca de Dante se ergueu quando lancei a ele um olhar cético. – E não recebe nenhum tratamento especial por ser meu irmão. Quando entrei no Russo Group, trabalhei como estoquista. Foi uma das maiores lições que meu avô me ensinou. Para liderar uma empresa, você precisa *conhecê-la*. Cada faceta, cada cargo, cada detalhe. Líderes desinformados são líderes que fracassam.

De alguma maneira, Dante conseguia me surpreender toda vez que conversávamos. Pensei que ele administrasse sua empresa de cima para baixo, sem se importar com os funcionários e abusando flagrantemente do nepotismo, como muitos de seus colegas, mas a filosofia dele fazia sentido.

Como não poderia dizer isso sem ofendê-lo, continuei falando sobre seu irmão.

– Fiquei com a impressão de que o Luca não gosta de mim – admiti. – Toda vez que eu tentei falar com ele, na festa, ele deu uma desculpa e se afastou.

Dante hesitou. A tensão deixou o ar pesado por um segundo antes de seus ombros relaxarem e as nuvens desaparecerem.

– Não leve para o lado pessoal. Ele fica mal-humorado com esse tipo de coisa. – Dante mudou de assunto com elegância. – Falando em festa, você acabou não me dizendo quem está na sua lista de marido dos sonhos.

Ah, pelo amor de Deus.

Eu havia mencionado a lista como uma piada. Não sabia por que ele estava tão obcecado com isso. Mas já que ele *estava*... Eu bem que podia me divertir um pouco.

– Só vou te dizer se você prometer não ficar com complexo de inferioridade – respondi docemente. Comecei com os nomes das minhas celebridades favoritas. – Nate Reynolds, Asher Donovan, Rafael Pessoa...

Dante não pareceu impressionado.

– Eu não sabia que você gostava tanto de futebol.

Asher Donovan e Rafael Pessoa jogavam pelo Holchester United, no Reino Unido.

– Sou fã de jogadores de futebol – corrigi. – É diferente.

Tinha assistido a um total de três jogos esportivos na vida. Só mencionei Asher e Rafael porque os havia visto em uma campanha publicitária no dia anterior e seus nomes me ocorreram rápido.

– Reynolds é casado, e o Donovan e o Pessoa moram na Europa – disse Dante suavemente. – Acho que você está sem sorte, *mia cara*.

– Verdade. – Dei um longo suspiro de sofrimento. – Nesse caso, acho que você vai ter que servir.

Abafei uma risada quando ele estreitou os olhos.

– Você está me provocando.

– Só um pouquinho.

Minha gargalhada enfim escapou diante da cara amarrada dele. Eu podia praticamente ver os hematomas se formando em seu ego.

Eu não tinha nenhuma fantasia romântica de que ele estivesse interessado na lista por gostar de mim. Dante provavelmente odiava a ideia de não ser o número um na lista de *qualquer* pessoa.

Não conversamos muito depois disso, mas o silêncio entre nós se tornou menos afiado do que nos primeiros dias de nosso noivado.

Olhei de soslaio para Dante enquanto ele metodicamente espalhava uma camada de pudim na última batata chips, sua testa franzida em concentração. Era estranhamente adorável. Quase ri de novo quando imaginei como ele reagiria se descobrisse que alguém o descrevera como *adorável*.

Escondi meu sorriso enquanto girava a colher no sorvete derretido.

De repente, fiquei feliz por não ter conseguido dormir mais cedo.

CAPÍTULO 12

Vivian

– TALVEZ VOCÊS FINALMENTE TRANSEM HOJE À NOITE. – A voz de Isabella ecoou do celular, que eu tinha apoiado contra a parede a fim de conseguir vê-la enquanto me arrumava. – A trégua não vale sem um orgasmo para selar o acordo.

– *Isa.*

– O que foi? É verdade. Você merece um pouco de diversão depois de trabalhar tão duro nas últimas semanas. – Os cliques do teclado dela pararam e uma expressão distraída cruzou seu rosto. – Falando em diversão, qual você acha que deveria ser o método de assassinato característico do meu personagem? Veneno, estrangulamento ou o bom e velho esquartejamento com faca de açougueiro?

– Veneno. – Era o único método que não revirava meu estômago só de imaginar.

– Esquartejamento, então. Obrigada, Viv. Você é maravilhosa.

Dei um suspiro.

Isabella estava sentada em seu quarto, com Monty, sua cobra de estimação, pendurada nos ombros enquanto digitava freneticamente em seu notebook. Atrás dela, uma montanha de roupas cobria a cama e meio que obscurecia o retrato a óleo de Monty que Sloane e eu tínhamos encomendado como uma piada para o aniversário dela do ano anterior. A maioria dos escritores preferia o silêncio e a solidão, mas Isabella trabalhava melhor cercada pelo caos. Ela dizia que crescer com quatro irmãos homens mais velhos a condicionara a produzir em meio à bagunça.

– Enfim – disse ela depois de vários minutos esquartejando seus pobres personagens. – Voltando ao assunto em questão. Você precisa fazer um *test drive* do sexo antes de se comprometer. Não vai querer se amarrar a alguém ruim de cama. Não que eu ache que Dante teria esse problema – acrescentou ela. – Aposto que ele fode feito...

– Para – interrompi, levantando a mão. – Nós *não* vamos debater as proezas sexuais do meu noivo pelo telefone. Nem nunca.

– Não tem o *que* debater. Vocês ainda não transaram. – As bochechas de Isabella formaram covinhas e Monty colocou a língua bifurcada para fora como se concordasse. – Vocês vão ter que fazer isso em algum momento. Se não antes do casamento, então na noite de núpcias e na lua de mel... A menos que tenham planos de ser celibatários pelo resto da vida – completou ela, franzindo o nariz.

Coloquei meus brincos em silêncio, mas uma onda de nervosismo percorreu meu estômago. Isa tinha um bom argumento. Eu estivera tão focada em planejar o casamento que não havia pensado muito no que aconteceria *depois*.

O leito conjugal. A lua de mel. O calor do corpo nu de Dante contra o meu, sua boca...

Fiquei com a garganta seca, e bani a imagem mental pornográfica para as reentrâncias mais sombrias de minha mente antes que ela criasse raízes.

– Vou lidar com essa questão quando chegar a hora – respondi em um tom que esperava ser convincente. – Nós mal nos conhecemos.

Minha trégua com Dante vinha resistindo surpreendentemente bem desde nosso encontro da madrugada, na semana anterior, mas, apesar de uma conversa ou outra quando estávamos os dois em casa – um acontecimento raro devido às nossas agendas lotadas –, meu futuro marido continuava sendo um enigma.

– Não tem noite melhor do que esta para vocês se conhecerem. – Isabella se recostou e esticou os braços acima da cabeça. Um brilho malicioso iluminava seus olhos. – Tem uns cantinhos bem sensuais lá no clube.

– Não me diga que você já fez uso deles. Tem só... – Calculei mentalmente quanto tempo ela estava trabalhando no Valhalla. – Três semanas.

– Claro que não. – Isabella baixou os braços. – É contra as regras confraternizar com membros do clube. Sou totalmente a favor de quebrar regras, mas esse é o melhor emprego que tive em anos. Não vou arriscar perdê-lo só para ser mais uma na cama de algum cara rico, não importa que ele seja gostoso. – A expressão dela vacilou antes de se iluminar novamente. – Transando ou não, mal posso esperar para que você conheça o lugar. É uma doideira. O piso do hall de entrada é incrustado com ouro maciço de 24 quilates, e tem um heliporto na cobertura com um serviço de aluguel de helicópteros que pode te levar a qualquer ponto dos estados vizinhos só para um almoço...

Ela continuou descrevendo as comodidades do Valhalla em detalhes.

Sorri com o entusiasmo de Isabella, mesmo sentindo o nervosismo tomar minha barriga. Aquela noite era minha estreia oficial na sociedade como noiva de Dante Russo.

Nossa festa de noivado não contava, pois tinha sido um evento privado apenas com a presença de amigos e familiares. Porém, o baile à fantasia que acontecia todo outono no Valhalla Club era diferente.

Eu já tinha participado de dezenas de eventos da alta sociedade, mas nunca fora convidada para o Valhalla, já que meus familiares não eram membros. Estava mais nervosa do que gostaria de admitir, mas pelo menos Isabella estaria lá, trabalhando no turno da madrugada, garantindo a presença de um rosto amigável.

Passamos mais alguns minutos ao telefone até ela sair para o trabalho. Depois de desligar, respirei fundo, dei mais uma olhada no espelho e apliquei uma segunda camada de batom vermelho para uma pitada a mais de confiança antes de sair do quarto.

Os sons fracos do game show italiano favorito de Greta vinham da cozinha enquanto eu caminhava até o vestíbulo. Ela gostava de ver TV enquanto cozinhava e disse que Dante havia instalado o pequeno aparelho de tela plana na cozinha quando ela começou a trabalhar para ele. Ameaçara retirá-la de lá caso alguma de suas refeições perdesse a qualidade, mas ninguém levava as ameaças dele a sério. Dante era implacável com estranhos, mas tratava sua equipe com afeto, embora mantivesse distância e tivesse expectativas extremamente altas.

Senti um frio na barriga quando o vi.

Dante esperava no vestíbulo, a cabeça inclinada para o celular. Havia aderido ao tema anos 1920 do baile com a precisão que era sua marca registrada: um elegante terno de três peças em tweed cinza-escuro, uma boina combinando, a característica expressão fechada.

– Se continuar com essa cara amarrada, seu rosto vai acabar congelando desse jeito. – Tentei um tom leve, mas estava embaraçosamente ofegante.

Ele olhou para cima.

– Muito engra... – A interrupção abrupta em sua frase deixou o ar carregado, de maneira tão repentina e devastadora quanto um raio.

Meus passos vacilaram, então pararam por completo. Quando nossos olhares se encontraram, cada terminação nervosa em meu corpo se acendeu, ganhando consciência e enviando arrepios pelas minhas costas e me tirando o fôlego.

Dante não tirou os olhos dos meus, mas sua atenção de alguma forma tocou cada centímetro do meu corpo até que ele ganhasse vida, como um filme em preto e branco lançado em technicolor.

– Você está... – Ele fez uma pausa, uma emoção indecifrável cruzando seu rosto. – Bonita.

O tom obscuro e aveludado da palavra *bonita* fez uma empolgação percorrer minhas veias.

O espelho ao lado de Dante refletia o que ele via – um vestido de renda marfim com um decote que deixava minhas costas e meus ombros nus, e que descia até minhas coxas em um estilo gracioso. Padrões intrincados e densamente tecidos em áreas estratégicas impediam que o vestido fosse completamente transparente, mas mesmo assim beiraria a indecência não fosse pelo corte elegante. A roupa deixava muita pele à mostra e me fazia parecer praticamente nua à distância, mas ninguém se vestia de modo discreto no Valhalla. As pessoas se vestiam para se destacar.

– Obrigada. – Engoli minha rouquidão e tentei novamente. – Você também. O estilo de 1920 lhe cai bem.

O canto de sua boca se ergueu.

– Obrigado.

Dante estendeu o braço. Depois de um breve momento de hesitação, o aceitei.

O silêncio nos envolveu enquanto pegávamos o elevador até o saguão e nos sentávamos no banco de trás do Rolls-Royce que nos aguardava. Alisei a saia do vestido, sem saber o que mais fazer.

– Como está o trabalho? – perguntei quando o silêncio se estendeu até ficar desconfortável. – Eu mal te vi essa semana.

– Sentiu minha falta? – O tom de diversão suavizou a implicância.

– Tanto quanto um marinheiro sente falta do escorbuto.

Senti uma explosão de surpresa com a gargalhada dele. Não uma risada, não uma bufada, mas uma gargalhada sincera. O som intenso preencheu o carro e se infiltrou sob minha pele, onde se transformou em um desabrochar de prazer.

– Você realmente faz as comparações mais lisonjeiras. – O tom seco contrastava com o brilho em seus olhos.

Meu estômago revirou como se eu tivesse acabado de descer a ladeira de uma montanha-russa. Ver Dante rindo, desarmado, foi absolutamente catastrófico para meus ovários.

– É um talento que fui aperfeiçoando ao longo da vida. – Tentei me concentrar apesar da relutância e, para ser sincera, da reação irritante do meu corpo a uma simples risada. – Durante eventos sociais entediantes, minha irmã e eu jogávamos um jogo em que tínhamos que comparar cada convidado a um animal. Alice Fong era uma coelha, porque só comia salada e estava constantemente torcendo o nariz. Bryce Collins era um burro porque, bem, ele era um jumento teimoso. E por aí vai. – Minhas bochechas esquentaram. – Parece bobo, mas nos ajudava a passar o tempo.

– Não duvido. – Dante se recostou, a perfeita imagem da despreocupação. – A que você me compararia?

A um dragão.

Com um poder glorioso, uma raiva aterrorizante e imponente mesmo em repouso.

– Se você tivesse me perguntado antes da nossa trégua, eu teria dito um javali mal-educado – respondi. – Já que estamos sendo legais um com o outro, vou te promover a um texugo.

– O animal mais destemido do mundo. Aceito.

Fiquei atônita. A maioria das pessoas não gostaria de ser comparada a um texugo.

– Respondendo à sua pergunta anterior, o trabalho tem andado... irritante. – As abotoaduras de Dante brilharam à luz de um poste pelo qual passamos. Prateadas, elegantes, estampadas com a letra *V*. – O negócio no qual estou trabalhando está sendo um pé no saco, mas vou para a Califórnia na terça-feira para fechá-lo.

– O acordo da Santeri? – Eu tinha lido a respeito no jornal.

– Isso – respondeu ele, a sobrancelha erguida.

– Vai dar tudo certo. Você nunca perdeu uma aquisição.

O sorriso que ele deu em resposta poderia ter derretido manteiga.

– Agradeço a fé em mim, *mia cara*.

O calor se espalhou por mim como um incêndio. A voz de Dante e o uso do termo *mia cara* deveriam ser proibidos. Eram letais demais para serem liberados diante de uma população desavisada.

– Como foi o aniversário de Tippy Darlington? – perguntou ele casualmente. – A Buffy ficou feliz?

Outro fio de surpresa serpenteou pelo meu peito. Eu tinha mencionado a festa apenas uma vez, semanas antes. Não podia acreditar que ele lembrava.

– Foi ótima. A Buffy ficou emocionada.

– Que bom.

Reprimi um sorriso ao me virar e olhar pela janela. A pergunta sobre os Darlington tinha me deixado estranhamente feliz.

O trânsito em Manhattan nas noites de sexta-feira era um pesadelo, mas em determinado momento conseguimos passar pelo engarrafamento e paramos em frente a dois portões de ferro preto gigantescos flanqueados por guaritas de pedra. Dante mostrou o convite com chip embutido e a carteirinha de membro do clube para um dos guardas de expressão impassível. O guarda digitou algo em um computador e trinta segundos se passaram até que os portões se abrissem com um suave zumbido eletrônico.

– Varredura biométrica e do carro – explicou Dante em resposta ao meu olhar curioso. – Toda pessoa ou veículo que deseja ter acesso ao local é cadastrado no sistema interno do clube, inclusive funcionários da casa e terceirizados. Se alguém tentar entrar sem a devida autorização uma vez, será mandado embora com uma advertência severa. Se tentar duas vezes…
– Um dar de ombros elegante. – Não haverá uma terceira.

Escolhi não perguntar o que isso significava. Às vezes, a ignorância era uma bênção.

Subimos por uma estrada sinuosa iluminada por centenas de lanternas brilhantes nas árvores. Era como se estivéssemos em uma propriedade rural, não em Manhattan. Como podia haver um lugar como aquele no meio da cidade? Quem o construiu devia ter investido uma fortuna na compra de todos os terrenos e na obtenção das licenças necessárias para criar um verdadeiro oásis privado em uma das regiões mais cobiçadas do país.

Cresci cercada de riqueza, mas aquilo era outro nível.

– Não fica nervosa. – A voz áspera de Dante interrompeu minhas reflexões. – É só uma festa.

– Não estou nervosa.

– Os nós dos seus dedos estão brancos.

Olhei para baixo na direção dos meus joelhos, que eu estava apertando com muita força. Meus dedos estavam, de fato, brancos. Eu os relaxei, e meu joelho começou a balançar de ansiedade.

Dante segurou minha mão e a pressionou contra minha coxa, obrigando-me a parar. Toda a minha atenção de repente se concentrou na visão de sua mão engolindo a minha. Seu aperto era firme, mas surpreendentemente gentil, e depois de um momento em que fiquei congelada de surpresa, arrisquei dar uma espiada nele.

Dante olhava para a frente; seu perfil parecia esculpido em granito. Dava a impressão de estar entediado, quase distraído, mas a força reconfortante de seu toque derreteu um pouco da minha crescente ansiedade. Meus batimentos cardíacos foram diminuindo gradualmente à medida que as árvores se abriam e o Valhalla Club surgia. Soltei o ar levemente, boquiaberta.

Uau.

Não deveria ter esperado menos, mas o Valhalla era uma verdadeira obra-prima da arquitetura. O edifício principal, em estilo neoclássico e de aparência elegante, estendia-se por quatro andares e um quarteirão inteiro. Holofotes suaves iluminavam seu grande exterior branco e um opulento tapete carmesim cobria as escadas que levavam à entrada de pé-direito duplo.

Uma fila de carros de luxo serpenteava pelo acesso de veículos, ponto de atenção dos olhos de águia dos seguranças de plantão. O nosso parou atrás de um Mercedes blindado.

Dante e eu saímos do carro e fomos andando até a entrada, onde um fluxo constante de convidados em ternos sob medida e vestidos requintados subia as escadas.

Apesar do tapete literalmente vermelho e do burburinho, não havia fotógrafos presentes. As pessoas não compareciam a um evento no Valhalla para se exibir para o público, apenas para se exibirem umas para as outras.

Dante apoiou a mão na base das minhas costas e me guiou até o hall de entrada, onde notei imediatamente o que Isabella mencionara – um magnífico V de ouro *incrustado* no chão, suas três pontas tocando o círculo ao redor e brilhando contra o amplo assoalho de mármore preto.

O baile seria no salão do clube, mas não conseguíamos dar dois passos sem que alguém nos parasse para cumprimentar Dante.

– Há quanto tempo você é membro do clube? – perguntei depois que nos livramos de mais uma conversa sobre o mercado de ações. – Parece conhecer todo mundo. Ou todo mundo parece te conhecer.

– Desde os 21 anos. É a idade mínima para ser membro. – Um sorriso irônico surgiu na boca de Dante. – Isso não impediu meu avô de tentar dar um jeitinho de me colocar para dentro quando eu estava com 18, mas tinha coisas que nem mesmo Enzo Russo era capaz de fazer.

Era a segunda vez que ele mencionava o avô desde que tínhamos nos conhecido. A primeira havia sido após nossa sessão de fotos de noivado. Enzo Russo, o lendário empresário e fundador do Russo Group, morrera de infarto no ano anterior. Sua morte ocupara as manchetes por mais de um mês.

Dante assumira o cargo de CEO anos antes da morte de Enzo, mas o avô havia continuado a ocupar a presidência da empresa e do conselho. Agora, Dante ocupava todas as três posições.

– Você sente saudade dele? – perguntei baixinho.

– *Saudade* não é bem a palavra. – Atravessamos o vestíbulo e em seguida um longo corredor em direção ao que presumi ser o salão de baile. A voz de Dante era desprovida de emoção. – Ele me criou e me ensinou tudo o que sei sobre negócios e sobre o mundo. Eu o respeitava, mas nunca fomos próximos. Não do jeito que avôs e netos costumam ser.

– E seus pais?

Eu não sabia muito sobre Giovanni e Janis Russo, exceto que Giovanni havia aberto mão de administrar a empresa.

– Estão fazendo o que sempre fazem – respondeu Dante em um tom enigmático. – Você vai ver.

Certo. Íamos passar o Dia de Ação de Graças com eles em Bali.

Houve mais uma verificação de segurança perto do salão de baile antes que as portas se abrissem e imediatamente me transportassem para o universo luxuoso e deslumbrante dos anos 1920.

Um bar art déco se estendia por toda a parede leste, a laca preta e os entalhes dourados reluzentes assim como as garrafas de bebidas requintadas na prateleira atrás dele. Para aqueles que não quisessem esperar no bar, funcionários vestidos de maneira impecável circulavam com gim-tônica, martíni e champanhe.

A música animada da banda de jazz ecoava em meio ao tilintar suave de taças e risadas elegantes, e havia espaços reservados espalhados por todo o salão, como um oásis de veludo caro e assentos macios. Em um canto, crupiês controlavam meia dúzia de mesas de pôquer; em outro, um filme mudo era reproduzido a partir de um projetor das antigas.

O salão de baile tinha um pé-direito de quatro andares, terminando em uma cúpula de vidro, onde uma projeção impressionante do céu noturno o pintava com constelações tão vívidas que eu quase pensei enxergar Orion e Cassiopeia dali de Manhattan.

– Atendeu as suas expectativas? – A mão de Dante continuava nas minhas costas.

Assenti, distraída demais com a opulência ao redor e o indício de possessividade em seu toque para pensar em uma resposta espirituosa.

Dante e eu passamos a primeira hora circulando em meio a outros membros do clube. Ao contrário de nossa festa de noivado, estávamos em perfeita sincronia, intervindo quando o outro não respondia e pedindo licença quando uma conversa se esgotava.

Um tempo depois, Dominic Davenport, de quem me lembrava de nossa festa, puxou-o para um canto a fim de falar de negócios. Aproveitei a oportunidade para ir ao banheiro com a esposa de Dominic, Alessandra.

– Adorei seu vestido – comentou ela enquanto retocávamos a maquiagem. – É Lilah Amiri?

– É, sim – respondi, impressionada. Lilah era uma estilista talentosa, mas ainda em ascensão; poucas pessoas reconheciam seu trabalho à primeira vista. – Vi esse vestido na New York Fashion Week e achei que seria perfeito para esta noite.

– Tinha razão. Dante não consegue tirar os olhos de você. – Alessandra sorriu, um traço de tristeza cruzando seu rosto. – Você tem muita sorte de ter um parceiro tão atencioso.

Com seu volumoso cabelo castanho-claro e os olhos azul-acinzentados, ela era extraordinariamente bonita, mas ao mesmo tempo aparentava profunda tristeza. Nossa conversa sobre o vestido foi o maior grau de animação que a vi expressar a noite inteira.

– Nem tudo são flores. Dante e eu temos nossas diferenças. Acredite.

– Ter diferenças é melhor do que não ter nada – murmurou ela. Saímos do banheiro, mas ela parou na entrada do salão. – Desculpe. Estou com uma dor de cabeça terrível. Você pode, por favor, avisar ao Dominic que fui para casa?

Franzi as sobrancelhas.

– Claro, mas não prefere dizer isso a ele pessoalmente? Tenho certeza de que ele gostaria de saber que você não está se sentindo bem.

– Não. Depois que ele entra no modo negócios é impossível tirá-lo dele. – Um sorriso sutil e amargurado surgiu no rosto de Alessandra. – Vou deixá-lo trabalhar. Foi um prazer te conhecer, Vivian.

– Igualmente. Espero que melhore logo.

Aguardei até que ela desaparecesse no fim do corredor antes de me aproximar de Dominic e Dante.

O olhar de Dominic virou-se para o espaço vazio ao meu lado.

– Alessandra me pediu para avisar que está com dor de cabeça e que precisou ir para casa.

Uma emoção indecifrável passou pelos olhos dele antes de desaparecer sob poços de um azul inescrutável.

– Obrigado pelo aviso.

Esperei por mais alguma reação, que não veio.

Homens. Eram sem noção na metade do tempo e insensíveis na outra metade.

Dante e Dominic não tinham encerrado o assunto de trabalho, então pedi licença novamente e fui até o bar. Discutir os altos e baixos da bolsa de valores não era a minha ideia de diversão em uma noite de sexta-feira.

Um sorriso surgiu em meu rosto quando vi o brilho familiar de um cabelo roxo-escuro atrás do balcão.

– O que uma garota precisa fazer para conseguir uma bebida por aqui? – brinquei, sentando no banquinho mais próximo dela.

Isabella ergueu os olhos da bebida que estava preparando.

– Finalmente a convidada VIP se dignou a aparecer. – Ela enfeitou o copo com uma rodela de limão e o deslizou para mim. – Gim-tônica, do jeito que você gosta.

– Timing perfeito. – Tomei um gole. – Já disse como você é incrível?

– Já, mas não me importo de ouvir mais uma vez. – Os olhos dela brilharam. – Reparei em você vindo de longe. Acho que as pessoas não ficam tão interessadas em vir atrás de uma bebida quando as bebidas são levadas até elas.

O bar estava vazio, com apenas um casal sentado na outra ponta, mas os carrinhos de bebidas temáticos estavam fazendo sucesso.

– O salário é o mesmo, não importa quantos drinques eu sirva, então por mim tudo bem. – Isabella deu um tapinha no bolso. – Mas tenho um presentinho para você. É só falar que é seu.

Suspirei, já sabendo para onde aquela conversa estava indo. Quando Isabella se apegava a uma ideia, ela era implacável.

– Pode poupar sua saliva. Eu não vou transar com ele.

– Por que não? Ele é gostoso. Você é gostosa. O sexo com certeza vai ser gostoso – argumentou ela. – Fala sério, Viv. Me deixa viver indiretamente por você. Minha vida anda tão chata nos últimos tempos.

Apesar de sua personalidade naturalmente sedutora e de sua propensão a escrever sobre sexo e homicídios, Isabella não namorava ninguém havia mais de um ano. Não podia criticá-la por isso, depois do que acontecera. Se eu fosse ela, também me manteria longe de homens por um bom tempo.

– Você também pode viver indiretamente pelos livros. Melhor focar neles, porque não vai rolar de transar com o Dante hoje.

Não importava que ele estivesse lindo, nem a maneira como meu corpo respondia à ideia.

Isabella franziu os lábios em decepção.

– Tudo bem, mas, se você mudar de ideia, eu tenho preservativos com sabor de morango. Tamanho extragrande, com nervuras para a sua...

Uma leve tosse a interrompeu.

O sorriso de Isabella desabou e, assim que me virei, vi Kai nos observando com perplexidade.

– Desculpe interromper, mas gostaria de pedir outro drinque. – Ele colocou o copo vazio no balcão. – Acho que não consigo encarar mais uma conversa sobre o último escândalo da alta sociedade sem mais álcool.

Sua última frase soou recheada de ironia.

– Claro. – Isabella se recompôs com uma velocidade admirável. – O que você quer?

– Um gim-tônica. De morango.

Quase engasguei com a bebida, e o rosto de Isabella ganhou um tom de vermelho preocupante. Ela olhou para Kai, obviamente tentando descobrir se ele estava zombando dela.

Ele a encarou de volta, a expressão impassível e educada.

– Um gim-tônica de morango, saindo – disse ela.

Isabella se ocupou com a bebida, seu constrangimento era um peso tangível no ar.

– Devo ficar preocupado com a possibilidade de ela cuspir na minha bebida? – Kai sentou-se no banquinho ao lado do meu. Ele parecia ter acabado de sair do set de filmagem de um remake de *O Grande Gatsby*.

Considerando a aparência de Dante e Kai, eu estava convencida de que uma roupa estilo anos 1920 aumentava dez vezes o poder de atração de um homem.

– Ela não é tão vingativa assim... na maioria das vezes. E, se ela cuspir, você vai ver. – Hesitei, então perguntei: – Quanto da nossa conversa você ouviu?

– Não sei do que você está falando – respondeu ele, tranquilo.

Fiquei aliviada. Não achava que Kai fosse do tipo fofoqueiro, mas era bom ter certeza.

– Kai Young, você merece tudo de bom neste mundo.

Ele riu.

– Vou me lembrar disso nos dias em que estiver me sentindo para baixo. – Ele pegou a bebida da mão de Isabella, que lhe deu um sorriso tenso antes de correr para o outro lado do bar.

O olhar divertido de Kai permaneceu nela por uma fração de segundo antes de se voltar para mim.

– Como está sendo morar com o Dante? Ele já te enlouqueceu com a insistência em manter todas as velas a exatamente quinze centímetros de distância umas das outras?

– Nem me fale.

As tendências controladoras de Dante iam além de suas peculiaridades alimentares e tomavam todas as áreas da casa. Às vezes, era estranhamente charmoso. Outras, me dava vontade de enfiar uma faca na coxa dele.

– Outro dia, nossa governanta, Greta, mudou a posição das velas da sala de estar...

Kai e eu conversamos por um tempo, o assunto indo de Dante para o baile de gala, passando por nossos planos para as festas de fim de ano que logo chegariam, até que ele recebeu um e-mail urgente e pediu licença para responder.

Enquanto Kai digitava no celular, examinei o salão, ofegante por conta do álcool e do zumbido elétrico no ar. Minha análise distraída parou em um par de olhos frios e escuros, e o ar ficou preso em meus pulmões.

Dante me observava, seu rosto indecifrável, mas havia um calor cintilando por trás de seu olhar duro. Ele parecia estar ignorando Dominic completamente.

Os segundos se estenderam até virarem uma longa onda de tensão. Pequenas faíscas surgiram por todo o meu corpo, e meu coração acelerou a um ritmo selvagem que eu tinha certeza de que não podia ser saudável.

Um músculo se contraiu na mandíbula de Dante quando ele desviou o olhar para Kai por um breve segundo antes de trazê-lo de volta para mim.

– Desculpe. – A voz calma de Kai quebrou a tensão e apagou as faíscas. – As notícias não param nem para um evento do Valhalla. – Ele apoiou o celular no balcão ao lado do copo.

Dominic disse algo que chamou a atenção de Dante, e eu desviei os olhos dele com um esforço considerável.

– Imagina. – Consegui abrir um sorriso em meio às batidas frenéticas do meu coração. Sentia como se tivesse corrido uma maratona sentada ali durante aquele último minuto. – O mundo ainda está girando, espero.

– Depende de para quem você pergunta…

Fiz questão de não olhar para Dante novamente enquanto ouvia Kai contar sobre as últimas notícias. Se ele quisesse falar comigo, sabia onde me encontrar. Mas não importava o quanto eu tentasse, não conseguia me livrar do calor da atenção de Dante muito menos abafar o frio na barriga que ele havia causado.

CAPÍTULO 13

Dante

– OS MERCADOS ASIÁTICOS SUBIRAM, o Dow Futures está em alta, mas o risco...

Parei de prestar atenção em Dominic.

Ele era um talento do mercado de ações que havia transformado sua empresa iniciante em uma potência de Wall Street em menos de duas décadas. Eu o respeitava e ouvia tudo o que tinha a dizer sobre ações, dinheiro e finanças.

Exceto naquela noite.

Meu maxilar se contraiu quando outra risada aguda alcançou meus ouvidos, vinda do bar. Vivian tinha passado os últimos sete minutos conversando com Kai. Não apenas conversando: ela sorria e gargalhava como se ele fosse um comediante premiado, embora eu soubesse que ele não era tão engraçado assim.

Senti uma pontada de irritação no peito quando ela se inclinou para mostrar o celular a ele. Kai fez algum comentário e ela riu mais uma vez.

Vivian nunca ria tanto assim comigo, e eu era a porcaria do noivo dela.

– Vamos marcar um almoço para concluir esse assunto – interrompi Dominic antes que ele entrasse nos detalhes do impacto causado pelo último anúncio do Federal Reserve. – Preciso falar com Vivian.

Ele levou a interrupção numa boa.

– Vou pedir para a minha assistente fazer uma reserva.

Antes que ele concluísse a frase, eu já estava atravessando o salão.

– Desculpe por ter demorado tanto. – Pousei a mão nas costas nuas de

Vivian e fixei os olhos em Kai. – Obrigado por fazer companhia à minha noiva enquanto eu falava com Dom, mas acho que vou ter que roubá-la de você. – Dei uma leve ênfase à palavra *noiva*. – Ainda não tive a chance de mostrar o clube para ela de forma apropriada.

– Claro. – Kai se levantou, a verdadeira imagem da polidez britânica. Um discreto sorriso espreitava nos cantos de sua boca. – Vivian, foi um prazer, como sempre. Dante, nos vemos por aí, tenho certeza.

Como sempre? O que ele quis dizer com como sempre?

– Da próxima vez que quiser marcar território, é melhor urinar em círculo ao meu redor – disse Vivian assim que Kai saiu. – Seria mais sutil.

– Eu não estava marcando território. – Aquela sugestão era absurda. Eu não era a merda de um cachorro. – Estava te salvando do Kai. Tenha cuidado com ele. Ele não é o cavalheiro que aparenta ser.

– Comparado a você, que saiu atropelando a nossa conversa feito um touro em uma loja de porcelana?

– Sutileza é um negócio superestimado.

– Por você? Sem dúvida.

Vivian se levantou, o vestido brilhando como estrelas pintadas em suas curvas.

Meu corpo inteiro se contraiu.

Aquele maldito vestido. A visão dela aparecendo no saguão, lábios vermelhos, pele lisa e renda bege, estava para sempre arraigada em minha memória, e eu a odiava por isso.

– Você me ofereceu um tour pelo clube, foi isso? – Ela ergueu uma elegante sobrancelha escura. – Foi por isso que mandou o Kai embora, não foi?

Abri um breve sorriso em resposta e estendi o braço. Ela o tomou.

– Sobre o que você e Kai estavam conversando?

Ignorei os convidados tentando chamar minha atenção no caminho até a porta. Tinha atingido minha cota de conversa fiada da noite.

– Andrômeda. A constelação – contou Vivian.

Ela apontou para a projeção hiper-realista espalhada pela cúpula de vidro. Diferentes constelações brilhavam na nossa direção, incluindo Andrômeda.

A projeção era cientificamente imprecisa, já que muitas das constelações representadas não apareceriam juntas no mesmo lugar, mas a fantasia superava a realidade no Valhalla.

– Kai é fã de mitologia grega, e nossa conversa sobre o mito de Andrômeda acabou virando uma discussão sobre astronomia.

– Kai finge gostar de mitologia grega para pegar mulher – respondi em um tom sério. Conduzi Vivian para fora do salão e em direção à escada principal. – Não se deixe enganar.

Eu não sabia se isso era verdade, mas *podia* ser. E eu não estaria cumprindo meu papel se não compartilhasse essa possibilidade com Vivian, certo?

– Bom saber. – Vivian parecia estar segurando uma risada. – Não há nada que dê mais tesão em uma mulher do que ouvir a história de outra mulher sendo acorrentada a uma rocha em sinal de sacrifício.

O eco de seu sarcasmo desapareceu no silêncio enquanto subíamos as escadas até o segundo andar. Mostrei-lhe o lounge em estilo parisiense, a sala de bilhar e o salão de beleza, mas minha atenção estava dividida entre o tour e a mulher ao meu lado. Havia atravessado os corredores do Valhalla inúmeras vezes, mas cada interação com Vivian parecia a primeira. Eu notava algo novo nela todos os dias – a pequena pinta acima do lábio superior, a maneira como deslizava o pingente ao longo da corrente quando estava desconfortável e a leve inclinação de seu sorriso quando estava se divertindo de verdade.

Era irritante. Eu não *queria* notar nada disso, mas reunia inadvertidamente esses pequenos detalhes como se fossem um tesouro.

– Nossa última parada da noite.

Parei em frente a duas imensas portas de madeira, que se abriram sem fazer barulho, mas o ofegar de Vivian foi audível.

Cada filial do Valhalla Club tinha um elemento único que o diferenciava. A da Cidade do Cabo era conhecida pelo aquário gigantesco, a de Tóquio pela vista de 360 graus do topo de um dos edifícios mais altos da cidade. A de Nova York tinha um heliporto e um sistema secreto de túneis subterrâneos. Mas a biblioteca era a alma de quase todas as filiais. Era onde negócios eram fechados, confidências eram trocadas e alianças eram forjadas ou quebradas.

Naquela noite, por uma raridade, estava vazia.

– Uau.

O sussurro reverente de Vivian flutuou pelo ar parado quando entramos. Fechei as portas atrás de nós, envolvendo-nos em um silêncio profundo.

Milhares de livros se estendiam por três paredes em direção ao teto alto no estilo catedral, como uma floresta de capas de couro incrementada com escadas móveis e corrimãos de madeira. Cinco vitrais gigantescos cobriam diversos lounges e mesas iluminadas com lâmpadas vintage de latão e cúpula em tom verde-esmeralda. Os brasões das famílias fundadoras do clube tinham sido esculpidos no teto, incluindo os distintos dragões gêmeos dos Russos.

– Este lugar é incrível – comentou Vivian, passando os dedos por um globo antigo.

Abri um leve sorriso.

Vivian havia crescido em um mundo de riqueza e bailes de gala semelhante ao daquela noite. A maioria das pessoas no lugar dela preferiria comer vidro a expressar admiração por algo tão comum quanto uma bela biblioteca, mas ela nunca tinha medo de mostrar o quanto gostava de alguma coisa, fosse uma das refeições caseiras de Greta ou um globo do século XIX.

Era uma das minhas coisas preferidas a respeito dela, embora eu não devesse ter preferência *nenhuma*. Ela ainda era a filha do inimigo. Mas, naquele momento, achei difícil me importar com isso.

– Tem uma seção inteira sobre astronomia no segundo andar – comentei, apoiando o ombro na parede e enfiando a mão no bolso, observando enquanto ela examinava uma pintura a óleo de Veneza. – Coincidentemente, fica ao lado da seção de mitologia.

– É – murmurou ela, parecendo distraída. – Kai mencionou.

Senti uma onda de irritação incompreensível e repentina estourar em meu peito.

– Ah, é? Sobre o que mais vocês conversaram?

– De novo isso? – Ela tirou a mão de uma estatueta de bronze de Atena e me encarou, a exasperação estampada em suas feições. – Conversamos banalidades. Trabalho, o tempo, as notícias. Por que está tão paranoico com a nossa conversa?

– Eu não estou *paranoico*. Estou só curioso para saber o que ele disse de tão engraçado. Até onde eu sei, nem o trabalho, nem o clima, nem as notícias são tão hilárias assim.

Vivian me examinou por um momento antes que um brilho suave de diversão preenchesse seus olhos.

– Dante Russo, você está... com ciúmes?

Um rosnado suave ecoou de meu peito.

– Essa é a coisa mais ridícula que já ouvi.

– Talvez. – Ela inclinou a cabeça, o cabelo espalhado sobre os ombros em uma nuvem de seda negra. – Eu não julgaria, se você estivesse. Não tem nada acontecendo entre mim e Kai, mas ele é muito bonito. E aquele *sotaque*. Tem alguma coisa no sotaque britânico que simplesmente mexe comigo. Acho que a culpa é...

Vivian vacilou quando me afastei da parede e caminhei em sua direção a passos lentos e metódicos.

– Da minha obsessão por...

Ela deu um passo para trás, o brilho provocador em seus olhos substituído por uma mistura de apreensão e expectativa.

– *Orgulho e preconceito* quando eu era mais nova – concluiu ela, sem ar.

Suas costas bateram em uma das estantes.

Parei a um milímetro dela, tão perto que as contas de seu vestido roçaram na frente do meu terno.

– Você está me provocando, *mia cara*? – perguntei em um tom suave e perigoso.

Odiava ouvir o nome de Kai saindo de sua boca. Odiava a maneira como ela ria com tanta facilidade na presença dele. E odiava o quanto me importava com essas coisas.

Vivian engoliu em seco.

– Só fazendo uma observação.

O silêncio abafado da biblioteca cedeu sob o peso da tensão crescente, que crepitava e sibilava em ondas elétricas, descendo pela minha coluna e inflamando meu sangue.

Coloquei uma mecha de cabelo atrás da orelha dela, um movimento suave, quase carinhoso, antes de minha mão deslizar para a lateral de seu pescoço e agarrar sua nuca.

– Você se esquece... – Pressionei os dedos contra a parte de trás de seu pescoço, forçando-a a olhar para mim. – De que é *minha* noiva. Não do Kai. Nem de mais ninguém. Eu não dou a mínima para o quanto eles são *bonitos* ou que tipo de sotaque têm. Você é minha, e ninguém... – falei, baixando a cabeça, meus lábios roçando os dela a cada palavra – toca no que é meu.

A respiração de Vivian ficou mais entrecortada, mas uma pitada de fogo voltou à sua voz quando ela respondeu.

– Eu *não sou* sua. Nosso noivado é, como você me disse muitas vezes, apenas um negócio. Ou é você quem anda esquecido?

– Eu não me esqueci de nada. – Rocei os dedos em sua coxa nua, centímetro por centímetro, levantando o tecido até atingir a bainha do vestido.

O corpo de Vivian ficou tenso, seu calor uma tentação selvagem se cravando em meus ossos, exigindo que eu acabasse com o espaço ínfimo que restava entre nós. Que eu apertasse a boca na dela e borrasse seu batom perfeito tão completamente que ninguém duvidaria nem por um segundo a quem ela pertencia.

– Se quiser que eu pare, é só falar.

Pressionei minha perna entre os joelhos dela, afastando-os. Vivian abriu a boca, depois a fechou quando meu polegar traçou um pequeno círculo em sua pele macia. O rubor em suas bochechas se espalhou para seu pescoço e seu colo.

– Fala. – Deslizei os dedos pela parte interna de sua coxa em uma carícia preguiçosa. Meu pau pressionava o zíper da calça, implorando por atenção, mas eu o ignorei. – Você não consegue, não é? – zombei.

Os dentes dela afundaram em seu lábio inferior. Luxúria e resistência lutavam pelo domínio em seus olhos.

– Você é um babaca.

Meus dedos roçaram a seda encharcada.

Ela agarrou meus ombros, cravando as unhas em minhas costas quando empurrei sua calcinha para o lado e esfreguei o polegar em seu clitóris inchado. O corpo dela estremeceu. Pequenos tremores percorreram seu corpo enquanto os dentes se cravavam mais fundo em seu lábio.

– Eu sou um babaca, mas você está melando a minha mão toda. – Mantive o toque em seu clitóris enquanto deslizava um dedo para dentro dela. – O que isso diz sobre você?

Coloquei um segundo dedo dentro, preenchendo-a. Pressionando. Acariciando e curvando até atingir seu ponto mais sensível.

Os tremores deram lugar a um estremecimento de corpo inteiro. Sua testa estava pontilhada de suor, mas ela permaneceu teimosamente em silêncio.

– Responda. – O comando endureceu minha voz, transformando-a em aço. Vivian balançou a cabeça. – Já que você não quer falar, eu falo. – Retirei lentamente os dois dedos, depois a penetrei de novo. – Isso diz que você é minha. *Puoi negarlo quanto vuoi, ma è la verità.*

– Você nem gosta de mim – disse ela, ofegante.

– Isso não tem nada a ver com *gostar*.

Pressionei a palma da mão contra seu clitóris até ela deixar escapar um gemido ofegante. Ela se arqueou contra a minha mão, me forçando a ir mais fundo.

– Muito bem. – Meu murmúrio aveludado deslizou entre nós. – Se entrega, querida. Me deixe sentir você gozar na minha mão.

– Vai se foder.

Soltei uma risada suave.

– A ideia é essa.

Vivian lutou bem, mas sua resistência derreteu aos poucos e ela agarrou meus ombros com mais força, esfregando-se descaradamente contra minha mão enquanto eu aumentava o ritmo. Seus pequenos gemidos e suspiros se misturaram com os sons escorregadios de meus dedos fodendo sua boceta, e logo eles estavam encharcados com sua lubrificação.

Não toquei no meu pau, embora estivesse tão duro que chegava a doer. Estava extasiado demais com a excitação de Vivian – as bochechas coradas, os lábios entreabertos, os olhos semicerrados.

Era a coisa mais linda que eu já tinha visto.

Mantive o ritmo. Botando e tirando os dedos, mais rápido e mais fundo, até que ela finalmente se entregou com um gemido agudo.

Mantive os dedos dentro dela e pressionei o polegar contra seu clitóris novamente, deixando-a aproveitar as ondas do orgasmo até que seus tremores diminuíssem. Só então retirei a mão, enquanto ela caía contra a estante, o peito arfando.

– Não se engane, *mia cara*. – Segurei o queixo dela e o inclinei para cima, então puxei seu lábio inferior com o polegar, deixando que ela provasse da própria excitação. – Isso é um negócio. E se tem uma coisa que eu levo a sério são os meus investimentos.

CAPÍTULO 14

Vivian

SONHEI COM DANTE TRÊS NOITES SEGUIDAS.

Não conseguia me lembrar do que acontecia nos sonhos, mas eu acordava todas as manhãs com a sensação de suas mãos entre minhas coxas e um nó de desejo em meu ventre. Banhos gelados só ajudavam por pouco tempo, e a ausência de Dante durante sua viagem à Califórnia era uma bênção e uma maldição.

Uma bênção porque não precisava encará-lo enquanto memórias amorfas de sonhos eróticos me passavam pela cabeça. Uma maldição porque, sem novas interações para me distrair, tudo em que eu conseguia pensar era na nossa noite na biblioteca do Valhalla.

Sua pegada em minha nuca. Seus dedos me preenchendo enquanto eu cavalgava descaradamente sua mão rumo ao orgasmo. O desejo em seus olhos enquanto ele me observava desmoronar em seus braços, tão quente e potente que quase me levou ao clímax mais uma vez.

Um arrepio que nada tinha a ver com o clima percorreu meu corpo. O dia tinha amanhecido cinzento e chuvoso, e, embora eu geralmente só gostasse de chuva quando estava aconchegada e aquecida na cama, fiquei feliz com o frio daquele dia. Clareava meus pensamentos – ao menos tanto quanto era possível.

Verifiquei o relógio de pulso enquanto driblava as poças que se acumulavam na calçada, guarda-chuva na mão. Terminara de almoçar em tempo recorde, pois queria dar uma olhada na Lohman & Sons antes da próxima reunião, às duas da tarde. Era a maior subsidiária de joias do Russo Group.

Até então, eu vinha usando principalmente joias da marca da minha família, exceto pelo meu anel de noivado, mas como estava me casando com um Russo, fazia sentido adicionar outros produtos deles à minha coleção.

Chuva e compras como terapia. Duas coisas que com certeza afastariam minha mente de Dante.

O toque do celular me despertou de meus pensamentos antes que tomassem um caminho indesejado. Um número desconhecido em meu telefone profissional. Algo incomum, mas não inédito.

– Pois não? Quem fala é a Vivian – atendi em minha voz profissional e parei em frente à entrada da Lohman & Sons.

Uma elegante senhora passou com um poodle branco imaculadamente penteado. Ambos usavam jaquetas Chanel acolchoadas combinando.

Só mesmo no Upper East Side.

– Vivian, querida, como você está? – A voz gutural de Buffy ecoou pelo aparelho. – Aqui é Buffy Darlington.

Meu coração palpitou. Eu não falava com Buffy desde o aniversário de sua neta, duas semanas antes. Os pagamentos tinham sido feitos, os contratos, cumpridos. Os Darlington pareciam ter ficado contentes com o evento, então por que Buffy estaria me ligando em uma tarde qualquer de terça-feira? Éramos ativas na cena social de Manhattan, mas frequentávamos círculos muito diferentes. Não ligávamos uma para a outra só para bater papo.

– Estou bem, obrigada. E você?

– Ótima. Ouvi dizer que você estava na festa de gala do Valhalla Club no fim de semana. Fiquei muito triste por não ter comparecido, mas o Balenciaga, coitadinho, teve problemas estomacais e precisamos levá-lo às pressas ao veterinário.

Balenciaga era um dos cinco malteses premiados de Buffy, junto com Prada, Givenchy, Chanel e Dior. Cada cachorro usava apenas roupas do designer que correspondia ao seu nome. Dois anos antes, a *Mode de Vie* havia feito uma reportagem completa sobre eles.

– Sinto muito – respondi educadamente. – Espero que o Balenciaga esteja melhor.

– Obrigada. Ele está muito melhor agora. – Ouvi um ruído de porcelana ao fundo antes de Buffy voltar a falar. – Embora eu seja capaz de passar o dia todo falando sobre meus preciosos bebês, preciso admitir que te liguei por outro motivo.

Isso eu já tinha imaginado. Pessoas como Buffy não entravam em contato do nada, a menos que quisessem algo de você.

– Como você deve saber, eu sou a presidente do comitê do Legacy Ball deste ano. Sou responsável pela produção geral, incluindo a escolha do anfitrião ou anfitriã, e também por orientá-los no processo de planejamento.

Meu coração disparou com a menção ao evento.

– Arabella Creighton *era* a anfitriã – disse Buffy. – Mas, infelizmente, teve que renunciar ao cargo devido a uma série de imprevistos.

Uma série de imprevistos era um eufemismo. O marido de Arabella tinha sido acusado de desvio de fundos e fraude corporativa no fim de semana. Fotos do FBI acompanhando-o de pijamas para fora de sua casa na Park Avenue estavam estampadas em todas as primeiras páginas desde sábado.

Três dias.

Buffy e o comitê agiram rápido. A última coisa que eles queriam era que qualquer indício de escândalo maculasse o evento sob sua responsabilidade.

– Como pode imaginar, estamos desesperados, levando em consideração que faltam apenas seis meses para o baile. O processo de planejamento do evento requer uma *longa* preparação e vamos ter que recomeçar do zero, já que a situação com Arabella não é mais... sustentável.

Tradução: eles iam fingir que Arabella nunca esteve vinculada ao evento porque isso mancharia a imagem deles.

– Debatemos novas possíveis anfitriãs, e eu apresentei você como uma opção, já que fez um trabalho maravilhoso com a festa da Tippy.

– Obrigada.

Meu coração já estava acelerado. Não queria alimentar esperanças, mas ser anfitriã do Legacy Ball seria um divisor de águas. Era o selo máximo de aprovação social.

– Alguns dos outros membros resistiram de início, já que a anfitriã do Legacy Ball é tradicionalmente alguém que vem de... certa linhagem.

Ou seja, alguém cuja riqueza se estenda por duas ou mais gerações. Meu sorriso esmaeceu.

– No entanto, você está *noiva* de Dante Russo. Temos grande respeito pela família Russo, membros atuais e futuros, e, depois de muita deliberação, gostaríamos de convidá-la formalmente para ser a nova anfitriã do Legacy Ball.

Senti uma fisgada de apreensão no estômago, mas tentei ignorá-la. Ser anfitriã do baile era ser anfitriã do baile, independentemente dos motivos por trás disso.

– Eu ficaria honrada e encantada em aceitar. Obrigada por pensar em mim.

– Que maravilha! Mandarei os detalhes no final da tarde. Estou ansiosa para trabalhar com você novamente, Vivian. Ah, e por favor, dê um alô ao Dante por mim.

Buffy desligou.

Fechei meu guarda-chuva e entrei na Lohman & Sons, a pele vibrando de ansiedade. Decoração, bufê, entretenimento... havia tantas possibilidades, considerando o tamanho do orçamento do baile.

A reunião das duas era on-line e eu tinha planejado estar em casa para isso, mas era melhor voltar para o escritório...

– Vivian?

Senti uma onda de surpresa diante dos familiares olhos castanhos me encarando por trás do balcão.

– Luca? O que você... – Minha pergunta morreu quando um trecho de uma conversa que tive com Dante me veio à mente.

O que ele faz atualmente? É vendedor.

Claro. Fazia sentido que Luca estivesse trabalhando em uma das subsidiárias do Russo Group, mas ainda assim foi um choque vê-lo exatamente na loja que decidi visitar.

– Trabalhando duro. – Uma ponta de amargura veio à tona antes de se transformar em um sorriso genérico de vendedor. – Como posso te ajudar?

Era estranho ser atendida pelo meu futuro cunhado, mas não queria tornar a situação ainda mais constrangedora tratando-o de maneira diferente.

– Estou em busca de duas peças novas – respondi. – Uma mais marcante e algo versátil que eu possa usar todos os dias.

Durante os 45 minutos seguintes, Luca me mostrou as melhores ofertas da loja. Na verdade, ele era um excelente vendedor, conhecia os produtos e era persuasivo sem ser insistente.

– Essa aqui é uma das nossas peças mais recentes – disse ele, pegando um deslumbrante bracelete de dragão de rubi e diamante da vitrine. – São quarenta rubis redondos e em forma de pera, pesando aproximadamente 4,5 quilates, e trinta diamantes redondos e em formato de pera e marquise, pesando aproximadamente quatro quilates. Faz parte da nossa coleção *Exclusive*, o que significa que existem apenas dez destes. A rainha Bridget de Eldorra é dona da versão safira.

Fiquei sem ar. Tinha crescido cercada de joias e sabia reconhecer uma peça de destaque. Os rubis eram de um vermelho puro e vibrante, sem tons de laranja ou roxo, e o trabalho artesanal da pulseira era requintado.

– Vou levar.

O sorriso de Luca abriu-se um pouco mais.

– Excelente.

O preço da pulseira e dos discretos brincos de esmeralda que escolhi como peça para o dia a dia foi de 200.500 dólares.

Entreguei a ele meu Amex preto.

– Você deveria ir jantar com a gente – disse enquanto Luca processava o pagamento. – Dante e eu adoraríamos te ver.

– Vejo você no Dia de Ação de Graças – respondeu ele de modo vago, após uma longa pausa.

Senti uma pontada de frustração. Não tinha visto Luca nem falado com ele desde a festa de noivado. Não conseguia me livrar da sensação de que ele não gostava de mim por algum motivo, e sua resposta fria confirmava isso.

– Eu te ofendi de alguma maneira? – Eu tinha meia hora até a reunião e não havia tempo para rodeios. – Tenho a sensação de que você não gosta muito de mim.

Luca deslizou o recibo da venda pelo balcão. Eu o assinei e esperei por uma resposta.

Seu local de trabalho não era o melhor lugar para termos aquela conversa, mas o restante dos clientes havia ido embora e os outros membros da equipe estavam fora do alcance da minha voz. Aquela era a melhor chance que eu tinha de obter uma resposta direta. Apostaria minhas joias novas que ele faria de tudo para me evitar se não estivéssemos sendo forçados a falar cara a cara.

– Eu não desgosto de você – respondeu ele, por fim. – Mas sou protetor com meu irmão. Sempre fomos só nós dois, mesmo quando nosso avô estava vivo. – A voz de Luca ficou mais baixa. – Eu conheço o Dante. Ele nunca quis se casar. Daí, um dia, do nada, anuncia que está noivo? Não faz o tipo dele.

Uma estranha energia preenchia as palavras dele, como se fossem um mero disfarce para o que ele realmente queria dizer. Mas fazia sentido, mesmo que eu tivesse ficado surpresa com a prontidão da resposta. Imaginava que ele fosse tentar fugir do assunto.

– E, sim, estou ciente do lado comercial do acordo – completou ele. – Mas a sua família sai ganhando muito mais com o negócio do que a nossa, certo?

Um calor subiu pela minha nuca. Todo mundo sabia que Dante estava se casando com "alguém inferior", mas ninguém ousava dizer isso na minha cara.

Exceto o irmão dele.

– Entendo as suas preocupações – disse calmamente. Se Luca estava tentando me irritar, não conseguiria. – Não estou aqui para atrapalhar seu relacionamento com Dante. Ele sempre será, antes de tudo, seu irmão. Mas também serei sua cunhada em breve, e espero que possamos pelo menos ter um relacionamento civilizado, tanto para o nosso bem quanto para o de Dante. Nos veremos bastante em eventos familiares no futuro, *incluindo* o Dia de Ação de Graças, e eu odiaria que qualquer rivalidade arruinasse uma boa refeição.

Luca me encarou, sua surpresa tangível. Depois de um longo momento, seu rosto se suavizou em um sorriso discreto, mas bastante genuíno.

– Dante teve sorte – murmurou ele. – Podia ter sido muito pior.

Franzi a testa diante daquela resposta estranha. Antes que eu pudesse questioná-lo, um barulho alto chamou minha atenção para a entrada.

Meu sangue gelou.

Três homens mascarados estavam parados na porta, dois deles segurando fuzis e um segurando um martelo e uma mochila. Um dos seguranças estava inconsciente no chão ao lado deles; o outro encarava o cano de uma arma com as mãos para cima.

– Todo mundo no chão, porra! – Um dos homens sacudiu a arma enquanto o parceiro quebrava o vidro da vitrine mais próxima. – Deita no chão!

Luca e os outros dois funcionários obedeceram, seus rostos pálidos.

– Vivian – sibilou Luca. – *Deita no chão.*

Eu queria. Todos os meus instintos gritavam para que eu rastejasse até um canto e ficasse encolhida lá até que o perigo acabasse, mas meus músculos se recusavam a obedecer aos comandos do meu cérebro. Morava em Nova York havia anos, mas nunca passara por um furto ou assalto. Às vezes, assistia ao noticiário e me perguntava como reagiria se fosse pega em tal situação.

Agora eu sabia.

Nada bem.

Em um instante, eu estava assinando um recibo e conversando com Luca. No seguinte, a visão dos homens mascarados havia pausado o filme da minha vida, e tudo o que conseguia fazer era assistir, entorpecida, enquanto o sujeito que gritara as ordens me via ainda de pé.

A raiva acendeu seus olhos.

O medo ricocheteou pelo meu corpo enquanto ele caminhava na minha direção, mas meus pés permaneceram enraizados no chão. Não importava o quanto lutasse contra a paralisia crescente, eu não conseguia me mover. Tudo parecia surreal. A loja, os ladrões, *eu*. Era como se eu tivesse flutuado para fora do meu corpo, assistindo à cena se desenrolar como uma figura alheia e invisível.

O homem mascarado chegou perto.

Mais perto.

Mais perto.

Mais perto.

Meus batimentos atingiram níveis ensurdecedores e abafaram tudo, exceto o baque pesado e ameaçador de suas botas.

Eu deveria estar focada em escapar da situação, mas o tempo parecia rebobinar a cada passo que ele dava. A primeira vez que fui acampar com minha família. Eu atravessando o palco no dia da formatura na Universidade de Columbia. Quando conheci Dante. Acontecimentos da vida, grandes e pequenos, que me transformaram em quem eu era.

Quantos mais eu ainda teria, se era que teria?

O peso espremeu o oxigênio dos meus pulmões.

Deita no chão. Mas eu não conseguia.

Tec. Tec. Tec.

Ele chegou.

O último passo finalmente ativou de uma vez meu instinto de luta ou fuga. Meu corpo estremeceu, um suspiro de vida diante da morte, mas era tarde demais. Senti o metal frio da arma pressionado abaixo do meu queixo.

– Você não me ouviu da primeira vez? – O hálito quente e úmido do homem atingiu meu rosto. Meu estômago revirou. – Eu disse *deita na porra do chão*, sua vagabunda.

Seus olhos escuros brilhavam com malícia.

Alguns criminosos faziam apenas bravatas. Queriam só pegar as mercadorias e ir embora sem matar ninguém. Mas aquele homem na minha frente? Ele não hesitaria em assassinar alguém a sangue-frio. Parecia ansioso por isso.

Meu coração estava disparado. Menos de uma hora antes, eu estava tensa por causa de Dante e da ideia de ser a anfitriã do Legacy Ball.

Naquele momento...

Havia a possibilidade de eu não viver até a manhã seguinte, muito menos até o baile ou o meu casamento.

CAPÍTULO 15

– ESPERO QUE SEJA IMPORTANTE. – Coloquei o celular no viva-voz e tirei o paletó. – É o primeiro tempo livre que eu tenho desde que aterrissei.

A viagem a São Francisco vinha sendo um turbilhão de reuniões, sessões de fotos e encontros com pessoas tão idiotas que não lhes faria nada mal um transplante de cérebro. Mal havia dormido nos últimos dois dias, mas finalmente fecharíamos o negócio com Franco Santeri dali a duas horas.

Até lá, eu queria tomar banho, comer e, se tivesse sorte, tirar um cochilo de cinco minutos.

– É importante. Houve uma tentativa de assalto na loja principal da Lohman & Sons, em Nova York – respondeu Giulio, meu chefe de segurança corporativa na América do Norte, indo direto ao ponto. Ele era um dos homens de Christian, mas trabalhava para mim havia tanto tempo que falava comigo diretamente. – Capturamos os criminosos antes que eles escapassem. Eles estão sob nossa custódia.

– Alguém se machucou?

– Um dos seguranças ficou inconsciente e sofreu uma concussão. Fora isso, não, senhor.

– Ótimo. Resolva a situação como de costume. Discretamente.

Havia dois anos que não tentavam assaltar uma propriedade do Russo Group, mas sempre aparecia um imbecil.

Eu me mantinha do lado certo da lei quando se tratava de finanças e negociações. Mas quando se tratava de pessoas que tentavam me roubar? Não tinha escrúpulos em transformá-las em exemplo. Sangue e ossos quebrados eram uma linguagem compreendida universalmente.

– Claro – respondeu Giulio. – Mas, hã, não é só isso.

Olhei o relógio, minha paciência já se esgotando depois de uma reunião sobre projeções que tinha durado três horas e poderia muito bem ter sido um e-mail.

– Vá direto ao ponto, Giulio.

Houve uma breve pausa antes que ele dissesse:

– A sua noiva estava na loja no momento da tentativa de roubo.

Minha mão parou no fecho do relógio.

– Vivian estava na loja?

– Sim, senhor. Ela estava fazendo compras e acabou estando no lugar errado na hora errada.

Senti o sangue latejar em meus ouvidos, e um mal-estar se formou na boca do meu estômago.

– Como ela está?

– Abalada. Um dos assaltantes a manteve sob a mira de uma arma porque ela demorou demais para se deitar no chão, mas nossos homens neutralizaram a situação antes que ela acabasse se machucando. – Giulio tossiu. – Seu irmão também estava lá. Estava trabalhando hoje, e foi ele quem secretamente pediu reforços.

Todos os funcionários de locais de alto risco, como joalherias, usavam relógios personalizados com botões de pânico secretos. Tinha sido ideia de Christian. Os criminosos esperavam que houvesse botões de pânico embaixo de alguma mesa ou próximo ao caixa; não esperavam que estivessem em um relógio, algo muito mais discreto e fácil de acessar.

Mas naquele momento eu não estava pensando na eficácia do nosso protocolo de segurança.

Um dos assaltantes a manteve sob a mira de uma arma.

Minha visão escureceu. Quando voltou, uma fração de segundo depois, a raiva cobriu o cômodo de carmesim.

– Onde eles estão agora? – Minha voz soou contida. Controlada. Em absoluto desacordo com as imagens sangrentas de vingança que passavam pela minha mente.

– A Srta. Vivian está na cobertura e o Sr. Luca está na casa dele, em Greenwich Village.

Travei o maxilar. Quando se tratava de situações de vida ou morte, meu irmão não se deixava abalar. Uma vez fora assaltado em Los Angeles, em seguida tirou uma soneca e passou o resto da noite se divertindo com metade dos jovens de Hollywood.

Vivian, por outro lado…

A sensação de mal-estar se espalhou, cravando as garras em minhas entranhas como se tentasse achar uma maneira de escapar.

– O relatório completo estará na sua caixa de entrada em no máximo uma hora – informou Giulio. – Precisa de mais alguma coisa da minha parte?

– O cara que colocou a arma na cara da Vivian… Deixa ele comigo.

Outra pausa.

– Claro.

Desliguei, a exaustão e a fome anteriores transformando-se em um nó de energia volátil. Eu queria muito que houvesse um ringue de boxe no hotel. Se não liberasse a raiva que me sufocava, acabaria implodindo.

Uma imagem do rosto de Vivian surgiu em minha mente. Pele pálida. Olhos escuros arregalados de medo. Sangue vermelho-vivo manchando suas roupas.

Se o reforço não tivesse chegado a tempo…

Minhas entranhas se reviraram dolorosamente.

Ela estava segura. Giulio não mentiria em relação a isso. Mas até que eu a visse pessoalmente…

Andei de um lado para o outro pelo quarto, esfregando o rosto. Tinha passado o último ano me preparando para o acordo da Santeri. Não podia estragar tudo agora. Além disso, já estava com o voo de volta para casa marcado para a manhã seguinte. Metade de um dia não faria diferença.

Vivian estava em casa. Ela estava *bem*.

Continuei andando. O relógio avançou quase quinze minutos.

Merda.

Uma série de xingamentos deixou meus lábios enquanto pegava o paletó com uma das mãos e discava para minha assistente com a outra a caminho da porta.

– Houve uma emergência em Nova York. Ligue para a equipe da Santeri e peça para eles me encontrarem na sala de conferências do hotel em meia hora. Diga a eles que o restante da estadia é por conta do Russo Group e mande para o Franco a edição limitada do relógio Lohman & Sons como um pedido de desculpas. Aquele que só sai no ano que vem.

O CEO da Santeri Wines era um notório apreciador de relógios que colecionava peças avaliadas em quarenta mil dólares como crianças colecionavam figurinhas de beisebol.

Helena não perdeu tempo.

– Pode deixar.

Franco tinha um ego maior que seu rancho em Napa Valley. Ficou puto com a convocação de última hora, como esperado, mas os presentes de desculpas o acalmaram o suficiente para ele assinar o acordo de aquisição sem reclamar demais.

A Santeri Wines, uma das marcas de vinho mais valiosas do mercado, tornou-se oficialmente uma subsidiária do Russo Group.

Em vez de comemorar, me despedi e segui direto da sala de reuniões até o carro que me esperava do lado de fora.

– Para onde, senhor? – perguntou o motorista.

– Aeroporto. – Estava saindo sem minha bagagem, mas Helena cuidaria disso para mim. – Preciso voltar para Nova York imediatamente.

Vivian

EU NÃO CONSEGUIA PARAR DE TREMER.

Saí do banheiro com a pele gelada apesar do roupão, do piso aquecido e do banho quente no qual havia passado a última hora mergulhada. Já era o fim do dia, horas após a tentativa de roubo da Lohman & Sons, mas eu ainda estava presa ao salão da loja com uma arma sob o queixo e um olhar perverso me encarando.

Todo o incidente durou menos de dez minutos, até que os reforços chegaram e remediaram a situação. Ninguém se machucou, mas eu não conseguia parar de pensar nos "e se".

E se os reforços tivessem chegado um minuto depois?

E se o ladrão tivesse atirado primeiro e feito perguntas depois?

E se eu tivesse morrido? O que teria deixado para trás além de um armário cheio de roupas bonitas e uma vida inteira fazendo "a coisa certa"?

Teria morrido sem visitar o deserto do Atacama para observar as estrelas, ou sem me apaixonar mais de uma vez. Coisas que eu sempre imaginei que teria tempo para fazer, porque tinha apenas vinte e tantos anos, caramba, e deveria ser invencível nessa idade.

A leve batida da porta do apartamento me salvou dos meus pensamentos, mas meu coração disparou, apreensivo. Quem poderia ser? Dante só chegaria no dia seguinte, e os funcionários já estavam em casa. Mesmo que não estivessem, não bateriam na porta daquele jeito.

Minha apreensão aumentou quando o som de passos foi ficando mais alto e a porta do meu quarto foi escancarada. Peguei um vaso em cima da cômoda, pronta para atirá-lo no intruso, até que registrei o cabelo escuro e a expressão dura e implacável.

– Dante? – Meu coração foi desacelerando gradualmente, e coloquei o vaso no lugar. – Você não ia voltar amanhã? O que você...

Não tive a chance de concluir a pergunta, pois ele cruzou o quarto em dois passos largos e agarrou meus braços.

– Você se machucou? – perguntou Dante.

Ele me examinou da cabeça aos pés com uma expressão tensa.

O que... *o roubo*. Claro. Ele era o CEO. Alguém devia ter contado a ele o que acontecera.

– Estou bem. Um pouco abalada, mas bem. – Forcei um sorriso. – Você deveria ficar na Califórnia até amanhã. O que está fazendo em casa agora?

– Houve uma tentativa de assalto em uma das minhas principais lojas, Vivian. – Um músculo se contraiu em sua mandíbula. – É claro que eu voltei imediatamente.

– Mas o acordo da Santeri...

– Está fechado.

Ele ainda estava agarrando meus braços. Com força, mas gentil.

– Ah.

Não consegui pensar em mais nada para dizer. O dia tinha sido surreal, e havia se tornado ainda mais com a aparição repentina de Dante.

Foi só então que notei sua camisa amarrotada e seu cabelo despenteado, como se ele tivesse passado os dedos por entre os fios por horas. Por algum motivo, aquela imagem fez meus olhos embaçarem com lágrimas. Era humano demais, *normal* demais para um dia como aquele.

Os dedos de Dante se apertaram ao meu redor.

– Seja sincera, Vivian – disse ele, as palavras de alguma forma reconfortantes e exigentes. – Você está bem?

Não era "você se machucou?", mas "você está bem?". Duas perguntas diferentes.

A pressão dentro de mim aumentou, mas eu assenti.

Os olhos dele estavam escuros e tempestuosos, seu rosto marcado com linhas de raiva e pânico. Diante da minha resposta, o ceticismo se juntou à mistura, suave, mas perceptível.

– Ele manteve você sob a mira de uma arma – disse Dante, a voz mais baixa. Mais tensa. Jurando vingança.

Uma pressão comprimia meus tímpanos, uma força invisível me arrastando para as profundezas de um oceano turbulento.

Meu sorriso vacilou.

– Sim. Não foi... – Tentei respirar fundo, embora meus pulmões estivessem apertados. *Não chore.* – Não foi o ponto alto da minha semana, devo admitir.

O corpo de Dante vibrava de tensão, sua mandíbula contraída e a pele retesada, como uma víbora esperando para atacar.

– Ele fez mais alguma coisa?

Balancei a cabeça, negando. O oxigênio diminuía a cada segundo, dificultando a pronúncia de cada palavra, mas me forcei a prosseguir.

– Os reforços chegaram antes que alguém se machucasse. Estou bem. Mesmo. – A última palavra soou mais aguda que as outras.

O músculo na mandíbula dele palpitou novamente.

– Você está tremendo.

Eu estava? Prestei atenção. Sim, estava.

Pequenos tremores percorriam meu corpo. Meus joelhos tremiam; arrepios marcavam meus braços. Se não fosse pelo calor e pela força da pegada de Dante, eu poderia ter caído no chão.

Notei tudo isso com algum distanciamento, como se estivesse me assistindo em um filme no qual não estava particularmente interessada.

– É o frio – respondi.

Eu não sabia quem tinha ligado o ar-condicionado naquele fim de outono, mas meu quarto parecia um frigorífico. Dante acariciou minha pele com o polegar. A preocupação tomava conta dos seus olhos.

– O aquecimento está ligado, *mia cara* – disse ele suavemente.

A pressão subiu para minha garganta.

– Bem, então deve estar quebrado. – Comecei a divagar, minha sequência de palavras inúteis sendo o único fio me impedindo de desmoronar. – Você deveria mandar consertar. Tenho certeza de que consegue alguém para resolver rapidinho. Você é... – Algo molhado escorreu pelo meu rosto. – Você é Dante Russo. Você pode... – Eu não conseguia respirar direito. *Ar. Preciso de ar.* – Você pode qualquer coisa.

Minha voz vacilou.

Um vacilar. Foi todo o necessário.

O fio arrebentou e eu desabei, soluços sacudindo meu corpo enquanto a emoção e o trauma do dia me dominavam.

A empolgação com as notícias envolvendo o Legacy Ball seguida pelo terror do assalto.

O baque das botas pesadas no chão de mármore naquele lugar frio e austero.

O metal contra a minha pele e a sensação inabalável de que, se eu morresse naquele dia, o faria sem nunca ter vivido. Não como Vivian Lau. Não como *eu mesma*.

Os braços de Dante me envolveram. Ele não disse nada, mas seu abraço era tão forte e reconfortante que levou embora qualquer constrangimento que eu pudesse sentir.

Afundei em águas turbulentas que abafavam a luz e me sacudiam para todo lado, até que meu corpo tremia com a força do meu choro. Minha barriga, meus olhos e minha garganta doíam; até ardia respirar.

E mesmo assim Dante me abraçou.

Encostei o rosto em seu peito, meus ombros tremendo enquanto ele esfregava as minhas costas. Ele murmurava em italiano, não consegui decifrar o que dizia. Eu só sabia que, naquele momento ártico depois do roubo, a voz e o abraço de Dante eram as únicas coisas capazes de me manter aquecida.

CAPÍTULO 16

— VOCÊ SUJOU MINHA CAMISA DE SANGUE, BRAX. — Enrolei as mangas, escondendo a mancha em questão. — Agora você vai ver.

Ele olhou para mim, sua expressão revoltada sob o sangue e os hematomas. Estava preso a uma cadeira, braços e pernas amarrados com cordas. Era o único dos cúmplices ainda consciente. Os outros dois estavam caídos em seus assentos, as cabeças pendendo e o sangue pingando no chão em gotas constantes. Braços e pernas dobrados em ângulos nem um pouco naturais.

— Você fala demais — disse Brax, e cuspiu um líquido vermelho-escuro.

Brax Miller. Ex-presidiário com uma ficha criminal de um quilômetro de extensão, nervos de aço e o cérebro do tamanho de uma noz.

Dei um sorriso, então o acertei outra vez.

Sua cabeça ricocheteou para trás e um gemido de dor preencheu o ar.

Meus dedos esfolados ardiam. A sala, apelidada de Carceragem no quartel-general da minha equipe de segurança privada, cheirava a cobre, suor e ao odor intenso e enjoativo do medo.

Fazia dois dias da tentativa de roubo na Lohman & Sons, o máximo de tempo que havíamos mantido alguém aprisionado. Meus contatos na polícia faziam vista grossa para minhas atividades, porque, além de lhes economizar tempo e mão de obra, eu sabia respeitar os limites. Nunca havia matado ninguém.

Até agora.

Mas estava extremamente tentado a fazer isso naquele momento.

– A primeira ofensa foi tentar roubar uma das minhas lojas. A segunda...
– Estendi o braço. Giulio colocou algo frio e pesado na palma da minha mão, sua expressão impassível. – Foi ameaçar a minha esposa.

Cerrei o punho em torno da arma.

Normalmente, eu deixava minha equipe lidar com aquele tipo de assunto desagradável. Roubo, vandalismo, *desrespeito*. Eram coisas inaceitáveis, mas impessoais. Nada além de crimes a serem punidos e exemplos a serem dados da forma mais brutal e, portanto, eficaz possível. Não exigiam minha atenção direta.

Mas aquilo ali? O que Brax fizera com Vivian?

Aquilo era pessoal pra cacete.

Um novo tsunami de raiva me atravessou quando imaginei aquele merda apontando uma arma para ela. Vivian ainda não era minha esposa, mas era minha.

Ninguém ameaçava o que era meu.

– Quer dizer então que ela é sua esposa. – Brax tossiu, sua arrogância abalada, mas ainda firme. – Eu entendo por que você está tão irritado. Ela é linda, mas teria ficado ainda mais bonita com aquela pele incrível toda pintada de sangue.

Seu sorrisinho de escárnio estava completamente ensanguentado, e o sujeito era imbecil demais para se dar conta do erro. Como eu disse, o cérebro era do tamanho de uma noz.

Coloquei meu soco inglês, me aproximei e puxei sua cabeça ridícula para trás.

– Não sou eu que falo demais.

Um segundo depois, um uivo de agonia rasgou o ar.

Aquilo não ajudou em nada a aliviar minha ira, e não parei até que os uivos cessassem por completo.

Deixei meus homens limpando a bagunça na Carceragem.

Chegara perto de matar Brax, mas o desgraçado sobreviveu. Por pouco. No dia seguinte, ele e seus cúmplices se apresentariam à polícia. Era uma alternativa muito mais atraente do que ficar com a minha equipe.

O apartamento cheirava a sopa e frango assado quando voltei para casa.

Desde o roubo, Greta vinha paparicando Vivian, o que, para ela, significava enchê-la de comida, em quantidade suficiente para alimentar todo o centro de Manhattan durante a hora do almoço.

Mal percebi a água pelando enquanto tomava banho para limpar o sangue e o suor.

Vivian insistia que estava bem, mas poucas pessoas se recuperavam tão rapidamente da experiência de ter uma arma apontada para a cabeça. De acordo com Greta, ela estava tirando uma soneca no momento, e nunca fazia isso àquela hora do dia. Nem nunca, me dei conta.

Desliguei a água, meus pensamentos tão nublados quanto o espelho embaçado.

Eu tinha feito minha parte. Punira os criminosos, resolvera pessoalmente o caso de Brax e ligara para saber de Luca na saída do QG da segurança. Ele havia se recuperado tão depressa quanto eu esperava; o sujeito levava a vida sem se deixar abalar por nada. Mas não havia sido ele quem tivera uma arma apontada para a cara.

Merda.

Com um grunhido baixo de irritação, me sequei, vesti roupas limpas e fui para a cozinha, onde convenci Greta a me servir uma tigela de sua preciosa sopa.

– Você vai ficar sem fome para o jantar – avisou ela.

– Não é para mim.

Seus lábios se retraíram levemente em contrariedade, até que ela compreendeu e sua reprovação se transformou em um sorriso de verdadeiro contentamento.

– Ah. Nesse caso, pegue quanta sopa precisar! Aqui.

Ela me deu um prato com pão de fermentação natural e manteiga.

– Leva isso também.

– E aquela história de perder a fome para o jantar? – resmunguei, mas peguei o maldito pão.

Cheguei à porta de Vivian antes de ter chance de questionar minha decisão. Deveria acordá-la de seu cochilo? Greta disse que ela tinha trabalhado de casa naquele dia e que não havia almoçado, mas talvez precisasse descansar. *Ou* poderia já ter acordado, e estaria contando seus diamantes ou qualquer outra coisa que herdeiras de joalherias costumassem fazer em seu tempo livre.

Será que eu deveria bater ou voltar depois?

Não tive chance de decidir antes que Vivian decidisse por mim.

A porta se abriu, revelando olhos escuros sonolentos que se arregalaram de pânico ao me ver. Ela deu um grito, me assustando, e quase derrubei a sopa.

– Merda! – Consegui me recuperar a tempo, mas algumas gotas do líquido quente espirraram da tigela no meu braço.

– *Dante*. Meu Deus. – Vivian pressionou a palma da mão no peito arfante. – Você me assustou.

– Eu estava prestes a bater – menti levemente.

A atenção dela se voltou para a comida em minhas mãos. Vivian estava adoravelmente desgrenhada pelo sono, com o cabelo despenteado e uma marca de travesseiro na bochecha. Mesmo sem maquiagem, sua pele era impecável, e um levíssimo cheiro de maçã deixou minha mente enevoada.

– Você trouxe comida para mim?

O rosto dela se suavizou de tal maneira que a névoa piorou.

– Não. Sim – respondi, incapaz de decidir se admitia ter ido até lá para saber como ela estava.

Eu poderia dizer que foi ideia de Greta. Levar canja para ela por conta própria parecia uma coisa perigosamente íntima, algo que um noivo de verdade faria.

Vivian me lançou um olhar estranho.

Meu Deus, Russo, se recomponha.

Uma hora antes, eu estava espancando um criminoso de um metro e oitenta de altura. Naquele momento, estava todo atrapalhado por causa de uma merda de uma sopa e um prato de pão.

– Greta disse que você não almoçou. Achei que poderia estar com fome. – Optei pela resposta mais vaga possível.

– Obrigada. Isso é muito atencioso da sua parte – disse Vivian, ainda com a mesma expressão suave capaz de embaralhar meus pensamentos.

Os dedos dela roçaram os meus quando pegou a tigela e o prato. Uma pequena corrente de eletricidade percorreu minha pele. Meu corpo se retesou diante do esforço de conter uma reação física – um sobressalto surpreso, um roçar mais deliberado de nossas mãos.

Vivian fez uma pausa, como se também tivesse sentido, antes de continuar, apressada:

– Você veio na hora certa, porque eu estava indo fazer um lanche. Minha reunião com o comitê do Legacy Ball demorou e eu me esqueci de almoçar.

Ela tinha me contado mais cedo que seria a anfitriã do baile aquele ano. Era algo importante, e eu não pude evitar que um vislumbre de orgulho acendesse em meu peito.

– Está indo bem, então.

– Tão bem quanto qualquer coisa com um manual de instruções de trezentas páginas pode ir – brincou ela.

O silêncio se instalou. Eu deveria ir embora, uma vez que entregara a comida a ela e confirmara que ela estava bem, mas um estranho aperto no peito me impediu de partir.

Culpei a maldita névoa em minha mente pelo que disse a seguir.

– Se quiser companhia, eu estava planejando lanchar também. Não estou com tanta fome para jantar.

Uma expressão de surpresa surgiu no rosto de Vivian, seguida por uma pitada de prazer.

– Claro. Sala de estar leste em cinco minutos?

Dei um breve aceno de cabeça.

Por sorte, Greta não estava na cozinha quando voltei. Peguei outra tigela de sopa e me juntei a Vivian na sala de estar leste.

A canja estava densa e temperada o suficiente para valer por uma refeição completa. Comemos em silêncio por um tempo, até que Vivian voltou a falar:

– Como está o Luca? Depois do... você sabe.

– Bem. Ele já passou por coisa pior. – Embora eu devesse ligar para ele novamente, só para garantir. – Uma vez, ele foi assaltado por um macaco, em Bali. Quase morreu tentando recuperar o celular.

Vivian soltou uma risada.

– Como é que é?

– É verdade. – Minha boca se curvou, não só com a lembrança da indignação do meu irmão em relação ao crime, mas também com o sorriso dela. – Claro que deu tudo certo, mas alguns dos macacos daquele templo são implacáveis.

– Vou me lembrar disso para a nossa viagem.

Partiríamos para Bali dentro de três semanas, para visitar meus pais no

Dia de Ação de Graças. Eu já estava apreensivo, mas deixei o assunto de lado por enquanto.

– E você? – Desisti de todo o fingimento e fixei meu olhar em Vivian. – Como você está?

A diversão desapareceu dos olhos dela com a minha pergunta. O ar mudou e ficou pesado, expulsando a leveza de antes.

– Estou bem – respondeu Vivian calmamente. – Tenho tido dificuldade para dormir, por isso os cochilos, mas tem mais a ver com o choque do que qualquer outra coisa. Eu não fui ferida. Vou superar.

Talvez ela tivesse razão. Estava muito mais calma naquele momento do que na primeira noite, mas uma leve preocupação ainda tomava meu estômago.

– Se quiser conversar com alguém, a empresa tem pessoas à disposição – falei em um tom brusco. Os terapeutas contratados pela empresa eram alguns dos melhores profissionais da cidade. – É só me avisar.

– Obrigada. – O sorriso dela voltou, mais suave desta vez. – Pela outra noite e por isso. – Ela meneou a cabeça em direção às tigelas meio vazias entre nós.

– De nada – respondi, meio rígido, sem saber como lidar com aquilo acontecendo entre nós.

Eu não tinha nenhuma referência para a estranha névoa que nublava meu cérebro, nem para a pontada que sentia no peito quando olhava para ela.

Não era ira, como com Brax.

Não era ódio, como com Francis.

Não era luxúria, antipatia ou qualquer das outras emoções que haviam moldado minhas interações anteriores com Vivian.

Eu não sabia o que era, mas me deixava completamente perturbado.

CAPÍTULO 17

Dante

VIVIAN ACABOU PROCURANDO um de nossos terapeutas depois do incidente na Lohman & Sons. Ela nunca comentou nada sobre as sessões, mas quando chegamos a Bali, seu sono havia melhorado e ela estava quase de volta ao seu jeito sarcástico e espirituoso de sempre.

Disse a mim mesmo que meu alívio não tinha nada a ver com ela *pessoalmente* e que só estava feliz por ela estar com a cabeça no lugar para conhecer meus pais.

– Tem certeza de que seus pais moram aqui? – perguntou Vivian, encarando a *villa* à nossa frente.

Esculturas feitas à mão pontilhavam o gramado em uma profusão de cores primárias, e uma quantidade exagerada de sinos dos ventos tilintavam na porta de entrada. Girassóis gigantes brotavam das paredes em pinceladas de tinta amarela e verde.

Parecia um cruzamento entre uma *villa* de luxo e uma creche.

– Sim.

O lugar tinha toda a cara de Janis Russo. A porta da frente se abriu, revelando um cabelo castanho encaracolado e volumoso e uma túnica que ia até o chão.

– Se prepara.

– *Querido!* – gritou minha mãe. – Ah, que maravilha ver você! Meu bebezinho!

Ela foi correndo em nossa direção e me abraçou em uma nuvem de patchouli.

– Você perdeu peso? Está comendo direito? Dormindo o suficiente? Transando o suficiente?

Vivian disfarçou o riso com uma tosse delicada.

Fiz uma careta quando minha mãe se afastou e me examinou com um olhar crítico.

– Oi, mãe. Como a senhora está?

– Para com isso. Você é sempre tão formal. A culpa é do Enzo – disse ela a Vivian. – O avô dele era um verdadeiro defensor das regras. Você sabia que uma vez ele expulsou um convidado de um jantar por usar o garfo errado? Deu início a toda uma questão internacional porque o sujeito era filho de um embaixador da ONU. Se bem que, para ser justa, qualquer um esperaria que o filho de um embaixador da ONU soubesse qual garfo é usado para saladas e qual é usado para entradas. Não é verdade?

Vivian hesitou, aparentemente atordoada com o turbilhão de energia à sua frente.

– Agora, deixa eu dar uma olhadinha em você. – Minha mãe me soltou e apoiou as mãos nos ombros de Vivian. – Ah, você é *linda*. Ela não é linda, Dante? Me conta, querida, o que você usa nessa pele? Chega a brilhar! Óleo de argan? Mucina de caracol? La Mer...

Vivian fez contato visual comigo por cima da cabeça da minha mãe. *Me ajuda*, seu olhar implorava.

Minha boca se curvou em um sorriso relutante.

Apesar da efusividade exagerada de minha mãe, ela tinha razão. Vivian *era* linda. Mesmo depois de um voo de doze horas, ela brilhava de um jeito que nada tinha a ver com sua aparência física.

Uma sensação estranha percorreu meu peito.

– Sim – respondi. – Ela é.

Vivian arregalou os olhos e minha mãe abriu um sorriso ainda maior.

Ficamos nos encarando por uma fração de segundo até que a voz de meu pai ecoou pelo gramado.

– Dante! – Ele cruzou a porta da frente, esguio e bronzeado, usando uma camisa e um short de linho. – Que bom te ver, filho. – Ele bateu com a mão nas minhas costas antes de envolver Vivian em um abraço de urso. – E você, minha nora! Não consigo acreditar! Me conta, o Dante já te levou para mergulhar?

– Ah, não...

– *Não?* – A voz dele ficou mais retumbante. – E por que não, posso saber? Desde que vocês ficaram noivos eu venho falando para ele te levar para mergulhar! Sabe, nós concebemos Luca depois...

Interrompi antes que meus pais acabassem passando vergonha, e, pior ainda, que *eu* passasse vergonha.

– Pai, deixe ela em paz. Por mais fascinante – *traumatizante* – que seja a história da concepção de Luca, a gente quer tomar um banho. O voo foi longo.

– Claro – respondeu minha mãe, se agitando ao nosso redor como um beija-flor cheio de joias. – Venham, venham. Deixamos seu quarto prontinho para recebê-los. Luca só chega à noite, então vocês têm o segundo andar só para vocês por enquanto.

– Então essa é a sua família – comentou Vivian enquanto acompanhávamos meus pais *villa* adentro. – Eles... não são o que eu esperava.

– Não se deixe enganar por essa fachada hippie deles dois. Meu pai ainda é um Russo e minha mãe era consultora de empresas. Experimente só pedir para eles abrirem mão dos cartões de crédito e das mordomias, que você vai ver *de verdade* como eles são uns queridos.

A arejada *villa* de dois andares era toda mobiliada em madeira natural, crochê cor de creme e coloridas obras de arte locais adornando as paredes. O quintal tinha uma piscina de borda infinita e um estúdio de ioga ao ar livre, e os quatro quartos eram divididos entre o andar térreo, onde meus pais ficavam, e o segundo andar.

– Esse é o quarto de vocês. – Minha mãe abriu a porta com um floreio. – Arrumamos especialmente para os dois.

Vivian ficou boquiaberta de choque enquanto uma enxaqueca florescia na base do meu crânio.

– *Mãe.*

– O que foi? – perguntou ela, inocente. – Não é todo dia que meu filho e minha futura nora visitam a gente no Dia de Ação de Graças! Achei que fossem gostar de um clima mais romântico para essa estadia.

A dor se espalhou pelo meu pescoço e chegou à parte de trás dos meus olhos com uma velocidade alarmante.

A ideia que minha mãe tinha de *romântico* era a minha ideia de pesadelo. Pétalas de rosas vermelhas cobriam o chão. Havia um balde de champanhe no gelo na mesa de cabeceira, ao lado de duas taças de cristal, enquanto uma caixa de chocolates, preservativos e toalhas dobradas em forma de cisne descansavam na base da cama de dossel. A merda de uma pintura de casal minha e de Vivian estava pendurada na parede oposta à cama, sob uma faixa brilhante que dizia: *Parabéns pelo noivado!*

Parecia a porcaria de uma suíte de lua de mel, só que infinitamente mais horripilante, já que era obra da minha própria mãe.

– Como você conseguiu essa pintura? – questionei.

– Usei uma foto da sua festa de noivado como inspiração. – Os olhos de minha mãe brilhavam de orgulho. – Gostou? Não é o meu *melhor* trabalho, mas estou em uma onda criativa.

Eu mataria alguém antes do fim da viagem. Era impossível evitar. Quer a vítima fosse minha mãe, meu pai ou meu irmão, ia acontecer.

– É lindo – disse Vivian com um sorriso educado. – Você capturou o momento com perfeição.

Apertei a ponte do meu nariz enquanto minha mãe corava.

– Ah, você é muito gentil. Eu *sabia* que ia gostar de você. – Ela deu um tapinha no braço de Vivian. – Enfim, vou deixar os dois se acomodarem. Se precisarem de mais preservativos, me avisem.

Ela piscou antes de sair depressa. Meu pai a acompanhou, ocupado demais em seu celular para prestar atenção no que estava acontecendo.

Um silêncio se estabeleceu, denso e pesado. O sorriso de Vivian sumiu depois que minha mãe foi embora. Olhamos para o retrato, depois um para o outro, depois para a cama.

De repente, me dei conta de que aquela seria nossa primeira vez dividindo um quarto. Dividindo *uma cama*.

Cinco noites dormindo ao lado dela. Vendo-a naquelas roupinhas ridiculamente minúsculas que ela chamava de pijama e ouvindo a água correr enquanto ela tomava banho.

Cinco noites dessa maldita tortura.

Esfreguei o rosto.

A semana seria longa.

Vivian

OS PAIS DE DANTE ERAM O OPOSTO DO FILHO. Pessoas de espírito livre, extrovertidas e sociáveis, de sorriso fácil e um senso de humor um tanto inapropriado.

Depois que Dante e eu nos acomodamos, eles insistiram em nos levar para almoçar em seu restaurante favorito, onde fizeram mais perguntas.

– Quero saber tudo. Como vocês se conheceram, como ele te pediu em casamento – disse Janis, o queixo apoiado nas mãos.

Apesar de suas roupas e seu comportamento *boho*, ela tinha o esplendor de uma socialite da Nova Inglaterra: maçãs do rosto pronunciadas, pele perfeita e cabelos cheios e brilhantes que exigiam muito tempo e dinheiro para manter.

– Não economize nos detalhes.

– Eu conheço o pai dela – disse Dante antes que eu pudesse responder. – Nós nos conhecemos em um jantar na casa dos pais dela, em Boston, e nos demos bem. Começamos a namorar e eu a pedi em casamento alguns meses depois.

Tecnicamente, era verdade.

– Ah. – Janis franziu a testa, parecendo decepcionada com o resumo nada romântico de Dante sobre nosso namoro, antes de se iluminar novamente. – E o pedido, como foi?

Fiquei tentada a dizer que ele deixou o anel em cima da minha mesa de cabeceira, só para ver como a mãe dele reagiria, mas não tive coragem de acabar com as esperanças dela.

Hora de resgatar minhas habilidades de atuação. Não fora à toa que eu interpretara Eliza Doolittle na montagem de *Pigmalião* na época da escola.

– Foi no Central Park – respondi sem hesitar. – Era uma manhã linda e achei que fôssemos só dar um passeio...

Janis e Gianni, como ele insistia em ser chamado, ouviram com expressões extasiadas enquanto eu tecia uma história emocionante com flores, lágrimas e cisnes. Dante não parecia tão encantado. Sua cara ficava mais amarrada a cada palavra que saía da minha boca, e quando cheguei à parte em que ele lutou contra o cisne que tentou fugir com meu anel de noivado novinho em folha, ele me deu um olhar tão sombrio que poderia ter apagado o sol.

– Lutou contra um cisne, hein? – Gianni riu. – Dante, *non manchi mai di sorprendermi.*

– *Anche io non finisco mai di sorprendermi* – murmurou Dante.

Eu reprimi um sorriso.

– Que pedido mais peculiar! E entendo por que você se deu ao trabalho de recuperar o anel. É belíssimo – disse Janis, e ergueu minha mão para examinar o diamante obscenamente grande. Era tão pesado que levantar meu braço se qualificava como atividade física. – Dante sempre teve bom gosto, embora eu esperasse...

Dante ficou tenso.

Janis deu um pigarro e soltou minha mão.

– Enfim, como eu disse, é um lindo anel.

Senti uma centelha de curiosidade quando ela e Gianni se entreolharam. O que ela estivera prestes a dizer?

– Sentimos muito por não termos conseguido ir à festa de noivado – acrescentou Gianni, cortando a tensão repentina. – A gente teria adorado comparecer, mas naquele fim de semana estava acontecendo um festival com a presença de um artista local que não participava de um evento público há *dez anos*.

– Ele é tão talentoso – opinou Janis. – A gente *não podia* perder a oportunidade de vê-lo.

Eu hesitei, esperando que fosse uma piada. Não era.

Fiquei chocada. Fora por *isso* que eles perderam a festa de noivado do próprio filho? Para ver um artista que nem conheciam?

Ao meu lado, Dante tomou um gole de sua bebida, a expressão fria como granito.

Não parecia nem surpreso nem perturbado com a revelação.

Senti uma pontada inesperada no peito. Quantas vezes seus pais tinham dado preferência a seus desejos egoístas em vez de priorizá-lo, para que Dante já agisse de forma tão blasé em relação ao fato de eles terem perdido seu jantar de noivado? Eu sabia que eles não eram próximos, considerando que Gianni e Janis o haviam deixado com o avô, mas mesmo assim. Eles podiam pelo menos ter inventado uma desculpa decente para justificar sua ausência.

Levei à boca um camarão curado no sal, mas os frutos do mar antes deliciosos de repente perderam todo o sabor.

Depois do almoço, Gianni e Janis nos incentivaram a "dar um belo passeio" pela praia que ficava atrás do restaurante enquanto eles terminavam sua "meditação pós-almoço", o que quer que isso significasse.

– Seus pais parecem legais – arrisquei dizer enquanto caminhávamos ao longo da praia.

– Como pessoas, talvez. Como pais? Não muito.

Dei um olhar de soslaio para ele, surpresa com sua franqueza.

A camisa e a calça de linho de Dante davam a ele um ar mais casual do que de costume, mas suas feições continuavam impressionantes e fortes, seu corpo poderoso e sua mandíbula marcada, enquanto ele caminhava ao meu lado. Ele parecia invencível, mas essa era a questão dos humanos. *Ninguém* era invencível. Todos eram vulneráveis às mesmas dores e inseguranças que os demais.

Algumas pessoas apenas disfarçavam melhor.

Outra pontada percorreu meu peito quando me lembrei de como seus pais tinham sido indiferentes em relação à sua ausência na festa de noivado.

– Seu avô criou você e o Luca, certo?

Eu sabia disso, mas não conseguia pensar em uma maneira melhor de entrar no assunto. Dante respondeu com um breve aceno de cabeça.

– Meus pais saíram para viajar pelo mundo logo depois que o Luca nasceu. Não dava para carregar duas crianças nas viagens porque viviam se mudando, então nos deixaram aos cuidados do nosso avô. Diziam que era melhor assim.

– Eles visitavam vocês com frequência?

– Uma vez por ano, no máximo. Mandavam cartões-postais no Natal e nos aniversários. – O tom de Dante era seco e distante. – Luca guardava os dele em uma caixa especial. Eu jogava os meus fora.

– Sinto muito – disse, a garganta apertada. – Você deve ter sentido muita falta deles.

Dante era uma criança na época, mal tinha idade para compreender por que os pais tinham partido daquele jeito, de uma hora para a outra.

Os meus não eram perfeitos, mas não conseguia imaginá-los me largando na casa de um parente para que pudessem passear pelo mundo.

– Não sinta. Meus pais estavam certos. Foi melhor assim.

Paramos na beira da praia.

– Não se deixe enganar pela hospitalidade deles, Vivian. Eles me paparicam sempre que me veem, porque *não* me veem com frequência, e isso faz com que sintam que estão fazendo seu trabalho como pais. Eles vão nos levar para comer fora, para fazer compras caras, e vão perguntar sobre a nossa vida, mas se você pede a ajuda deles em algum momento difícil, eles somem.

– E o seu irmão? Como é a relação dele com seus pais?

– Luca foi um acidente. Eu fui planejado, porque eles precisavam de um herdeiro. Meu avô exigiu. Mas quando veio meu irmão... Cuidar de dois filhos era demais para os meus pais, e eles meteram o pé.

– Então seu avô assumiu a responsabilidade.

– Ele adorou. – O tom seco de Dante voltou. – Meu pai tinha sido uma decepção em relação aos negócios, mas a mim meu avô poderia moldar desde cedo como o sucessor perfeito.

E tinha moldado. Dante era um dos CEOs mais bem-sucedidos da Fortune 500. Havia triplicado os lucros da empresa desde que assumira o cargo, mas a que custo?

– Deixa eu adivinhar. Ele levava você para brincar na sala de reuniões e te explicava o mercado de ações usando quadrinhos? – brinquei, torcendo para aliviar a tensão nos ombros dele.

Meu lado empático queria mudar para um assunto mais leve; meu lado egoísta queria ir mais fundo. Aquele era o maior vislumbre que eu havia conseguido ter do passado de Dante, e me preocupava que uma palavra errada pudesse fazer com que ele se fechasse outra vez.

Seus olhos mostraram um leve brilho de diversão.

– Quase isso. Meu avô administrava a casa dele da mesma forma que administrava os negócios. A palavra dele era a primeira, a última e a única, em qualquer assunto. Tudo era operado seguindo um conjunto estrito de regras, desde nosso tempo de brincadeira até os hobbies que Luca e eu podíamos praticar. Eu tinha 7 anos quando fiz meu primeiro tour pela fábrica, 10 quando comecei a aprender sobre contratos e negociações.

Em outras palavras, ele havia perdido a infância em nome das ambições do avô.

Uma dor profunda se espalhou sob as minhas costelas.

– Não sinta pena de mim – disse Dante, avaliando corretamente minha expressão. – O Russo Group não estaria onde está hoje se não fosse por ele e pelo que ele me ensinou.

– A vida não é só dinheiro e negócios – respondi suavemente.

– No nosso mundo, é. – Uma brisa suave passou, bagunçando o cabelo de Dante. – As pessoas podem ajudar quantas instituições de caridade quiserem, doar quanto dinheiro quiserem, mas, no fim das contas, sempre há um limite. Olha só o que aconteceu com Tim e Arabella Creighton. Eles já foram estrelas da sociedade de Manhattan. Agora Tim vai passar por um julgamento e ninguém se atreve a chegar perto de Arabella. Todos os supostos amigos dela a abandonaram.

A boca de Dante se contorceu.

– Se você acha que qualquer uma das pessoas que puxam meu saco hoje em dia continuaria por perto se a empresa fechasse amanhã, está redondamente enganada. As únicas línguas que eles entendem são dinheiro, poder e força. Quem tem isso faz de tudo para manter. Quem não tem faz de tudo para conseguir.

– Essa é uma péssima maneira de encarar a vida – comentei, embora tivesse testemunhado cenários como aquele várias vezes para saber que Dante tinha razão.

– Algumas coisas a tornam melhor.

Meu coração vacilou, depois acelerou novamente. Dante e eu estávamos em um trecho isolado da praia, perto o suficiente para ver o restaurante, mas longe o suficiente para que os sons e as pessoas não nos alcançassem.

Uma fissura se abriu em sua máscara de pedra, revelando um traço de cansaço que tocou a minha alma. O Dante CEO era carrancudo e rígido. Aquele Dante ali era mais vulnerável. Mais humano. Eu já tinha visto vislumbres dele antes, mas aquela era a primeira vez que passava tanto tempo em sua presença. Era como mergulhar em um banho quente depois de um longo dia na chuva.

– Não foi assim que eu planejei passar nosso primeiro dia em Bali – afirmou ele. – Prometo que aulas sobre a história da família não são a regra por aqui.

– Não há nada de errado com uma aula de história. *Mas...* – Mudei para um tom mais brincalhão. – Quero saber mais sobre esse mergulho que seu pai comentou. Eu nunca estive em Bali antes. O que mais tem para fazer?

Os ombros de Dante relaxaram.

– Não comente nada sobre mergulho na frente do meu pai, ou ele não vai mais te deixar em paz – disse ele quando começamos a caminhada de volta ao restaurante.

Tínhamos passado quase uma hora fora; seus pais deviam estar se perguntando o que acontecera conosco.

– Para ser sincero, a ilha é um dos principais destinos de mergulho do mundo. Também tem alguns belos templos e uma grande cena artística em Ubud...

Escutei sem muita atenção enquanto ele listava as principais atividades de Bali. Estava distraída demais com sua voz para me ligar em suas palavras – intensa e aveludada, com um leve sotaque italiano que provocava coisas indescritíveis dentro de mim. Eu o havia provocado sobre amar o sotaque britânico de Kai, no Valhalla, mas era do dele que eu nunca me cansava. Não apenas a voz, mas a inteligência, a lealdade, a vulnerabilidade e o humor que se escondiam no fundo, *bem no fundo*, de sua superfície carrancuda.

Em algum lugar ao longo do caminho, Dante Russo havia se transformado de uma caricatura de um CEO rico e arrogante em um ser humano de verdade. Um ser humano de quem eu *gostava*, na maior parte do tempo.

Isso era péssimo. Independentemente do que tinha acontecido no Valhalla ou do quanto Dante me contara de sua vida, eu não podia me iludir achando que nosso relacionamento era algo além do que realmente era. Seria um caminho inescapável para arrumar um coração partido, e eu já tinha muitas coisas quebradas na vida.

Dante se aproximou de mim para deixar outro casal passar. Nossos dedos se roçaram e meu coração traidor subiu à garganta.

Isso é apenas um negócio, lembrei a mim mesma.

Se eu repetisse aquilo o suficiente, talvez conseguisse acreditar.

CAPÍTULO 18

Vivian

NOS TRÊS DIAS SEGUINTES, Dante e os pais me levaram para um tour intensivo por Bali. Mergulhamos em Nusa Penida, fizemos trilhas até cachoeiras em Munduk e visitamos templos em Gianyar. Os Russos tinham um motorista e um barco particulares, o que facilitava a viagem pela ilha.

Quando a noite de Ação de Graças chegou, minha pele estava bronzeada e eu já havia esquecido completamente a pilha de trabalho à minha espera em Nova York. Até Dante franzia menos a testa.

Estava feliz por ter aceitado a sugestão dele de me consultar com um dos terapeutas da empresa. Embora provavelmente com o tempo eu tivesse sido capaz de superar o assalto sem terapia, conversar com o Dr. Cho me ajudou a processar tudo de uma maneira que eu não teria conseguido sozinha. Nossas sessões continuariam após o Dia de Ação de Graças, mas, até então, tinham sido suficientes para garantir que a viagem não fosse prejudicada por noites insones e flashbacks da pressão do metal contra o meu queixo.

– Luca, sai desse telefone – advertiu Janis durante o jantar. – É falta de educação ficar mandando mensagens à mesa.

– Desculpe.

Ele continuou no celular, o prato de comida intocado.

Luca havia chegado na noite de segunda-feira e passado a maior parte do tempo trocando mensagens, dormindo e relaxando na piscina. Era como estar de férias com um adolescente, só que ele estava na faixa dos 30 anos.

Janis franziu os lábios, Gianni balançou a cabeça e eu comi minhas batatas em silêncio enquanto a tensão aumentava na mesa.

– Larga o celular.

Dante não ergueu os olhos do prato, mas todos, incluindo os pais, se encolheram com o tom cortante em sua voz.

Depois de longos segundos, Luca se endireitou, colocou o telefone de lado e pegou a faca e o garfo.

Imediatamente a tensão se dissipou e a conversa recomeçou.

– Se você um dia se cansar do mundo corporativo, deveria virar babá – sussurrei para Dante enquanto Gianni relembrava com nostalgia sua última viagem à Indonésia, cinco anos antes. – Acho que se sairia muito bem.

– Eu já sou babá – murmurou ele pelo canto da boca. – Há 31 anos, e nunca fui promovido. Estou pronto para pedir demissão.

Ele fez uma careta para uma migalha de recheio sobre uma de suas vagens e empurrou o ofensivo vegetal para o canto do prato.

Uma risada borbulhou em minha garganta.

– Acho que deveria mesmo. Parece que o seu bebê já cresceu.

– Ah, é? – disse Dante, me lançando um olhar cético.

– Bem... – Virei o olhar para Luca, que estava enfiando comida na boca e espiando o telefone, achando que o irmão estava distraído. – De certa maneira. Mas você é irmão dele, não pai. Não cabe a você tomar conta dele.

O fato de Dante ter assumido o papel de cuidador tinha sido uma consequência natural do abandono dos pais, mas era um fardo pesado para carregar. Em especial quando o objeto do cuidado era um homem adulto que parecia não se importar em deixar o irmão fazer todo o trabalho.

Uma emoção muito discreta passou pelos olhos de Dante.

– Sempre foi meu trabalho. Se eu não fizer, ninguém mais vai fazer.

– Que ninguém mais faça, então. É possível dar apoio a uma pessoa sem resolver tudo para ela. Cada um tem que aprender com os próprios erros.

– Você parece muito investida nesse assunto – comentou ele, uma pitada de divertimento adoçando suas palavras.

– Não quero que você acabe pifando. Mas é o que vai acontecer se passar tanto tempo assumindo todas essas responsabilidades. – Minha voz se suavizou. – Não é saudável, física *ou* mentalmente.

Aos 36 anos, Dante tinha um emprego e uma família altamente estressantes. Tinha pouco ou nenhum tempo livre. Se continuasse daquele jeito...

Senti um aperto no estômago. A ideia de algo acontecendo com ele me incomodava mais do que deveria, e não apenas porque ele era meu noivo.

O brilho em seus olhos voltou, mais quente e mais vivo. Sua expressão ficou mais gentil.

– Aproveite o jantar, *mia cara*. Não se deixe afetar pelas bobagens da minha família.

Meu coração se agitou em uma sensação gostosa.

– Não se preocupe. Sou capaz de desfrutar de boa comida sob quaisquer condições.

Não era verdade, mas o comentário fez Dante sorrir.

Eu me remexi na cadeira e nossas pernas se encostaram embaixo da mesa. Foi um toque levíssimo, mas meu corpo reagiu como se ele tivesse deslizado a mão por baixo da minha saia e acariciado minha coxa. O som da conversa à mesa desapareceu quando relembrei seu toque e meu sangue começou a correr veloz e inebriante.

Devia haver um fio invisível conectando minhas fantasias à mente dele, porque seus olhos de repente escureceram como se ele soubesse exatamente o que eu estava imaginando.

Meu coração disparou.

– *Então*. – A voz de Luca arrebentou o fio com uma eficiência brutal.

Viramos a cabeça para ele ao mesmo tempo, e meu pulso disparou por uma razão totalmente diferente quando notei o brilho especulativo em seus olhos. A mesa era grande demais e tínhamos falado muito baixo para que ele pudesse ter nos ouvido, mas Luca claramente estava tramando algo.

– Como andam os planos para o casamento? – perguntou ele.

– Bem – disse Dante antes que eu pudesse responder. A suavidade se fora, substituída pelo tom curto e grosso habitual.

– Fico feliz em saber. – O Russo mais novo deu uma garfada no peru, mastigou e engoliu antes de dizer: – Você e a Vivian parecem estar se dando *muito bem*.

A mandíbula de Dante se contraiu.

– É *claro* que eles estão se dando muito bem – comentou Janis. – Estão apaixonados! Francamente, Luca, que coisa mais boba de se dizer.

Revirei a comida no prato, subitamente inquieta.

– Tem razão. Desculpe – disse Luca, em um tom meio inocente demais. – É que eu jamais imaginei que veria Dante apaixonado.

– Já chega. – O tom de Dante soou afiado. – Isso aqui não é uma mesa-redonda sobre a minha vida amorosa.

O sorriso de Luca se alargou, mas ele atendeu ao pedido do irmão e não disse mais nada.

Depois do jantar, Dante, Luca e Gianni arrumaram a sala de jantar e levaram o lixo para fora enquanto Janis e eu lavávamos a louça.

– Eu gosto de como o Dante fica quando está com você – comentou ela. – Ele fica menos...

– Tenso?

Via de regra, eu jamais teria sido tão direta logo com a mãe dele, mas o vinho e os dias de sol tinham soltado minha língua.

– Sim. – Janis riu. – Ele gosta das coisas sempre de uma determinada maneira e não tem medo de dizer quando seus padrões não são atendidos. Quando era criança, nós tentamos dar a ele brócolis com um pouco de purê de batata. Ele jogou o prato no chão. Um prato de porcelana Wedgwood de trezentos dólares. Você acredita?

Ela balançou a cabeça.

Não perguntei por que ela tinha servido comida para uma criança em porcelana Wedgwood. Preferi abordar um assunto mais delicado, que vinha pesando em minha mente desde a conversa que tivera com Dante na praia.

– Foi difícil se afastar dele e do Luca?

Os movimentos dela pararam por uma fração de segundo.

– Pelo visto vocês andaram conversando sobre nós.

Recuei diante de um possível conflito.

– Não muito.

No fim das contas, Janis era a mãe de Dante. Eu não queria me indispor com ela.

– Está tudo bem, querida. Eu sei que ele não é muito meu fã. Verdade seja dita, não sou uma ótima mãe e Gianni não é um ótimo pai – disse ela com naturalidade. – Foi por isso que deixamos os meninos aos cuidados do avô. Ele proporcionou aos dois a estabilidade e a disciplina que nós não éramos capazes de oferecer. – Ela fez uma pausa antes de continuar, a voz mais suave: – A gente tentou. Eu e Gianni paramos de viajar e nos acomodamos na Itália depois que eu descobri que estava grávida de Dante. Passamos seis anos lá, até um pouco depois de o Luca nascer. – Ela colocou um prato sujo na água, sua expressão distante. – Sei que não soa bem, mas aqueles seis anos me fizeram perceber que não nasci para a vida doméstica. Eu odiava ficar em um lugar só e não conseguia fazer nada direito quando se tratava dos meninos. Gianni sentia a mesma coisa, então chegamos a um acordo com o avô do Dante. Ele se tornou o tutor legal dos dois e os levou para Nova York. Gianni e eu vendemos nossa casa no interior e... bem...

Ela apontou ao redor da cozinha.

Permaneci em silêncio. Não era minha função julgar a maneira como as outras pessoas criavam os filhos, mas tudo que eu conseguia pensar era em como Dante devia ter se sentido quando os pais desistiram dele porque criá-lo era difícil demais.

Por outro lado, talvez tivesse sido realmente a melhor opção. Forçar alguém a fazer algo que não quer não resulta em nada de bom.

– Você deve nos achar muito egoístas – disse Janis. – Talvez seja verdade. Muitas vezes desejei ser o tipo de mãe de que eles precisavam, mas não sou. Fingir que eu era teria magoado os meninos mais do que ajudado.

– Talvez, mas os dois são adultos agora – respondi com cautela. – Acho que gostariam de ver os pais com mais frequência, mesmo que fosse apenas em datas comemorativas, como aniversários.

E festas de noivado.

– O Luca, talvez. O Dante... – Ela soltou um muxoxo. – Tivemos que insistir muito para que ele viesse a Bali. Se não fosse por você, ele teria nos despachado com outra desculpa qualquer sobre estar ocupado demais com o trabalho.

Não fiquei surpresa. Dante me parecia capaz de passar décadas guardando rancor.

– Estou feliz por ele ter você agora. – O sorriso de Janis voltou, um pouco mais melancólico do que antes. – Vai ser bom para ele ter uma parceira. Ele cuida demais das outras pessoas e não cuida o suficiente de si mesmo.

Três meses antes, eu teria rido se alguém descrevesse Dante como uma pessoa que cuida das outras. Ele era mal-humorado, temperamental e decidido a conseguir as coisas do seu jeito. Mas àquela altura...

Minha mente voltou para nossa conversa na praia, para o lanche da madrugada na cozinha e para os milhares de momentos singelos que haviam revelado mínimos vislumbres do homem que havia sob aquela armadura.

– Vou ser sincera, no começo eu não acreditei muito nessa história de noivado – disse Janis, me entregando o prato recém-lavado, que sequei e coloquei no escorredor. – Conhecendo Dante, eu não duvidaria que ele se casasse com alguém estritamente para fins comerciais.

Um bloco de concreto se formou em meu peito.

– Nossas famílias trabalham em áreas parecidas – murmurei. – Então existe, sim, um quê comercial nisso tudo.

– Sim, mas eu vi o jeito como ele olha para você. – Ela colocou o último prato sujo na água. – Não tem a ver com negócios.

Ela estava enganada, mas isso não impediu meu coração de acelerar de expectativa.

– Como ele olha para mim?

Janis sorriu.

– Como se nunca mais quisesse desviar os olhos.

CAPÍTULO 19

Dante

– UMA LIGAÇÃO DE DANTE RUSSO no Dia de Ação de Graças – disse Christian, com a voz arrastada, pelo telefone. – Que honra.

– Foi você quem me mandou um e-mail primeiro no meio de um feriado nacional, Harper.

Havia me recolhido ao quarto depois de ajudar a limpar a sala de jantar. Meus pais e Luca estavam lá embaixo, mas eu não estava com humor para jogar UNO até tarde ou fosse lá o que estivessem fazendo. Meus pais continuariam sendo inconvenientes e meu irmão me perturbaria por causa de Vivian. Não, obrigado.

– Ah, sim. – A voz de Christian ficou séria, um sinal de que ele estava entrando no modo negócios. – Encontramos mais um conjunto de fotos em um cofre registrado em nome de um pseudônimo. São cinco no total até agora.

Francis era um paranoico dos infernos.

– Você acha que tem mais?

Olhei para o banheiro da suíte. O som da água corrente vazava por baixo da porta fechada como um ruído branco erótico.

Vivian estava lá. Molhada. *Nua*.

Calor e irritação percorreram meu corpo em igual medida. Virei as costas para a porta e esperei pela resposta de Christian.

– Sempre pode haver mais – disse ele. – Vamos manter isso em mente até conseguirmos confirmar exatamente quantos backups Francis tem.

Basicamente, eu estava apostando a vida do meu irmão. Poderia contestar o blefe de Francis, mas...

Esfreguei o maxilar, irritado. Era arriscado demais.

– Minha equipe vai continuar procurando até que você nos diga para parar. – Christian fez uma pausa. – Preciso dizer que fiquei surpreso por você não ter perguntado mais nada desde outubro. Achei que o assunto fosse mais urgente para você.

– Andei ocupado.

– Aham. – Seu murmúrio soou em um tom cúmplice. – Ou talvez você esteja se apegando à sua futura noiva? Ouvi dizer que passaram um bom tempo sumidos no baile do Valhalla, em Nova York.

Cerrei os dentes. Por que todos estavam tão obcecados com meus sentimentos por ela?

– O que fazemos em nosso tempo privado não é da sua conta.

– Considerando que eu passo o tempo todo vigiando o pai dela porque *você* me pediu, em parte é da minha conta, sim. – Ouvi gelo tilintando ao fundo. – Cuidado, Dante. Você vai precisar escolher entre ter a Vivian e ter a cabeça do pai dela numa bandeja... Em termos figurativos, é claro. Não dá para ter os dois.

O chuveiro foi desligado, depois veio um silêncio e o rangido da porta do banheiro se abrindo.

– Estou ciente. Continue procurando.

Desliguei bem na hora que Vivian saiu em meio a uma nuvem de vapor e fragrância adocicada.

Todos os músculos do meu corpo se contraíram.

De modo objetivo, não havia nada de indecente no short e na blusa de seda que ela vestia. Era a mesma roupa que estava usando na cozinha durante o lanche da madrugada, só que dessa vez preto, em vez de rosa.

De modo *não* objetivo, aquela roupa deveria ser proibida. Toda aquela pele exposta não tinha como fazer bem. Independentemente do fato de que estávamos no clima tropical de Bali, a roupa era um caso de hipotermia em potencial.

– Com quem você estava falando?

Vivian soltou os cabelos do coque e passou os dedos pelas mechas escuras, que caíram em cascata por suas costas, parecendo me implorar para envolvê-las em um punho fechado, para confirmar se eram tão macias quanto pareciam.

Travei o maxilar.

– Com um parceiro de negócios.

Nas últimas três noites, eu tinha ficado acordado até tarde para não ter que dividir o quarto com Vivian enquanto nós dois estivéssemos despertos. Ela estava sempre dormindo quando eu entrava, e eu já tinha saído quando ela acordava.

Não teríamos essa opção naquela noite.

Aparentemente, Vivian também não estava com disposição para jogos de cartas com minha família, então estávamos presos no mesmo cômodo. Acordados. Parcialmente vestidos. *Juntos*.

Merda de vida.

— No Dia de Ação de Graças?

Vivian passava hidratante nos braços, alheia à minha tortura. Eu deveria ter ficado na maldita sala de estar.

— O dinheiro nunca dorme.

Virei de costas para ela e tirei a camisa. O ar-condicionado estava no máximo, mas eu estava morrendo de calor. Joguei a camisa por cima do braço de uma cadeira próxima e a encarei novamente. Ela tinha os olhos arregalados na minha direção.

— O que você está fazendo?

— Indo dormir. — Ergui uma sobrancelha para a expressão visivelmente chocada dela. — Eu sinto calor de madrugada, *mia cara*. Você não quer que eu morra assado durante a noite, quer?

— Não seja tão dramático — murmurou ela, colocando o hidratante de volta na cômoda. — Você é um homem adulto. Uma noite dormindo de roupa não vai te matar.

Os olhos de Vivian desceram para o meu torso nu antes de rapidamente se desviarem, as bochechas vermelhas.

Um sorriso malicioso se abriu em minha boca, mas logo desapareceu quando apagamos as luzes e fomos para a cama, nos certificando de ficar o mais distantes possível. Não era suficiente.

O colchão *king-size* era grande o bastante para uma pequena orgia, e mesmo assim Vivian estava perto demais. Cacete, mesmo que eu fosse dormir na banheira com a porta fechada, ela *ainda* estaria perto demais.

O cheiro de Vivian invadiu meus pulmões, obscurecendo os limites geralmente nítidos de minha lógica e racionalidade, e sua presença queimava a lateral do meu corpo como uma chama acesa. Os murmúrios de nossas respirações se sobrepunham em um ritmo pesado e hipnótico.

Eram onze e meia. Eu poderia tranquilamente acordar às cinco. *Seis horas e meia.* Eu ia conseguir.

Olhei para o teto, minha mandíbula apertada, enquanto Vivian se revirava de um lado para o outro. Cada movimento do colchão me lembrava de que ela estava *ali*. Seminua, perto o suficiente para que eu pudesse tocá-la, e cheirando como um pomar de macieiras após uma tempestade matinal.

Eu nem sequer *gostava* de maçãs.

– Para com isso – resmunguei. – Nenhum de nós vai conseguir dormir se você passar a noite inteira se mexendo desse jeito.

– Não consigo evitar. Minha cabeça está... – Ela soltou um suspiro. – Não consigo dormir.

– Tenta.

Quanto mais cedo ela pegasse no sono, mais cedo eu poderia relaxar. Mais ou menos.

– Que ótima sugestão – respondeu ela. – Não acredito que não pensei nisso antes. Você deveria começar a escrever uma coluna de conselhos no jornal local.

– Você nasceu abusada desse jeito ou seus pais te compraram essa atitude depois que fizeram o primeiro milhão?

Vivian soltou um suspiro sarcástico.

– Se dependesse dos meus pais, eu nunca diria nada além de "Sim, claro" e "Entendi".

Uma pontada de arrependimento suavizou minha irritação.

– A maioria dos pais quer filhos obedientes.

Exceto os meus, que nem sequer queriam filhos.

– Hum.

Percebi que Vivian sabia mais sobre a dinâmica da minha família do que eu sabia sobre a da família dela, o que era irônico, considerando que ela era a mais aberta de nós dois. Eu raramente falava sobre os meus pais, primeiro porque as fofocas não paravam nunca, segundo porque meu relacionamento com eles não era da conta de ninguém, mas havia algo em Vivian que arrancava de mim confissões relutantes e segredos há muito enterrados.

– Seus pais ficaram chateados por não comemorarmos o Dia de Ação de Graças com eles? – perguntei.

– Não. Não somos muito de feriados em família.

Claro. Eu sabia disso.

Mais silêncio.

O luar se derramava pelas cortinas e salpicava prata líquida em nossos lençóis. O ar-condicionado zumbia no canto, um companheiro silencioso para os trovões retumbando à distância. A sensação de uma tempestade iminente atravessava as janelas e encharcava o ar. Era o tipo de noite que embalava as pessoas em revelações sonolentas e sono profundo.

Para mim, tinha o efeito oposto. A energia zumbia sob minha pele, expandindo os meus sentidos e me deixando no limite.

– Sua família mudou muito depois que os negócios do seu pai decolaram?

Havíamos tocado nesse assunto depois da sessão de fotos do noivado, mas ela não tinha falado muita coisa além das expectativas em relação ao casamento arranjado. Já que nenhum de nós conseguia dormir, seria vantajoso tentar obter alguma informação de Vivian. Além disso, a conversa mantinha minha mente distante de pensamentos impuros.

– Muito – respondeu ela. – Num dia, Agnes e eu estávamos frequentando escolas públicas e almoçando no colégio. No outro, estávamos em uma escola particular chique, com chefs gourmet e estudantes chegando em limusines com motorista. Tudo mudou... nossas roupas, nossa casa, nossos amigos. Nossa *família*. No começo, eu adorava, porque qual criança não *adoraria* se vestir bem e ter brinquedos novos? Mas... – Ela respirou fundo. – Quanto mais eu crescia, mais percebia o quanto o dinheiro tinha nos transformado. Não apenas de forma material, mas espiritual, na falta de uma palavra melhor. Éramos novos-ricos, mas meus pais ficaram loucos para provar que estávamos à altura da elite tradicional de Boston. Tem uma diferença, você sabe disso.

Eu sabia muito bem. Hierarquias existiam até mesmo – *especialmente* – no mundo dos ricos e poderosos.

– Os dois foram consumidos por esse desejo de validação, principalmente o meu pai – prosseguiu Vivian. – Não consigo dizer qual foi o ponto exato de virada, mas acordei um dia e o homem engraçado e carinhoso que havia me carregado nos ombros quando eu era uma garotinha e que me ajudava a construir castelos de areia na praia tinha desaparecido. No lugar dele havia alguém capaz de qualquer coisa para chegar ao topo da escala social.

Se ela ao menos soubesse.

– Não estou reclamando – continuou Vivian. – Sei que tenho sorte de ter sido criada com todo aquele dinheiro. Mas às vezes... – Outro suspiro, ainda mais melancólico. – Eu me pergunto se teríamos sido mais felizes se a Lau Jewels tivesse continuado a ser só uma lojinha de rua em Boston.

Meu Deus. Uma dor incomum se instalou em meu peito. Ela e Francis compartilhavam o mesmo sangue. Como podiam ser tão absurdamente diferentes?

– Desculpe pela tagarelice. – Ela soou envergonhada. – Não era minha intenção ficar aqui enchendo seu ouvido sobre a minha família.

– Não precisa se desculpar. – As palavras dela foram tristes, mas sua voz era tão doce que eu poderia ouvi-la para sempre. – É melhor do que contar carneirinhos.

A risada de Vivian invadiu a noite como uma melodia suave.

– Então quer dizer que eu estou te dando sono?

Nossas pernas se tocaram e meus músculos ficaram tensos com o breve contato. Não havia percebido que tínhamos chegado tão perto um do outro. Embora não fosse uma boa ideia, virei a cabeça e me deparei com ela fazendo o mesmo. Nossos olhares se encontraram e o ritmo de nossa respiração se transformou em algo mais irregular.

– Acredite – respondi baixinho –, de todas as coisas que você me faz sentir, sono não é uma delas.

O luar beijava as curvas da face de Vivian, acentuando os traços de suas maçãs do rosto e a sensualidade de seus lábios carnudos. Seus olhos brilhavam, escuros e luminosos, como pedras preciosas cintilando na noite. Uma centelha de surpresa emergiu de suas profundezas diante de minhas palavras, junto com um fio quente de desejo que fez um calor crescer entre minhas pernas.

Eu não a tocava desde nosso momento na biblioteca do Valhalla, mas tudo que eu queria naquele momento era ver aqueles olhos escurecerem de prazer mais uma vez. Sentir a suavidade de seu corpo pressionado contra o meu e ouvir seus gemidos ofegantes quando ela gozasse junto a mim.

O sangue latejava em meus ouvidos. O ar ficou mais pesado. A eletricidade presente durante o jantar voltou e estendeu aquele momento, como um longo e perfeito fio de tensão.

– É melhor a gente dormir – disse Vivian com um suspiro. Havia um leve tremor em sua voz. – Está tarde.

– Concordo.

Por um segundo, ficamos em suspenso, nenhum de nós se mexendo.

Então o estrondo de outro trovão ressoou à distância, e a tensão explodiu com a força de um fósforo aceso em um barril de gasolina.

Minha boca pressionou a dela e os braços de Vivian envolveram meu pescoço, puxando-me contra seu corpo. Um gemido baixo vibrou contra os meus lábios quando rolei para cima dela e prendi seus quadris entre minhas coxas. Um desejo visceral tomou conta de mim, erradicando qualquer pensamento que não fosse Vivian.

Nem Francis. Nem Luca. Nem a chantagem. Somente ela.

Deslizei a língua pelo contorno de seus lábios, saboreando-a, exigindo que me deixasse entrar. Eles se abriram, e seu gosto excitante e inebriante tomou conta de minha língua.

Agarrei sua nuca e inclinei a cabeça dela para aprofundar o beijo. As mãos de Vivian afundaram em meu cabelo. Enfiei a mão por baixo de sua blusa, acariciando sua barriga.

Então nos beijamos como se estivéssemos nos afogando e o outro fosse nossa única fonte de oxigênio. Selvagens. Frenéticos. Desesperados.

E mesmo assim não era suficiente.

Eu precisava de mais. Mais *dela*.

– Dante.

O gemido suave que ela deu quando encaixei seu seio na palma da minha mão quase acabou comigo.

– Continua chamando o meu nome, querida.

Beijei seu pescoço e seu peito, ansioso para mapear cada centímetro de seu corpo com a boca. Abocanhei um mamilo entumecido por cima da roupa e belisquei o outro entre o polegar e o indicador, provocando outro gemido do meu nome. A aprovação retumbou em meu peito.

– Boa menina.

Desci pela barriga dela até suas coxas, em uma jornada lânguida, apesar do desejo que me dominava.

Senti o cheiro da excitação de Vivian antes de baixar seu short e sua calcinha, mas a visão de sua boceta, tão molhada, pronta e absurdamente *perfeita*, me atingiu como uma injeção de heroína pura.

– Por favor. – Ela ofegou, a mão puxando meu cabelo com força quando mordisquei a pele macia da parte interna de sua coxa.

Meu pau latejava tanto que chegava a doer, mas não o toquei, focado demais naquela tentação molhada na minha frente.

– Por favor, o quê?

Recebi apenas um gemido em resposta.

– É para eu, por favor, comer essa sua bocetinha gostosa? – provoquei, minha voz suave, mas as palavras roucas. – Quer que eu meta a língua nela até você me implorar para te deixar gozar? Você sempre fala tudo que pensa, *mia cara*. Fala.

– *Sim* – disse ela, seu tom uma mistura de súplica e exigência. – Eu preciso da sua boca em mim, Dante, *por favor*.

Desta vez, o som da voz dela, gemendo meu nome daquele jeito, *acabou* comigo.

Abri suas pernas ainda mais e mergulhei nela, como um homem faminto. Concentrei-me em seu clitóris inchado, lambendo e chupando até que seus gemidos de prazer fossem crescendo até a beira da dor.

Vivian se contorcia e arqueava, em um minuto me implorando para parar e no outro para continuar. Sua lubrificação escorria pelo meu rosto, e mesmo assim não me bastava. Eu estava viciado no gosto dela, nos sons que fazia quando eu a penetrava com a língua e na maneira como suas costas arquearam quando ela finalmente gozou, seu corpo inteiro estremecendo.

Esperei até que os tremores diminuíssem antes de tocar seu clitóris sensível com a língua outra vez e dar uma lambida lenta e vagarosa.

– *Hai un sapore divino* – murmurei.

– Chega – implorou ela. – Eu não consigo... *meu Deus*.

Seu protesto se transformou em outro gemido quando coloquei a ponta de dois dedos dentro dela. Mantive a boca em seu clitóris e lentamente a penetrei um pouco mais, até a metade dos dedos, antes de tirá-los e metê-los de volta.

Tirando e colocando, cada vez mais rápido, minha boca ainda explorando seu clitóris até que ela encharcou meu rosto e seus gemidos agudos preencheram o quarto novamente.

Meu pau latejava no mesmo ritmo do meu coração quando fiquei de joelhos.

Vivian olhou para mim, as bochechas coradas e o peito arfando após o orgasmo. Um leve brilho de suor cobria sua pele, e seu rosto estava tão cheio de confiança e saciedade que senti meu estômago revirar.

Ninguém nunca tinha olhado para mim daquele jeito.

E assim um fio gelado de realidade perfurou aquela névoa de luxúria. De repente, percebi quem éramos e o que eu tinha feito.

Não éramos um casal normal de noivos. Ela era a filha do inimigo, e eu tinha sido *forçado* àquele noivado, mesmo que ela não soubesse. Eu não deveria gostar dela, muito menos desejá-la.

Vivian me abraçou pelo pescoço e pressionou os quadris contra os meus, a mensagem clara.

Me come.

Eu queria. Meu corpo gritava por aquilo. Meu pau ansiava por aquilo. Seria tão fácil mergulhar em sua maciez e me deixar levar noite adentro.

Mas, se eu fizesse isso, não haveria volta. Nem para ela, nem para mim.

Minhas mãos se fecharam em punhos no colchão enquanto eu lutava contra a indecisão.

Você vai precisar escolher entre ter a Vivian e ter a cabeça do pai dela numa bandeja... Em termos figurativos, é claro. Não dá para ter os dois.

O fogo que restava em minhas veias se apagou como em um banho de água fria. De todas as vozes que eu queria ouvir na cama, a de Christian estava em último lugar, mas o desgraçado tinha razão.

Vivian não tinha um relacionamento perfeito com a família, mas ainda se importava com eles. Um dia, em breve, ela descobriria a verdade sobre nosso noivado e a tramoia do pai, e ficaria arrasada. Adicionar sexo à situação só complicaria ainda mais as coisas.

– Dante? – Sua voz soou insegura diante da minha hesitação.

Merda.

Eu me livrei do abraço dela e me endireitei, tentando ignorar o incômodo e a confusão em seu rosto.

– Descanse um pouco – disse em um tom áspero. – O dia foi longo.

Não esperei por uma resposta antes de sair da cama, ir para o banheiro e trancar a porta. Abri o chuveiro o mais frio que aguentei, deixando a água gelada me ajudar a recobrar os sentidos.

Sentia um enorme peso de autodesprezo no peito. Que *merda* eu estava fazendo?

Beijar Vivian. Baixar a guarda. Quase *transar* com ela na *villa* dos meus pais, pelo amor de Deus.

Minha intenção era manter distância dela até dar um jeito em seu pai e acabar com toda aquela farsa de noivado. E ali estava eu, tomando um banho frio à meia-noite para não estragar meus planos ainda mais do que já tinha estragado.

    Eu tinha passado a vida aprimorando minha capacidade de controle. Enzo Russo havia me ensinado a importância disso desde que eu era criança. Mesmo nas poucas vezes em que perdi a cabeça, nunca me esqueci do objetivo maior.

    Mas também nunca conhecera ninguém como Vivian. De todas as pessoas da minha vida, ela era a única que conseguia me fazer perder o controle.

CAPÍTULO 20

Dante

O SOCO DE KAI jogou minha cabeça para trás com tanta força que meus dentes bateram. O gosto de cobre encheu minha boca, e, quando minha visão finalmente clareou, sua expressão séria entrou em foco como uma fotografia em uma bandeja de revelação.

– Esse estava fácil de se esquivar. Onde é que você está com a cabeça?

– Foi só um soco. Não fique se achando.

– Três. – Ele grunhiu quando meu *uppercut* o atingiu abaixo do queixo. – E isso não responde à minha pergunta.

Culpei a confusão causada pelo soco quando me vi deixando escapar as palavras que disse em seguida.

– Eu beijei a Vivian no Dia de Ação de Graças.

Por livre e espontânea vontade. Porque quis.

Tínhamos feito mais do que isso, mas com certeza eu não discutiria nossa vida sexual com Kai.

O beijo da sessão de fotos tinha sido forçado. Em Bali… Merda, eu não sabia o que tinha acontecido em Bali além de uma confusão mental.

Quando saí do banho, Vivian estava dormindo ou fingindo dormir, e ao longo da última semana evitamos falar sobre o que acontecera. Ela provavelmente achava que eu a tinha rejeitado por algum motivo qualquer, e eu estava perdido demais para corrigi-la. Kai me lançou um olhar estranho.

– Você beijou sua noiva. E daí?

Merda. O beijo tinha fodido tanto a minha cabeça que eu me esquecera de que ele não sabia que eu desprezava a família dela.

Para ele, nosso noivado era um negócio, mas a maioria dos casamentos arranjados ainda envolvia intimidade física antes do casamento. Se não sexo, ao menos coisas simples como um beijo.

– Foi diferente dessa vez.

Eu não deveria ter feito nada daquilo. O beijo, me abrir em relação à minha família, nada. Mas fiz mesmo assim.

De alguma forma, Vivian Lau havia se infiltrado em mim, e eu não sabia como afastá-la sem perder um pedaço de mim mesmo no processo.

Um brilho de compreensão passou pelos olhos de Kai.

– Misturando negócios com prazer. Já estava na hora.

– Olha quem está falando.

Kai achava que diversão era traduzir textos acadêmicos para o latim sem nenhum motivo além de ele ser um exibicionista e uma pessoa absolutamente entediada.

– O que posso fazer? Prefiro palavras a pessoas. Tirando você, claro.

– Claro.

Ele era muito cara de pau.

– Deixa disso, Russo – disse Kai dando uma risada. – Gostar da sua noiva não é a pior coisa do mundo.

Talvez não no mundo dele. Mas no meu era.

Meus esforços em evitar Vivian se desintegraram quando voltei para casa e prontamente a encontrei no hall de entrada.

– Meu Deus. O que houve?

Sua expressão horrorizada confirmou o que eu já sabia: minha cara estava destruída.

E mesmo que eu ainda tivesse alguma dúvida, o espelho pendurado em frente à porta a estilhaçou em pedacinhos.

Maxilar machucado. Olho roxo. Um corte na testa.

Graças a Deus não teria nenhuma reunião do conselho nas próximas duas semanas.

– Kai.

Tirei o casaco e o pendurei no cabideiro. Meu tom foi indiferente, mas um calor inquietante brotou em meu peito diante da preocupação de Vivian.

Ela franziu a testa.

— Kai bateu em você? Ele não parece ser esse tipo de homem. Geralmente é tão tranquilo e... amigável.

E, de repente, o calor se transformou em irritação.

— Eu já te disse que ele não é tão amigável quanto parece — respondi em um tom seco. — Mas, só para esclarecer, às vezes a gente luta boxe para extravasar um pouco de energia. Só que hoje ele acertou mais golpes, já que eu estava... distraído.

Pensando em você.

— Você luta boxe para se divertir. — Vivian apoiou o vaso de flores que tinha nos braços em uma mesinha de mármore. — Isso faz tanto sentido.

— O que quer dizer com isso?

— Que você tem um temperamento forte. — Ela ajeitou as flores, alheia à minha cara amarrada. — Tenho certeza de que o boxe ajuda, mas já pensou em um curso sobre controle de raiva? — Sua voz tinha uma pontada de implicância.

— Eu não preciso de aulas de controle da raiva — respondi entredentes.

Para começar, ela tinha sido o motivo pelo qual Kai levou a melhor no ringue. E agora estava me insultando?

— Eu tenho total controle da... — Parei de falar diante da risada dela. De repente, a ficha caiu. — Você está me provocando.

— É tão fácil.

O sorriso de Vivian desapareceu quando ela me encarou novamente. Seus olhos avaliaram o meu rosto, demorando-se no corte feio acima do meu olho.

— Você deveria colocar gelo nessas contusões e limpar esse corte, senão vai infeccionar.

— Eu vou ficar bem.

Aqueles não eram nem os primeiros nem os piores ferimentos que eu sofria no ringue.

— Gelo e antisséptico — disse ela com firmeza. — Agora.

— Ou o quê?

Eu não deveria ceder à provocação, mas ela era tão adorável quando tentava mandar em mim que não consegui resistir. Vivian estreitou os olhos.

— Ou eu vou organizar todos os castiçais desta casa em intervalos irregulares e garantir que todos os seus alimentos toquem uns nos outros.

Em todas. As refeições. Greta vai me ajudar. Ela gosta mais de mim do que de você.

Me arrependi do que disse sobre ela ser adorável. Vivian era absurdamente cruel.

– Me encontra no banheiro de hóspedes. Vou pegar o gelo.

Eu não gostava que ninguém me dissesse o que fazer, mas uma relutante onda de admiração se instalou em meu peito no caminho até o banheiro. Eu me apoiei na pia e verifiquei o relógio. Tinha uma pilha de trabalho para revisar, e Deus sabia que deveria ficar bem longe de Vivian até conseguir entender todos aqueles sentimentos incômodos que tinha em relação a ela. No entanto, ali estava eu, esperando que ela trouxesse uma maldita bolsa de gelo.

Os ferimentos nem doíam... tanto assim.

A porta se abriu e Vivian entrou carregando duas pequenas bolsas de gelo.

– Já disse que estou bem – resmunguei, mas uma faísca de prazer se acendeu em meu peito quando ela passou os dedos delicadamente pela minha mandíbula.

– Dante, sua pele está roxa.

– Quase preta. – Um sorriso surgiu em meus lábios diante de seu olhar cortante. – Precisão é importante, *mia cara*.

– Está querendo um hematoma desses do outro lado do queixo? – perguntou ela em um tom incisivo, pressionando uma das bolsas de gelo contra o meu rosto. – Se for o caso, eu posso ajudar.

– É falta de espírito esportivo da sua parte ameaçar me bater enquanto cuida de mim. Alguns diriam até que é paradoxal.

– Não gosto de esportes, e sou ótima em desempenhar várias tarefas ao mesmo tempo.

– No entanto, Asher Donovan e Rafael Pessoa, duas estrelas do esporte, estão na sua lista de maridos dos sonhos.

Antigamente eu era fã dos dois. Não mais.

– Em primeiro lugar, você *precisa* esquecer essa lista. Em segundo lugar... Segure isso sobre o olho. – Vivian colocou a segunda bolsa de gelo na minha mão enquanto umedecia um pano. – Em segundo lugar, não vamos fugir da questão principal aqui, que é a sua total recusa em aceitar ajuda.

– Eu consigo lidar com uns machucados. Já passei por coisas piores.

Mesmo assim, não resisti quando ela passou o pano em meu ferimento.

– Será que eu quero saber o que você quer dizer com *coisas piores*?

– Quebrei o nariz pela primeira vez quando tinha 14 anos. Um babaca estava fazendo bullying com o Luca, daí eu bati nele. Ele bateu de volta. Foi tão feio que tive que ir ao pronto-socorro.

Vivian estremeceu.

– Quantos anos tinha o outro garoto?

– Dezesseis.

Fletcher Alcott era um verdadeiro escroto.

– Um garoto de *16 anos* estava pegando no pé de um menino de 9?

– Os covardes sempre escolhem quem não pode revidar.

– É uma triste verdade. – Ela pegou um curativo no armário de remédios. – Você disse que foi a primeira vez que quebrou o nariz. O que aconteceu na segunda vez?

Minha boca se curvou em um sorriso.

– Fiquei bêbado na faculdade e caí de cara na calçada.

A risada de Vivian me envolveu como uma brisa fresca em um dia quente de verão.

– Não consigo imaginar você agindo como um típico estudante universitário bêbado.

– Fiz de tudo para apagar qualquer prova incriminatória, mas ficaram as lembranças.

– Tenho certeza que fez. – Ela colocou o Band-Aid sobre o corte e deu um passo para trás com uma expressão satisfeita. – Pronto. Bem melhor.

– Você está se esquecendo de uma coisa – falei, dando um tapinha no queixo.

Eu não sabia por que estava estendendo o momento quando nem sequer queria estar ali para começo de conversa, mas não conseguia me lembrar da última vez que alguém havia se preocupado comigo. Era... bom. De um jeito perturbador.

Uma ruga se formou na testa de Vivian.

– O quê?

– Meu beijo.

Suas bochechas ficaram rosadas.

– Agora é você quem está me provocando.

– Eu nunca brincaria com um assunto tão sério – respondi solenemente. – Um beijo para cada um dos meus machucados. Só isso. Você negaria o último desejo de um homem à beira da morte?

O olhar dela cintilou com um toque de indignação.

– Não seja dramático. Foi você quem disse que estava *bem* – respondeu ela. – Mas, já que insiste em agir como um bebê... – Ela se aproximou outra vez. Sentia meu coração bater na garganta quando ela roçou os lábios na minha testa, depois no meu queixo. – Melhor?

– Muito.

– Você não tem jeito – disse Vivian em um tom risonho.

– Não é a pior coisa que alguém já disse a meu respeito.

– Eu acredito.

Ela virou um pouco a cabeça e nossos olhares se encontraram.

O banheiro cheirava a desinfetante de limão e pomada, dois dos aromas menos sensuais conhecidos pela humanidade. Isso não impediu que meu sangue se aquecesse nem que a memória do gosto dela inundasse minha mente.

– Sobre o que aconteceu em Bali... – A respiração dela roçou minha pele, quente e hesitante.

Senti uma pressão entre as pernas.

– Sim?

– Você estava certo em interromper as coisas naquela hora. Nosso... O que fizemos foi um erro.

Uma sensação muito parecida com decepção tomou o meu peito.

– Sei que vamos nos casar, então teremos que... em algum momento – disse Vivian, pulando os detalhes. – Mas é muito cedo. Eu tinha tomado vinho demais no Dia de Ação de Graças e me deixei levar pelo momento. Foi um... – Ela vacilou quando minhas mãos pousaram em seus quadris. – Um erro. Não foi?

Eu podia sentir a pele dela sob a caxemira. Um sorriso relutante se abriu em meus lábios.

– Foi.

Meu toque se demorou um pouco mais antes de eu movê-la para o lado e ir em direção à porta.

Fiz o certo em interromper as coisas, em Bali, e o que aconteceu antes disso foi um erro.

Nós dois tínhamos razão.

Mas não queria dizer que eu gostava disso.

CAPÍTULO 21

Vivian

DEPOIS DO DIA DE AÇÃO DE GRAÇAS, o ano passou em um piscar de olhos. Queria poder dizer que minhas primeiras festas de fim de ano como noiva de Dante foram especiais ou memoráveis, mas na verdade foram mais estressantes do que qualquer outra coisa.

As semanas entre a Black Friday e a véspera de Ano-Novo foram repletas de trabalho, obrigações sociais e perguntas intermináveis sobre o casamento que se aproximava. Dante e eu passamos a noite de Natal na casa dos meus pais, e foi tão estranho quanto eu temia.

– Se mamãe continuar em cima dele desse jeito, as pessoas vão começar a achar que *ela é* a noiva – sussurrou minha irmã, Agnes, enquanto nossa mãe enchia o copo de Dante outra vez.

Só a chamávamos de "mamãe" uma para a outra, e nunca diretamente para ela.

– Imagine o papai negociando *esse* acordo – sussurrei de volta.

Caímos na gargalhada.

Estávamos na sala de estar, logo depois da ceia – minha mãe e Dante perto da lareira, minha irmã e eu no sofá, e meu pai e Gunnar, o marido de Agnes, no outro sofá, perto do bar.

Eu não via Agnes com muita frequência agora que ela morava em Eldorra, mas, sempre que estávamos juntas, voltávamos a ser adolescentes.

– Meninas, querem compartilhar a piada? – perguntou nosso pai em um tom incisivo, erguendo os olhos de sua conversa com Gunnar.

Alto, loiro e de olhos azuis, Gunnar era o oposto de minha irmã em termos de aparência, mas eles compartilhavam um senso de humor parecido e o jeito descontraído de ser. Ele apenas observou, com uma expressão de quem estava se divertindo, enquanto minha irmã e eu ficávamos sérias.

– Não é nada – respondemos em uníssono.

Meu pai balançou a cabeça com uma expressão exasperada.

– Vivian, coloque o casaco – disse ele. – Está muito frio. Você vai ficar doente.

– Não está *tão* frio assim – protestei. – A lareira está acesa.

Mas coloquei o casaco mesmo assim.

Além do casamento, meus pais estavam sempre comentando o fato de eu não usar camadas de roupa suficientes e de não tomar sopa o bastante. Era um dos poucos resquícios de nossos dias pré-riqueza.

Quando olhei para Dante, vi que ele nos observava com olhos semicerrados. Ergui a sobrancelha e ele me deu um pequeno aceno de cabeça. Não fazia ideia do que aquilo significava, mas minha curiosidade sobre sua reação acabou se perdendo em meio à confusão que foi a manhã de Natal (durante a qual Gunnar anunciou que comprara mais um pônei de presente para Agnes na mansão que tinham no campo), o Legacy Ball e o planejamento do casamento, que dominaram as semanas seguintes ao Ano-Novo.

Antes que eu me desse conta, eram meados de janeiro e minha ansiedade havia atingido o auge.

Menos de quatro meses até o baile.

Menos de sete meses até o casamento.

Que Deus me ajudasse.

– Você precisa de um retiro em um spa – sugeriu Isabella. – Nada melhor para renovar o corpo do que um fim de semana no deserto, com massagens profundas e ioga.

– Você odeia ioga e uma vez saiu de um retiro mais cedo porque era muito "chato e *harebô*".

– Para *mim*. Não para você.

Isabella estava deitada de bruços no sofá do meu escritório, pés para cima, enquanto rabiscava qualquer coisa em seu caderno. De tempos em tempos, ou seja, a cada dois minutos, ela parava para tomar um gole de refrigerante ou mordiscar um pedaço de chocolate meio amargo. Era hora do almoço, mas ela tinha dito que não estava com muita fome, e eu também não tivera tempo de pedir comida.

– Você deveria levar o Dante com você. Um retiro para casais, o que acha?

Ergui os olhos do mapa de assentos do Legacy Ball.

– Você não deveria estar escrevendo o próximo thriller de sucesso, em vez de dar conselhos não solicitados sobre a minha vida amorosa?

Às vezes, Isabella usava o meu escritório porque o silêncio em seu apartamento era "alto demais"; eu não via problemas nisso, desde que ela não me distraísse enquanto eu estava trabalhando.

– Estou me inspirando na vida real. Talvez eu escreva sobre um casamento arranjado que deu terrivelmente errado. A esposa mata o marido depois de ter um caso depravado com seu porteiro sexy... ou não – acrescentou ela apressadamente quando a encarei. – Mas você tem que admitir, sexo e assassinato andam de mãos dadas.

– Só para você.

Passei os post-its com os nomes de Dominic e Alessandra Davenport para a mesa de Kai. *Muito melhor.* A última configuração tinha colocado Dominic sentado ao lado de seu maior rival.

– Devo me preocupar com os seus ex?

– Só com os que me irritaram.

– Todos eles, então.

– É mesmo? – Isabella fez uma expressão inocente. – Ops.

Um sorriso surgiu em meus lábios. Seu histórico de relacionamentos era uma série de roubadas que iam desde pilotos de corrida a fotógrafos, modelos e, em um lapso de julgamento realmente espetacular, um aspirante a poeta que não só tinha uma tatuagem de Shakespeare, como também uma tendência de declamar versos de *Romeu e Julieta* durante o sexo.

O último ano tinha sido o maior tempo que eu já vira Isabella ficar longe de homens desde que a conhecia. Ela merecia. Lidar com homens era exaustivo.

Por exemplo: meu relacionamento com Dante. Tentar entender em que pé estávamos era como tentar me equilibrar em uma tábua de madeira no meio do oceano.

Isabella e eu caímos no silêncio novamente, mas minha mente continuou vagando em direção a certo italiano de cabelo escuro. Nós nos beijamos, e Dante me proporcionara não um, mas *dois* orgasmos alucinantes, só para se fechar por completo em seguida.

Nada superava a humilhação de ter pedido a ele para transar comigo e ele ter me deixado na vontade. Pelo menos eu tinha sido bem-sucedida (assim esperava) em fingir que toda aquela noite tinha sido um erro.

Uma batida interrompeu a agitação dentro de mim.

– Entra.

Shannon entrou segurando um extravagante buquê de rosas vermelhas. Devia haver pelo menos duas dúzias de flores encaixadas em um vaso de cristal fino, e seu perfume instantaneamente preencheu a sala com uma doçura enjoativa.

Isabella se sentou, os olhos brilhando como os de uma repórter de tabloide que se deparou com uma fofoca suculenta da alta sociedade.

– Acabaram de chegar para você – disse Shannon com um sorriso malicioso. – Onde quer que eu coloque?

Meu coração subiu à garganta.

– Na minha mesa está ótimo. Obrigada.

– Ai, meu Deus. – Isabella correu até minha mesa no segundo em que a porta se fechou. – Essas rosas devem ter custado centenas de dólares. Qual é a ocasião?

– Não faço ideia – admiti.

Surpresa e prazer disputavam espaço em meu peito.

Dante nunca tinha me mandado flores. Nosso relacionamento havia se transformado em uma coabitação civilizada e um ocasional lanche de madrugada desde Bali, mas ainda não éramos um casal "normal", de forma alguma.

Não podia imaginar por que ele estaria me mandando rosas naquele momento. Não era nenhuma data comemorativa, nem aniversário de relacionamento, nem aniversário de ninguém.

– Ele mandou *só por mandar*? Melhor motivo – disse Isabella, e passou os dedos sobre uma pétala aveludada. – Quem diria que Dante Russo era tão romântico?

O prazer superou a surpresa.

Procurei em meio às flores extravagantes até encontrar um pequeno cartão com meu nome escrito na frente. Quando o virei, senti um aperto no estômago.

– Não são do Dante.

– Então quem foi que... *Ah*.

Isabella arregalou os olhos quando mostrei a ela o cartão.

Vivian,

Feliz Ano-Novo atrasado. Pensei em você à meia-noite, mas não tive coragem de enviar isso até agora. Espero que esteja bem.

Com amor,
Heath

PS. Estou aqui se você mudar de ideia.

Uma mistura de decepção, mal-estar e confusão formou-se em minha barriga. Exceto por uma mensagem de *Feliz Natal*, eu não falava com Heath desde o encontro no mercado de pulgas. Ele me enviar flores fazia ainda menos sentido do que Dante enviá-las.

– *Com amor*, Heath. – Isabella franziu o nariz. – Primeiro ele aparece em Nova York e *coincidentemente* esbarra em você. Agora isso. Esse cara precisa superar. Vocês terminaram há anos, e você...

– Quem é Heath? – Uma voz de veludo negro atraiu meu olhar para a porta.

Terno cinza-escuro. Ombros largos. Expressão tão sombria quanto a voz. Meu coração acelerou ainda mais.

Dante estava parado na porta, um saco de papel na mão, seus olhos brilhando como cacos de vidro vulcânico contra as rosas macias. Seu corpo permanecia perigosamente imóvel, como a calmaria antes de uma tempestade.

– Hã...

Olhei apavorada para Isabella, que pulou da mesa e pegou sua bolsa do chão.

– Bem, foi muito divertido, mas agora tenho que ir – entoou ela, a voz animada demais. – Monty fica mal-humorado se eu não dou a comida dele na hora.

Traidora, meu olhar gritava.

Desculpa, disse ela, só movendo a boca, sem fazer som. *Boa sorte.*

Eu nunca mais a deixaria trabalhar em meu escritório.

Isabella passou por Dante dando um tapinha desajeitado em seu braço, e fiquei olhando, de estômago revirado, enquanto ele caminhava na minha direção e pousava o saco de papel ao lado do buquê. Ele virou o bilhete e leu em silêncio, sua mandíbula pulsando a cada segundo.

– É um presente de Ano-Novo – falei quando o silêncio se tornou opressivo demais para suportar. – Como as taças de champanhe que a minha mãe comprou para a gente.

Tique-taque. Tique-taque. Tique-taque.

Eu não tinha traído Dante nem procurado Heath de propósito. Não havia nada pelo que me sentir culpada. Ainda assim, meus nervos vibravam como sinos dos ventos em um tornado.

– Isso aqui não são taças de champanhe, *mia cara*. – Dante largou o cartão como se fosse uma carcaça podre. – Nem são da sua mãe, o que me leva de volta à minha pergunta. Quem é Heath?

Respirei fundo para tomar coragem.

– Meu ex-namorado.

Os olhos de Dante cintilaram.

– Seu ex-namorado.

– Sim.

Eu não queria mentir e, de todo modo, Dante provavelmente poderia descobrir quem era Heath em um estalar de dedos.

– Por que o seu ex-namorado está te mandando rosas e cartinhas de amor?

O tom aveludado não mudou, mas a vibração ameaçadora ondulou mais perto da superfície.

– Não é uma cartinha de amor.

– Para mim parece muito uma cartinha de amor. – Se Dante rangesse os dentes com mais força, eles se transformariam em pó. – O que ele quer dizer com mudar de ideia?

– Eu contei a ele que eu e você estávamos noivos, uns meses atrás. – Já que ia contar a verdade, era melhor dizer logo tudo. – Ele apareceu em Nova York e deu a entender que queria que déssemos uma nova chance ao nosso relacionamento. Eu disse que não estava interessada. Ele foi embora. Fim.

Os olhos de Dante estavam quase negros.

– Obviamente não foi o fim, considerando este *adorável* buquê de rosas que ele mandou para você.

– São só flores.

Eu entendia por que ele estava chateado, mas Dante estava exagerando a importância da situação.

– São inofensivas.

– Quer dizer que um babaca te manda flores e você quer me convencer de que é inofensivo? – Ele voltou a pegar o cartão. – *Pensei em você à meia-noite. Espero que esteja bem. Com amor, Heath* – leu ele em um tom cheio de sarcasmo. – Não é preciso ser nenhum gênio para saber o que ele estava fazendo enquanto pensava em você à meia-noite.

A frustração se sobrepôs à culpa que eu nem deveria estar sentindo.

– Não posso controlar o que outras pessoas fazem ou dizem. Eu disse a ele que não tinha interesse em voltar, e vou dizer novamente, se ele insistir. O que você quer que eu faça? Peça uma ordem de restrição contra ele?

– Ótima ideia.

– É uma ideia *ridícula*.

– Você ainda o ama?

A pergunta foi tão inesperada que minha única reação foi ficar boquiaberta até conseguir sussurrar a única palavra que consegui.

– Quê?

– Você ainda o *ama*?

A tensão em sua mandíbula estava a toda outra vez.

– Nós terminamos há anos.

– Isso não responde à minha pergunta.

Eu me remexi sob o olhar pesado de Dante. Ainda amava Heath? Eu gostava dele e sentia falta do relacionamento tranquilo que tínhamos. Tinha ficado arrasada com o nosso término.

Entretanto, eu não era mais a mesma pessoa daquela época, e o tempo havia curado meu coração partido. Quando pensava em Heath, pensava no conforto de ser amada. Não necessariamente pensava *nele*.

Mas se eu não *tivesse* que me casar com Dante e pudesse voltar para Heath sem cortar o vínculo com meus pais, será que eu voltaria?

A dúvida dominou meus pensamentos.

– Não importa – respondi por fim. – Sou sua noiva e não vou voltar com Heath.

Minha resposta apenas avivou a chama nos olhos de Dante.

– Não quero minha noiva pensando em outro homem nem antes, nem durante nem depois do casamento.

– Que diferença isso faz? – Minha frustração borbulhou em uma torrente de palavras. – Você vai conseguir acesso a novos mercados e o acordo será cumprido de qualquer maneira. Pare de fingir que isso aqui é um noivado normal. Não é. A gente pode ter se beijado e... tido um pouco mais de intimidade, mas *não somos* um casal unido por amor. Você já me disse isso várias vezes. Você me tem, mas não pode ditar como eu me sinto ou em quem penso. Isso *não faz* parte do acordo.

O silêncio reinou após meu discurso, tão denso que eu sentia seu gosto no fundo da garganta.

Dante e eu nos encaramos, o ar crepitando como um fio elétrico desgastado entre nós. Um movimento errado e eu seria queimada viva.

Me preparei para uma explosão, um grito ou algum tipo de ameaça velada. No entanto, depois de segundos que pareceram horas, ele se virou e saiu sem dizer uma palavra.

A porta se fechou e eu desabei sobre a mesa, repentinamente exausta. Pressionei a palma das mãos contra os olhos, um nó na garganta.

Toda vez que fazíamos algum avanço, dávamos dois passos para trás. Em um minuto, achava que Dante podia estar começando a gostar de mim. No seguinte, ele me deixava de lado, como a uma pessoa indesejada abandonada ao relento.

Até o homem das cavernas se comunicava melhor do que ele.

O que Dante fora fazer ali, afinal? Seu escritório ficava a poucos quarteirões do meu, mas ele nunca tinha me visitado no trabalho.

Meus olhos se fixaram no saco de papel que ele havia deixado para trás. Depois de um momento de hesitação, abri o pacote e meu estômago se revirou de uma maneira estranha.

No fundo da sacola, aninhadas entre talheres embrulhados em papel e uma infinidade de molhos, havia duas caixas de comida para viagem do meu restaurante japonês favorito.

CAPÍTULO 22

Vivian

– PRESTE ATENÇÃO, *MICETTA*, ou vai acabar arrancando o dedo fora – protestou Greta. – Ninguém quer achar pedaços de corpo humano no jantar.

– Desculpe – murmurei.

Tentei controlar meus pensamentos errantes e me concentrar novamente na tarefa em questão.

Se minha mãe me visse naquele momento, picando alho, usando um velho suéter de caxemira e calça jeans, teria um ataque cardíaco. Os Laus não faziam o "trabalho pesado" na cozinha, nem usavam roupas já fora de moda, mas eu gostava da distração confortável de cozinhar. Havia convidado Isabella e Sloane para jantar, e decidimos que uma noite das meninas com comida caseira seria mais divertido do que um jantar formal.

E tínhamos razão.

A cozinha tinha o mesmo cheiro de um restaurante rústico da Toscana. Molho de tomate borbulhava no fogão, tigelas de ervas e temperos estavam alinhadas nas bancadas, e a acidez cintilante de limões frescos trazia um toque extra aos aromas de dar água na boca.

Do outro lado da cozinha, Isabella cortava vagens enquanto Sloane preparava seus clássicos martínis. Greta, que se recusara a nos deixar sem supervisão, andava de um lado para outro, verificando diversas coisas e nos repreendendo quando não preparávamos a comida de maneira adequada.

Parecia aconchegante e normal, como um lar de verdade.

Então, por que eu me sentia tão desconfortável?

Talvez porque você e Dante ainda estejam brigados, zombou uma voz na minha cabeça.

Tínhamos comparecido a eventos sociais obrigatórios, comemorado o Dia dos Namorados no Per Se e assistido a uma apresentação do Ano-Novo Lunar no Lincoln Center, mas nosso relacionamento em casa estava frio e distante desde a visita dele ao escritório.

Eu não deveria estar surpresa. Dante sempre se retraía quando as coisas não saíam do jeito que ele queria, e sua reação exagerada às flores havia me irritado demais para que eu fosse atrás dele. Então estávamos de volta àquele impasse.

Piquei o alho com mais força do que o necessário.

– Aqui – disse Sloane, surgindo ao meu lado e deslizando um *apple martini* pela bancada. – Para quando você terminar de usar a faca. Parece estar precisando de um drinque.

Consegui abrir um sorriso discreto.

– Obrigada.

O cabelo platinado de Sloane estava preso no coque de sempre, mas ela havia tirado o blazer e largado o celular. Para ela, isso era quase o equivalente a estar dançando descalça em um bar em Ibiza.

– Onde está o seu charmoso futuro marido? – perguntou Isabella. – Ainda emburradinho por causa das flores?

Ela estava determinada a provar que até o casamento eu e Dante estaríamos completamente apaixonados e tocava no nome dele sempre que podia. Eu suspeitava de que ela e Sloane tivessem feito uma aposta a respeito, já que a opinião de Sloane sobre amor não era muito mais generosa do que sua opinião a respeito dos ratos no metrô de Nova York e de pessoas que usavam sandália com meia.

– Ele não está emburrado – respondi, ciente dos olhos de águia de Greta. – Está ocupado.

E vinha estando ocupado pelas últimas três semanas. Se havia uma coisa em que Dante era realmente ótimo, era em evitar conversas difíceis.

– Ele está emburrado – disseram Isabella, Greta e Sloane em uníssono.

– Confia em mim. Eu cuido do Dante desde que ele usava fraldas. – Greta verificou o molho. – Você nunca vai conhecer um homem mais teimoso e cabeça-dura.

Eu acredito.

– Mas... – Ela mexeu a panela com uma colher de pau. – Ele também tem um coração enorme, mesmo que não demonstre. Ele não é... bom com palavras. O avô dele, que Deus o tenha, era um ótimo empresário, mas péssimo em se comunicar. Ele passou essas características para os meninos.

Senti um nó na garganta. Era exatamente por isso que eu ainda não tinha desistido de Dante. Ele era péssimo em se comunicar, e seu temperamento instável me dava vontade de arrancar os cabelos, mas por baixo daquilo tudo havia alguém por quem valia a pena esperar.

– Você está falando bem dele só porque ele colocou uma TV na cozinha para você? – perguntei em tom leve.

Os olhos de Greta brilharam.

– Quando alguém te oferece suborno, é falta de educação não aceitar.

As risadas ecoaram pela cozinha, mas morreram rapidamente quando Dante e Kai apareceram na porta.

Eu me endireitei, sentindo o coração bater na garganta. Isabella parou de cortar suas vagens enquanto Sloane tomava um gole do drinque, observando friamente os recém-chegados como se eles tivessem entrado na casa *dela*.

– Dante, eu não sabia que você vinha jantar em casa – disse Greta, secando as mãos em um pano de prato. – A comida está quase pronta. Vou colocar mais dois pratos na mesa.

– Não precisa. Só passamos para buscar uns documentos. Vamos jantar no Valhalla hoje. – Dante limitou-se a olhar apenas para Greta. – Além disso, amanhã vou para Washington a trabalho. Vou passar uma semana fora.

– Entendi.

Greta olhou para mim.

Voltei a me concentrar no alho.

O comunicado de Dante com certeza era para mim, mas se ele não era maduro o suficiente para falar comigo diretamente, como um adulto, eu não daria a ele a satisfação de demonstrar qualquer reação.

Ao lado dele, o olhar de Kai passou por mim, por Sloane, e chegou a Isabella, que estava sentada no banquinho mais próximo da entrada. Sua saia de couro, brincos compridos e botas de salto agulha eram o oposto do terno, dos óculos e do lenço de seda enfiado no bolso da camisa dele. Ela arqueou a sobrancelha diante do olhar inquisidor de Kai antes de pegar um tomate-cereja da tigela ao seu lado e colocá-lo na boca. Isabella não tirou os olhos dele, tornando um movimento inocente algo quase sexual.

Kai assistiu àquele show com a expressão neutra de alguém esperando sua vez na fila do correio. Ao lado dele, Dante permanecia no batente na porta, calado e imóvel.

O ponteiro do relógio bateu a meia hora. Molhos borbulhavam e chiavam no fogão, e minha faca cortava em um ritmo constante contra a tábua. A tensão era quase tão densa quanto o fettuccine que Greta costumava fazer.

Greta deu um pigarro.

– Bem, faça uma boa viagem, então. Traga uma lembrancinha. Tenho certeza de que o pessoal vai gostar.

Ela lançou outro olhar em minha direção.

Muito sutil, Greta.

– Vou me lembrar disso – respondeu Dante, seco. – Aproveitem o jantar.

Ele se retirou sem olhar para mim.

– Senhoritas – cumprimentou Kai com um aceno de cabeça antes de segui-lo.

A partida deles acabou com a tensão que nos fazia de reféns.

Larguei a faca e Greta murmurou enquanto tirava a carne do forno.

– Preciso de um pouco de água – disse Isabella, descendo de seu banquinho e indo até a geladeira, as bochechas rosadas.

Olhei para a tábua, tentando organizar aquela confusão de sentimentos. Eu já deveria estar acostumada com as viagens de negócios de Dante, mas a notícia de sua partida doeu mais do que deveria. Mesmo que não nos falássemos, sua presença no apartamento era um conforto. Era sempre um pouco mais frio quando ele não estava em casa.

CAPÍTULO 23

EU NÃO PRECISAVA IR A WASHINGTON.

Poderia ter conduzido os negócios virtualmente, mas achei que seria bom me afastar do clima tenso em casa. Também aproveitei a oportunidade para conversar com Christian, que eu havia encarregado de um novo projeto, além de toda a questão envolvendo Francis.

Ele estava recostado no sofá à minha frente, o olhar frio. Estávamos na biblioteca de sua cobertura no centro da cidade, e havíamos passado a última hora falando sobre o Valhalla, negócios e segurança. Mas, a julgar por sua expressão, ele ainda estava chateado com o que havia acontecido no saguão mais cedo.

Eu tinha apenas beijado a mão de uma de suas vizinhas... em quem ele parecia particularmente interessado.

Não era todo dia que eu via Christian Harper sofrendo por uma mulher, e eu jamais deixaria passar a chance de sacaneá-lo. Ele ia superar. Os dois nem sequer estavam namorando.

– Heath Arnett. CEO de uma startup de armazenamento em nuvem que vai abrir o capital no fim do ano – disse Christian, levantando uma sobrancelha. – Desde quando você liga para armazenamento em nuvem?

A menção ao nome de Heath acabou com toda a graça da reação de Christian a um simples beijo na mão.

Pensei em você à meia-noite. Com amor, Heath.

Algo sombrio e indesejado serpenteou pelo meu peito.

– Não se faça de idiota. – Tomei o restante de minha bebida e coloquei o copo de cristal na mesinha ao lado. – Encontrou alguma coisa útil?

Eu tinha pedido a Christian para investigar o passado de Heath. Não demorou muito para que ele descobrisse o nome completo do homem, bem como tudo sobre seu trabalho, sua família e seus hobbies. Educação norte-americana padrão de classe média. Graduação em Columbia, onde Heath conheceu Vivian. Uma carreira em ascensão como desenvolvedor de software antes de fundar uma startup que vinha se tornando um verdadeiro sucesso.

Mas essa era a superfície brilhante, o que estava à mostra. Eu queria os podres ocultos.

Christian sorriu. Poucas coisas o animavam mais do que arrancar os esqueletos de alguém do armário.

– Há uma chance de ele estar envolvido em atividades questionáveis que levaram ao crescimento da empresa. Não é criminoso, mas questionável. O suficiente para afetar severamente o resultado do IPO.

– Ótimo. Dê um jeito nisso antes que eles abram o capital.

Estendi a mão para pegar a água ao lado do copo vazio de uísque, mas a bebida não foi suficiente para aliviar o fervilhar do meu sangue.

– Claro. – Christian me observou, um brilho curioso em seus olhos cor de âmbar. – Você não respondeu à minha pergunta. Por que se importa tanto com esse Heath? Não é possível que seja por ele ser ex-namorado da Vivian. O homem por quem ela estava perdidamente apaixonada e que os pais dela a obrigaram a largar porque não vinha de uma família rica no nível da sua. – Christian girou a bebida no copo. – Ouvi dizer que ele mandou rosas para ela depois do Ano-Novo. Bem bonitas.

A quentura se intensificou.

– Ele sabe que Vivian é minha noiva, e mesmo assim mandou flores para ela. É desrespeitoso.

Eu não tinha contado a Christian sobre o que houve no Valhalla Club e em Bali, nem sobre qualquer mudança ocorrida em meu relacionamento com Vivian. Fornecer-lhe esse tipo de informação seria como entregar dinamite a uma criança com uma mente destrutiva. Infelizmente, o desgraçado tinha um radar assustadoramente preciso quando se tratava das fraquezas de outras pessoas.

Não que Vivian fosse minha fraqueza.

– Hum. – Um leve sorriso sagaz se abriu na boca de Christian. – Esse é um dos motivos. O outro, no qual estou mais inclinado a acreditar, é que você está começando a ter sentimentos por sua adorável futura esposa.

— Melhor parar com o uísque, Harper. Está atrapalhando sua capacidade de julgamento — respondi friamente. — Vivian é mais tolerável do que eu esperava, a princípio, mas nada mudou. Não tenho intenção de me casar com ela, *nem* de me amarrar aos Laus.

Por alguma razão, essas afirmações já não me soavam tão boas quanto seis meses antes. As palavras tinham um sabor amargo, como se contivessem uma ponta de enganação, embora eu tivesse dito a verdade.

Eu estava atraído por Vivian. Isso já tinha conseguido admitir. Chegava até a gostar dela, mas não a ponto de aguentar a chantagem de seu pai.

De todo modo, nada disso importava. Uma vez que eu destruísse o império de Francis, ela não ia querer nada comigo. Era muito leal à família. Esse era o preço do negócio.

Senti um formigamento na nuca. Arregacei as mangas, desejando que estivesse menos calor ali. Christian devia ter colocado o aquecimento no máximo.

— Se você diz — respondeu ele com a voz arrastada. — Não se preocupe. Estamos perto. Em breve, você estará livre de toda a família e poderá ter sua casa só para você de novo.

Uma dor estranha tomou meu peito.

— Mal posso esperar — respondi secamente.

Servi-me de outro copo de Glenlivet, mas o toque do celular me interrompeu antes que eu pudesse tomar um gole.

Edward.

Ele nunca ligava a menos que houvesse uma emergência. Será que acontecera alguma coisa com Vivian?

Minhas veias gelaram. Rapidamente pedi licença e fui até o corredor.

— O que houve? — questionei assim que saí do alcance dos ouvidos de Christian. — Vivian está bem?

— A Srta. Vivian está bem — assegurou Edward. — No entanto, houve um... — Ele tossiu de leve. — Desdobramento do qual achei que o senhor deveria estar ciente. Ela recebeu uma visita.

Esperei impacientemente que ele concluísse. Vivian recebia visitas o tempo todo. Nenhuma delas justificava um telefonema, a menos que...

— Pelo que entendi, é um ex-amante. Acho que o nome dele é Heath.

Levei alguns segundos para assimilar o que aquilo significava. Assim que isso aconteceu, a fúria se instalou em minha pele como um veneno, lento e rastejante.

Que *merda* Heath estava fazendo na minha casa? Ele deveria estar na porra da Califórnia.

Eu ia matar o Christian. Ele deveria saber que Heath estava em Nova York e não dissera nada em relação a isso.

– Normalmente, eu não o incomodaria com esse assunto, mas ele insistiu bastante em ver a Srta. Vivian. Ela concordou em deixá-lo entrar, mas... – Outra tosse delicada. – Dada a chegada *inesperada*, quis alertá-lo.

O sangue latejava em meus ouvidos, distorcendo a voz de Edward.

Eu estava em Washington.

Vivian estava em Nova York com o ex.

Tomei a decisão em dois segundos.

– Fique de olho neles e não o deixe ir embora até eu chegar – ordenei. – Vou voltar esta noite.

Um voo comercial entre as duas cidades levava uma hora e vinte minutos. Meu jatinho podia chegar em cinquenta minutos.

– Sim, senhor.

Desliguei e entrei novamente na biblioteca. Parte de mim queria estrangular Christian por reter informações propositalmente, mas eu tinha um problema mais urgente em mãos.

– Preciso voltar a Nova York. – Peguei meu paletó nas costas do sofá. – Tenho um... assunto pessoal com o qual preciso lidar.

Christian ergueu os olhos do celular e o enfiou no bolso.

– Ah, que pena – disse ele suavemente. – Eu te acompanho até a saída.

Pontadas de raiva e algo mais vibravam sob minha pele no caminho até o hall de entrada.

Medo.

De que porra eu estava com medo? Heath queria uma segunda chance com Vivian; ele não a machucaria fisicamente. Eu confiava em Edward para lidar com a situação; bastaria uma ligação dele e minha equipe de segurança doméstica faria Heath desejar nunca ter pisado ao leste das Montanhas Rochosas.

Mas e se Vivian *quisesse* vê-lo? Nosso relacionamento não andava muito caloroso desde a discussão no escritório. Ela poderia ter convidado Heath para uma visita enquanto eu estava fora. Heath poderia estar convencendo Vivian a lhe dar outra chance naquele exato minuto.

Nada disso deveria importar, considerando que nosso relacionamento estava condenado desde o início. No entanto, por alguma razão desconhecida, importava.

Christian e eu chegamos à porta.

– Esse assunto pessoal... – disse ele enquanto eu saía para o corredor. – Por acaso tem a ver com o ex-namorado de Vivian aparecendo na sua casa?

A surpresa interrompeu meus passos, seguida por uma explosão de fúria. Eu me virei, fuzilando Christian com os olhos.

– Que *merda* você fez, Harper?

– Apenas facilitei um reencontro entre a sua noiva e um velho amigo – respondeu ele, tranquilo. – Como você adora me sacanear, decidi retribuir o favor. Ah, e Dante? – O sorriso dele não tinha qualquer indício de humor. – Toque na Stella novamente e *não terá* mais noiva.

Ele bateu a porta na minha cara.

Manchas vermelhas pontilharam minha visão até cobrir as paredes e o chão de carmim.

Aquele *desgraçado*.

Em circunstâncias normais, eu não deixaria a ameaça passar, mas não tinha tempo para as bobagens dele. Lidaria com Christian depois.

Levei dez minutos para chegar ao jatinho, cinquenta para pousar em Nova York e outros trinta para chegar em casa. Tempo bastante para que minha fúria atingisse seu ponto máximo de ebulição.

Eu deveria ter lidado com Heath sozinho, em vez de delegar a situação a Christian. Ele era bom em seu trabalho, mas toda e qualquer informação que chegava até ele virava munição.

E ainda tinha a porra do Heath. Edward não havia me mandado nenhuma atualização urgente, mas a ideia de Heath tão próximo de Vivian por quase duas horas me fazia trincar os dentes.

Quando cheguei ao apartamento, Edward me cumprimentou na porta, seu rosto cuidadosamente neutro.

– Boa noite, senhor.

– Cadê eles?

Ele nem sequer piscou diante de minha resposta curta.

– Na sala de estar.

Já estava me afastando antes que a última palavra saísse completamente de sua boca.

O que Heath e Vivian poderiam estar fazendo durante todo aquele tempo? Sobre o que estariam conversando? Será que vinham mantendo contato desde que ele enviara aquelas rosas?

Parei no portal da sala. Meus olhos imediatamente encontraram Vivian, que estava encostada na parede junto à lareira. Heath assomava sobre ela, seu corpo escondendo-a parcialmente de vista.

Senti uma chama se acender nas minhas entranhas. Caminhei na direção deles, meus passos silenciosos contra o tapete grosso, meus músculos se contraindo a cada passada.

– Eu já disse, não mandei nenhuma mensagem para você. – Captei a leve irritação de Vivian quando me aproximei. Nenhum dos dois havia notado a minha presença. – Não sei o que aconteceu, mas essa mensagem não é minha.

– Você não precisa mentir para mim. – A voz de Heath fez minha pele formigar como se estivesse coberta por vespas minúsculas e irritantes. Eu queria enfiar a mão na garganta dele e arrancar sua língua. – Você não quer se casar com Dante. Nós dois sabemos disso. Você só está com ele por causa dos seus pais. Olha, apenas… apenas espere até o IPO, está bem? Adie o casamento.

– Eu não posso fazer isso. – A irritação transformou-se em cansaço. – Eu gosto de você, Heath. Sempre vou gostar. Você foi meu primeiro amor. Mas eu não… não posso fazer isso com Dante nem com a minha família.

– Fui? – Aquela voz irritante ficou tensa.

– Heath…

– Eu ainda te amo. Você sabe disso. Sempre te amei. Se não fosse pelos seus pais… – Ele baixou a cabeça. – Porra, Viv. Era para sermos nós.

– Eu sei. – A voz embargada dela fez meu estômago revirar. – Mas não somos.

– Você o ama?

Meu estômago revirou ainda mais com a longa pausa de Vivian.

– Não ama – concluiu Heath. – Se amasse, não hesitaria.

– Não é tão simples assim.

Eu já tinha ouvido o suficiente.

– Da próxima vez que você tentar roubar a noiva de um homem – falei, minha voz mortalmente calma, apesar da raiva que me atravessava –, não seja estúpido o suficiente para fazer isso na casa dele.

Heath se virou depressa. A surpresa cruzou seus olhos, mas ele não teve chance de reagir antes que eu recuasse o braço e acertasse um soco na cara dele.

Vivian

UM ESTALO NAUSEANTE RASGOU o ar, seguido por um uivo de dor. Sangue jorrou do nariz de Heath e o cheiro de cobre encharcou o espaço ao meu redor, infiltrando-se sob minha pele e me deixando imóvel. Só pude assistir, horrorizada, enquanto Dante puxava um Heath balbuciante pelo colarinho e o prendia contra a parede.

A raiva esculpia linhas profundas no rosto de Dante, contraindo sua mandíbula e transformando suas maçãs do rosto em talhos de tensão contra a luz do fogo. Seus olhos fervilhavam com uma fúria que queimava lentamente, do tipo que dava o bote e aniquilava antes que se pudesse notar sua chegada.

Ele sempre fora intimidador, mas naquele momento parecia mais ainda, como se o próprio diabo tivesse deixado o inferno atrás de vingança.

– Eu não estou nem aí para há quanto tempo você e a Vivian se conhecem ou por quanto tempo namoraram. – O rosnado suave de Dante fez minha coluna gelar. – Você não vai tocar nela. Não vai falar com ela. Você nem sequer vai pensar nela. Se isso acontecer, eu vou quebrar cada maldito osso do seu corpo até que sua própria mãe não te reconheça. Entendeu?

Gotas carmim pingavam do queixo de Heath e caíam em sua camisa.

– Você está louco – cuspiu ele.

Apesar da demonstração de coragem, suas pupilas estavam do tamanho de uma moeda. Heath exalava um medo quase tão intenso quanto o cheiro de sangue.

– Eu vou te denunciar por agressão.

O sorriso de Dante era aterrorizante em sua calma.

– Você pode tentar – disse ele, apertando a camisa de Heath com mais força, os nós dos dedos já roxos pela força do soco.

O clima ficou tenso com a violência iminente, o bastante para enfim me arrancar daquele estupor.

– Para com isso. – Minha voz soou bem quando Dante ergueu o braço para outro soco. – Solta ele.

Dante não se mexeu.

– *Agora*.

Um longo momento se passou até que ele soltasse Heath, que caiu no chão, tossindo e levando a mão ao nariz. A julgar pelo ruído de antes, só podia estar quebrado, mas era difícil ter alguma empatia depois de ter passado as últimas duas horas lidando com ele.

– Isso aqui não é um pátio de escola – falei. – Vocês são homens adultos. *Ajam* como tal.

Meu dia já tinha sido ruim o suficiente. Primeiro, uma pessoa havia derramado café em todo o meu vestido *branco* da Theory novinho em folha quando eu estava indo comprar um latte. Depois, descobri que um cano havia estourado no espaço onde seria o Legacy Ball. O local estava inundado e o conserto levaria muito tempo, o que significava que eu tinha três meses para mudar todos os preparativos para algum outro lugar que ainda estivesse disponível, coubesse no meu orçamento e ainda oferecesse o espaço e a grandeza necessários para receber quinhentos convidados extremamente críticos e exigentes.

Fui para casa esperando relaxar, mas no fim das contas tive que lidar com Heath aparecendo na minha porta, divagando sobre uma mensagem que supostamente eu tinha enviado a ele, dizendo que queria reatar o relacionamento.

Naquele momento meu noivo e meu ex-namorado estavam se atracando e havia sangue respingando por todos os lados. Não precisava nem dizer que minhas reservas de empatia estavam no nível mais baixo de todos os tempos.

– Heath, você deveria ir embora e arrumar alguém para cuidar do seu nariz.

Cada segundo com ele e Dante no mesmo cômodo era outra oportunidade para mais problemas. Normalmente, eu iria com ele para o hospital, mas, considerando o humor de Dante àquela altura, me oferecer para isso não ajudaria em nada.

Heath olhou para mim, seus olhos atordoados.

– Viv...

Um som de advertência emanou do peito de Dante.

– Vai embora – pedi. – Por favor.

Ele abriu a boca como se fosse dizer mais alguma coisa, mas o olhar mortífero de Dante o fez se levantar e sair da sala sem dar mais nenhuma palavra.

Esperei até ouvir a porta da frente bater antes de me virar para o outro homem da minha vida que me deixava furiosa e me causava enxaquecas.

– Qual é o seu *problema*? Você não pode simplesmente sair por aí socando as pessoas! Você deve ter quebrado o nariz dele!

– Eu posso fazer o que eu quiser – disse Dante, nenhum remorso à vista. – Ele mereceu.

Uma dor de cabeça se formou atrás das minhas têmporas.

– Não, você *não pode*. Deixa eu te contar uma coisa: ter dinheiro não isenta você de consequências. Existe uma... uma maneira adequada de fazer as coisas, que não inclui violência. Você vai ter sorte se ele *não* te denunciar por agressão.

– *Eu* vou ter sorte? – vociferou Dante. – Foi *ele* quem teve sorte de eu não ter quebrado nada além do seu nariz por entrar na minha casa e tentar estragar nosso noivado.

– Não estou dizendo que ele está certo. Estou dizendo que havia uma maneira melhor de lidar com a situação do que abrir espaço para ser processado por agressão!

Dante tinha advogados e dinheiro suficientes para se livrar de uma acusação como aquela com facilidade, mas essa não era a questão. Era o princípio da coisa que importava.

– Ele estava tocando em você. – Os olhos de Dante ficaram negros como a noite. – Você *queria* que ele tocasse em você?

Ah, pelo amor de Deus.

– Você não pode fazer isso – respondi entredentes. – Não pode chegar desse jeito e agir como um noivo ciumento, sendo que está há *semanas* me ignorando. Eu tentei falar com você sobre Heath, depois das flores. Você se recusou e fugiu para Washington.

Ele apertou os lábios.

– Eu não estava ignorando você, e eu não *fugi* para Washington.

– Você me esnobou, evitou contato verbal e visual, e se comunicou comigo por grunhidos, feito um homem das cavernas, ou através de terceiros. Essa é a definição clássica de ignorar.

Dante me encarou, seu rosto duro feito uma rocha.

Senti a frustração borbulhar em meu peito e subir pela garganta.

– Você se abre, depois se fecha. Você me beija, depois vai embora. Estamos nesse vaivém há meses e eu estou *de saco cheio*. – Levantei o queixo, meu coração vacilando em meio a um ataque de nervos. – Eu quero saber de uma vez por todas: isso ainda é só um negócio ou tem algo a mais?

Um músculo se contraiu na mandíbula de Dante.

– Não importa. Nós vamos nos casar de qualquer maneira.

– Importa, *sim*. Eu não vou mais entrar nesse joguinho com você. – Minha frustração se transformou em raiva, fazendo com que minhas palavras se tornassem lâminas. – Se for um negócio, vamos tratar as coisas desse jeito. Vamos produzir um herdeiro, sorrir para as câmeras em público e viver nossas vidas separadamente em particular. Ponto-final.

Não era a vida que eu teria escolhido, mas já tinha ido longe demais para desistir naquele momento. Pelo menos eu saberia em que pé estávamos e ajustaria minhas expectativas. Não ia mais ficar pirando a cada migalha de intimidade, em busca de algo que não existia. Não teria mais esperanças de que Dante mudaria e de que eu seria uma das sortudas cujo casamento arranjado se transformou em amor.

– Viver nossas vidas separadamente em particular? – A voz de Dante caiu para um decibel perigoso. – Que merda isso significa?

– Significa exatamente o que eu disse. Vamos fazer o que quisermos, discretamente, sem questionar o outro em relação a isso, desde que não afete nossa... imagem pública.

Minhas palavras vacilaram com a tempestade se formando nos olhos dele.

– Você está falando sobre ter amantes, Vivian?

Arrepios irromperam em meu peito e ombros.

– *Não*, e esse não é o ponto. Responda à minha pergunta. Isso aqui é um negócio ou tem algo a mais?

Ele permaneceu em silêncio.

– Heath fez as coisas do jeito errado, mas você está chateado porque... Por quê, exatamente? Está se sentindo ameaçado? Protegendo seu território? – Cravei as unhas na palma das mãos. – Eu não sou um brinquedo,

Dante. Você não pode me deixar de lado e me pegar de volta sempre que alguém me quiser.

– Eu não acho que você é um brinquedo – grunhiu ele.

– Então por que se importa tanto? Por que deu um soco no Heath, quando foi você quem me disse para deixar os sentimentos de fora?

Silêncio novamente. Os tendões no pescoço dele estavam visivelmente retesados sob a pele.

A tensão era tão grande que eu podia senti-la na garganta, mas insisti, sem querer deixar que ele escapasse tão facilmente.

– Nós só estamos juntos por causa de um acordo que *você* fez com o meu pai. Que diferença faz o meu ex reaparecer na minha vida? Você sabe que o casamento não seria afetado – argumentei. – Tem medo de que eu rompa o noivado? De que fuja com Heath e te faça de idiota na frente dos seus amigos? *Por que você se importa?*

– Eu não sei!

A intensidade de sua resposta me surpreendeu e fiquei em silêncio. A máscara de granito de Dante rachou, revelando a angústia que havia por baixo.

– Eu não sei por que me importo. Eu só sei que *me importo*, e odeio isso. – Sua voz estava tomada de autoaversão. – Odeio a ideia de você tocar outra pessoa ou de qualquer outra pessoa tocar você. Odeio que outras pessoas te façam rir de um jeito que eu não consigo. E odeio como me sinto perto de você, como se você fosse a única pessoa capaz de me fazer perder o controle, sendo que eu... *Não. Perco. O. Controle.*

Cada palavra, cada passo o trouxe para mais perto, até que minhas costas esbarraram contra a parede e o calor do corpo de Dante envolveu o meu.

– Mas eu perco. – A voz dele se tornou baixa e trêmula. – Com você eu perco.

Senti o sangue latejar em meus ouvidos, abafando suas palavras até que eu estivesse debaixo d'água, me afogando em um mar de emoções. Choque, esperança, medo, euforia, incerteza... Todos esses sentimentos se misturaram até se tornarem indistinguíveis.

– Dizer *eu não sei* não basta – sussurrei.

Em outro momento, teria bastado. Mas já havíamos passado desse ponto há tempos.

A mandíbula de Dante se contraiu. De tão perto, eu podia ver os pontos dourados em seus olhos, como manchas de luz em um mar de escuridão.

– Heath disse que ainda te ama. O suficiente para enfrentar seus pais, e me enfrentar, só para ficar com você. Mas vocês terminaram há dois anos e ele não fez absolutamente nada até descobrir que você estava noiva. – A escuridão encobriu a luz. – Você quer saber a verdade, Vivian? Se eu te amasse tanto quanto ele diz te amar, nada teria me impedido de ficar com você.

Até aquele momento, eu não havia percebido como uma simples frase podia dissolver os fios que mantinham meu mundo todo em pé.

Se eu te amasse tanto quanto ele diz te amar, nada teria me impedido de ficar com você.

– *Se* – sussurrei, minha garganta insuportavelmente apertada. – Hipoteticamente.

O dourado desapareceu por completo, deixando um poço de escuridão em seu lugar.

Um sorriso sarcástico.

– Sim, *mia cara*. – Uma lufada quente roçou meus lábios. – Hipoteticamente.

Meus batimentos cardíacos desaceleraram. O tempo ficou suspenso por um breve e agonizante momento, apenas o suficiente para que nossas respirações se misturassem.

Então um gemido quebrou o feitiço, seguido por um xingamento baixinho.

Foi o único aviso que recebi antes de Dante me puxar para si e colar a boca à minha.

CAPÍTULO 24

Vivian

EU DEVERIA EMPURRÁ-LO.

Ainda não havíamos resolvido nossas questões, e nos beijarmos – ou mais do que isso – só complicaria as coisas.

Eu deveria empurrá-lo.

Mas não fiz isso. Enfiei os dedos no cabelo dele e sucumbi ao seu habilidoso ataque aos meus sentidos. Ao aperto firme na minha nuca. À pressão experiente de seus lábios. À maneira como o corpo de Dante se moldava ao meu, puro músculo e calor.

Seus lábios roçavam os meus, quentes e exigentes. O prazer embaçou meus sentidos quando seu gosto intenso invadiu minha boca.

Nosso beijo em Bali tinha sido apaixonado, mas impulsivo. Aquilo? Aquilo era feroz. Primitivo. *Viciante.*

As preocupações de mais cedo se dissolveram, transformando-se em nada, e instintivamente curvei o corpo na direção dele, buscando mais contato, mais calor, *mais.*

Havia beijado vários homens ao longo dos anos, mas nenhum deles jamais me beijara daquela maneira.

Como um conquistador decidido a derrubar minhas defesas.

Como alguém em um deserto, me considerando sua última esperança de salvação.

Um suspiro suave escapou quando Dante enganchou minhas pernas em volta de sua cintura e me carregou para fora da sala sem interromper nosso beijo. Vislumbres borrados de pinturas emolduradas e arandelas douradas passaram pela minha visão periférica enquanto ele nos conduzia pelo labirinto de corredores.

Quando chegamos ao seu quarto, ele chutou a porta para que ela fechasse atrás de nós e me colocou no chão, sua respiração tão irregular quanto a minha. Em qualquer outra circunstância, eu teria saboreado minha primeira visita a seu santuário particular, mas captei apenas um leve indício de carvalho caro e cinza-escuro antes de a boca de Dante encontrar a minha outra vez.

Afastei o paletó de seus ombros enquanto ele abria o zíper do meu vestido. Nossos movimentos eram frenéticos, quase desesperados, enquanto tirávamos as roupas um do outro. A camisa dele. Meu sutiã. A calça dele. Todas as peças foram caindo, com trancos e puxões, deixando apenas calor e pele nua.

Nós nos separamos para que Dante pudesse colocar a camisinha, e minha boca ficou seca diante daquela visão. Eu o tinha visto sem camisa em Bali, mas, de alguma maneira, aquilo era diferente. Seu corpo era esculpido com tanta perfeição que eu comecei a achar que encontraria a assinatura de Michelangelo escondida em seu abdômen definido.

Ombros largos. Peito musculoso. Pele bronzeada e uma leve camada de pelos pretos que se afunilavam até...

Meu Deus.

O pau dele se projetava, enorme e duro, e a simples ideia de tê-lo dentro de mim fez calafrios de apreensão e expectativa girarem em meu estômago. Não tinha como caber. Era impossível.

Quando finalmente voltei o olhar ao dele, os olhos de Dante já estavam focados em mim, escuros e ardentes com um calor contido. Fogo derretido desceu pela minha coluna quando ele me girou de modo que sua ereção pressionasse a parte inferior das minhas costas.

Havia um espelho de corpo inteiro na parede à nossa frente, refletindo meus olhos brilhantes e minhas bochechas coradas enquanto Dante tocava meus seios, apertando-os delicadamente e pressionando meus mamilos entre os dedos até que endurecessem.

Luxúria, expectativa e uma pitada de constrangimento se acumularam na minha barriga. Vê-lo explorar meu corpo, seu toque quase arrogante de tão seguro, era de alguma forma mais íntimo do que o sexo em si.

– Você não deveria ter deixado ele te tocar, *mia cara.*

A voz suave de Dante me causou arrepios um segundo antes de ele beliscar com força meus mamilos entumecidos. Eu instintivamente estremeci com o choque de dor e prazer.

– Eu não... – Minha resposta derreteu em um suspiro ofegante quando ele mergulhou a mão entre as minhas pernas.

– Quer saber por quê? – continuou ele, como se eu não tivesse tentado responder.

Cravei os dentes em meu lábio inferior. Balancei a cabeça, meus quadris se arqueando ao sentir seu polegar contra meu clitóris.

– Porque você é *minha*. – Seus dentes marcaram meu pescoço. – Você usa o *meu* anel. Você goza na *minha* boca e na *minha* mão. Você vive na *minha* cabeça o tempo todo, mesmo que eu não queira. – Sua palma deslizou para o meu quadril, onde seus dedos se cravaram em minha pele. – E, meu Deus, eu quero punir você por me deixar tão maluco. Todo. Santo. Dia.

Não tive sequer a chance de assimilar por completo sua última frase antes que ele me penetrasse e arrancasse um grito da minha garganta. Eu estava tão molhada que ele deslizou sem grande resistência, mas a sensação foi tão repentina e intensa que me contraí sem pensar.

Ele emitiu um suspiro sibilante, mas não se moveu até que meu corpo se ajustasse ao seu tamanho e meus gemidos de desconforto passassem. Só então Dante tirou e meteu de novo. Devagar, no início, depois mais rápido e mais profundamente, até estabelecer um ritmo que fez meus joelhos bambearem.

Todos os meus pensamentos desapareceram enquanto ele metia tão fundo que atingia pontos que eu nem sequer sabia que existiam. Fechei os olhos, só voltando a abri-los quando uma das mãos dele se fechou ao redor do meu pescoço.

– Abra os olhos – disse Dante entredentes. – Olhe para o espelho enquanto eu como você.

Olhei. A imagem ali foi quase suficiente para me levar ao clímax. Meus seios balançavam a cada estocada e meus olhos brilhavam de tesão e lágrimas enquanto ele arrancava cada gota de prazer de mim. Um fluxo interminável de gemidos e soluços saía da minha boca entreaberta.

Eu não parecia a boa menina respeitável que fui criada para ser.

Eu parecia devassa, ávida e extasiada além da conta.

Meu olhar encontrou o de Dante no espelho.

– Está gostando? – provocou ele. – De me ver arrombar a sua boceta enquanto você lambuza meu pau inteiro?

Meus pulmões não conseguiram oxigênio suficiente para que eu pudesse responder com outra coisa senão um ruído estrangulado. Ele me comia com força demais, e tudo que eu queria era que continuasse. A me levar cada vez mais longe, até que eu caísse do penhasco que havia à frente.

– Eu sou o único que pode te ver desse jeito. – A voz dele ficou áspera. – Você... – Uma estocada. – É... – Outra estocada. – *Minha...* – Mais uma. – Esposa.

Suas metidas foram aumentando de força a cada palavra, até que a última estocada me jogou para a frente. Se ele não estivesse me segurando, eu teria caído no chão.

– Eu ainda não sou... sua esposa – consegui dizer, mesmo com o coração aos pulos.

O aperto de Dante ao redor do meu pescoço aumentou.

– Pode até ser que não – respondeu ele em um tom sombrio. – Mas você é minha. Você perguntou se isso ainda era só um negócio. – Ele tirou o pau lentamente, deixando-me sentir cada centímetro antes de colocá-lo de volta. Fui atravessada por sensações palpitantes, como se meu corpo fosse um fio elétrico. – Isso parece um negócio para você?

Não, não parecia.

Parecia esperança.

Parecia desejo.

Parecia ruína e salvação ao mesmo tempo.

O ritmo de Dante diminuiu, mas a potência de cada estocada continuou brutal. Ainda assim, suas palavras seguintes continham uma pontada de vulnerabilidade que me deixou sem fôlego.

– Você não sabe o que faz comigo.

A crueza de sua voz combinava com o desejo em seus olhos... Algo sombrio e insondável, tão visceral que eu podia sentir em meus ossos.

Foi aquele olhar e aquelas palavras, ditas com aquela voz, que por fim me levaram ao clímax.

Gozei com um grito agudo, meu corpo estremecendo ao redor dele. Dante gozou logo depois, seu pau pulsando dentro de mim até que nós dois estivéssemos exaustos e ofegantes. Ficamos unidos, nossa respiração se nivelando aos poucos enquanto nos recuperávamos.

– Olhe para nós, *mia cara*. – O comando suave de Dante roçou minha pele. Eu olhei.

Nosso reflexo nos encarava, atordoados e escorregadios de suor. Os braços dele me envolviam por trás e sua bochecha estava pressionada contra a minha enquanto nossos olhares se conectavam pelo espelho.

Um sentimento que era ao mesmo tempo dor e plenitude fez meu coração apertar. Não tínhamos feito um sexo delicado e sentimental, pelo menos não na superfície. Mas sob os toques ásperos e as palavras obscenas, uma tempestade de emoções havia explodido e subvertido o nosso relacionamento.

Seis meses de frustração, luxúria, raiva e vários outros sentimentos reprimidos, tudo vindo à tona em uma noite.

Eu não saberia as consequências até a manhã seguinte. Mas sabia que seria impossível voltar ao que era antes.

CAPÍTULO 25

Vivian

A LUZ DA MANHÃ formava sombras suaves no chão. A quietude pesava no ar e cada movimento soou alto demais enquanto eu saía lentamente da cama.

Eram 7h05, e eu não acordava tão cedo assim em um fim de semana desde quando precisei pegar o voo com destino a Eldorra para o casamento de Agnes, anos antes, mas precisava sair dali antes que Dante acordasse.

Meus pés roçaram o tapete.

– Aonde você está indo? – O som rouco e sonolento da voz de Dante tocou minhas costas.

Congelei, meus pés mal tocando a camada tripla de pelos do tapete enquanto meu coração disparava.

Fique calma. Fique tranquila.

Mesmo que a voz dele tivesse despertado uma série de memórias pornográficas.

Olhe para o espelho enquanto eu como você.

Está gostando? De me ver arrombar a sua boceta enquanto você lambuza meu pau inteiro?

Um calor subiu pelas minhas bochechas, mas tentei fazer uma expressão neutra ao me virar.

Dante sentou-se recostado na cabeceira da cama, lençóis de seda cinza-escuro em torno de sua cintura. Uma grande área de pele nua se estendia desde os ombros esculpidos até a sua cintura estreita. As entradas de seu abdômen formavam uma seta sob os lençóis, como um convite para continuar de onde paramos na noite anterior.

Forcei meu olhar para cima e encontrei os olhos dele aguardando os meus. Um sorriso malicioso surgiu em seus lábios enquanto ele se inclinava para trás, exalando uma arrogância casual e pura satisfação masculina.

Desgraçado presunçoso.

No entanto, aquilo não impediu o friozinho que tomou a minha barriga.

– Tenho que ir trabalhar – respondi, sem fôlego, lembrando a pergunta dele. – Uma crise com o Legacy Ball. É urgente.

– Hoje é sábado.

– Crises não respeitam o horário comercial.

Puxei discretamente a bainha da minha camisa. Estava usando uma das antigas camisetas de faculdade de Dante, que ficava no meio do caminho entre o indecente e o meio da coxa.

Os olhos dele se moveram para baixo e escureceram. O calor se espalhou do meu rosto para algum lugar ao sul da minha barriga.

– Talvez não, mas não é por isso que você está saindo da minha cama às sete da manhã, *mia cara*.

Um pouco do sono havia evaporado de sua voz, deixando para trás cetim e fumaça.

– Ah, não? – Eu soei estridente feito uma dobradiça precisando de óleo.

– Não.

O olhar dele encontrou o meu novamente. Em suas profundezas, havia um brilho desafiador.

Quem está fugindo agora?

As palavras implícitas se cravaram em meus ossos.

– Você queria conversar – disse ele. – Vamos conversar.

Engoli o nó preso na garganta. *Muito bem, então.*

Havia imaginado essa conversa de um jeito um pouco diferente. Eu estaria irritada e indignada – e vestida com minha melhor roupa, claro –, não sentada na beira da cama dele, envolta no cheiro de Dante e vestindo sua camiseta enquanto a memória de seu toque ainda estava impressa em minha pele.

Mas Dante tinha razão. Precisávamos conversar e não adiantava adiar o inevitável.

Abordei primeiro o elefante na sala.

– Heath veio aqui ontem por causa de uma mensagem que ele disse que eu tinha enviado, falando que queria voltar.

Uma sombra cruzou o rosto de Dante à menção de Heath, mas ele não me interrompeu.

– Eu não mandei mensagem nenhuma. Bem... Ele me mostrou o celular dele e tinha *mesmo* uma mensagem do meu número, mas que eu nunca enviei. Talvez tenha sido alguém pregando uma peça, ou um hacker. Não sei, mas não importa. A minha resposta à... proposta dele não mudou desde a última vez que nos falamos. Ele se recusou a aceitar, e ficamos nesse assunto por horas, até que você apareceu.

Eu deveria ter me livrado de Heath muito antes de Dante voltar para casa. No entanto, nunca superei totalmente a culpa pela forma como meus pais o trataram quando descobriram sobre nosso relacionamento.

Vivian é uma Lau. Ela está destinada a se casar com alguém importante, não um suposto empresário dono de uma empresa da qual ninguém ouviu falar. Você não é bom o suficiente para ela e nunca será.

Dois anos depois, a lembrança das palavras duras de meu pai ainda me fazia estremecer.

– Você recusou porque não sente mais nada por ele ou porque se sente obrigada a manter nosso acordo?

O rosto de Dante estava indecifrável.

– E faz diferença? Nós vamos nos casar de qualquer maneira – respondi, usando as mesmas palavras que ele usara na noite anterior.

Ele contraiu os lábios.

– Eu não perguntaria se não fizesse.

– Mas você não respondeu à minha pergunta sobre se isso ainda é um negócio ou não.

Na noite anterior, Dante havia indiretamente admitido que não era, mas não se podia levar a sério nada que alguém dizia durante o sexo.

Ele soltou um suspiro sarcástico.

– Quantas vezes você vai me obrigar a responder a isso?

– Só uma – falei baixinho.

Ele me encarou com os olhos escuros e semicerrados.

O relógio tiquetaqueava com uma precisão ensurdecedora, e minha camiseta de algodão macio de repente pareceu pesada demais.

– *Negócio* seria ter ficado na Califórnia e celebrado um acordo no qual passei um ano trabalhando, em vez de voltar correndo para ver você – disse ele por fim, a voz baixa e rouca. – *Negócio* seria ter concluído minha viagem a

Washington, em vez de acordar meu piloto para um voo de última hora para casa. Em todos esses anos como CEO, só encurtei uma viagem de trabalho duas vezes, Vivian, e as duas foram por sua causa. – Os lábios dele se retorceram em ironia. – Então não, não é mais só a merda de um negócio.

Meu estômago voltou a se agitar, tão forte que chegou a apertar meu coração.

Procurei por uma resposta apropriada antes de decidir pela única palavra que me veio à mente:

– Ah.

Ele pareceu achar graça.

– Pois é, *ah* – disse Dante em um tom seco. – Sua vez, *mia cara*. Por que você disse não para Heath?

Seu tom soou preguiçoso, mas não havia nada de relaxado na maneira como ele me observava, como um predador fixado em sua presa, os músculos tensos.

– Porque eu não tenho mais sentimentos românticos por ele – respondi baixinho. – E porque talvez eu tenha sentimentos por outra pessoa.

Agora que o choque emocional da noite anterior havia passado, percebi que a conversa com Heath tinha me trazido certa clareza da qual eu precisava. Em algum momento da vida eu o amara, e me sentia culpada pela maneira como as coisas haviam terminado. Porém, dois anos já tinham se passado. Eu não era mais a mesma pessoa de quando namoramos e não sentira nada além de surpresa, tristeza e um pouco de irritação quando conversamos.

Tinha passado todo aquele tempo pensando que sentia falta de Heath, mas sentia falta da *ideia* dele. Sentia falta de ter um parceiro. Sentia falta de ser amada e de estar *apaixonada*.

Infelizmente, não conseguia mais sentir nada disso por ele.

A luz do sol da manhã era filtrada pelas cortinas e dourava o rosto de Dante, lançando sombras suaves sob a testa e as maçãs do rosto. Ele estava tão imóvel que parecia uma escultura de ouro, mas o ar faiscava com eletricidade.

– Não é apenas um negócio para você. – Tentei reprimir o frio na barriga. – E não é apenas um dever para mim.

O ar ficou denso, pesado com tudo aquilo. Uma buzina fraca soou dezenas de andares abaixo, mas não desviamos o olhar.

– Ótimo.

O som áspero da voz dele roçou minha pele com surpreendente intimidade. Meus batimentos latejavam nos ouvidos. Sequei minha palma suada na coxa, sem saber o que fazer ou dizer a seguir.

Nós nos beijamos? Continuamos a conversa? Vamos cada um para um lado?

Fiquei com a opção mais segura.

– Bom, estou feliz por termos tido essa conversa. Eu realmente tenho um problema de trabalho para resolver, então vou voltar para o meu quarto...

– Este é o seu quarto.

Lancei a Dante um olhar de dúvida. Talvez a falta de cafeína tivesse afetado sua memória.

– Sinto muito ter que te informar, mas não é onde eu tenho dormido nos últimos cinco meses – respondi pacientemente. – Meu quarto fica do outro lado do corredor. Você fez questão de deixar isso bem claro quando me mudei. Lembra?

– Lembro, mas acho que é evidente que os limites que estabelecemos naquele dia não se aplicam mais. – Dante arqueou uma sobrancelha escura. – Você não concorda?

Meu coração disparou.

– O que você está sugerindo?

– Que a gente estabeleça novos limites. Chega de quartos separados, nada de sair de fininho de manhã... – A expressão dele ficou sombria. – E sem contato com Heath.

Normalmente, eu teria me irritado com a tentativa de Dante de controlar com quem eu podia falar, mas, depois do desastre da noite anterior, eu entendia suas motivações. Se ele tivesse uma ex decidida a nos separar, eu também não ia querer que ele falasse com ela.

– Que pena – respondi. – Estava planejando convidá-lo para jantar.

Dante não pareceu achar graça.

– Foi uma piada.

Nada.

Suspirei.

– Está bem, mas se estamos estabelecendo novos limites, eu também tenho alguns. Um... – Fui contando nos dedos das mãos. – Chega dessa cara amarrada como expressão padrão. Seu rosto está quase congelando desse jeito, e prefiro não passar o resto da vida acordando ao lado do Grinch.

– Eu sou muito mais bonito do que o Grinch – resmungou ele. – E se as pessoas parassem de me irritar, eu não estaria sempre de cara fechada.

– O problema não são as pessoas. Lembra quando passamos por um parque de cães, na época do Natal, e vimos aqueles huskies fofinhos? Você olhou tão feio para eles que os cachorros começaram a uivar.

– Eu não estava olhando feio para *eles* – disse Dante, impaciente. – Estava olhando para as roupas deles. Quem veste um cão como se fosse uma rena? É ridículo.

– Era Natal. Pelo menos eles não estavam vestidos de elfos.

A carranca de Dante se aprofundou. *Vamos trabalhar nisso mais tarde.*

– Enfim. – Segui com o assunto antes de nos aprofundarmos demais em uma discussão sobre moda canina. – Voltando aos limites. Nada de sumir por semanas sem me avisar com pelo menos 48 horas de antecedência, a menos que seja realmente uma emergência. E chega de se fechar todo quando fica chateado ou quando as coisas não saem do seu jeito. E... – Mordi o lábio inferior. – Deveríamos nos comprometer com pelo menos um encontro por semana.

A maioria das pessoas namorava *antes* de noivar, mas nós estávamos fazendo tudo ao contrário.

Antes tarde do que nunca, certo?

– Se você quer passar mais tempo comigo, *mia cara*, é só dizer.

A fala arrastada de Dante retomou uma cadência aveludada. Minhas bochechas esquentaram.

– Essa não é a questão. – Não era toda a questão, pelo menos. – Vamos nos casar em alguns meses e nunca tivemos um encontro de verdade.

– Tivemos, sim. Fomos ao baile do Valhalla.

– Foi só uma obrigação social.

– Fomos para Bali.

– Obrigação de família – rebati, e ele ficou em silêncio. – Esses são os meus termos. Você aceita?

Sua resposta veio em menos de dois segundos.

– Aceito.

– Ótimo. – Escondi minha surpresa diante de sua pronta concordância. – Bem...

Meu Deus, como aquilo era estranho. Por que a paz era tão mais difícil do que a guerra?

– Podemos resolver a logística do quarto mais tarde. Por enquanto, preciso resolver meu problema de trabalho antes que me cortem do evento.

Tentar encontrar um local de última hora em Manhattan era como tentar encontrar um brinco no fundo do rio Hudson. Impossível. Mas se eu quisesse salvar o Legacy Ball e minha carreira, precisava descobrir um jeito de tornar o impossível possível, e bem rápido.

– É algo que exige que você esteja no escritório?

– Não... – respondi, cautelosa. – Não necessariamente.

O que eu precisava mesmo era pensar em alternativas para fazer as ligações na segunda-feira.

– Perfeito. Resolva tudo durante o café da manhã. – Um sorriso surgiu na boca de Dante. – Hoje vamos ter o nosso primeiro encontro.

CAPÍTULO 26

Dante

SEMPRE ESTIVE NO CONTROLE das minhas reações, ao menos em público. Meu avô havia extirpado de mim qualquer demonstração espontânea de emoção desde a infância.

Nas palavras de Enzo Russo, emoção significava fraqueza, e não havia espaço para fraquezas no implacável universo corporativo.

Mas Vivian. *Porra*.

Por um momento, no dia anterior, achei que fosse perdê-la. Essa ideia despertou em mim um nível de medo que não sentia desde os 5 anos, quando vi meus pais indo embora e pensei que nunca mais os veria. Que eles iriam evaporar no ar, deixando-me com um avô de expressão assustadoramente severa, em uma mansão grande demais para preencher.

E eu tinha razão.

Em algum momento, de um jeito ou de outro, perderia Vivian também, mas lidaria com esse dia quando ele chegasse.

Senti um aperto estranho no peito. Não sabia como as coisas iam se desenrolar uma vez que a verdade viesse à tona, mas depois da noite anterior – depois de provar como ela era doce e sentir nosso encaixe perfeito –, eu sabia que ainda não estava pronto para abrir mão dela.

– Isso é o que eu acho que é?

A voz de Vivian me despertou de meus pensamentos.

Ela estava olhando para a placa retrô da lanchonete acima da nossa cabeça com uma expressão intrigada e confusa.

– Lanchonete Moondust. – Tentei afugentar aquela melancolia incomum e segurei a porta para ela entrar. – Bem-vinda ao lar dos melhores milk-shakes de Nova York e ao lugar favorito do Dante de 12 anos.

Havia anos que eu não visitava o local, mas no minuto em que me deparei com aquele interior desgastado, fui transportado de volta à época da pré-adolescência. O piso de linóleo rachado, os assentos de couro laranja, a velha jukebox no canto... era como se o lugar tivesse sido preservado em uma cápsula do tempo.

Uma pontada de nostalgia me atingiu quando a recepcionista nos guiou para uma cabine vazia.

– *Melhores* é um título bem importante – brincou Vivian. – Você está jogando as minhas expectativas nas alturas.

– Elas serão correspondidas. – A menos que a lanchonete tivesse mudado a receita, o que não tinha motivos para fazer. – Confie em mim.

– Admito que não era bem isso que eu esperava do nosso primeiro encontro. – Os lábios de Vivian se curvaram em um pequeno sorriso. – É informal. Discreto. Uma boa surpresa.

– Humm. – Olhei o menu mais por hábito do que qualquer outra coisa. Já sabia o que ia pedir. – Será que eu não deveria mencionar o passeio de helicóptero que reservei para mais tarde?

O riso dela morreu quando ergui uma sobrancelha.

– *Dante*. É sério?

– Você está noiva de um Russo. É assim que fazemos as coisas. A lanchonete é... – Fiz uma pausa, procurando o sentimento correto. – Uma visita ao passado. Só isso.

Eu tinha marcado de jogar tênis com Dominic naquele dia, mas quando Vivian tentou sair do quarto naquela manhã, tudo que eu quis foi que ela ficasse. Um encontro na lanchonete foi a primeira coisa que me veio à cabeça. A ideia do helicóptero surgiu depois, e o agendamento exigiu apenas uma ligação.

– Eu gostei. É encantador. – Vivian me deu um sorriso malicioso. – Por favor, me diz que você aproveitava essa jukebox quando era mais novo. Eu daria qualquer coisa por uma foto sua aos 12 anos tomando um milk-shake e dançando.

– Perdão, querida, mas não tem nada disso. Nunca fui muito de jukebox. Nem quando era pré-adolescente.

– Não me surpreende, mas você podia ter alimentado meus sonhos um pouquinho mais – respondeu ela com um suspiro.

Nossa garçonete chegou. Fiquei com meu fiel pedido de milk-shake de baunilha com calda de chocolate enquanto Vivian tentava se decidir entre morango, manteiga de amendoim e chocolate.

Eu me recostei no banco, estranhamente encantado com a pequena ruga em sua testa enquanto ela se concentrava no cardápio.

No dia anterior, eu estava em Washington, em uma reunião com Christian, debatendo como derrubar Francis Lau. Agora estava ali, levando a filha dele para comer panquecas e tomar milk-shake como se fôssemos adolescentes suburbanos em um primeiro encontro.

A vida tinha um senso de humor escroto.

Vivian finalmente se decidiu pelo de morango, e aguardei até que nossa garçonete se retirasse antes de voltar a falar.

– Que problema de trabalho é esse que você mencionou mais cedo?

Desta vez, o suspiro de Vivian foi mais pesado.

– O local original do Legacy Ball foi inundado.

Ela me deu um breve resumo do que havia acontecido, seus ombros ficando cada vez mais tensos conforme falava. Era uma situação de merda. As reservas de locais daquele tamanho e calibre precisavam ser feitas com meses, se não anos, de antecedência. Encontrar um semelhante tão em cima da hora era como tentar achar um lago no deserto.

– Você tentou os museus? – perguntei.

Lugares como o Met e o Whitney costumavam recepcionar bailes de gala e de caridade.

– Tentei. As agendas estão cheias.

– Eu posso fazer umas ligações. Liberar uma vaga.

– Não. – Vivian balançou a cabeça. – Não quero colocar outra pessoa na posição em que eu estou, fazendo o museu cancelar o evento dela.

Isso era muito a cara de Vivian. Eu não sabia se ficava impressionado ou exasperado.

– A Biblioteca Pública de Nova York? – sugeri.

– Ocupada também.

Parecia que todos os hotéis elegíveis também estavam fora de cogitação.

Esfreguei o polegar no lábio inferior, pensando.

– Você poderia fazer o baile no Valhalla.

Vivian ergueu as sobrancelhas.

– Eles não aceitam eventos de fora.

– Não, mas o Legacy Ball é extremamente prestigioso. A maioria dos membros, se não todos, serão convidados. Eles considerariam a ideia se eu pedisse.

O comitê administrativo ficaria de birra, mas eu seria capaz de convencê-los.

Talvez.

– Não posso te pedir isso... – disse ela, cautelosa.

Vivian não era membro do clube, mas fazia parte do nosso mundo. Ela sabia que o preço por coisas desse tipo vinha em forma de favores, não de dinheiro. E, às vezes, favores custavam mais do que qualquer coisa que o dinheiro pudesse comprar.

– Não é nada de mais.

Eu conseguiria lidar com o comitê administrativo e com qualquer coisa que quisessem de mim.

– É *claro* que é.

– Vivian. Deixa comigo.

O comitê exigia uma votação unânime para a aprovação de qualquer decisão. Eu era um sim. Kai provavelmente diria sim. Sobravam seis pessoas para convencer. Eu tinha muito trabalho pela frente, mas sempre gostei de um bom desafio.

Vivian mordiscou o lábio inferior.

– Está bem, mas vou continuar buscando alternativas de qualquer maneira. O Valhalla será a última opção.

– Não deixe ninguém do clube ouvir você dizer isso, ou vai ser *mesmo* expulsa do evento. Nem eu vou conseguir te salvar de 99 egos feridos.

– Pode deixar. – A risada dela assentou em algum lugar no fundo do meu peito antes de desaparecer. – Obrigada – disse Vivian, seu rosto se suavizando. – Por se oferecer para ajudar.

Dei um pigarro, meu rosto estranhamente quente.

– De nada.

A garçonete voltou com nossos pedidos e eu observei, tenso, enquanto Vivian tomava seu primeiro gole.

– Uau. – Os olhos dela brilharam de surpresa. – Você tinha razão. Está incrível.

Relaxei.

– Eu sempre tenho razão.

Pensei o mesmo do meu próprio milk-shake. Estava com medo de que não correspondesse às minhas memórias de infância, mas era tão bom quanto eu lembrava.

Nossa conversa logo mudou de trabalho e comida para uma mistura eclética de assuntos – música, filmes, viagens – antes de cair em um silêncio confortável.

Era difícil acreditar que Vivian e eu tínhamos brigado tanto. Se eu deixasse de lado minha profunda antipatia por sua família, estar com ela era como respirar.

Fácil. Espontâneo. Essencial.

– Você sabe que, para mim, nada disso tem a ver com dinheiro, não sabe? – disse Vivian depois que terminamos nossos milk-shakes e nos preparávamos para partir.

Ergui a sobrancelha de forma questionadora.

– Isso. Nosso noivado. – Ela gesticulou para o espaço entre nós. – Imagino o que você pensa da minha família, e você não está totalmente errado. Dinheiro e status significam muito para eles. O fato de eu me casar com um Russo é... Bem, a maior conquista do mundo, aos olhos deles. Mas eu não sou como a minha família. – Ela girou o anel no dedo. – Não me entenda mal. Eu gosto de roupas bonitas e férias chiques, tanto quanto qualquer pessoa, mas me casar com um bilionário nunca foi meu objetivo de vida. Eu gosto de você por *você*, não por causa do seu dinheiro. Mesmo que você me irrite às vezes – acrescentou ela em um tom implicante.

O calor em minhas veias morreu rapidamente com a menção à família dela, mas reacendeu com sua confissão.

Eu gosto de você por você, *não por causa do seu dinheiro.*

Meu peito apertou.

– Eu sei – respondi em voz baixa.

Essa era a parte mais incrível. Eu realmente acreditava nela.

De início, ela tinha sido uma Lau. Naquele momento, era Vivian. Diferente, independente e capaz de me fazer questionar tudo o que eu achava que queria.

O senso de autopreservação me dizia para mantê-la à distância. Estávamos caminhando rumo a uma colisão inevitável, e nossos novos limites não significariam nada uma vez que a verdade sobre o pai dela viesse à tona.

Só que eu havia tentado manter distância, e tudo o que fiz resultou em desejá-la ainda mais. Suas risadas, seus sorrisos, o brilho em seus olhos quando ela me provocava e o fogo em suas respostas quando eu a irritava. Eu queria tudo isso, mesmo sabendo que não deveria.

Minha cabeça e meu coração estavam travando uma guerra e, pela primeira vez na vida, meu coração estava vencendo.

Na semana seguinte, Vivian e eu já tínhamos nos ajustado à nossa nova dinâmica. Ela se mudou para o meu quarto, eu fui jantar em casa todas as noites e nós fomos explorando aquelas águas como nadadores fariam depois de uma tempestade, com doses iguais de esperança e cautela.

A transição não foi tão difícil quanto eu esperava. Havia anos eu não tinha tempo nem vontade de namorar, mas ficar com Vivian era tão fácil e natural quanto voltar para casa depois de uma longa viagem.

Havia apenas mais um *pit stop* que eu precisava fazer.

Recostado no meu carro, observei Heath sair de seu apartamento alugado no Upper West Side com uma mochila no ombro e um curativo branco cobrindo o nariz. Ele estava com uma cara péssima, mas, se as coisas tivessem saído como eu queria, ele teria problemas bem maiores do que um simples nariz quebrado.

Você não quer se casar com Dante. Nós dois sabemos disso. Você só está com ele por causa dos seus pais.

Senti a fúria ferver em minhas veias outra vez. Não me movi, mas Heath deve ter sentido o calor do meu olhar. Ele ergueu os olhos e interrompeu os passos quando me viu.

Sorri apesar da raiva em meu peito, embora estivesse mais mostrando os dentes do que sorrindo de verdade. Se eu ficasse pensando demais no que ele disse ou em como havia encurralado Vivian, arruinaria uma tarde de sexta-feira extremamente agradável com um homicídio.

– Como está o nariz? Melhor, espero.

Minha saudação foi como uma faca desembainhada, fria e afiada o suficiente para cortar.

Heath me olhou feio, mas teve o bom senso de ficar a vários metros de distância. De acordo com minha equipe, ele estava na cidade para reuniões de negócios e tinha programado o retorno para a Califórnia naquela noite.

– Ainda posso te processar por agressão – disse ele, sua linguagem corporal nem de longe tão corajosa quanto suas palavras.

Os nós de seus dedos estavam brancos em volta da alça da mochila e seus pés se mexiam sem parar, como se ele estivesse se preparando para fugir.

– Pode mesmo.

Afastei-me do carro. Eu raramente dirigia na cidade, já que estacionar era sempre uma merda, mas queria manter aquele encontro apenas entre mim e o babaca na minha frente.

– Mas você não vai fazer isso.

Heath ficou tenso quando caminhei em sua direção a passos lentos e arrastados. Parei perto o suficiente para ver suas pupilas arregaladas escurecendo seus olhos.

– Quer saber por quê? – perguntei suavemente.

Ele engoliu em seco.

– Porque você é um cara inteligente, Heath. O que você fez na minha cobertura foi uma idiotice, mas você foi esperto o suficiente para fazer sua empresa chegar aonde está hoje. Não gostaria que nada acontecesse antes do IPO, não é mesmo?

Os dedos de Heath apertaram ainda mais a alça.

– Você está me ameaçando?

– Não. Estou te aconselhando. – Apoiei uma das mãos de forma enganosamente amigável no ombro dele. – *Ameaçar* seria te dizer para ficar longe da Vivian se você dá valor à sua vida. – Minha voz permaneceu suave, cruel. – Eu te disse na semana passada e vou dizer de novo: ela é *minha* noiva. Se chegar perto dela novamente, se sequer respirar na direção dela...

Seu rosto expressou uma pontada de dor quando apertei seu ombro.

– Eu vou atear fogo em você, na sua casa e na merda da sua empresa. Entendeu?

Gotas de suor se formaram na testa dele, apesar do frio invernal. A rua estava silenciosa e eu praticamente podia ouvir o medo e o ressentimento em sua respiração ofegante.

– Entendi – disse ele entredentes.

– Ótimo. – Eu o soltei e dei um passo para trás. – Viu, isso é o que eu diria se estivesse ameaçando você. Mas nós não vamos chegar a esse ponto, vamos? Porque você vai ficar na Califórnia, seu IPO vai acontecer e você vai perder o número da Vivian, como um cara inteligente faria.

A mandíbula dele se contraiu.

– Bem... – falei, verificando o relógio. – Eu ficaria e conversaria mais, mas tenho um encontro com a minha noiva. Um jantar e um passeio de barco ao pôr do sol. O passeio favorito dela.

Fui embora, deixando Heath na calçada, furioso e sem palavras.

Esperei até chegar à Quinta Avenida antes de ligar para Christian. Ele era o merdinha responsável por aquela confusão envolvendo Heath, e estava na hora de ele resolver o assunto.

Apenas espere até o IPO, está bem? Adie o casamento.

A raiva latente atingiu o ponto máximo de ebulição. Havia mantido o sentimento sob controle pelo bem de Vivian, já que não queria arruinar nosso novo relacionamento hospitalizando seu ex, mas se eu deixasse Heath escapar com nada mais do que um nariz quebrado, eu não seria o maldito Dante Russo.

– O IPO sobre o qual estávamos falando – falei logo que Christian atendeu. Não me dei ao trabalho de cumprimentá-lo. – Acabe com ele.

CAPÍTULO 27

Vivian

NAMORAR DANTE ERA COMO REDESCOBRIR uma parte de mim que eu havia enterrado quando me dei conta de que meu próprio futuro não me pertencia. A parte que sonhava com romance e rosas, que não tinha medo de se abrir para um homem e acabar se apaixonando por ele só para no final descobrir que ele não era um "par adequado".

Mesmo quando namorei Heath, de quem não tinha mais ouvido falar desde o incidente do apartamento, convivia o tempo inteiro com a sensação de que estávamos fadados ao fracasso. Sabia que meus pais jamais o aprovariam e essa ideia assombrou o relacionamento como uma terceira presença entre nós.

Mas com Dante era diferente: eu podia *desfrutar* de sua companhia sem me preocupar. Não só minha família o aprovava como ele realmente era... bem, simpático, depois que se via além da cara amarrada e da arrogância.

– Me dá *uma* dica. Prometo que não vou contar para ninguém – supliquei com um olhar de cachorrinho abandonado.

Depois de um mês, eu finalmente havia me acostumado à nossa nova dinâmica de relacionamento. Manhãs preguiçosas, noites explosivas e todos os momentos tranquilos e lindamente corriqueiros no meio disso. Tinha até conseguido convencer Dante a participar de uma degustação de bolos de casamento (levaríamos o confeiteiro para a Itália para o casamento), embora suas opiniões tivessem sido questionáveis, para dizer o mínimo. Ele havia gostado de todos os bolos, até mesmo do "experimental" sabor merengue de coco, que não deveria tocar as papilas gustativas de ninguém.

Pela primeira vez, eu entendia como era fazer parte de um casal de noivos de verdade, e era estranho, bonito e aterrorizante, tudo junto.

A boca de Dante se curvou em um sorriso. Estávamos progredindo no aspecto *menos caras feias e mais sorrisos*. Não muito, mas um pouco.

Àquela altura, eu aceitava o que me era oferecido.

– Seria um argumento convincente se a surpresa não fosse para *você*, *mia cara* – disse ele, a voz arrastada.

– Mais um motivo para você me contar. A surpresa é *para mim*. Não posso escolher quando e como vai ser revelada?

– Não.

Soltei um longo suspiro de sofrimento.

– Você é um osso duro de roer, Sr. Russo.

A risada ecoou do peito dele.

– Você vai me agradecer quando chegarmos lá. É uma surpresa que precisa ser vista, não contada.

Estávamos na limusine a caminho de um encontro misterioso que ele havia planejado para nós. A julgar pela rota, estávamos indo para Upper Manhattan. Ele também me dissera para usar algo bonito mas confortável, então não deveria ser um lugar tão chique.

Será que era uma exposição privada em algum museu? Um jantar naquele novo restaurante secreto sobre o qual todo mundo vinha falando?

– Se você me contar agora, eu paro de colocar aquelas flores que você tanto odeia nos banheiros dos hóspedes – arrisquei.

– Não.

– Eu paro de roubar as cobertas.

– Não.

– Assisto a um jogo de futebol com você. Até finjo que gosto.

– Tentador – disse ele em um tom seco. – Mas não.

Estreitei os olhos. Àquela altura já não tinha mais a ver com a surpresa. Eu só queria ver se conseguia fazer Dante ceder. Ele era irritantemente obstinado.

Olhei para a divisória fechada e à prova de som que nos separava do banco do motorista. Thomas, nosso chofer, estava concentrado na rua à frente. O tráfego rastejava a passos de tartaruga; naquele ritmo, chegaríamos ao nosso destino em algum momento de 2050.

– Existe alguma maneira de convencer você a mudar de ideia?

Eu me inclinei na direção dele e reprimi um sorriso quando os olhos de Dante baixaram. Meu novo vestido Lilah Amiri era modesto em comprimento, mas seu decote em V expunha uma quantidade generosa de pele.

– Duvido.

Um sinal de cautela despontou na voz dele quando coloquei a mão em seu peito e dei um beijo suave no canto de sua boca.

– Tem certeza?

Minha mão desceu pela barriga de Dante em direção à virilha. Seus músculos estavam tensos sob o toque, e ele engoliu em seco quando rocei em seu pau duro.

Nervosismo e expectativa vibraram em meu estômago. Tínhamos transado quase diariamente no último mês, mas eu nunca havia tomado nenhuma iniciativa em público. Era algo que Isabella faria, ou até mesmo Sloane, se estivesse no clima. Eu era muito mais reservada, mas a possibilidade de Thomas olhar no retrovisor interno e nos ver causou um calafrio estranho e inesperado no meu estômago.

Além disso, eu queria muito saber qual era a surpresa.

– Vivian... – disse Dante, a voz carregada de advertência.

Ignorei.

– Eu acho que você está enganado. – Beijei seu queixo e seu pescoço enquanto abria o zíper. – Eu acho... – O som metálico baixinho causou um latejar entre as minhas pernas. – Que existe, sim, um jeito de te convencer.

Afastei-me e deslizei do banco, ficando de joelhos. Um peso quente instalou-se em minha barriga quando libertei sua ereção. Estava enorme e duro e já úmido, e um gemido rouco preencheu o banco de trás quando girei a língua ao redor da cabeça.

Segurei a base do pau dele com as duas mãos e o mergulhei devagar na boca em direção à garganta, até atingir o ponto em que meus olhos lacrimejaram. Não era a primeira vez que eu fazia um boquete em Dante, mas nunca me acostumava totalmente com o tamanho do pau dele. Era muito grosso e longo. Engoli o máximo que consegui e ainda havia uns bons cinco centímetros entre minha boca e os meus punhos cerrados.

Dei um gemido, saboreando-o antes de girar a língua pela cabeça. Suavemente a princípio, depois com mais confiança conforme pegava ritmo, lambendo, chupando e bombeando até ficar encharcada.

Eu não deveria já estar tão excitada. Meus mamilos não deveriam estar tão duros, minha pele, tão sensível. Cada leve esbarrão contra a perna da calça dele não deveria causar um novo choque pelo meu corpo.

Mas eu estava, meu corpo inteiro, e fui inundada por tantas sensações que não conseguia me lembrar de onde estávamos nem de como tínhamos chegado ali. Só sabia que não queria ir embora.

As mãos de Dante afundaram em meu cabelo quando o carro passou por um quebra-molas, forçando sem querer seu pênis ainda mais fundo na minha garganta. Engasguei, meus gorgolejos preenchendo o carro enquanto eu lutava para acomodar os centímetros a mais, mas não recuei.

– *Caralho*, meu bem. – O gemido fez meu estômago apertar. – Isso é bom demais.

Olhei para cima, meus olhos embaçados de lágrimas por chupá-lo tão profundamente, mas senti um orgulho intenso ao ver o prazer esculpindo linhas sensuais em seu rosto. Os olhos dele estavam fechados, a cabeça inclinada para trás expondo a curva acentuada e bronzeada de seu pescoço. O peito de Dante subia e descia com respirações rasas, e seus músculos flexionavam toda vez que eu passava a língua pela parte inferior de seu pênis. Seus dedos puxavam meu cabelo até o ponto em que dor e prazer se confundiam.

Havia algo extremamente inebriante em ter alguém como Dante à minha disposição. Eu poderia fazê-lo sucumbir ou mantê-lo no limite para sempre. Seu prazer estava inteiramente em minhas mãos, e saber disso fazia o ponto entre as minhas coxas pulsar sem parar.

Aumentei o ritmo, minhas mãos trabalhando em conjunto com a boca, e, quando pensei que ele ia gozar, Dante agarrou meu cabelo com uma das mãos e puxou minha cabeça para trás.

Meu ruído de protesto morreu quando ele me pôs no colo e colou a boca na minha. Senti seu pau duro me pressionando, separados apenas por uma fina camada de seda, e instintivamente me esfreguei nele, desesperada por mais atrito.

Outro gemido rouco vibrou ao longo da minha coluna.

– Você vai acabar comigo.

A barba por fazer de Dante arranhou minha pele enquanto sua boca traçava uma linha de fogo pelo meu pescoço.

Ele fechou os dentes na alça do meu vestido e delicadamente a puxou para baixo enquanto levantava meus quadris para que pudesse empurrar minha calcinha encharcada para o lado.

Não tive tempo para mais nada além de um gemido antes que ele entrasse em mim, me preenchendo completamente com apenas uma metida.

Tive apenas alguns segundos para me ajustar antes que ele agarrasse meus quadris e me fizesse quicar em seu pau, com força, enquanto entrava ainda mais em mim. Uma vez atrás da outra, mais forte e mais rápido, até eu estar toda retesada e a pressão crescer dentro de mim quase a ponto de me fazer explodir.

Eu me agarrei a ele, a cabeça jogada para trás, meu corpo nada além de um emaranhado de sensações enquanto eu me ajustava ao ritmo dele. Quiquei sem parar, esfregando meu clitóris contra ele a cada metida.

– Isso, assim – disse Dante. Ele roçou os dentes em meu mamilo, sua respiração causando arrepios por toda a minha pele. – Cavalga no meu pau feito uma boa menina.

Um gemido constrangedoramente alto subiu pela minha garganta quando ele fechou a boca ao redor do meu mamilo duro e o chupou. A umidade escorria pelas minhas coxas, molhando a perna dele e o assento.

– Você está fazendo uma bagunça, querida. – Ele voltou a atenção para o meu outro mamilo e o puxou com os dentes. – Será que devo fazer você limpar tudo? Lamber tudinho enquanto eu te fodo por trás?

Era uma ideia vulgar e depravada, mas suas palavras despertaram algo dentro de mim.

Meu orgasmo explodiu um segundo depois com uma ferocidade repentina, fazendo minhas costas arquearem e minha boca se abrir em um grito silencioso.

Eu ainda estava tremendo quando senti a risada de Dante contra a minha pele.

– E eu que pensei que você fosse toda certinha quando te conheci.

Eu estava atordoada demais para responder direito ou para perceber quando ele me colocou em outra posição.

Em um minuto, eu estava no colo dele. No seguinte, estava de quatro, minhas mãos e joelhos contra o áspero carpete preto que cobria o chão. Eu não tinha certeza de como Dante tinha conseguido nos colocar naquela posição – eu de frente para nosso assento e ele atrás de mim –, mas também não me importava muito.

Um arrepio de prazer percorreu minha coluna com o que ele disse a seguir.

– Abra as pernas para mim. Muito bem. – Sua aprovação vibrou em mim quando obedeci. – Deixa eu ver se essa bocetinha linda está molhada.

Eu tinha acabado de gozar, mas a expectativa cresceu novamente quando a cabeça de seu pênis roçou a entrada da minha boceta.

Quando Dante parou de se mexer, eu me pressionei contra ele e gemi de vontade.

– Limpe a sua bagunça primeiro, Vivian – disse ele, calmo.

Abri a boca com a intenção de protestar, mas minha língua, por conta própria, tocou timidamente o assento de couro. A acidez da minha lubrificação inundou minhas papilas gustativas.

Eu deveria ter ficado enojada, mas estava latejando de tesão. Meu clitóris estava tão inchado e sensível que parecia que a mais leve brisa seria capaz de me fazer gozar outra vez.

– Boa menina.

O elogio de Dante me inundou feito um afrodisíaco quente antes de ele agarrar meu cabelo e me penetrar outra vez.

Minha mente ficou vazia. Comecei a suar, os dedos cravados no banco enquanto ele metia em mim. Toda vez que eu recuperava o fôlego, outra estocada roubava o meu ar. A sensação fez meus músculos se contraírem e me deixou tonta, até que o mundo se dissolveu em nada mais do que uma sinfonia de gritos, gemidos e estalos dos nossos corpos se chocando.

Minutos. Horas. Dias.

O tempo foi ficando cada vez mais desconexo até que Dante esticou a mão e apertou meu clitóris com a ponta dos dedos.

O súbito pico de prazer foi tão intenso que me puxou de volta ao presente e fez minhas costas se curvarem. Apenas metade de um grito escapou de mim antes que a mão dele cobrisse minha boca com força.

– *Shhh* – murmurou Dante. – Você não quer que as pessoas ouçam o quanto você gosta que te fodam desse jeito, quer? De quatro, no banco de trás de um carro, engolindo cada centímetro do meu pau como se fosse *feita* para isso. – Ele acariciou meu clitóris lenta e demoradamente com a outra mão. – Não é muito respeitável para uma herdeira da alta sociedade.

A gentileza de sua voz, contrastada com a obscenidade de suas palavras e a força brutal de seu pau dentro de mim, me levou ao limite.

Fui dominada pelo segundo orgasmo da noite, tão poderoso e entorpecente que abafou todos os outros sons, incluindo meu grito de alívio. Tudo que havia era o silêncio e o prazer quente e eletrizante iluminando meu corpo enquanto eu me desfazia tão completamente que não sabia como seria capaz de me recompor.

Estrelas brilhavam atrás dos meus olhos. Ouvi vagamente o gemido de Dante quando ele gozou, mas estava voando alto demais para conseguir me concentrar em qualquer outra coisa.

Quando pensei que tinha terminado, outra onda me arrastou, e mais outra, e outra, até que eu ficasse mole e trêmula por completo, e a única coisa me mantendo inteira fosse o braço de Dante ao redor da minha cintura e o peso de seu corpo sobre o meu.

Ele afastou o cabelo do meu rosto e beijou meu ombro enquanto aos poucos eu voltava a mim. Caí para a frente, tentando recuperar o fôlego enquanto Dante me limpava com um lenço e puxava meu vestido para baixo.

Ele não falou nada, mas a ternura de suas ações dizia mais do que palavras.

Quando minha respiração se normalizou, ele me colocou no assento outra vez e me entregou minha bolsa.

– Chegamos.

Sua voz tinha voltado ao tom aveludado de sempre, embora um pouco ofegante.

– O quê?

Tentei entender suas palavras em meio à névoa pós-clímax.

Um sorriso surgiu em sua boca. Eu não sabia em que momento, mas de alguma maneira ele já havia ajeitado suas roupas. Exceto pelo cabelo despenteado e o rosto corado, Dante parecia ter passado a última meia hora conversando sobre o tempo em vez de me fodendo loucamente.

– Chegamos – repetiu ele, e passou o polegar pelo meu lábio inferior em um toque delicado. – Talvez você queira retocar o batom, *mia cara*. Por mais bonita que você fique depois de trepar, eu odiaria arruinar nossa noite tendo que matar todos os outros homens que vissem você desse jeito.

Minhas bochechas coraram – ainda mais ao ver meu reflexo na janela do carro – e vi o inconfundível prédio branco do lado de fora.

Estávamos no Valhalla, o que significava que havíamos passado pela segurança enquanto estávamos…

Um calor percorreu meu rosto, passando pelo pescoço em direção ao peito. Meu cabelo estava uma bagunça, rímel e batom borrados, e pequenas marcas vermelhas dos dentes e da barba por fazer de Dante salpicavam minha pele. Qualquer um que olhasse para mim saberia exatamente o que eu tinha feito.

Mas, apesar do constrangimento, não conseguia me arrepender do que havia acontecido. Aquele tinha sido o melhor sexo da minha vida. De longe.

– Não se preocupe. – Dante tinha entendido muito bem qual era minha preocupação. – Os vidros são escuros e Thomas está na lista de convidados autorizados. Não dava para eles nos verem pela frente.

Thomas. *Meu Deus*. E se ele tivesse olhado pelo espelho retrovisor e...

– A divisória também é escura – acrescentou Dante.

– Certo.

Evitei o olhar dele enquanto me ajeitava o melhor que podia. Felizmente, sempre carregava um minikit de maquiagem, mas não havia muito que eu pudesse fazer em relação às marcas na minha pele, então tive que me contentar em pegar emprestado o paletó de Dante.

Meu coração disparou quando Thomas abriu a porta para nós. Ele nos deu um boa-noite educado, seu rosto cuidadosamente neutro.

Senti minha pele quente outra vez.

Ele podia não ter nos visto ou ouvido, mas com certeza sabia o que estávamos fazendo.

– Não diga nada – avisei enquanto Dante e eu caminhávamos em direção à entrada do Valhalla.

– Não vou dizer. – Uma risada espreitava sob sua voz. – Mas, para você se sentir melhor, não é a primeira vez que Thomas presencia... uma movimentação no banco de trás.

Olhei de soslaio para ele.

– Quer dizer que transar na limusine é um hábito?

Os cantos da boca de Dante se ergueram, achando graça.

– Ele já trabalhou para William Haverton. O sujeito está na casa dos 60, mas tem uma carteira gorda e a libido de um universitário. É só fazer as contas. – Passamos pelo hall de entrada do clube. – Eu garanto a você que não tenho o hábito de transar na limusine.

– Ah. – Dei um pigarro. – Entendi.

O sorriso dele floresceu por completo, malicioso.

– Ficou com ciúmes?

– Nem um pouco.

Mantive a cabeça erguida e ignorei a risada dele. Foi só quando chegamos ao elevador que percebi que tinha me esquecido completamente de perguntar a ele sobre o encontro surpresa.

Como os dois últimos andares do Valhalla tinham permanecido fechados durante o baile de outono, Dante fez um rápido tour pelos lugares que não havia me apresentado na última visita, incluindo o spa, uma pista de boliche coberta e um fliperama repleto de jogos antigos e raros.

Eu teria gostado mais do passeio se não estivesse tão impaciente para descobrir qual era o tal encontro misterioso.

– Ainda está chateada por não ter conseguido me fazer contar qual era a surpresa, lá no carro? – perguntou Dante quando paramos diante de portas duplas no quarto andar.

– Não.

Sim.

– Pelo menos nós dois saímos ganhando – disse ele em seu tom arrastado. – Orgasmos.

Uma risada enrugou o canto de seus olhos quando soquei seu braço, meu rosto quente, mas seu sorriso juvenil era tão cativante que não consegui ficar chateada.

– Como eu disse, é algo que é melhor você ver. – Dante inclinou a cabeça em direção ao cômodo fechado. – Este é o espaço multiúso do clube. Os membros podem reservá-lo e transformá-lo em qualquer coisa que quiserem. Já foi uma sala de concertos privada, uma exposição de bonecas de porcelana vintage...

Ergui as sobrancelhas.

– Um dos membros do clube é colecionador. Nem pergunte. – Ele abriu as portas. – Espero que isso compense a espera.

Meu Deus do céu.

Perdi o ar.

Quando ele disse "espaço multiúso", imaginei paredes brancas e carpete cinza. Em tese, eu sabia que o Valhalla não disporia de um espaço tão genérico assim, mas nada poderia ter me preparado para a visão diante de mim.

Ele havia transformado o salão em um planetário.

Não, não era um planetário. Era uma galáxia virtual.

Estrelas brilhantes salpicavam as paredes altas e o teto, e giravam sob nossos pés. Constelações pontilhavam o "céu", incluindo Andrômeda, Perseu e uma formação no contorno inconfundível de ampulheta que fez minha respiração falhar.

Órion. Minha favorita.

– Não dá para ver as estrelas em Nova York – disse Dante. – Então eu trouxe as estrelas até você.

Um nó de emoção se formou na minha garganta.

– Como você...

Ele seguiu meu olhar até Órion, que estava em destaque, brilhando mais intensamente do que as demais.

– Liguei para a sua irmã. Ela me disse que era a sua favorita. – Dante me guiou para dentro do salão. – Pelo visto, quando você era criança, não parava de falar sobre Órion. Palavras dela.

Agnes *com certeza* usaria essas palavras.

A expressão de Dante se suavizou, ganhando uma pontada incomum de incerteza.

– Gostou?

Entrelacei meus dedos nos dele, um aperto indescritível no peito.

– É perfeito.

Tivéramos vários encontros no último mês, desde eventos luxuosos, como o passeio de helicóptero após os milk-shakes e uma escapadinha de uma noite para as Bermudas, a casuais, como um passeio pelo Chelsea Market e um show no Comedy Cellar.

Mas nenhum deles havia mexido tanto comigo quanto o daquela noite.

O fato de Dante ter se dado ao trabalho de preparar tudo aquilo e consultar minha irmã, quando poderia facilmente apenas ter me levado ao planetário... mexeu com uma parte de mim que eu não achava que alguém pudesse alcançar.

Os ombros dele relaxaram e Dante apertou minha mão em uma resposta silenciosa enquanto caminhávamos até o centro do cômodo, onde uma pilha de cobertores, almofadas e uma mesa de jantar nos esperavam.

Afundei em uma almofada azul-clara enquanto Dante pegava uma garrafa de vinho específica. Aquilo era...

– Domaine de la Romanée-Conti – confirmou ele, abrindo o famoso vinho tinto e servindo duas taças. – Cortesia do sommelier do clube.

Conhecido pela alta qualidade e pela produção limitada, o Domaine de la Romanée-Conti, ou DRC, era um dos vinhos mais caros do mundo. Uma garrafa custava em média mais de 26 mil dólares.

– Armamento pesado – provoquei. – Dante Russo, você está tentando me impressionar?

– Depende. – Ele me entregou uma taça e observou enquanto eu tomava um pequeno gole. – Está funcionando?

Os ricos sabores de frutas silvestres, violetas e cassis explodiram em minha língua, misturados a uma leve mineralidade e um complexo sabor terroso. Cheio de texturas. Potente. Elegante. Não era de admirar que as pessoas estivessem dispostas a desembolsar tanto dinheiro por uma garrafa. Era o melhor vinho que eu já tinha provado.

– Sim – respondi, já inebriada por um gole e uma noite que mal havia começado. – Bastante.

– Então, sim, estou. – Ele me olhou, achando graça, quando dei um segundo gole. – Você está ficando vermelha, *mia cara*.

Eu era extremamente sensível a vinho tinto, e por isso geralmente preferia os brancos e rosés. Mesmo esses me deixavam corada depois de uma ou duas taças, mas o DRC era primoroso demais para ser desperdiçado.

– Não é minha culpa – respondi, envergonhada. – São os taninos.

– É adorável.

Dante passou o polegar pela minha bochecha corada. Senti um calor se acumular em minha barriga. Ao longo dos últimos meses, o mal-humorado e taciturno Dante havia me conquistado. Mas o Dante carinhoso e divertido? Era criptonita para o meu coração.

Depois do jantar, puxei uma manta sobre nós e pousei a cabeça no ombro dele, meio sonolenta e meio entorpecida por aquele encontro. Dante passou um braço ao redor da minha cintura, um peso forte e reconfortante nas minhas costas.

As estrelas brilhavam acima de nós como um expositor de diamantes em veludo azul-marinho. Eram projeções, mas pareciam tão reais que quase acreditei que estávamos em algum lugar no deserto, observando o céu e ouvindo o silêncio.

– Quando eu era pequena, meus pais nos levavam para acampar. – Eu não sabia de onde as palavras estavam vindo, mas pareciam apropriadas para o momento. – Meu pai dirigia, minha mãe embalava um monte de lanches e minha irmã e eu tentávamos contar todas as placas possíveis de estados na estrada.

Eu odiava insetos e não gostava muito de atividades ao ar livre, mas adorava aquelas viagens porque eram feitas em família. Desde então, havíamos evoluído para verões em St. Tropez e natais em St. Barts, mas eu sentia falta da simplicidade das antigas férias em família.

– À noite, quando deveríamos estar dormindo, Agnes e eu saíamos escondidas da barraca e contávamos as estrelas – continuei. – Fingíamos que eram pessoas que viviam em um reino celestial e inventávamos histórias para todas.

– Alguma interessante?

Abri um sorriso.

– Várias. Uma delas planejava derrubar o governante do reino. Outra estava tendo um caso com o guarda de confiança de seu marido terrível. Estrelas cadentes eram pessoas que tinham sido exiladas e lançadas à Terra.

A risada de Dante vibrou pelo meu corpo.

– Parece uma novela.

– Nós éramos crianças. Tínhamos uma imaginação fértil, tá? – Cutuquei a perna dele com a minha. – Não me diga que você nunca inventou histórias sobre as coisas ao seu redor.

– Desculpe desapontar, mas a minha imaginação não é tão grande quanto a sua. – Ele acariciou meu quadril, distraído. – Minha família nunca foi acampar. Meu avô era do tipo que só frequentava resorts ou propriedades privadas. Ele não queria que Luca e eu perdêssemos contato com nossa cultura, então nos mandava para a Itália com Greta todo verão. Nós tínhamos… temos… casas pelo país inteiro. Roma, Toscana, Milão… visitávamos um lugar diferente a cada ano.

– Qual é o seu lugar favorito na Itália?

– Villa Serafina. – A propriedade da família dele no lago de Como. – O lago, os jardins… Quando eu tinha 12 anos, achava que o lugar era mágico.

– É onde será o casamento – murmurei. – Mal posso esperar para ver.

Tínhamos programado de passar o mês anterior à cerimônia na *villa*. Eu só tinha visto fotos do local, mas mesmo por uma tela era de tirar o fôlego.

– Sim. – Um tom estranho se infiltrou na voz de Dante. – Onde será o casamento.

– Vai ser perfeito. Minha mãe não aceitaria nada além disso – comentei em um tom seco.

Ela vinha me enlouquecendo com ligações intermináveis sobre flores, talheres e milhares de outros detalhes que não deveriam estar sob sua responsabilidade, mas eu não esperava nada menos que isso. Eu era sua última oportunidade de preparar uma grande festa.

– Pelo menos meu pai não está me perturbando em relação aos melhores padrões das peças de porcelana. Ele conseguiu a data que queria. É tudo que importa para ele.

– Dia 8 de agosto. Deixe-me adivinhar: é a data em que ele ganhou seu primeiro milhão.

Dei uma gargalhada.

– Quase isso. Oito é o número favorito dele.

Dante fez uma pausa na carícia antes de retomar o toque.

– O número oito? Jura?

– Sim – respondi com um bocejo. Nada me deixava mais sonolenta do que vinho e sexo, e eu tivera o melhor de ambos naquela noite. – É um número de sorte na cultura chinesa, porque está associado à riqueza. Quando meus pais estavam em busca de uma casa, procuravam especificamente lugares com oito no endereço. Meu pai é muito supersticioso.

– Eu nunca teria imaginado.

O tom de Dante esfriou como sempre acontecia quando falávamos sobre meu pai. Levantei a cabeça. Ele tinha uma expressão distraída, que desapareceu quando viu que eu o olhava.

– Você não gosta muito da minha família.

Havia percebido isso no jantar em que fomos apresentados, mas era algo que vinha se tornando cada vez mais evidente desde então. Toda vez que eu mencionava meus pais, o rosto de Dante se fechava, e eu podia sentir que ele se retraía. Quando somos a Boston, no Natal, ele passou a maior parte do tempo se comunicando com olhares duros e respostas monossilábicas. Foram os quatro dias mais estranhos da minha vida.

– Não gosto de muita gente – disse ele de um jeito evasivo. – Mas, para ser sincero, Francis e eu jamais seremos melhores amigos. Nós temos... perspectivas de vida muito diferentes.

Antes que eu pudesse responder, ele segurou meu rosto e roçou os lábios nos meus.

– Chega de falar sobre família. Temos o salão só para nós esta noite, e consigo imaginar algumas outras coisas que preferiria estar fazendo...

Qualquer resistência derreteu quando ele aprofundou o beijo. Meus lábios se abriram e meu suspiro o convidou a entrar. Dante deslizou a língua na minha, com sabor de vinho, calor e pecado.

Dante tinha razão. Era uma noite linda e não havia motivo para estragá-la com conversas sobre família.

Uma sensação persistente de mal-estar formigava na minha nuca, mas eu a deixei de lado. E daí se Dante e meu pai não concordavam em tudo? Era de se esperar algum antagonismo entre pais e genros. Não era como se eles fossem trocar socos no próximo feriado em família.

Além disso, meus pais moravam em outra cidade. Não os veríamos muito de qualquer maneira.

Eu não tinha nada com que me preocupar.

CAPÍTULO 28

Dante

VIVIAN E EU TIVEMOS MAIS UMA SEMANA DE PAZ antes de os pais dela chegarem em Nova York feito um tornado: súbito, inesperado e deixando um rastro de destruição.

Em um minuto, eu estava planejando um encontro com Vivian para assistir a uma orquestra. No seguinte, estava sentado em frente a Francis e Cecelia Lau no Le Charles, lutando contra a vontade de arrancar o sorriso presunçoso do rosto do meu sogro.

A conversa a respeito dele no Valhalla parecera invocá-lo como a um demônio do inferno.

– Fico contente por estarmos aqui. – Ele desdobrou o guardanapo e o colocou no colo. – Espero que não estejamos atrapalhando demais seus planos.

– De jeito nenhum. – Vivian segurou minha mão por baixo da mesa e delicadamente abriu meu punho fechado. – Estamos felizes em ver vocês.

Permaneci em silêncio.

Os pais dela tinham chegado naquela manhã sem avisar e perguntado se poderiam jantar conosco em algum momento durante sua estada. Levando em consideração que passariam apenas duas noites na cidade e que tinham ingressos para um espetáculo na Broadway ao qual iriam acompanhados de amigos no dia seguinte, aquela noite era a única opção.

– Não vemos vocês desde o Natal, então decidimos fazer uma visitinha. Ver como estão os preparativos para o casamento. – Cecelia brincava com suas pérolas. – Você nunca respondeu à pergunta que fiz outro dia sobre as flores. Vamos seguir com os lírios?

Vivian se remexeu na cadeira. Em vez da habitual combinação de vestido, salto alto e batom vermelho, ela usava um terninho de tweed semelhante ao de nosso primeiro encontro. Seu colar era idêntico ao da mãe e a vivacidade cintilante pela qual me apaix... pela qual criara apreço havia se transformado em uma delicadeza forçada.

Não era *ela*; era um clone que só aparecia quando Francis e Cecelia estavam presentes, e eu o odiava.

– Sim – respondeu ela. – Os lírios estão ótimos.

– Excelente. – Cecelia sorriu. – Agora, em relação ao bolo...

Felizmente, nosso garçom apareceu naquele momento e a interrompeu antes que a mulher começasse um discurso sobre glacê ou qualquer outra porcaria dessas.

– Nós vamos querer caviar Golden Imperial e tartar de atum com foie gras de entrada, e costeletas de cordeiro como prato principal – disse Francis, pedindo para ele e para a esposa.

Em seguida, devolveu o cardápio ao garçom com desdém, sem sequer olhar para ele.

– Vou querer o tagliatelle, por favor – disse Vivian.

Francis franziu as sobrancelhas.

– Não estamos em um restaurante italiano, Vivian. Eles são famosos pelo cordeiro. Por que você não pede?

Porque ela não gosta de cordeiro, seu merda.

Cerrei a mandíbula. Eu desprezaria Francis mesmo que ele não estivesse me chantageando.

Como ele podia ter passado 28 anos sem saber que a filha odiava aquela carne em particular? Ou talvez ele simplesmente não se importasse.

– A lista de espera para uma reserva no Le Charles é de quatro meses – disse Francis. – Até o governador tem dificuldade em conseguir uma mesa quando está na cidade. É ridículo desperdiçar uma refeição aqui com algo que não seja o melhor que eles têm a oferecer.

– Eu... – Vivian hesitou. – Tem razão. Posso mudar meu pedido para o cordeiro, por favor? – Ela deu ao garçom um sorriso de desculpas. – Obrigada.

– Claro. – A expressão educada do garçom não vacilou, como se estivéssemos apenas conversando sobre o tempo. – E para você, Sr. Russo?

Fechei o cardápio com precisão deliberada e mantive os olhos no pai de Vivian enquanto fazia o pedido.

– Eu vou querer o tagliatelle.

Francis estreitou os lábios.

Se estivéssemos em casa, eu teria chamado a atenção dele diretamente, mas estávamos sentados bem no meio do restaurante. Eu não daria a ele a satisfação de fazer uma cena.

– Como vai seu irmão? – perguntou Francis. – Ouvi dizer que ele está trabalhando como vendedor na Lohman & Sons agora. Parece... um cargo abaixo da faixa salarial dele.

– Ele está indo muito bem – respondi friamente. – Trabalho é trabalho, seja no varejo ou em alguma função corporativa.

– Humm. – Ele levou a taça de vinho aos lábios. – Vamos concordar em discordar.

Não me deixei enganar pela mudança de assunto aparentemente inofensiva. Francis estava tentando me lembrar do que estava em jogo. Ele dizia estar na cidade para um espetáculo, mas a visita repentina era um jogo de poder destinado a me desestabilizar.

Faltavam apenas alguns meses para o casamento. Ele podia ser muitas coisas, mas não era burro. Devia saber que, nos bastidores, eu vinha trabalhando para destruir as evidências que viabilizavam sua chantagem.

Fazia algum tempo que eu andava fora do radar e ele estava ficando nervoso, por um bom motivo.

Meu encontro com Vivian no Valhalla havia causado uma epifania. Ela dissera que ele era supersticioso com datas e números, e a investigação que eu havia pedido que Christian fizesse na semana anterior confirmara isso. Seu endereço residencial, seu endereço comercial, a placa de seu carro... tudo girava em torno do número oito. Apostaria a vida do meu irmão que ele tinha oito cópias das fotos da chantagem.

Christian já estava rastreando os três conjuntos que faltavam. Assim que os encontrasse, seria o fim do maldito Francis Lau.

Pela primeira vez naquela noite, eu sorri.

O resto do jantar transcorreu sem incidentes. Vivian e a mãe se ocuparam da conversa, embora eu tenha precisado reunir toda a minha força de vontade para não perder a cabeça quando Cecelia a repreendeu por usar o tom de maquiagem "errado" ou quando seu pai vetou a sobremesa que ela havia escolhido do mesmo jeito que fizera com o prato principal, insistindo que ela experimentasse a torta de chocolate do restaurante em vez do cheesecake.

Eu não sabia o que era pior: a atitude arrogante de seus pais ou sua disposição em aceitar aquilo tudo. Vivian nunca teria me deixado falar com ela daquele jeito.

– Se você quiser falar alguma coisa, só fale – disse ela quando voltamos para casa, tirando os brincos e os deixando cair no pratinho dourado sobre a cômoda. – Você passou o caminho inteiro para casa fumegando de raiva.

Tirei o paletó e o atirei nas costas de uma cadeira.

– Não estou com raiva. Só estou me perguntando como você conseguiu superar seu nojo de cordeiro nas últimas 24 horas.

Vivian suspirou.

– É só uma refeição. Não é nada de mais.

– Não tem a ver com a comida, Vivian. – Minhas veias fervilhavam de irritação. – Tem a ver com como seus pais te tratam, como se você fosse uma criança. Tem a ver com como você se transforma em uma versão falsa de si mesma sempre que está perto deles. – Apontei para a roupa dela. – Esse não é o seu estilo. Você odeia cordeiro. Você não é uma mulher de tweed e pérolas. Jamais seria vista com essa roupa em um dia normal.

– Bem, hoje *não é* um dia normal. – Uma pitada de irritação transpareceu em sua voz. Eu não era o único que estava à flor da pele naquela noite. – Você acha que eu gosto de meus pais aparecerem aqui sem avisar? Ou que eu *gosto* de ser criticada por tudo que digo e visto? Pode ser que eu não escolhesse essas roupas se eles não estivessem aqui, e talvez eu não tivesse pedido o cordeiro se meu pai não tivesse insistido, mas às vezes é necessário fazer concessões para manter a paz. Eles só vão passar dois dias aqui. Não é *nada de mais*.

– Desta vez são dois dias, mas e no futuro? – perguntei, a voz dura. – Todas as datas comemorativas, todas as visitas, para o resto da vida. Você não acha cansativo fingir ser alguém que não é com as duas pessoas que deveriam aceitá-la do seu jeito?

Vivian ficou tensa.

– As pessoas fazem isso todos os dias. Vão trabalhar e mostram um lado de si mesmos. Saem com amigos e mostram outro lado. É *normal*.

– Sim, só que eles não são seus colegas de trabalho nem seus malditos amigos. Eles são sua família e tratam você feito merda!

Minha frustração se transformou em um grito.

– Eles são meus *pais*! – Vivian elevou a voz para equipará-la à minha. – Não são perfeitos, mas têm boas intenções. Eles se sacrificaram muito para dar a mim e à minha irmã a vida que nunca tiveram quando eram crianças. Mesmo antes de ficarmos ricos, eles trabalhavam duro para garantir que tivéssemos as mesmas roupas e fizéssemos as mesmas viagens que nossos colegas de turma, para que não fôssemos deixadas de fora. Então, se eu tiver que abrir mão de algumas coisas *temporariamente* para fazê-los felizes, farei isso.

– Temporariamente, é? É por isso que seu pai basicamente vendeu vocês duas em troca de um degrau na escala social?

Vivian ficou pálida e o arrependimento me atingiu, forte e rápido.

Merda.

– Viv...

– Não – disse ela, erguendo a mão. – Era exatamente o que você queria dizer, então não retire.

Minha mandíbula se contraiu.

– Eu não vejo você como uma moeda de troca, mas seus pais pensam o mesmo? Não estou tentando fazer você se sentir mal, *amore mio*, mas você não precisa se submeter a essa palhaçada. Você é uma mulher adulta. É linda, bem-sucedida, inteligente e três vezes melhor do que qualquer um deles jamais será. Você tem o próprio dinheiro e a própria carreira. Não precisa deles.

– Não se trata de precisar deles. Somos uma *família*. – O rosto de Vivian expressava frustração em cada traço. – Nosso jeito é diferente, está bem? O respeito pelos mais velhos é importante. Não discutimos só porque não gostamos do que eles dizem.

– Bem, às vezes os mais velhos falam merda, e é importante chamar a atenção deles.

Eu estava forçando a barra, mas odiava como Vivian se transformava em uma sombra de si mesma quando estava perto dos pais. Era como ver uma rosa linda e vibrante murchar diante dos meus olhos.

– *Você* pode fazer isso – disparou ela. – Cresceu como herdeiro do império Russo. Sim, eu sei que nem tudo foi divertido, mas você ainda era o centro das atenções do seu avô. Eu tinha que ser perfeita apenas para ganhar um pingo de carinho. Minhas notas, minha imagem, *tudo*.

– É isso que estou dizendo, porra! Você não deveria *ter* que ser perfeita para conquistar o afeto dos seus pais!

– É isso que estou dizendo! Eu tenho, sim!

Nós nos encaramos, ofegantes, nossos corpos próximos, mas nossas mentes a anos-luz de distância.

Vivian rompeu o contato visual primeiro.

– A noite foi longa e eu estou cansada – disse ela. – Mas gostaria que você pelo menos tentasse me entender. A sua visão de mundo não é universal. Eu quero um parceiro, Dante, não alguém que vai me repreender porque não concorda com a maneira como lido com a minha própria família.

O remorso amenizou minha raiva.

– Querida...

– Vou tomar um banho e trabalhar um pouco. Não me espere acordado.

A porta do banheiro se fechou com um *clique*.

Naquela noite, pela primeira vez desde que começamos a namorar, fomos para a cama sem um beijo de boa-noite.

CAPÍTULO 29

Vivian

— MEUS PARABÉNS! VOCÊS TIVERAM a primeira briga de casal de verdade. Vamos brindar a isso – disse Isabella, erguendo sua mimosa com um sorriso cem por cento sincero.

A minha taça e a de Sloane permaneceram na mesa.

— Não é algo a ser comemorado, Isa – respondi em um tom seco.

— Claro que é. Você queria a experiência completa de um relacionamento. Isso inclui brigas, principalmente quando o assunto é família. – Ela terminou o drinque, indiferente à nossa relutância em participar de seu brinde. – Sinceramente, eu acho bizarro casais que *não* brigam. Parecem sempre a ponto de estourar. Depois a gente fica sabendo que eles vão ser o tema de uma série documental da Netflix intitulada *Amor e morte: o casal da casa ao lado*.

Não pude deixar de rir.

— Você anda vendo *muita* coisa de *true crime*.

Isabella, Sloane e eu estávamos almoçando em um novo e badalado local em Bowery. Dois dias haviam se passado desde a briga com Dante, e eu ainda estava furiosa por conta disso. Não porque ele estava errado, mas porque ele estava certo.

Nada mais desagradável do que o sabor amargo da verdade.

— É pesquisa – disse Isabella. – Ou seja, é trabalho. Você não vai me julgar por fazer hora extra, né? Olha só a Sloane. Mesmo com os melhores ovos Benedict do mundo intocados na frente dela, ela não sai do telefone.

— Não estão intocados. Dei duas garfadas. – Sloane terminou de digitar e ergueu os olhos. – É difícil aproveitar a comida quando seu cliente posta um textão nas redes sociais sobre a ex-esposa *superfamosa* e entra em discussões com... – Ela checou o celular novamente. – Um tal de User59806 sobre quem deveria atirar o carro de um penhasco primeiro.

– Parece bem básico para a internet – comentou Isabella. – Estou *brincando*. Mais ou menos. Olha, não dá para você fazer muita coisa em relação a isso agora, exceto cortar o acesso do seu cliente às redes sociais, o que imagino que você já tenha feito. As pessoas fazem coisas idiotas o dia todo, todos os dias. Aproveite sua comida e lide com elas mais tarde. Duas horas de detox digital não vão te matar. – Ela empurrou o prato de Sloane para mais perto. – Além disso, você precisa de energia para a bronca que vai dar nele mais tarde.

Sloane franziu os lábios.

– Acho que você tem razão.

– Eu sempre tenho. Enfim... – Isabella voltou sua atenção para mim. – A briga. Acho que você deveria deixar passar mais um dia antes de fazer as pazes na cama. Três dias é o tempo adequado para a tensão crescer e...

– Isa.

– Desculpa! Eu não tenho vida sexual no momento, está bem? Estou vivendo através de você. – Ela suspirou. – E a discussão não foi tão séria assim, foi? Ele meio que...

Tem razão.

O silêncio tomou conta da mesa.

Olhei para o meu prato pela metade, minha pele gelada apesar do calor de duas mimosas.

– Não me leve a mal. Eu te entendo. – A voz de Isabella suavizou. – Mas acho que é uma daquelas diferenças culturais que levam algum tempo para assimilar. O Dante se preocupa com você, ou não teria ficado tão chateado. Ele só... não tem muito tato ao expressar o que pensa.

– Eu sei. – Meu suspiro carregava dias de angústia. – Mas é difícil me lembrar disso quando estou perto dele e ele fica sendo tão... tão *teimoso*.

No mundo de Dante, o que ele dizia era lei. Ele estava sempre certo, e as pessoas se dobravam para fazer suas vontades e evitar conflito.

Mas esse era o ponto. Aquele não era mais o mundo dele; era o nosso, pelo menos quando se tratava da vida doméstica. Fosse o casamento arranjado ou não, eu tinha concordado com um marido, não com um chefe. Só não tinha certeza se *ele* sabia disso.

– Ele é Dante Russo – disse Sloane, como se isso explicasse tudo. – Todo mundo sabe que o cara é inflexível. Pessoalmente, acho que você deveria fazer ele sofrer um pouco. Dê um gelo nele até que ele caia em si.

– Ótimo. Então vamos ter que esperar até a virada do próximo século – comentou Isabela. – Viv, o que *você* quer fazer?

– Eu...

– Vivian. Que surpresa agradável. – Uma voz suave e aveludada interrompeu nossa conversa.

Eu me endireitei quando uma elegante mulher mais velha com um cabelo grisalho na altura dos ombros e a pele de alguém trinta anos mais jovem parou ao lado da nossa mesa.

– Buffy, que bom te ver – respondi, escondendo minha surpresa. Ela e as amigas raramente saíam de sua bolha na parte rica da cidade. – Como vai?

Ignorei de propósito o fato de Isabella ter praticamente engasgado assim que mencionei o nome *Buffy*.

– Estou bem, querida. Obrigada por perguntar.

A grande dama de 64 anos parecia imaculada como sempre em uma blusa de seda creme, calças cinza feitas sob medida e brincos de pérola Mikimoto.

– Eu normalmente não venho até Bowery... – Seu tom insinuava que a viagem de carro de 25 minutos de sua casa até ali era tão árdua quanto uma caminhada da Quinta Avenida até o Brooklyn. – Mas ouvi dizer que o brunch aqui é *divino*.

– Os melhores ovos Benedict com lagosta da cidade. – Apontei para uma cadeira vazia. – Quer se sentar com a gente?

Nenhuma de nós queria que ela ficasse, mas era educado perguntar.

– Ah, que gentil, mas não, obrigada – respondeu Buffy de pronto. – Bunny e eu reservamos a mesa do canto. Ela está me olhando de cara feia neste exato momento... Ela simplesmente detesta ficar sentada sozinha em público...

Buffy lançou um olhar de reprovação para onde uma loira elegante estava sentada com seu poodle toy igualmente elegante, que despontava de dentro de sua bolsa Hermès. Cachorros não eram permitidos no restaurante, mas pessoas como Buffy e suas amigas operavam de acordo com as próprias regras.

– Mas eu quis vir até aqui parabenizar você pessoalmente por ter conseguido reservar o Valhalla para o Legacy Ball. Gerou um grande alvoroço.

– Obrigada – murmurei.

Havia feito o meu melhor para encontrar mais alternativas, mas nenhuma delas tinha dado certo, então, com relutância, segui a sugestão de Dante de realizar o baile no Valhalla. Eu tinha insistido em elaborar a proposta que ele apresentou ao comitê administrativo, já que não permitiam a presença de pessoas que não fossem membros na reunião. O processo de aprovação levou quase um mês, mas tinha recebido a confirmação havia duas semanas.

Enquanto parte de mim estava entusiasmada por ter conseguido um local tão exclusivo, outra se preocupava com o que isso custaria a Dante. Não financeiramente, mas em termos de influência e troca de favores.

– Tenho certeza de que Dante apoiou você. – Buffy sorriu. – Vale a pena se casar com um Russo, não é?

Dessa vez, meu sorriso foi tenso. A alfinetada era sutil, mas estava lá.

– Já que estamos falando do baile, tenho uma sugestão a fazer sobre o entretenimento – disse ela. – É uma pena que Corelli tenha perdido a voz e não possa mais se apresentar.

O famoso cantor de ópera estava em uma pausa enquanto recuperava a voz. O problema não era tão grave quanto o da inundação do local, mas era mais um na pilha que só aumentava diariamente.

Era a lei de Murphy da produção de eventos: algo sempre dava errado e, quanto mais importante o evento, *mais* coisa ia mal.

– Não se preocupe. Já tenho uma alternativa – respondi. – Há uma cantora de jazz maravilhosa que concordou em se apresentar pela metade do preço habitual, considerando o público que estará presente.

– Que adorável – disse Buffy. – Na verdade, eu estava pensando que deveríamos convidar Veronica Foster.

– Veronica Foster... A herdeira do açúcar?

– Ela está começando uma carreira musical – disse Buffy suavemente. – Tenho certeza de que ficaria muito grata pela oportunidade de se apresentar no baile. Assim como eu.

A afirmação dela clareou minha confusão momentânea. De repente, lembrei-me da outra razão pela qual o nome de Veronica soava familiar. Ela era afilhada de Buffy.

– Ficarei feliz em conhecê-la e ouvir seu disco, se ela tiver um. – Mantive um tom comedido, apesar de meu estômago estar revirando. – No entanto, não posso garantir uma vaga na programação. Como você sabe, a agenda é apertada e já concordei em contratar a cantora de jazz.

Os olhos de Buffy viraram gelo.

– Tenho certeza de que ela entenderia se você tivesse que cancelar – afirmou ela, seu sorriso intacto, porém mais ácido. Mais mordaz. – Este é um evento importante, Vivian. Há muita coisa em jogo.

Incluindo a sua reputação e a sua posição na sociedade.

A ameaça velada pairava sobre a mesa como uma guilhotina.

À minha frente, Isabella e Sloane observavam a cena se desenrolar com olhos arregalados e uma fúria gélida, respectivamente. Dava para ver que Sloane tinha alguns desaforos na ponta da língua, mas, felizmente, não interveio.

Nem precisava.

Depois da visita de meus pais, de minha discussão com Dante e das dores de cabeça que tive com o baile, havia chegado ao meu limite.

– Há mesmo – respondi a Buffy. Uma geada cobria meu tom educado. – É por isso que cada detalhe deve ser impecável, incluindo os artistas. Como presidente do comitê do Legacy Ball, tenho certeza de que você entende que não seria ideal levar ao palco alguém que não beire a perfeição. Tenho plena fé no compromisso de Veronica com seu ofício, e por isso acredito que uma audição não deverá ser problema. Você não concorda?

Os sons do restaurante se tornaram um ruído branco enquanto meu coração retumbava nos ouvidos. Eu estava correndo um grande risco, insultando Buffy na frente de outras pessoas, mas estava farta de ver todo mundo tentando me manipular para que eu fizesse o que queriam.

Ela poderia me queimar completamente depois do baile, mas, até lá, era o *meu* nome que constava nos convites e a *minha* reputação profissional que estava em jogo. De jeito algum eu deixaria alguém destruir tudo pelo qual havia trabalhado durante anos em nome de um nepotismo mal disfarçado.

Buffy me encarou.

Na realidade, o silêncio durou menos de um minuto, mas cada segundo se estendeu por uma eternidade até que seu choque inicial se transformou em algo inescrutável.

– Sim – disse ela por fim. – Acho que tem razão.

Sua voz era tão fria quanto seus olhos, mas, se eu não a conhecesse, diria que continha um mínimo sinal de respeito.

– Uma boa refeição para vocês – desejou ela, e se virou para se retirar, mas antes lançou um último olhar para mim. – E, Vivian? Espero que este seja o *melhor* Legacy Ball da história do evento.

Buffy partiu, deixando para trás uma nuvem de Chanel N° 5 e sua realeza gélida, fazendo com que meus pulmões liberassem o ar reprimido. Desabei, não mais sustentada pela indignação e pela necessidade de provar que não era um capacho.

– Você deu um fora em Buffy Darlington. – Os olhos verdes de Sloane brilhavam com rara admiração. – Impressionante.

– Não dei fora nenhum nela. Só apresentei outro ponto de vista.

– Você deu um fora nela, sim – concordou Isabella. – Por um momento achei que ela teria um infarto e cairia em cima dos seus ovos. Buffy & Benedict, o novo menu de brunch.

Nós nos encaramos por alguns segundos, impressionadas com a cafonice da piada dela, antes de cairmos na gargalhada. Talvez fosse o álcool, ou talvez estivéssemos todas delirando por excesso de trabalho e falta de sono, mas, depois que começamos, não conseguimos mais parar. Lágrimas brotaram em meus olhos, e os ombros de Isabella sacudiam tanto que a mesa chacoalhou. Até Sloane estava rindo.

– Falando em nomes com B – disse Isabella depois que nossas gargalhadas finalmente diminuíram para um nível administrável. – Eu ouvi errado ou ela disse que estava aqui com sua amiga *Bunny*?

– Bunny van Houten – confirmei com um sorriso. – Esposa do magnata holandês Dirk van Houten.

Uma expressão horrorizada apagou o brilho que restava no rosto de Isabella.

– De onde eles tiram esses nomes? Existe alguma regra que diz que quanto mais rico você é, mais feio deve ser seu nome?

– Não são *tão* ruins assim.

– Buffy e Bunny, Viv! Buffy e Bunny! – Isabela balançou a cabeça. – Assim que eu tiver poder para isso, vou banir todos os nomes que começam com as letras B e U. Imagina só se elas adicionam uma Bubby ao grupo.

Não pude evitar. Caí na gargalhada de novo, com Isabella e Sloane se juntando a mim logo depois.

Meu Deus, eu precisava muito daquilo. Comida, bebida e uma manhã divertida e boba com minhas amigas, apesar do incidente envolvendo

Buffy. Às vezes, eram as coisas simples da vida que nos mantinham de pé.

Ficamos lá por mais uma hora antes de partirmos. Insisti que o brunch fosse por minha conta, já que elas haviam passado a maior parte do tempo ouvindo meus problemas, e tinha acabado de pagar quando meu celular apitou.

Meu coração disparou quando li a nova mensagem, mas mantive a expressão neutra conforme saíamos do restaurante.

– Vai sair uma comédia romântica na semana que vem – comentou Sloane. – Vamos assistir?

Isabella a olhou desconfiada.

– Você realmente vai assistir desta vez ou vai só passar o filme inteiro reclamando?

Sloane colocou seus óculos escuros.

– Eu não reclamo. Faço críticas em tempo real sobre o realismo do filme.

– É uma comédia romântica – respondi. – *Não é* para ser realista.

Algumas pessoas gostavam de relaxar lendo ou recebendo uma massagem. Sloane gostava de assistir a comédias românticas e de redigir textos imensos detalhando cada aspecto que não gostou neles. E, no entanto, não parava de vê-los.

– Vamos concordar em discordar – disse ela. – Quinta-feira que vem, depois do trabalho. Pode ser?

Já tínhamos sobrevivido a anos de comédias românticas sendo brutalmente criticadas. Sobreviveríamos a mais uma noite.

Depois de confirmarmos a data do filme e seguirmos caminhos separados, subi a Rua 4 em direção ao Washington Square Park.

Meu coração batia mais forte a cada passo, até que acelerou com a visão de uma figura familiar alta e sombria de pé ao lado do arco.

O parque fervilhava de músicos de rua, fotógrafos e estudantes em moletons da Universidade de Nova York, mas Dante se destacava como um raio de ousadia em um pano de fundo desbotado. Mesmo vestindo uma camiseta branca comum e calça jeans, sua presença era poderosa o suficiente para atrair olhares nada sutis dos transeuntes.

Nossos olhos se encontraram de lados opostos da rua. A eletricidade vibrou pela minha coluna e levei um segundo para começar a andar depois que o último carro passou.

Parei a meio metro dele. Os sons de música, risadas e buzinas de carro desapareceram, como se Dante existisse dentro de um campo de força que impedisse qualquer intromissão.

– Oi – falei, estranhamente sem fôlego.

– Oi.

Ele enfiou as mãos nos bolsos, o gesto de uma inocência cativante em comparação a suas feições rústicas e seu corpo largo e musculoso.

– Como foi o brunch?

– Bom. – Coloquei uma mecha de cabelo atrás da orelha. – Como foi... o seu dia?

Eu não fazia ideia do que ele tinha feito naquela manhã.

– Venci Dominic no tênis. Ele ficou puto. – Um sorriso torto se formou nos lábios de Dante. – Ótimo dia.

Uma gargalhada borbulhou em minha garganta. Fazia apenas dois dias, mas eu *sentia falta* dele. De seu humor seco, seu sorriso, até mesmo de sua cara amarrada. Dante era a única pessoa capaz de me fazer sentir falta de cada pedacinho tanto quanto do todo – o bom, o ruim *e* o mundano.

Seus olhos e sua boca ficaram sérios.

– Eu queria me desculpar – disse ele. – Por sexta à noite. Você tinha razão. Eu deveria ter me esforçado mais para entender seus motivos, em vez de... emboscar você quando voltamos para casa.

Sua voz carregava a rigidez de alguém pedindo desculpas pela primeira vez na vida, mas a sinceridade latente derreteu qualquer rancor que eu pudesse ter guardado.

– Você também tinha razão – confessei. – Não gosto de admitir em voz alta, mas *fico mesmo* diferente perto dos meus pais. Queria não ficar, mas... – Soltei um suspiro. – Tem algumas coisas que talvez seja tarde demais para mudar.

Eu tinha 28 anos. Meus pais estavam perto dos 60. Será que nossos hábitos e dinâmicas já estavam arraigados demais e tentar mudá-los seria como tentar dobrar um pilar de concreto?

– Nunca é tarde para mudar. – Os olhos de Dante se suavizaram ainda mais. – Você é perfeita, Vivian. Porra, se seus pais não conseguem ver isso, azar o deles.

Suas palavras envolveram meu coração e o apertaram com força.

Fiquei apavorada ao sentir um formigamento familiar atrás dos olhos e tive que piscar para afastá-lo antes de voltar a falar.

– Talvez eu use um terninho de seda, em vez de tweed, no nosso próximo jantar – comentei em tom de brincadeira. – Para apimentar um pouco as coisas.

– Seda cai melhor em você. Da próxima vez que eles aparecerem para uma visita surpresa, também podemos dizer que estamos com uma intoxicação alimentar horrível e altamente contagiosa e nos trancar em casa até eles irem embora.

– Hum, gostei. – Inclinei a cabeça para o lado. – Mas o que nós faríamos trancados o dia todo em casa?

Dante abriu um sorriso malicioso.

– Tenho algumas ideias.

Senti um calor tomar minha pele e reprimi um sorriso.

– Tenho certeza de que sim. Então... – falei, mudando de assunto. – Você tem planos para o resto do dia?

– Tenho. – Ele segurou minha mão em um gesto tão casual e natural quanto respirar. – Vou passá-lo com você.

Meu sorriso se abriu, libertando também o frio na minha barriga.

E assim, de repente, estávamos bem de novo. Não houve uma longa conversa de reconciliação, nem precisava haver. Superar nem sempre envolvia grandes gestos ou discussões pesadas. Às vezes, os momentos mais significativos eram os menores: um olhar carinhoso aqui, um pedido de desculpas simples, mas sincero, ali.

– Perfeito – respondi. Continuamos de mãos dadas enquanto nos afastávamos do parque. – Porque tem uma exposição nova no Whitney que estou morrendo de vontade de conferir...

CAPÍTULO 30

Vivian

— VOCÊ QUER QUE A GENTE vá para *onde*?

Ergui os olhos do meu sushi e os cravei em Dante, incrédula.

— Paris.

Ele se recostou com uma tranquilidade indiferente. Sem paletó, com a gravata afrouxada e uma expressão serena, como se não tivesse acabado de sugerir que eu largasse tudo para pegar um avião para a Europa.

Era quarta-feira, cinco dias depois de nossa briga e três dias depois de nossa reconciliação.

Estávamos almoçando em meu escritório e tendo uma conversa perfeitamente agradável quando do nada ele soltou essa bomba sobre Paris.

— Descobri hoje que tenho que me reunir com alguns dos CEOs das nossas subsidiárias antes do Festival de Cannes – disse ele. — Estava na mão do meu vice-presidente, mas a esposa dele entrou em trabalho de parto antes da hora. Vou no sábado para ficar uma semana.

Fosse outra situação, eu teria agarrado a oportunidade. Paris era uma das minhas cidades favoritas e fazia muito tempo que eu queria ir de novo, mas não podia largar tudo para passear pela França, considerando que o Legacy Ball seria dali a apenas algumas semanas.

— Não posso – respondi, relutante. — Preciso estar aqui para a organização do baile.

Dante ergueu as sobrancelhas.

— Achei que já estivesse tudo encaminhado.

Tecnicamente, ele tinha razão. O local estava garantido, os fornecedores, contratados, os mapas de assentos, finalizados, e as atrações, confirmadas – Veronica Foster havia se revelado surpreendentemente talentosa e eu a contratara para uma curta apresentação no fim da noite –, mas, com a minha sorte, algo daria errado no minuto em que eu pisasse em solo francês.

– Está, mas mesmo assim. Este é o maior evento da minha carreira. Não posso fazer uma viagem de última hora. Minha equipe precisa de mim.

– A sua equipe parece competente o bastante para segurar as pontas por cinco dias. – Dante deu um tapinha na pilha de papéis em cima da minha mesa. – Você ainda vai ter mais de uma semana para finalizar tudo quando voltarmos, e não precisa estar fisicamente em Nova York para fazer seu trabalho nesse meio-tempo. Também estarei ocupado durante as manhãs, então podemos trabalhar durante o dia e explorar Paris à noite. Todo mundo sai ganhando.

– E a diferença de fuso horário? – argumentei. – Minha equipe ainda estará trabalhando quando for noite em Paris.

– Então agende as suas reuniões para o início da tarde. Será de manhã aqui – disse Dante, prático como sempre. – É primavera em Paris, *mia cara*. Belas flores, croissants fresquinhos, caminhadas nas margens do Sena…

– Não sei – respondi, hesitante, dividida entre o quadro que ele pintava e minha paranoia de que algo poderia dar errado.

– Já reservei uma suíte no Ritz. – Dante fez uma pausa antes de soltar a segunda bomba do dia. – E você pode escolher um vestido no showroom de Yves Dubois para o baile.

Perdi o fôlego.

– Isso é golpe baixo.

Yves Dubois era um dos maiores estilistas do mundo. Ele produzia apenas oito vestidos por ano, cada um deles único e primorosamente feito à mão. Era também notoriamente exigente quanto a quem tinha autorização para usar uma de suas criações; havia boatos de que certa vez ele negara esse direito a uma estrela de cinema mundialmente famosa que queria vestir uma peça dele na cerimônia do Oscar.

– É um incentivo. – Dante sorriu. – Se você realmente não pode ou não quer ir, não precisa. Mas você tem trabalhado pesado nos últimos meses. Merece uma pequena pausa.

– É uma bela maneira de colocar as coisas. Tem certeza de que não é porque você vai ficar nervoso de ficar longe de mim? – provoquei.

– Eu não costumava sentir isso. – Seus olhos prenderam os meus como uma chama solitária bruxuleando em uma noite fria de inverno. – Mas estou começando a achar que sim.

Senti um calor me preencher e correr até a superfície da minha pele.

Eu não deveria, mas talvez estivesse cansada de viver a vida de acordo com *deveres*.

Tomei a decisão em uma fração de segundo.

– Então acho que vou para Paris.

Ao longo dos dois dias seguintes, preparei minha equipe o máximo que pude. Dei a eles seis números diferentes onde poderiam me encontrar e repassei os protocolos de emergência tantas vezes que achei que Shannon me levaria pessoalmente até o avião para não me estrangular.

Ainda assim, continuei apreensiva com a viagem até estar no carro a caminho do hotel, observando a cidade passar pela janela.

Como Nova York, Paris era uma cidade para amar ou odiar. Eu, por acaso, amava as duas. A comida, a moda, a cultura... Não havia nada igual, e assim que cheguei *de fato* em Paris foi fácil me perder na magia.

Nossos primeiros três dias consistiram em nos acomodarmos e, no meu caso, em me ajustar ao novo horário de trabalho. Passava as horas tranquilas da manhã realizando tarefas administrativas e participava de reuniões à tarde, quando minha equipe e os fornecedores de Nova York estavam on-line. Achei que acabaria me distraindo com a paisagem da cidade do lado de fora da janela, mas fui surpreendentemente produtiva.

Dito isso, não resisti a um breve passeio pela Rue Saint-Honoré para fazer compras e, claro, a uma visita ao showroom de Yves Dubois, onde passei duas horas escolhendo e fazendo os ajustes necessários em um vestido para o Legacy Ball.

– Esse, não. – Yves franziu os lábios quando corri os dedos por uma peça rosa com bordado prateado de tirar o fôlego. – Rosa é muito suave para você, querida. Você precisa de algo mais ousado, mais arrojado. Algo que marque presença. – Ele inclinou a cabeça, os olhos semicerrados, antes de estalar os dedos. – Frédéric, traz o vestido Phoenix.

O assistente de Yves saiu correndo da sala e voltou minutos depois com a peça.

Perdi completamente o fôlego.

– Minha criação mais recente – disse Yves com um floreio. – Oitocentas horas costurando à mão, fios de ouro bordados em toda a superfície do vestido. Meu melhor trabalho até hoje, em minha humilde opinião.

Nada em Yves emanava humildade, mas ele estava certo. Era seu melhor trabalho até aquele momento.

Eu não conseguia tirar os olhos da peça.

– O preço normal é 150 mil dólares – disse ele. – Mas, para você, a futura Sra. Russo, usar no Legacy Ball? Fica 130 mil. É justo.

Não tinha nem o que pensar.

– Vou levar.

Naquela noite, Dante voltou à suíte do hotel e a encontrou repleta de sacolas de compras no chão, sobre as mesas e por metade da cama.

Yves enviaria meu vestido diretamente para Nova York, então eu não precisava me preocupar com a possibilidade de estragá-lo no voo de volta, mas talvez tivesse exagerado *um pouco* nas compras.

– Deveria ter reservado um quarto à parte para suas compras? – perguntou Dante, olhando para a pilha de caixas de chapéus Dior na cama.

– Deveria, mas é tarde demais para isso.

Tranquei meu novo colar de diamantes Bulgari no cofre do hotel antes de pescar algo de uma das sacolas menores.

– Comprei uma coisinha para você também.

Entreguei a ele a pequena caixa preta e esperei, com o coração batendo forte enquanto ele a abria.

As sobrancelhas de Dante se ergueram ao tirar a tampa.

– São abotoaduras de sorvete – falei alegremente. – Eu conheço um joalheiro na Rue de la Paix que faz peças personalizadas. O ônix é o molho de soja. O rubi é a cereja, mesmo que você não coloque cereja no seu, mas acho que o vermelho complementa a peça.

Era um presente em parte de brincadeira, em parte sincero. Dante tinha dezenas de abotoaduras de luxo, mas eu queria dar a ele algo mais pessoal.

– Gostou? – perguntei.

– Adorei. – Ele tirou as abotoaduras que estava usando e as substituiu pelas novas. – Obrigado, *mia cara*.

O calor de sua voz acariciou minha pele antes de ele segurar meu rosto com uma das mãos e me beijar.

Não chegamos a sair para jantar naquela noite.

Nossas outras noites, no entanto, foram preenchidas com quaisquer atividades que nos agradassem. Vagamos pelos encantadores recantos repletos de livros da Shakespeare and Company, exploramos o Louvre depois do horário comercial e fingimos assistir a filmes indie franceses em preto e branco em um cinema cult enquanto nos agarrávamos secretamente no fundo da sala, como dois adolescentes.

Tinha visitado Paris muitas vezes, mas explorá-la com Dante foi como vê-la pela primeira vez. Os cheiros vindos das padarias, a textura dos paralelepípedos sob meus pés, o arco-íris de flores desabrochando por toda a cidade – tudo era mais brilhante, mais vívido, como se alguém tivesse espalhado um pó mágico sobre a cidade.

Na nossa última noite, Dante me levou para um jantar privado na Torre Eiffel. O monumento tinha três restaurantes; o nosso ficava no segundo andar e oferecia vistas espetaculares da paisagem. Ele tinha reservado o espaço inteiro, então éramos apenas nós, o menu de sete pratos e a cidade a nossos pés em toda a sua brilhante glória noturna.

– Muito bem, que comida você não *suporta* e todo mundo adora? – Engoli uma fatia fina de robalo antes de acrescentar: – Eu começo: azeitona. Odeio azeitona. É uma praga para a humanidade.

– Até queria dizer que estou surpreso, mas você também come picles com batatas chips e pudim, então... – Dante levou o vinho aos lábios. – Não preciso dizer mais nada.

Estreitei os olhos.

– Não fui eu quem acabou com nosso estoque de picles duas semanas atrás porque não parava de roubar o *meu* lanche.

– Não seja dramática. Greta comprou mais picles no dia seguinte. – Ele riu da minha cara amarrada. – Respondendo à sua pergunta: não suporto pipoca. A textura é estranha e o cheiro é horrível mesmo quando não está queimada.

– Jura? Então o que você come durante os filmes?

– Nada. Filmes são para a gente assistir, não para ficar comendo.

Eu apenas o encarei.

– Às vezes, eu tenho certeza de que você é um alienígena e não um ser humano de verdade.

Ele deu outra risada.

– Todos temos nossas peculiaridades, *mia cara*. Pelo menos eu não canto Mariah Carey no chuveiro.

Minhas bochechas esquentaram.

– Eu fiz isso *uma vez*. Ouvi a música em um comercial e ficou na minha cabeça, está bem?

– Não estou dizendo que é uma peculiaridade ruim. – O canto de sua boca se ergueu. – Foi fofo, mesmo que desafinado.

– Eu *não* desafinei – murmurei, mas minha indignação durou apenas alguns segundos diante de seu sorriso. – Como andam os preparativos para Cannes? – perguntei quando nosso garçom trocou as louças vazias pelo terceiro prato do cardápio. – Conseguiu fazer tudo a tempo?

– Sim, ainda bem. Se tivesse que participar de outra reunião para discutir qual champanhe devemos servir na festa, teria sido preso por homicídio – resmungou ele.

– Tenho certeza de que você teria dado um jeito de se livrar da acusação. Você é um Russo – provoquei.

– Sim, mas a burocracia seria um pé no saco.

– Você ama burocracia. Lida com isso o dia inteiro.

– Vou fingir que você não me insultou terrivelmente no meio do que *deveria* ser uma noite romântica em Paris. – Ele soou magoado, mas havia malícia em seus olhos.

Dei uma risada antes de perguntar:

– Você já pensou no que teria sido, se não tivesse nascido um Russo?

A vida de Dante fora definida desde o nascimento. Mas onde ele estaria se pudesse ter escolhido o próprio caminho?

– Uma ou duas vezes. – Dante deu de ombros, aparentemente despreocupado. – Nunca sei exatamente a resposta. O trabalho ocupa a maior parte do meu tempo e, embora eu goste dos meus hobbies... boxe, tênis, viagens... não tornaria nenhum deles uma carreira.

Franzi o cenho, estranhamente triste com a resposta.

– Sou um homem de negócios, Vivian. Nasci para isso. Gosto do meu trabalho, mesmo que certos aspectos nem sempre sejam divertidos. Não pense que estou jogando fora a paixão da minha vida para trabalhar em um escritório imenso porque me sinto obrigado a isso.

Achei que fazia sentido. Dante – audacioso, ousado, charmoso quando queria, mas agressivo quando provocado – tinha nascido para dirigir uma empresa. Eu não poderia imaginá-lo em qualquer função que não a de CEO.

– E você? – perguntou ele. – Se não fosse produtora de eventos, o que faria?

– Gostaria de dizer que seria astrônoma, mas para falar a verdade sou péssima em matemática e ciências – admiti. – Não sei. Acho que sou como você. Sou feliz fazendo o que faço. Produção de eventos pode ser uma carreira estressante, mas é divertida, criativa... E não há nada mais satisfatório do que pegar uma ideia e dar vida a ela.

Ele abriu um sorriso.

– Então nós dois estamos felizes onde estamos.

O peso aveludado de suas palavras fez meu coração disparar.

– É. Acho que sim. – O ar ficou denso e úmido, cheio de significado. Hesitei, depois acrescentei baixinho: – Estou feliz por ter vindo para Paris.

Os olhos de Dante eram como um fósforo aceso contra a minha pele, brilhantes e quentes o suficiente para queimar.

– Eu também.

Olhamos um para o outro, a comida esquecida. O peso de palavras não ditas pairou entre nós e ameaçou se derramar no silêncio.

Antes que isso pudesse acontecer, um toque grave desviou nossos olhares para o celular dele.

Dante xingou baixinho em italiano.

– Desculpe. Preciso atender. Emergência de trabalho.

– Tudo bem – respondi, tranquilizando-o. – Faça o que tiver que fazer.

Ele empurrou a cadeira para trás e atendeu à chamada a caminho da saída.

Terminei meu prato, mas estava tão distraída que mal senti o gosto do lagostim.

Estou feliz por ter vindo a Paris.

Eu também.

Mesmo na ausência de Dante, meu coração disparou como se estivesse competindo pelo ouro olímpico de atletismo.

Como disse, estive em Paris muitas vezes. Mas aquela foi a primeira vez que realmente me apaixonei na Cidade do Amor.

CAPÍTULO 31

Dante

– ENCONTRAMOS TODAS.

Eu parei.

– Tem certeza?

Quase tinha deixado a ligação de Christian ir para a caixa postal. Queria aproveitar minha última noite em Paris com Vivian, mas a curiosidade venceu. Ele não me ligaria a menos que tivesse uma grande novidade.

Eu tinha razão.

– Sim. Estamos vigiando todos os oito locais – disse Christian. – Basta você dar a ordem e estará livre dos Laus para sempre.

Minha mão se fechou em torno do celular. Esperei pelo alívio. Pela alegria, o triunfo, o maldito sentimento de *revanche* por poder derrubar Francis do jeito que passara meses sonhando.

Nada.

Senti um vazio no estômago, como se as palavras de Christian tivessem me sugado todo o ar.

Olhei pelo portal na direção de Vivian. Estava do lado de fora do restaurante, longe o suficiente para que ela não pudesse me ouvir, mas perto o bastante para vislumbrar seu sorriso suave e contente enquanto ela olhava para a cidade.

Uma queimação irradiava em meu peito. Ela parecia tão feliz. Mesmo com a viagem de última hora e o Legacy Ball à vista, ela tinha ganhado vida em Paris de tal maneira que me fazia querer ficar ali com ela para sempre.

Sem chantagens, sem Francis, sem toda essa palhaçada da alta sociedade. Só nós dois.

Porque aquela era, muito provavelmente, nossa última viagem juntos.

– Dante? – disse Christian.

Desviei os olhos de Vivian.

– Eu ouvi. – Senti o princípio de uma enxaqueca atrás de minhas têmporas. – E a questão comercial?

– Tudo pronto também.

– Ótimo. – A palavra arranhou minha garganta apertada. – E nosso outro projeto? Aquele da startup?

Eu estava enrolando. Deveria ter dado sinal verde a Christian no segundo em que ele confirmou que havíamos encontrado todas as cópias de Francis, mas algo impedia que as palavras saíssem da minha boca.

– A empresa de Heath está passando por alguns problemas. – A fala arrastada de Christian estava cheia de satisfação. – O software tem tido algumas questões ultimamente. Os funcionários estão inquietos. Os investidores estão assustados. O IPO parece ter ido por água abaixo. Um grande azar.

– Enorme.

Eu reconhecia a hipocrisia da coisa, considerando que o plano que tinha feito com Christian me afastaria de Vivian para sempre, mas não dava a mínima. Nunca segui muita lógica quando se tratava dela. Vivian foi minha única centelha de egoísmo em toda uma vida de racionalidade.

– Sinceramente, foi tão fácil que foi quase entediante – disse Christian com um bocejo. – Agora que isso está resolvido, o que você quer que eu faça em relação ao Francis?

Não respondi. Não sabia o que dizer.

Senti o peso do silêncio dele do outro lado da linha.

– Só me permita te lembrar de que foi para isso que você trabalhou nos últimos oito meses. Esse cara chantageou você e ameaçou a vida do seu irmão.

– Eu sei muito bem disso – rebati.

Passei a mão pelo cabelo, tentando pensar em meio à pressão que apertava meu crânio.

A sequência de eventos hipotética que se seguiria ao meu sinal verde passou diante de meus olhos como um filme acelerado.

Christian destrói as provas e bombardeia a Lau Jewels. Vivian fica sabendo que os meios de subsistência de sua família estão indo por água abaixo. Eu conto a ela a verdade sobre a chantagem. Ela vai embora...

A pressão se espalhou para o meu peito.

Merda. Se eu tivesse um infarto em plena Torre Eiffel durante uma ligação com Christian, ele nunca mais me deixaria em paz.

– A decisão é sua, Russo. – A voz dele tornou-se impaciente. – Qual é o próximo passo?

Ele não disse, mas pude sentir o tom de advertência em sua voz. Christian sabia exatamente por que eu estava hesitando e não parecia nem um pouco contente.

Fechei os olhos. Minha cabeça latejava com uma ferocidade crescente.

Eu não sou como a minha família.

Esse cara chantageou você e ameaçou a vida do seu irmão.

Basta você dar a ordem e estará livre dos Laus para sempre.

Eu tinha que me livrar daquela chantagem. Não importava os sentimentos que nutria por Vivian, era a vida do meu irmão em jogo, e eu não podia arriscar que aquelas fotos vazassem. Romano o esfolaria vivo se descobrisse que Luca havia tocado em alguma mulher de sua família, ainda mais sua amada sobrinha.

Se eu destruísse as provas, nada me impediria de me vingar de Francis. Eu poderia deixar o passado para trás, mas ele não merecia.

– *Da próxima vez que vir o seu irmão, diga a ele para ter mais cuidado* – dissera Francis, com o sorriso de uma cobra que acabara de encurralar uma presa. – *Seria péssimo que essas fotos caíssem nas mãos do Romano.*

Não toquei na pasta em cima da mesa. Eu já tinha visto o suficiente. Não precisava folhear todas aquelas malditas fotos.

– *Bom, tenho certeza de que você tem muito o que fazer, então não vou tomar mais do seu tempo.*

Francis se levantou e alisou a gravata.

– *Pense no que eu disse. Um casamento com a minha filha seria bastante benéfico, em especial no que tange à... longevidade da sua família.* – *O sorriso dele se alargou, revelando incisivos afiados.* – *Você não concorda?*

A lembrança trouxe à tona todas as emoções daquele encontro e as derramou na boca do meu estômago.

O choque. A descrença. A porra da *raiva* que senti do meu irmão e do desgraçado que teve a coragem de aparecer sem ser convidado no *meu* escritório e me chantagear.

Não, Francis Lau não merecia um pingo de misericórdia da minha parte.

Virei as costas para o salão de jantar. Uma certeza fria se instalou em meu peito quando tomei a decisão.

– Acabe com ele.

Depois que desliguei, voltei para a mesa e procurei agir normalmente. Vivian não disse nada no restaurante, mas, quando voltamos para o hotel, me lançou um olhar preocupado.

– Está tudo bem? – perguntou. – Você ficou quieto depois daquela ligação.

– Tudo bem. – Tirei o paletó e evitei encará-la. – Só fiquei chateado por ter interrompido nosso jantar.

– Mesmo assim foi um ótimo jantar. – Ela suspirou e se sentou na cama com um sorriso sonhador. – Vou passar o resto da vida sonhando com aquela sobremesa.

– Com a sobremesa? E comigo, não? Estou ofendido.

– Nem tudo gira em torno de você, Dante.

– Pois deveria.

Abri um sorriso com a maneira como ela torceu o nariz, e meu coração apertou.

Na superfície, mantive a conversa com a tranquilidade de sempre, mas um relógio tiquetaqueava sob aquela leveza, audível apenas para mim enquanto fazia a contagem regressiva de nossos momentos juntos.

Eu deveria contar a verdade a ela. Se não agora, quando desembarcássemos em Nova York. Vivian descobriria mais cedo ou mais tarde, e eu queria que ela ouvisse de mim. No entanto, a ideia de contar a ela sobre a chantagem e destruir o pouco que ainda restava da imagem idealizada que tinha do pai, de confessar o que eu havia autorizado Christian a fazer... me rasgava como uma faca enfiada em meu peito.

Aqueles eram nossos últimos momentos juntos e meu egoísmo não permitiu abrir mão deles.

Vivian soltou uma risada ofegante quando eu a empurrei de costas na cama e montei nela, meus movimentos suaves o suficiente para que ela caísse com um movimento leve. Ela me encarou, o aborrecimento falso derretendo em um sorriso que fez meu coração doer.

– Última noite na França. – Abaixei a cabeça para que meus lábios roçassem nos dela a cada palavra. – Estou me perguntando como devemos passá-la...

– Bem, eu tinha planejado tomar um banho demorado, ler, talvez colocar aquela máscara facial que você disse que me faz parecer o Jason de *Sexta-feira 13*... – refletiu Vivian, seus olhos brilhando com diversão e calor. – Mas talvez você tenha uma ideia melhor.

– Talvez.

Dei um beijo suave em sua boca enquanto lentamente abria o zíper do vestido dela. O material sedoso afrouxou, e eu a levantei com delicadeza para tirar o resto de suas roupas.

Normalmente, eu estaria impaciente demais para ir tão devagar, mas naquela noite me demorei tocando cada reentrância e curva de seu corpo. Mapeei o corpo dela com minha boca e minhas mãos, acariciando seus seios por cima do sutiã e puxando sua calcinha com os dentes a cada torturante centímetro, até que ela choramingou de frustração.

– Dante, *por favor* – sussurrou Vivian, sua pele corada de prazer, embora eu mal a tivesse tocado.

Meu gemido vibrou contra sua pele. Eu queria prolongar aquela noite o máximo possível, mas não era capaz de negar nada a ela. Não quando me olhava com aqueles olhos e me implorava com aquela voz.

Livrei-me de sua calcinha e encarei aquela imagem perfeita à minha frente.

– Caralho, amor, você está toda molhada para mim.

Ela gemeu novamente quando rocei os dentes de leve em sua boceta. Uma, duas vezes, deixando que se acostumasse com a sensação antes de chupar seu clitóris.

Os gemidos crescentes de Vivian foram música para meus ouvidos enquanto eu a levava ao primeiro orgasmo da noite. Eu poderia ouvir àquilo para sempre – os gemidos suaves, os leves suspiros e soluços, e a maneira como ela repetia meu nome quando gozava na minha língua. Era a sinfonia mais doce e obscena que eu já tinha ouvido.

Ela ainda estava se recuperando do clímax quando deslizei para dentro dela.

Outro gemido subiu pela minha garganta quando vi como ela estava apertada e molhada. O corpo dela se encaixava no meu assim como o oceano abraçava a costa, de forma natural, sem esforço, perfeita.

Fiquei parado, beijando seu pescoço e capturando sua boca em um beijo antes de começar a me mover.

Os suspiros de prazer de Vivian vibraram pelo meu corpo enquanto eu deslizava para dentro e para fora dela em um ritmo lento e sensual. Precisei de toda a minha força de vontade para manter um ritmo lento, pois a sensação que ela me causava era absolutamente perfeita, mas queria saborear cada segundo.

Em determinado momento, no entanto, perdi o controle e aumentei o ritmo. Xinguei baixinho quando ela arqueou o corpo contra o meu, levando-me ainda mais fundo.

– Mais rápido – implorou ela, a voz ofegante de desejo. – *Por favor.*

Cerrei os dentes, meus músculos contraídos com a tensão de segurar o gozo. O suor escorria pela minha testa.

– *Se sapessi il potere che hai su di me* – falei, minha voz entrecortada.

Parei por um segundo antes de agarrar seus quadris e lhe dar o que ela pedira, fodendo-a mais e mais rápido, até que suas unhas cavassem sulcos nas minhas costas.

Os olhos de Vivian estavam semicerrados, suas bochechas coradas de prazer e seus lábios entreabertos enquanto gemia sem parar. Ela estava tão linda que quase não pude acreditar que aquilo era real.

Meu olhar se demorou em seu rosto, tentando gravar cada detalhe na memória antes de voltar a beijá-la. Engoli seu grito de clímax enquanto ela se contraía ao meu redor.

Segurei por mais um minuto antes de, por fim, perder completamente o controle e deixar meu próprio orgasmo me atravessar em uma avalanche quente e ofuscante.

– Bem – disse Vivian, ofegante, depois que rolei para o lado dela. – Isso definitivamente foi mais divertido do que um banho.

Dei uma risada, mesmo com a culpa voltando à minha consciência e abrindo um buraco em meu peito.

– Meu ego agradece a confirmação.

– Fala para ele que sou eu que agradeço. – Ela bocejou e se aconchegou em mim, passando um braço e uma perna por cima do meu corpo. – Esta foi a última noite perfeita. Nós deveríamos... – Outro bocejo. – Vir a Paris com mais frequência. Da próxima vez... – Um terceiro bocejo. – Vamos para...

Sua voz sonolenta morreu completamente. Pressionei os lábios no topo de sua cabeça enquanto a respiração dela assumia um ritmo profundo e uniforme.

Tentei dormir, mas o peso em meu peito me deixou inquieto. Fiquei olhando para o teto, contando as respirações dela, imaginando quantas mais nos restariam antes de tudo desmoronar.

Christian levaria um dia para destruir as provas. Seriam necessários mais um ou dois para Francis se dar conta do que acontecera, dependendo de como ele monitorava os backups. E mais alguns para que os efeitos do desmonte da empresa fossem perceptíveis.

Pensando de forma realista, eu poderia contar a verdade a Vivian quando pousássemos em Nova York. Preferia que ela ouvisse de mim do que do pai, que sem dúvida tentaria distorcer a situação de forma que o fizesse parecer a vítima da história.

Mas... *merda*. Eu não podia jogar uma bomba em cima dela desse jeito. Ao mesmo tempo, não podia fingir que estava tudo bem e me apegar a ela ainda mais. Não quando nosso término era inevitável.

Outras pessoas haviam passado anos tentando se aproximar de mim. Vivian nem precisara tentar. A cada minuto juntos ela arrancava outra lasca de minhas defesas, quer soubesse disso ou não.

Se eu deixasse o pai dela escapar impune, talvez pudesse salvar o que tínhamos. Mesmo que Vivian o achasse um merda, ela era muito leal à família para me perdoar por destruí-los. E se *por acaso*, por algum milagre, ela não se importasse de eu acabar com seu pai, será que nosso relacionamento poderia sobreviver às consequências de tudo aquilo? Eu com certeza não pretendia me sentar diante dos Laus no Dia de Ação de Graças todos os anos e ser legal com eles, e, de todo modo, duvidava que eles fossem me receber.

Não podia ficar com ela, e não podia deixar que fosse embora. Ainda não.

Fechei os olhos, tentando encontrar a melhor saída para aquela confusão. A razão me dizia que eu já havia roubado momentos maravilhosos com ela naquela noite e que precisava me distanciar antes que me apaixonasse ainda mais. A emoção dizia para mandar a razão à merda e enfiar a lógica no rabo.

Minha cabeça ou meu coração. Um deles venceria.

Eu só não sabia qual.

CAPÍTULO 32

Vivian

FUI EMBORA DE PARIS completamente extasiada.

Comida deliciosa. Roupas belíssimas. Sexo incrível. Havia trabalhado durante meu tempo lá, mas parecera mais férias do que algumas férias de verdade que já tive.

Além disso, o planejamento do Legacy Ball estava *finalmente* correndo bem, os preparativos do casamento também, e meu relacionamento com Dante estava em seu melhor momento.

A vida era boa.

— Que coisa horrível — disse Sloane quando saímos do cinema. — O que foi aquela cena do avião? E a *confissão de amor*. Eu vomitaria se alguém me comparasse ao planeta Vênus, principalmente se a pessoa só me conhecesse há três semanas. Como alguém pode se apaixonar em três semanas?

Isabella e eu nos entreolhamos, achando graça. Tivéramos que adiar a noite de cinema devido à minha viagem a Paris, mas finalmente havíamos assistido à comédia romântica que Sloane tanto queria.

Como já era esperado, ela odiou.

— O tempo funciona de maneira diferente na ficção — expliquei. — Você sabe que pode parar de ver esses filmes quando quiser, certo?

— É uma relação de amor e ódio, Vivian. É terapêutico.

— Aham.

Eu e Isabella trocamos olhares novamente, depois viramos o rosto para que Sloane não pudesse perceber que estávamos rindo.

— Enfim, eu tenho que ir para casa e alimentar o Peixe antes que ele morra por minha culpa. – Do jeito que Sloane falava, parecia que aquela tarefa era equivalente a limpar os túneis do metrô com uma escova de dentes. – Já tenho problemas demais para ainda lidar com a morte de um bicho.

Ela havia ficado com o peixinho que o inquilino anterior de seu apartamento deixara para trás, mas se recusava a dar a ele um nome de verdade, pois sua presença na vida dela era "temporária".

Fazia mais de um ano.

No entanto, Isabella e eu sabíamos que era melhor não mencionar nada disso, então simplesmente lhe desejamos uma boa noite e fomos cada uma para um lado.

Parei no restaurante tailandês favorito de Dante a caminho de casa. Greta estava em suas férias anuais na Itália, então precisaríamos nos virar sozinhos, em termos de alimentação, nas semanas seguintes.

– Dante já está em casa? – perguntei a Edward quando voltei para a cobertura.

– Sim, senhora. Ele está no escritório.

– Ótimo. Obrigada.

Eu havia tentado fazer com que Edward me chamasse pelo primeiro nome quando me mudei, mas depois de dois meses acabei desistindo.

Bati na porta do escritório de Dante e esperei seu "Pode entrar" antes de abrir.

Ele estava sentado à sua mesa, a testa franzida enquanto olhava para algo no monitor. Devia ter acabado de chegar em casa porque ainda estava com a roupa do trabalho.

– Ei. – Coloquei a comida em cima da mesa e o beijei na bochecha. – Já passou do horário de trabalho. Você deveria estar relaxando.

– Ainda não passou do horário de trabalho na Ásia. – Ele se afastou da mesa e esfregou a têmpora, então olhou para a sacola de comida sobre a mesa. – O que é isso?

– Jantar. – Havia vários recipientes de plástico, guardanapos e talheres. – Daquele tailandês que você tanto gosta. Eu não sabia ao certo o que você ia querer, então pedi pasteizinhos folhados, o frango com manjericão *e...* – Abri o último recipiente com um floreio. – A salada de pato clássica deles.

Dante adorava aquela salada de pato. Uma vez, adiara uma ligação com o editor-chefe da *Mode de Vie* apenas para poder comê-la enquanto ainda estava quente.

Ele olhou para a comida, sua expressão impassível.

– Obrigado, mas **não** estou com fome. – Ele se voltou para o computador. – Realmente **preciso** terminar isso aqui em no máximo uma hora. Você pode fechar a **porta** ao sair?

Meu sorriso derreteu diante de seu tom seco.

Ele andava um pouco distante desde que tínhamos voltado a Nova York, dois dias antes, mas aquela noite era a primeira vez que estava sendo tão descaradamente indiferente.

– Está bem. – Tentei manter um tom leve. – Mas você vai ter que comer em algum momento. Vou deixar isso aqui, caso sinta fome mais tarde. – Fiz uma pausa e acrescentei: – Como vai o trabalho? De modo geral, quero dizer.

Ele andava muito estressado, enfrentando vários problemas de fornecimento e lidando com o iminente Festival de Cinema de Cannes, do qual o Russo Group era patrocinador. Eu não podia culpá-lo por estar um pouco mal-humorado.

– Bem – respondeu ele sem desviar os olhos da tela.

A tensão era nítida em seus ombros rígidos e sombreava suas feições. Ele parecia uma pessoa completamente diferente do Dante brincalhão e provocador de Paris.

– Você pode conversar comigo se tiver algum problema – falei suavemente. – Sabe disso, né?

Dante engoliu em seco.

Quando o silêncio se estendeu sem qualquer sinal de interrupção, peguei minha parte da comida e comi sozinha na sala de jantar. O cheiro estava delicioso, mas, quando engoli, tinha gosto de papelão.

O humor de Dante não melhorou ao longo da semana seguinte.

Talvez fosse trabalho. Talvez fosse outra coisa. Fosse o que fosse, ele voltara à sua versão fria e fechada que me dava vontade de arrancar os cabelos.

A diferença entre seu comportamento antes e depois de Paris era tão gritante que eu sentia como se tivéssemos entrado em um portal do tempo e ficado presos nos primeiros dias de nosso noivado.

Ele não me visitava na hora do almoço, estava sempre "ocupado" durante o jantar e só ia para a cama muito depois de eu ter adormecido. Quando eu acordava, ele já tinha ido embora. Conversávamos menos do que transávamos, e não transávamos.

Tentei ser compreensiva porque todo mundo tinha momentos ruins, mas quando chegou a quinta-feira seguinte, minha paciência havia alcançado o limite. A gota d'água veio naquela noite, quando voltei para casa do trabalho e encontrei Dante na cozinha com Greta. Ela acabara de voltar da visita à família em Nápoles, ou Napoli, como ela chamava em italiano. No entanto, já retomara o trabalho pesado – a ilha de mármore e as bancadas rangiam sob o peso de vários temperos, molhos, peixes e carnes.

O cheiro me recebeu no hall de entrada, mas, quando entrei na cozinha, ela e Dante ficaram em silêncio.

– Boa noite, Srta. Lau – disse Greta.

Quando estávamos sozinhas, ela me chamava de Vivian, mas perto de outras pessoas eu sempre era a Srta. Lau.

– Boa noite. – Analisei os preparos dignos de um banquete. – Vamos ter uma festa aqui em casa e eu não estou sabendo? Parece muita comida para duas pessoas.

– É mesmo – disse ela depois de uma breve pausa.

Greta franziu a testa e lançou um olhar para Dante, que tinha o rosto impassível, depois foi se ocupar com a comida.

Meu coração acelerou.

– Vamos *mesmo* dar uma festa?

– Claro que não – respondeu Dante diante do silêncio de Greta. Ele não me deu a chance de relaxar antes de acrescentar: – Christian e a namorada dele vêm jantar hoje à noite. Eles estão passando uns dias na cidade.

– *Hoje à noite?* – Olhei para o relógio. – O jantar é servido em menos de três horas!

– Foi por isso que eu vim para casa mais cedo.

Respire. Não grite. Não jogue a tigela de tomate na cabeça dele.

– Você ia me dizer que tínhamos convidados, ou era para ser uma surpresa? – Meus dedos apertaram a alça da bolsa. – Ou não estou convidada para o evento?

Greta começou a cortar mais depressa, os olhos fixos no alho.

– Não seja ridícula – disse Dante.

Ridícula? *Ridícula?*

Minha paciência evaporou. Tinha dado o meu melhor para ser compreensiva, mas estava cansada de ele me tratar como uma estranha com quem era forçado a dividir a casa. Depois da viagem mágica que fizemos a Paris e dos avanços dos últimos meses, nosso relacionamento de repente regredira para o ponto em que estava no verão anterior.

Naquela época, era compreensível.

Mas agora, depois de tudo que tínhamos vivido? Era inaceitável.

– O que é ridículo exatamente? – questionei. – A parte em que peço ao meu noivo a gentileza de me informar quando formos receber convidados na *nossa* casa? Ou a parte em que nos afastamos tanto em uma semana que eu não ficaria surpresa se você me *excluísse* do jantar? Eu gostaria de saber, porque com certeza não sou eu quem está sendo irracional aqui!

A faca de Greta pairou sobre a tábua enquanto ela me olhava boquiaberta e com os olhos arregalados.

Era a primeira vez que eu levantava a voz na frente dela desde que me mudara e apenas a quarta vez que levantava a voz na vida. A primeira foi quando minha irmã "pegou emprestado" e perdeu um dos meus livros autografados favoritos, no ensino médio. A segunda foi quando meus pais me forçaram a terminar com Heath, e a terceira foi na noite em que Dante encontrou Heath na nossa casa.

A expressão de Dante ficou nitidamente rígida. A tensão era tão sufocante que ganhou vida própria, chegando aos meus pulmões e afundando na minha pele. O cômodo climatizado brilhava como se estivéssemos no meio do deserto ao meio-dia.

– Acabei de lembrar que estou aguardando as compras do mercado – disse Greta. – Vou conferir se já estão chegando.

Ela largou a faca e saiu em disparada, mais rápida do que um atleta olímpico competindo pelo ouro. Normalmente, eu teria ficado constrangida por fazer uma cena, mas estava irritada demais para me importar com isso.

– É só um jantar – disse Dante entredentes. – Christian só me avisou ontem que estaria na cidade. Você está fazendo uma tempestade em copo d'água.

– Então você podia ter me dito ontem que ele viria! – Minha voz aumentou novamente antes de eu soltar o ar com força pelo nariz. – Isso não tem a ver com o jantar, Dante. Tem a ver com a sua *recusa* em se comunicar como uma pessoa normal. Achei que já tínhamos passado dessa fase. – Senti um nó na garganta. – Nós prometemos que não faríamos isso um com o outro. Agir como estranhos. Nos fecharmos sempre que as coisas ficassem difíceis. Deveríamos ser parceiros.

Dante esfregou o rosto e, ao parar, vislumbrei o conflito em seus olhos – remorso e culpa em guerra com frustração e outra coisa que gelou o ar em meus pulmões.

– Tem coisas que é melhor você não saber, *mia cara*.

O apelido que no começo eu odiava e que tinha aprendido a amar mal tocou minha pele antes de se dissolver. Suave, mas áspero, como a agitação das ondas em uma tempestade furiosa.

O tom melancólico pairou no ar por um segundo a mais antes que o rosto dele se fechasse novamente.

– Vejo você no jantar.

Dante se retirou, deixando-me com um nó no estômago e a sensação inabalável de que as bases do nosso relacionamento haviam, de alguma maneira, se transformado.

CAPÍTULO 33

Vivian

DANTE E EU MAL NOS FALAMOS durante o jantar. Mas empurrei o peixe dele para perto dos legumes quando ele não estava olhando e me diverti com seu olhar completamente horrorizado ao ver que seus alimentos haviam tocado uns nos outros.

Fora aquele pequeno ato de vingança por conta de seu comportamento, concentrei minha atenção em Christian e em sua namorada, Stella. Christian foi encantador como sempre, mas algo nele me deixava desconfortável. Ele me lembrava um lobo em quem a pele de cordeiro caía perfeitamente.

Stella, por outro lado, era simpática, mesmo que um pouco tímida. Passamos a maior parte do jantar falando sobre viagens, astrologia e o papel que ela assumiria como a nova embaixadora da marca de roupas Delamonte, que por coincidência fazia parte do Russo Group.

Levando-se em consideração que aquele jantar fora combinado de última hora, poderia ter sido muito pior.

Depois da sobremesa, levei Stella para conhecer a cobertura enquanto Dante e Christian falavam sobre negócios. Foi mais uma desculpa para recuperar o fôlego depois de horas daquela tensão latente entre mim e Dante, mas a companhia de Stella foi ótima.

– Não me pergunte – falei quando ela indicou com a cabeça um dos quadros da galeria. A obra horrenda se destacava em meio a todos os Picassos e Rembrandts. – Não sei por que Dante comprou isso. Ele costuma ter mais bom gosto.

– Deve valer muito – comentou Stella, enquanto voltávamos para a sala de jantar.

– Parece que sim. Preço nem sempre é sinônimo de qualidade – respondi secamente.

Nossos passos no piso de mármore ecoavam, mas diminuí o ritmo ao ouvir a familiar voz grave de Dante vindo do escritório. Eu não os tinha visto saírem da sala de jantar.

– ... não posso ficar com Magda para sempre – disse ele. – Você deveria estar feliz por eu não ter jogado no lixo depois do que você aprontou com Vivian e Heath.

Fiquei com a garganta seca.

O que ele tinha aprontado? Exceto por um telefonema constrangedor em que perguntei como estava o nariz dele (menos ferido que seu ego) e disse que não deveríamos mais manter contato, eu não havia falado com Heath desde que ele aparecera no apartamento.

Também não conseguia imaginar por que Christian teria qualquer interesse em nós dois. Aliás, como ele conhecia Heath? Christian era famoso no mundo cibernético e Heath era dono de uma startup de tecnologia, mas essa conexão me parecia frágil, na melhor das hipóteses.

– É a porra de um quadro, não um animal selvagem – disse Christian. – E quanto à Vivian, já faz meses e deu tudo certo no final. Esquece isso. Se você ainda está puto comigo, não devia ter me convidado para jantar.

– Fique feliz por ter *dado tudo certo* com a Vivian. – O tom de Dante teria sido capaz de congelar o interior de um vulcão. Engoli em seco, tentando umedecer o súbito deserto em minha garganta. Não funcionou. – Se...

Não consegui mais conter a tosse. O som me escapou, fazendo Dante interromper o que dizia. Segundos depois, a porta se abriu, revelando dois rostos surpresos e nada satisfeitos.

O rosto de Dante ganhou um leve toque avermelhado quando ele me viu.

– Pelo visto você terminou o tour mais cedo.

– Desculpa – disse Stella, constrangida – Estávamos indo para a sala de jantar e ouvimos...

Ela não terminou a frase, obviamente evitando admitir que estávamos ouvindo atrás da porta, embora fosse bem o que estávamos fazendo mesmo.

Eu deveria intervir e consertar a situação, mas só consegui dar um sorriso forçado quando Christian e Stella nos agradeceram pelo jantar e rapidamente se despediram.

Encontrei minha voz no silêncio que se fez depois que eles foram embora.

– O que foi que ele aprontou com Heath?

– Nada com que você precise se preocupar. – A resposta curta não combinava com o forte rubor nas faces de Dante. – Ele estava sendo um babaca, como sempre.

– Levando-se em consideração que ele mencionou o nome do meu ex-namorado, eu acho que preciso, sim, me preocupar. – Cruzei os braços. – Vou infernizar você até saber a verdade, então é melhor contar logo.

Silêncio.

– Foi Christian quem mandou a mensagem para Heath – disse ele, por fim. – A que supostamente foi enviada por você.

Meu estômago se revirou, capotou e foi aterrissar no chão.

– Por que ele faria isso?

– Eu já disse. Porque é um babaca. – Dante fez uma breve pausa, depois acrescentou, relutante: – Talvez eu o tenha provocado, mas ele cai muito fácil na pilha.

– Foi por isso que você voltou mais cedo.

Em todos esses anos como CEO, só encurtei uma viagem de trabalho duas vezes, Vivian, e as duas foram por sua causa.

Não dei muita atenção aos detalhes do que ele disse na época porque estava com a cabeça cheia, mas agora, de repente, suas palavras faziam sentido.

– Por que você não me contou antes? – Me arrependi de ter comido tanto no jantar. Estava começando a sentir náuseas. – Mesmo quando eu comentei que não sabia de onde tinha vindo a mensagem, você não falou nada.

– Era irrelevante.

– Não cabia a você decidir isso! – Respirei fundo, enchendo os pulmões. – Não sei o que você fez com Christian, mas não gosto *nem um pouco* de ser usada como uma peça nesse jogo de vocês, seja ele qual for.

Eu já me sentia como uma peça nas mãos de meus pais. Não queria nem precisava me sentir assim com Dante também.

– Não é um jogo – disse ele entredentes. – Christian estava puto comigo e fez uma coisa idiota. Que diferença faria se eu te contasse? Você teria ficado chateada à toa, já que não havia como voltar atrás.

– O problema é exatamente você *não saber* qual é o problema. – Eu me virei, cansada demais para continuar a discussão. – Quando estiver pronto para conversar como um adulto, me procure.

Em um relacionamento, era preciso dar e receber, e naquele momento eu estava cansada de não receber.

No dia seguinte, acordei cedo e fui até o Central Park espairecer. Depois de 45 minutos vagando sem rumo, as brasas da indignação ainda ardiam em meu estômago, então fiz o que sempre fazia quando precisava desabafar: liguei para minha irmã.

Tínhamos sido criadas pelos mesmos pais e ela já passara por todo o processo de um casamento arranjado. Se havia alguém capaz de me entender, seria ela.

– Alguma vez você já quis matar o Gunnar?

O número de vezes que eu já pensara em matar Dante desde que havíamos ficado noivos era alarmante. Talvez fosse uma peculiaridade de ser casado, ou quase casado.

Agnes riu da minha pergunta antes de responder:

– Várias. Geralmente quando ele se recusa a catar as meias ou a pedir informação quando já estamos atrasados. Mas não aguento ver sangue, então ele está a salvo. Por enquanto.

– Ah, se os meus problemas fossem tão simples quanto meias espalhadas pelo chão...

– Ih... Você e Dante brigaram?

– Sim e não.

Resumi o que tinha acontecido, desde sua estranha mudança de comportamento depois da viagem a Paris até a revelação sobre a mensagem no dia anterior.

Só agora eu me dava conta de que fazia muito tempo que Agnes e eu não conversávamos. Antes, nos falávamos toda semana, mas andava mais difícil ultimamente por conta de nossas agendas e da distância, agora que ela estava morando na Europa.

– Uau – fez Agnes depois que terminei. – Você teve umas semanas... interessantes.

– Nem me fale.

Arrastei a ponta da sapatilha de couro Chloé por uma rachadura no chão. Minha mãe brigava comigo quando eu arranhava meus sapatos, mas ela não estava ali, então não me importei.

– Sinto que estamos regredindo – falei. – Estávamos indo tão bem! Ele estava se abrindo, se comunicando... e agora voltamos à estaca zero. Dante vive calado e retraído e eu estou sempre frustrada. Não tenho como passar o resto da vida assim, Aggie. Eu vou... Ai, meu Deus, nós vamos virar o casal do documentário da Netflix! – concluí, horrorizada. – *Amor e morte: O casal da casa ao lado.*

– Quem?

– Deixa pra lá.

– Tá bem, vou te falar o que eu acho. Vocês *não* voltaram à estaca zero. Lembra quando vocês ficaram noivos? Vocês não se suportavam. Já avançaram muito de lá para cá, mesmo que tenham dado alguns passos para trás recentemente.

Suspirei.

– Por que você tem que estar sempre certa?

– Porque eu sou a irmã mais velha – disse ela, fazendo graça. – Olha, comigo também não foi um mar de rosas logo que conheci Gunnar. Houve um momento durante o noivado em que cheguei *muito* perto de cancelar tudo.

Parei de mexer o pé.

– Jura? Mas vocês são tão apaixonados.

– Agora somos, mas não foi amor à primeira vista. Nem segunda ou terceira. Tivemos que nos esforçar para chegar lá. Dois dias antes de visitarmos a mamãe e o papai no Ano-Novo Lunar... lembra daquela vez que a mamãe pirou porque os bolinhos de arroz não estavam bem aglutinados? Nós nos perdemos no meio de uma trilha e tivemos uma briga *feia*. Eu estava pronta para atirar minha aliança lá do alto da montanha e o Gunnar junto. Mas sobrevivemos, assim como nosso relacionamento. – Um cachorro latiu ao fundo. Agnes esperou que ele parasse antes de continuar: – Ninguém é perfeito. Às vezes nossos parceiros fazem coisas que tiram a gente do sério. Sei que tenho manias que o Gunnar não suporta. Mas a diferença entre os casais que dão certo e os que não dão é: primeiro, entender o que é intolerável, e, segundo, estar disposto a aguentar o que *não é*.

– Você devia ser conselheira amorosa. Seu talento está sendo desperdiçado nesse cargo de diretora de marketing de joias.

Ela deu uma risada.

– Vou pensar. Só não conte ao papai, senão ele vai fazer *você* assumir o cargo de diretora de marketing.

Argh.

– Você realmente teria cancelado o casamento?

Agnes sempre foi a filha "boazinha". Mais complacente, menos sarcástica. Eu não conseguia não fazer alguma provocação discreta de vez em quando, mas ela era sempre gentil.

– Mamãe e papai teriam...

– Me deserdado, provavelmente – completou ela. – Eu sei. Só que, por mais que eu quisesse fazê-los felizes, não teria conseguido me amarrar pelo resto da minha vida a alguém de quem não gostasse. Isso é uma coisa de que me dei conta agora que estou mais velha, Viv. Não dá para a gente viver tentando agradar os outros. Você pode ser gentil e respeitosa, e até pode ceder, mas no fim das contas? É a sua vida. Não a desperdice.

Senti a emoção emaranhada na garganta. Não estava triste nem chateada, mas as palavras de Agnes me atingiram de um jeito que fez lágrimas arderem no fundo dos meus olhos.

– Mas no final deu tudo certo para vocês – falei.

Minha irmã e o marido, Gunnar, eram a representação do casamento perfeito. Quando ele não estava em Athenberg para as sessões parlamentares, eles passavam o tempo fazendo compras na feira orgânica local e cozinhando juntos. Sua mansão rural em Eldorra parecia saída de um conto de fadas, incluindo dois cavalos, três cachorros e, sei lá por quê, uma ovelha. Nossa mãe se recusava a se hospedar lá quando a visitava, porque odiava encontrar pelos de animais por toda parte. Acho que isso só servia de incentivo para Agnes ter mais deles.

– Sim. Eu dei muita sorte. – A voz dela se suavizou: – Como eu disse, foram necessários tempo e esforço, mas demos um jeito. Acho que você e Dante também conseguem. Posso não viver mais nos círculos da alta sociedade da Costa Leste, mas conheço bem a reputação dele. Ele não teria se aberto desse jeito se não gostasse mesmo de você. A pergunta é: você sente o mesmo por ele?

Meu olhar cruzou o lago em direção aos edifícios cujas luzes brilhavam ao longe. Eu estava no final da Gapstow Bridge, um dos meus lugares favoritos no Central Park. A multidão começava a chegar, mas era cedo o suficiente para que eu ainda pudesse ouvir os pássaros cantando ao fundo.

Dante estava pelas redondezas. Comendo, tomando banho e fazendo coisas cotidianas que não deveriam ter o impacto que tinham em mim. Porém, por mais irritada que eu estivesse e embora ele andasse retraído, só de saber que ele existia eu já me sentia um pouco menos sozinha.

– Sim – respondi calmamente. – Eu sinto.

– Foi o que imaginei. – Ouvi o sorriso na voz de Agnes. – Você ainda precisa desabafar ou está se sentindo melhor?

– Estou bem por enquanto. Obrigada por me manter fora da prisão – falei com uma risada.

– Para que servem as irmãs mais velhas? – Ouvi o cachorro latir novamente, seguido pelo murmúrio da voz de Gunnar. – Tenho que ir. Temos um voo para Athenberg hoje à noite. Vamos para o baile de primavera da rainha Bridget, e ainda não terminei de fazer as malas. Mas me liga se precisar, tá? E, quando tiver um tempinho, veja como anda o papai.

Alarmes soaram na minha cabeça.

– Por quê? O que houve? Ele está doente?

Ele parecia bem quando conversamos, duas semanas atrás, antes de eu viajar para Paris.

– Não, nada do tipo – assegurou Agnes. – Ele só estava com uma voz um pouco estranha quando liguei para ele, alguns dias atrás. Provavelmente estou vendo coisa onde não tem, mas como moro longe... ficaria mais tranquila se você desse uma conferida nele.

– Pode deixar. Aproveite o baile.

Fiquei no parque por mais uma hora depois que desligamos. De certa forma, a conversa com minha irmã me deu a clareza de que precisava quanto ao relacionamento com Dante. Desabafar *fez* com que eu me sentisse melhor e, por mais irritante que tivesse sido a atitude de Dante, não era algo intolerável. Ainda.

Mas o que era de fato intolerável para mim? Jamais toleraria traição e violência. E quanto a mentiras? Valores diferentes? Falta de confiança e comunicação? Qual era o limite do que eu podia relevar, como uma mentirinha sobre algum assunto bobo, e o que não podia?

Queria muito que houvesse um guia definitivo para esse tipo de coisa. Eu pagaria um bom dinheiro por ele.

Teria ficado no parque por mais tempo, mas o céu anteriormente azul escureceu de repente. O vento aumentou e nuvens de tempestade se acumularam, trazendo a ameaça de chuva.

Rapidamente me juntei às outras pessoas seguindo em direção à saída, mas só percorri um quarto do caminho antes que a chuva caísse, pesada e repentina, como se os céus estivessem despejando baldes de água pela lateral de uma varanda. Relâmpagos irregulares cortaram o céu, acompanhados por ensurdecedores estrondos de trovões.

Um xingamento me escapou quando pisei em uma poça e quase escorreguei. A água fez minhas roupas grudarem na pele e tentei não pensar em como minha camisa branca devia estar transparente naquele momento.

Minutos antes, fazia um dia belíssimo, mas a primavera em Nova York era imprevisível assim mesmo. Em um segundo, céu azul e sol. No outro, chovia como se o mundo estivesse acabando.

CAPÍTULO 34

Vivian

NA SEGUNDA-FEIRA, FUI ATÉ O MOONDUST DINER buscar comida e levei até o escritório de Dante na hora do almoço. Para ele, um hambúrguer e seu milk-shake favorito, de baunilha com calda de chocolate, e um sanduíche de frango e um milk-shake de morango para mim.

Era uma lembrança do nosso primeiro encontro e uma bandeira branca da minha parte. Quem precisava propor uma trégua era Dante, mas se eu me fechasse sempre que ele se fechasse, nunca chegaríamos a lugar nenhum. Não queria que fôssemos um daqueles casais que vivem em um silêncio passivo-agressivo.

Além disso, tinha que haver uma boa razão para Dante estar agindo de forma tão estranha, e eu estava determinada a descobrir qual era.

– Boa tarde, Srta. Lau – cumprimentou Stacey, a recepcionista do andar da diretoria do Russo Group, com um sorriso radiante.

– Oi, Stacey. Trouxe almoço para o Dante. – Ergui os sacos de papel. – Ele está na sala?

Era a primeira vez que eu aparecia em seu local de trabalho sem avisar. Talvez ele já tivesse almoçado, mas, conhecendo-o, achava que não. Quando não comíamos juntos, ele tendia a pular todas as refeições da tarde.

– Sim, mas está em reunião – disse ela após uma breve hesitação. – Não sei a que horas termina.

– Tudo bem. Vou aguardar na sala de espera.

Podia muito bem responder a e-mails e contatar os fornecedores do casamento pelo celular enquanto esperava. O Legacy Ball era minha maior prioridade no momento, mas, assim que ele passasse, precisaria dobrar meus esforços nos preparativos para o casamento.

— Tem certeza? — perguntou Stacey.

Quando garanti que não havia problema em esperar, ela cedeu.

O andar estava vazio por conta do horário do almoço e minhas sapatilhas mal ecoavam no mármore branco enquanto caminhava pelo escritório. A sede do Russo Group havia sido projetada de forma moderna e refinada, com uma pitada da elegância do velho mundo. Laca preta e vidro refletiam detalhes dourados ornamentais e pinturas com moldura também em ouro; flores exuberantes desabrochavam ao lado de cerâmicas esculturais pintadas em uma variedade de tons neutros.

A sala de espera ficava no fim do andar, mas eu estava apenas na metade do caminho quando ouvi uma voz familiar e que *não* pertencia a Dante.

Parei a alguns passos da sala dele. As janelas de vidro fumê me impediam de ver o lado de dentro, mas a conversa tensa ecoava pela porta.

— Você não tem ideia do que fez. — O timbre áspero de meu pai desceu pela minha coluna, deixando um rastro gelado.

Se o resto do andar não estivesse tão silencioso, eu não o teria ouvido. Suas palavras soavam baixas, mas claras.

Meu coração acelerou. Eu tinha planejado falar com ele mais tarde, como Agnes havia sugerido, mas nunca imaginaria que fosse encontrá-lo *ali*. Naquele exato momento, na sala de Dante.

Meu pai raramente visitava Nova York durante a semana e, quando aparecia, me avisava antes ou, no máximo, assim que pousava. O que estava fazendo ali numa segunda-feira à tarde totalmente aleatória?

— Eu sei exatamente o que fiz — disse Dante em tom arrastado. Baixo. Sombrio. *Letal*. — A última vez que você apareceu sem ser convidado, tinha a vantagem. Você usou meu irmão para chegar até mim. Agora eu só empatei o jogo.

O irmão dele. *Luca*.

Senti um aperto no estômago. O que meu pai havia feito?

— Não, não empatou nada. Você não encontrou todas.

Apesar do tom confiante, a voz de meu pai diminuiu no final. Era um tique que eu havia percebido quando adolescente.

— Se eu não tivesse encontrado, você não estaria aqui — rebateu Dante, soando ao mesmo tempo entretido e indiferente. — Teria corrido para o Romano com um dos backups. No entanto, perdeu um dia *cheio* de trabalho, pegou um avião até Nova York e veio me ver. Não me soa como alguém com a *vantagem*, Francis. Me soa *patético*. – Um leve farfalhar. – Sugiro que você volte para Boston e vá cuidar da sua empresa em vez de passar ainda mais vergonha. Ouvi dizer que eles estão precisando de ajuda por lá.

Seguiu-se um longo silêncio, pontuado pelas batidas rápidas do meu coração.

– Você é o responsável pelos relatórios falsos.

Compreensão, fúria e uma pitada de pânico preenchiam a acusação de meu pai, quase explodindo.

– Eu não sei do que você está falando. – Dante manteve o tom de indiferença. – Mas parece sério. Mais um motivo para sair daqui e cuidar das coisas antes que a imprensa fique sabendo. Você sabe como eles podem ser... cruéis quando sentem cheiro de sangue.

– Foda-se a imprensa! – A voz de meu pai se transformou em um grito. – Que *merda* você fez com a minha empresa, Russo?

– Nada que ela não merecesse. Hipoteticamente falando, é claro.

Fechei as mãos, amassando os sacos de papel. O sangue latejava em meus ouvidos, tornando a conversa muito mais difícil de escutar, mas me obriguei a continuar ouvindo.

Precisava saber do que eles estavam falando. Precisava confirmar o pressentimento terrível em meu estômago... mesmo que isso me destruísse.

– Vivian nunca vai te perdoar por isso – disse meu pai em um rosnado feito o de um tigre ferido.

Eu nunca o ouvira tão irado, nem mesmo quando Agnes e eu quebramos seu vaso Ming favorito enquanto brincávamos de esconde-esconde, quando crianças.

Uma pausa breve e carregada.

– Você está partindo do princípio de que eu me importo com o que ela pensa. – A voz de Dante soou tão fria que transformou meu sangue em gelo. – Será que preciso lembrá-lo de que eu fui *forçado* a aceitar esse casamento? Não fui eu que a escolhi como noiva. Você me chantageou, Francis, e agora não está mais com a vantagem. Portanto, não venha até a porra *do meu* escritório tentar usar a sua filha para salvar a sua pele. Não vai dar certo.

– Se você não se importa, então por que ainda não rompeu o noivado?

– zombou meu pai. – Como você disse, foi forçado a isso. A primeira coisa que deveria ter feito depois de se livrar das fotos era se livrar *dela*.

Um estalo doloroso em meu peito abafou a resposta de Dante. Uma queimação se acendeu em algum lugar acima do meu coração e se espalhou por trás dos meus olhos, tão intensamente que temi não deixar nada além de cinzas para trás.

Eu fui forçado a aceitar esse casamento...
Não fui eu que a escolhi como noiva...
Você me chantageou...

As palavras ecoavam na minha cabeça como um pesadelo em looping.

De repente, tudo fez sentido. Por que Dante concordou em se casar comigo quando não precisava dos negócios, do dinheiro *nem* dos contatos do meu pai. Por que ele tinha sido tão frio no início do noivado. Por que Luca não gostava de mim e por que minha intuição sempre questionara os motivos que Dante dava para o noivado. Eu havia decidido ignorar o quanto a justificativa de obter acesso ao mercado era frágil porque era a única plausível na época, mas agora...

A omelete que havia comido no café da manhã subiu pela minha garganta. Minha pele ficou quente, depois fria, enquanto um exército de aranhas invisíveis rastejava por meus braços e peito.

Eu tinha que sair dali antes que eles me pegassem espionando, mas não conseguia respirar. Não conseguia pensar. Não conseguia fazer nada além de ficar ali enquanto o mundo desmoronava ao meu redor.

Não fui eu que a escolhi.
Você me chantageou.

A queimação se liquefez e turvou minha visão. O encontro astronômico, a viagem a Paris e todos os pequenos momentos entre uma coisa e outra. Ele estava fingindo o tempo todo? Tentando viver o lado bom de uma situação ruim em vez de...

Uma gargalhada no final do corredor me arrancou daquele fluxo de pensamentos. Ergui a cabeça a tempo de ver dois homens de terno andando em minha direção, andando com o tipo de arrogância que só alguém que ocupa uma sala de diretoria em uma empresa multibilionária tem.

A chegada deles quebrou o feitiço de imobilidade que me mantinha como refém.

O da direita me notou primeiro, mas quando seu rosto se iluminou ao me reconhecer, eu já estava passando por ele, cabeça baixa e olhar fixo no chão à frente.

É só chegar à saída. Vá até a saída e desça as escadas. É tudo que você precisa fazer.

Mais cinco degraus.

Quatro.

Três.

Dois.

Um.

Irrompi no saguão como um nadador ofegante.

Joguei a comida em cima de Stacey, que reagiu com uma expressão alarmada, e murmurei uma desculpa sobre uma emergência de trabalho antes de apertar o botão do elevador. Felizmente, chegou em segundos.

Entrei, o elevador desceu e eu finalmente, *finalmente*, deixei as lágrimas rolarem.

Dante

— SE VOCÊ NÃO SE IMPORTA, então por que ainda não rompeu o noivado? — Os olhos de Francis brilharam, desafiadores. — Como você disse, foi forçado a isso. A primeira coisa que deveria ter feito depois de se livrar das fotos era se livrar dela.

Não vi mais nada na minha frente. Ele disse *se livrar dela* com tanta facilidade, como se estivesse falando de uma peça de mobília e não da própria filha.

Eu jamais entenderia como um merda feito Francis podia compartilhar genes com Vivian.

E agora ele estava com uma aparência de merda também. Pálido. Com olheiras escuras. Sulcos de exaustão no rosto. A intromissão de Christian nos assuntos internos de sua empresa o afetara.

Eu teria sentido mais prazer com o sofrimento dele se a menção ao nome de Vivian não tivesse sido como uma facada no peito. Ignorá-la por uma semana já tinha sido doloroso o suficiente. Ouvir o nome dela na boca de seu pai nojento, saber o que aquilo significava para o nosso relacionamento...

Contraí a mandíbula e me obriguei a manter uma expressão neutra.

– Nossa conversa acabou. – Fugi da pergunta de Francis e verifiquei deliberadamente o relógio. – Já perdi meu horário de almoço com você. Saia ou serei obrigado a chamar a segurança para escoltá-lo até a saída.

– Aqueles relatórios são *uma palhaçada*. – Os nós dos dedos de Francis ficaram brancos pela força com que ele apertava os apoios de braço da cadeira. – Trabalhei décadas para construir minha empresa. Você ainda era um feto quando comecei a Lau Jewels, e não vou deixar que uma criança nepotista e mimada como você estrague tudo.

– Você estava todo feliz em espalhar por aí que uma criança nepotista e mimada se casaria com a sua filha – respondi com voz macia. – Tanto que *você* fez merda e a chantageou. Não gosto de ser ameaçado, Francis. E sempre devolvo em triplo. Agora... – Dei um tapinha no telefone em cima da mesa. – Preciso chamar a segurança ou você é capaz de sair daqui sozinho?

Francis tremia de indignação, mas não era estúpido o suficiente para me testar ainda mais. Ele havia invadido minha sala meia hora antes, cheio de marra. Agora, parecia tão patético e impotente quanto realmente era.

Ele empurrou a cadeira para trás e saiu sem dizer mais nada. A porta bateu atrás dele, sacudindo os quadros na parede.

Desgraçado. Sorte que nenhum deles caiu.

Mal tive a oportunidade de aproveitar o silêncio antes de ouvir uma batida na porta.

Pelo amor de Deus, o que eu precisava fazer para ter algum tempo de silêncio e poder trabalhar em paz?

– Entre.

A porta se abriu, revelando Stacey, que parecia nervosa.

– Desculpe interromper, Sr. Russo – disse ela. – Mas a sua noiva trouxe o almoço para você. Eu queria lhe entregar enquanto ainda está quente.

A temperatura caiu dez graus na mesma hora.

Um zumbido de apreensão percorreu meu corpo, serpenteando em minhas veias.

– A minha noiva? Quando ela esteve aqui?

– Há uns dez minutos, acho. Ela disse que ia aguardar você na sala de espera, mas depois saiu às pressas e deixou isso na minha mesa.

Stacey ergueu dois sacos de papel que tinham o inconfundível logotipo preto e prata do Moondust Diner.

O zumbido se transformou em mil agulhas geladas perfurando minha pele. Vivian não teria ido embora sem dizer oi, a menos que...

Merda. Merda, merda, *merda*!

Levantei-me tão abruptamente que bati o joelho na parte de baixo da mesa. Nem registrei a dor em meio à sensação do sangue latejando em meus ouvidos.

– Onde o senhor... – Stacey tentou perguntar quando puxei o paletó das costas da cadeira e passei por ela no corredor.

– Peça para Helena cancelar o restante das minhas reuniões presenciais de hoje quando ela voltar do almoço. – Forcei as palavras pela minha garganta apertada. – Vou trabalhar de casa o resto do dia.

Eu já estava a meio caminho da saída quando ela respondeu.

– E a sua comida? – perguntou ela.

Stacey parecia em pânico, como se o almoço deixado para trás fosse motivo para demiti-la.

– Fica para você.

Eu não estava nem aí se ela comeria, daria para os pombos ou usaria para uma performance no meio da maldita Quinta Avenida.

Saí do prédio dez intermináveis minutos depois – a droga do elevador descia na velocidade de um caracol cheio de morfina –, suado e com o pulso acelerado por um pânico súbito e indescritível. Eu não sabia como, mas tinha certeza de que Vivian estaria em casa e não no escritório dela.

Meu apartamento ficava a apenas cinco quarteirões de distância. Caminhar era mais rápido do que ir de carro, embora não necessariamente mais seguro. Eu estava tão distraído pelo medo que invadia meu estômago que quase fui atropelado duas vezes, a primeira por um entregador de bicicleta desbocado e a segunda por um táxi fazendo uma curva depressa demais.

Quando enfim entrei no saguão fresco e climatizado da minha cobertura, minha boca tinha um gosto metálico e uma fina camada de suor cobria minha pele.

Eu não deveria estar tão perturbado com a possibilidade de Vivian ter ouvido minha conversa com seu pai. Tudo o que eu dissera era verdade, e ela descobriria mais cedo ou mais tarde. Merda, eu vinha me preparando para aquele momento desde Paris. Mas havia uma diferença entre a teoria e a realidade. E a realidade era que, quando parei na porta do nosso quarto e vi a mala dela aberta sobre a cama, senti como se tivesse levado um soco no estômago e sido arrastado sobre brasas, tudo no espaço de dois minutos.

Vivian saiu do closet com uma braçada de roupas. Ela parou ao me ver e um silêncio doloroso e ofegante se estendeu entre nós, até que ela se moveu outra vez. Ela largou as roupas na cama enquanto eu observava, meu coração batendo forte a ponto de doer.

– Você ia embora sem me avisar? – A pergunta soou em um tom duro.

– Estou te fazendo um favor. – Vivian não olhou para mim, mas suas mãos tremiam enquanto ela dobrava e guardava as roupas na mala. – Estou te poupando de uma conversa difícil. Eu ouvi vocês, Dante. Você não me quer aqui. *Nunca* me quis aqui. Então eu vou embora.

Pronto. Nada de "se", nem "mas". Ela havia descoberto a verdade e aquela era sua maneira de lidar com a situação.

Meus punhos se fecharam.

Vivian estava certa. Estava, *sim*, me fazendo um favor. Se ela fosse embora, sem questionar nada, cortaria o último laço que eu tinha com os Laus exigindo pouco ou nenhum esforço de minha parte. Eu poderia me livrar de vez daquela família e seguir em frente.

No entanto...

– É isso? Depois de oito meses, depois de descobrir o que seu pai fez... – *E o que eu fiz...* – Isso é tudo que você tem a dizer?

Vivian finalmente ergueu os olhos. Estavam vermelhos, mas uma chama brilhava nas profundezas castanhas.

– O que você quer que eu diga? – questionou ela. – Quer que eu pergunte o que meu pai tinha contra você? Que eu pergunte se os últimos dois meses significaram alguma coisa ou se você estava só tentando viver o lado bom de uma situação de merda até conseguir se livrar de mim? Quer que eu diga como é *devastador* descobrir que seu pai é... é... – A voz dela falhou.

Vivian se virou, mas não antes de eu vislumbrar uma lágrima escorrendo por sua bochecha. Meu peito foi esmagado como um bloco de gelo sob um caminhão em alta velocidade.

– Você tem ideia de como é descobrir que seu noivo só estava com você porque foi *forçado* a isso? Eu pensei que estávamos realmente nos aproximando, e na verdade você me odiava... Não que eu te culpe por isso. – Ela soltou uma risada amarga. – Se eu estivesse no seu lugar, também me odiaria.

Foram necessárias todas as minhas forças para que eu conseguisse engolir o nó na garganta.

– Eu não odeio você – falei baixinho.

Eu nunca odiei você.

Não importava o que Vivian fizesse ou qual fosse sua família, eu jamais conseguira odiá-la. Essa era a única coisa que eu odiava em *mim*.

– Seu pai tinha... fotos incriminatórias do meu irmão.

Eu não sabia por que estava explicando. Ela havia deixado claro que não se importava, mas continuei falando mesmo assim, as palavras saindo mais rápido conforme ela enchia a mala.

– Ele teria sido morto se essas fotos caíssem em mãos erradas.

Contei sobre os backups, sobre o ultimato do pai dela e sobre sua insistência para que eu não dissesse nada a ela em relação à chantagem. Contei sobre a ligação em Paris e até como descobri que havia oito cópias das evidências.

Quando terminei, Vivian estava dois tons mais pálida do que quando eu tinha começado.

– E a empresa do meu pai?

Um longo silêncio invadiu o cômodo.

Essa foi a única parte que deixei de fora. Uma parte importante, mas que fez meu coração apertar quando finalmente disse:

– Eu fiz o que tinha que fazer. Ninguém ameaça um Russo.

Mantive o olhar em Vivian enquanto ela processava minha resposta. O ar crepitava como se mil vespas minúsculas picassem minha pele.

Como ela reagiria à minha confissão velada? Com raiva? Choque? Decepção?

Independentemente de como se sentisse em relação ao pai naquele momento, eu duvidava muito que ela fosse levar numa boa o fato de eu ter atacado a empresa de sua família. Mas, para minha surpresa, Vivian não demonstrou qualquer emoção além de uma leve contração em suas feições.

– Eu sinto muito pelo que o meu pai fez – disse ela. – Mas por que você está me contando tudo isso agora? Não se incomodou de esconder tudo isso até aqui.

Minhas mãos se fecharam novamente.

– Eu queria deixar tudo às claras – respondi com rigidez. – Antes... – *De você ir embora* – ... de a gente se separar.

Se você não se importa, então por que ainda não rompeu o noivado?

A pergunta de Francis me assombrava. Eu poderia ter contado tudo a ela em qualquer momento da última semana, mas protelei. Inventei desculpas. Disse a mim mesmo que, ao me afastar, estava preparando Vivian para nosso rompimento, quando, na realidade, simplesmente não estava pronto para perdê-la.

Mas o tempo havia acabado. Escolhi vingança em vez de Vivian, e aquelas eram as consequências.

Chega de protelar.

– Sinto muito por você ter sido envolvida em tudo isso. Você nunca teve culpa. Mas eu tinha que proteger a minha família, e isso é... – As palavras se cravaram como uma faca em minha garganta antes de eu forçá-las a sair. – É apenas um negócio.

O gosto metálico voltou, mas mantive uma expressão distante mesmo quando todos os meus instintos gritavam para que eu cruzasse o quarto, a abraçasse, beijasse e jamais a deixasse partir.

Já havia me deixado levar pela emoção por muito tempo. Era a hora da lógica voltar a reinar.

Mesmo que ela me perdoasse pelo que fiz à sua família, não poderíamos continuar quando seu pai e eu nos odiávamos tanto. E, se eu ficasse com ela, Francis ainda sairia ganhando. Ele saberia que Vivian era uma fraqueza que eu não podia me dar ao luxo de ter, e usaria isso para explorar a situação da maneira que pudesse.

Para o bem de nós dois, era melhor nos separarmos.

Não importava o quanto doesse.

Vivian me encarou. Uma série de emoções cintilou em seus olhos antes que uma veneziana se fechasse.

– Claro – disse ela baixinho.

Ela fechou a mala e a puxou para fora da cama. Parou na minha frente, tirou o anel de noivado do dedo e o colocou na minha mão.

– Apenas um negócio.

Ela passou por mim, deixando para trás um leve cheiro de maçã e uma dor horrível em meu peito.

Fechei a mão em torno do anel frio e sem vida.

Engoli em seco.

Vivian não tinha levado todas as suas coisas. A maioria de suas roupas ainda estava no closet. Seus perfumes estavam na cômoda, um vaso com suas flores favoritas ao lado. No entanto, o quarto nunca parecera tão vazio.

CAPÍTULO 35

Vivian

EM VEZ DE IR ATRÁS DO MEU PAI ou procurar um hotel, depois de deixar a casa de Dante vaguei pelo Central Park com minha mala feito uma turista que havia acabado de descer de um trem na Penn Station. Esperava que o ar da primavera clareasse minha mente, mas só me lembrou da sessão de fotos de noivado com Dante.

Bow Bridge. Betesda Terrace. Até mesmo o banco onde tomamos café da manhã depois das fotos.

Eu fiz o que tinha que fazer. Ninguém ameaça um Russo.

Eu tinha que proteger a minha família... É apenas um negócio.

Esperei que o sentimento (qualquer sentimento) me dominasse, mas, exceto por uma breve pontada ao passar por um dos pontos de nossa sessão de fotos, me sentia entorpecida. Não conseguia sequer sentir raiva ou preocupação com a possível implosão da empresa de meu pai. Muita coisa acontecera e meu cérebro se recusava a funcionar corretamente.

Eu era uma atriz vivendo a vida de outra pessoa, intocada pelo caos que pairava sobre mim. Pelo menos por enquanto.

Vaguei pelo parque até o pôr do sol. Mesmo em meu estado de zumbi, sabia que não devia ficar sozinha ali depois de escurecer.

Entrei no táxi mais próximo, abri a boca para dizer ao motorista para me levar ao Carlyle, mas acabei dando a ele o endereço de Sloane. A ideia de passar a noite em um quarto de hotel impessoal por fim me provocou uma onda de pânico.

Cheguei ao apartamento de Sloane vinte minutos depois. Ela atendeu após o segundo toque da campainha, olhou para minha mala e minha mão sem aliança e me conduziu para dentro sem dizer uma palavra. Afundei no sofá enquanto ela desaparecia em direção à cozinha.

Agora que já não estava sozinha, os sentimentos foram voltando. A dor nos braços por arrastar a mala o dia inteiro. As bolhas nos pés por andar com meus sapatos caros mas pouco práticos. O vazio escancarado, *excruciante*, no peito, onde meu coração costumava bater, saudável e inteiro. Agora, o órgão agonizava como um carro soltando fumaça, lutando para retornar a algum lugar ao qual nunca havia pertencido.

Pisquei, tentando afastar a pressão que aumentava atrás dos olhos, quando Sloane voltou segurando uma caneca e um pacote dos meus biscoitos amanteigados de limão favoritos.

Ficamos em silêncio por um segundo, até que ela disse:

– Preciso afiar minhas facas e elaborar planos de contingência para encarar uma acusação de homicídio?

Consegui dar uma risada fraca.

– Não. Nada tão drástico.

– Isso quem vai decidir sou eu. – Ela estreitou os olhos. – O que aconteceu?

– Eu... Dante e eu terminamos.

Outra parte do torpor se estilhaçou em um latejar doloroso.

– Isso eu percebi. – A resposta de Sloane foi objetiva, não sarcástica. – O que aquele escroto fez?

– Não foi culpa dele. Não tudo.

Consegui resumir os acontecimentos do dia sem desmoronar, mas minha voz falhou no final.

Sinto muito por você ter sido envolvida em tudo isso. Eu tinha que proteger a minha família... É apenas um negócio.

Outro estilhaço, desta vez tão forte que me tirou o fôlego. A pressão atrás dos meus olhos aumentou.

Verdade fosse dita, Sloane não fez um grande drama diante das revelações chocantes. Não era seu estilo, e também por isso eu tinha ido até ela em vez de recorrer a Isabella. Por mais que eu amasse Isa, ela ia querer saber todos os detalhes e discutir a situação infinitamente. Eu não tinha energia nem capacidade emocional para isso naquele momento.

– Certo, então o noivado está oficialmente cancelado, o que significa que precisamos de um plano – disse Sloane, muito pragmática. – Vamos ligar para os prestadores de serviço do casamento amanhã de manhã e cancelar tudo. Pode ser tarde demais para um reembolso total, mas tenho certeza de que consigo convencer a maioria deles, senão todos, a emitir reembolsos parciais. Na verdade... – Ela franziu os lábios. – Esquece. Precisamos primeiro preparar o anúncio da separação. Não queremos que nenhum dos fornecedores vaze a notícia para a imprensa. As colunas sociais vão cair em cima e...

– Sloane. – Minhas mãos apertaram a caneca que eu segurava. Cada palavra que saía de sua boca levava minha ansiedade a outro patamar. – Podemos falar disso mais tarde? Eu agradeço a ajuda, mas não posso... Não consigo pensar nisso tudo agora.

Sentia-me soterrada por tudo que precisaria resolver nas semanas seguintes. Precisava tirar o restante dos meus pertences da casa de Dante, confrontar meu pai, descobrir como ficaria nosso relacionamento a partir dali, cancelar o casamento e lidar com as consequências públicas do rompimento de meu noivado. Além de tudo isso, o Legacy Ball seria em menos de uma semana, e estávamos entrando em outra temporada movimentada para eventos.

Um suor gelado começou a brotar em minha testa e respirei fundo pelo nariz para desacelerar meus batimentos cardíacos frenéticos.

A expressão de Sloane se suavizou.

– Certo. Tudo bem. – Ela deu um pigarro. – Quer que eu ligue para Isa? Ela é muito melhor nessas coisas... – disse ela, apontando para o espaço entre nós – do que eu.

– Mais tarde. Eu só quero tomar um banho e dormir, se você não se importar.

Olhei para o meu chá, sentindo-me burra, envergonhada, constrangida e mil outras coisas.

– Desculpa aparecer assim sem avisar. Eu só... não queria ficar sozinha esta noite.

– Vivian. – Sloane segurou a minha mão, sua voz firme. – Você não precisa se desculpar. Fique o tempo que quiser. Meu quarto de hóspedes não tem servido de muita coisa mesmo. Você, Isabella e o zelador são as únicas pessoas que permito entrar no meu apartamento.

– Eu não sabia que você era tão íntima do zelador – brinquei, sem entusiasmo. – Estou chocada.

Ela não sorriu, mas uma linha preocupação apareceu em sua testa.

– Descanse um pouco. Amanhã de manhã a gente dá um jeito.

Minha tentativa de sorriso fracassou.

– Obrigada – sussurrei.

Sloane não era muito de abraços, mas o aperto de sua mão transmitia o mesmo sentimento.

Mais tarde naquela noite, deitei na cama, incapaz de dormir, apesar da exaustão. De um jeito ou de outro, tinha perdido meu pai e meu noivo no mesmo dia. Duas das pessoas mais importantes da minha vida agora estavam irreconhecíveis ou perdidas.

Meu pai mentira para mim, me manipulara e me usara, enquanto Dante...

Não fui eu que a escolhi.

É apenas um negócio.

A pressão atrás dos meus olhos finalmente explodiu. Os pedaços restantes da dormência de antes se desintegraram, substituídos por uma dor tão aguda e intensa que teria me curvado, se estivesse de pé. Em vez disso, me encolhi em posição fetal e cedi aos soluços que sacudiam meu corpo. Fui dominada por um após o outro, até que minha garganta estivesse em carne viva e a umidade escaldasse minhas bochechas.

Mas não importava o quanto chorasse ou o quanto tremesse, não conseguia emitir nenhum som. Meus soluços permaneceram silenciosos; eu os sentia, mas ninguém podia escutá-los.

Dante

TIREI OS TRÊS DIAS SEGUINTES DE FOLGA.

Tentei trabalhar, tentei mesmo, mas não conseguia me concentrar. Durante cada ligação, eu ouvia a voz de Vivian. Durante cada reunião, via o rosto dela.

Chegou a um ponto em que estava colocando a empresa em risco, então instruí Helena a cancelar minhas reuniões da semana e aproveitei para colocar a cabeça no lugar. Isso significava abrir uma garrafa de uísque toda noite, ir para a sala de estar e ignorar as perguntas de Greta até que ela saísse furiosa em meio a uma enxurrada de xingamentos.

Aquela noite não era exceção.

Inclinei a cabeça e a garrafa para trás. A bebida queimou minha garganta e preencheu meu estômago, mas o vazio dolorido permaneceu.

Simplesmente não conseguia me acostumar com a ausência de Vivian depois de morar com ela por tanto tempo. Mas aquilo passaria, assim como meu apego emocional a ela. As pessoas se separavam e superavam todos os dias. Não era nada de mais.

Tomei mais um gole. Como era primavera a lareira estava apagada, mas fui tomado por uma vaga lembrança de suas chamas e da luz do fogo dançando nas feições de Vivian.

Tem medo de que eu rompa o noivado? De que eu fuja com Heath e te faça de idiota na frente dos seus amigos? Por que você se importa?

São abotoaduras de sorvete. Eu conheço um joalheiro na Rue de la Paix que faz peças personalizadas...

Não é apenas um negócio para você. E não é apenas um dever para mim. Estou feliz por ter vindo para Paris.

A dor açoitava meu peito, uma queimadura ardente.

– Talvez você consiga colocar algum juízo na cabeça. – O resmungo de Greta ecoou do corredor. – Passou os últimos dias sentado bebendo, igual o inútil do tio-avô dele, Agostino, costumava fazer. *Non mi piace parlare male dei morti, ma grazie al cielo non è più qui con noi.*

– Vou tentar.

A voz de Luca me fez hesitar por um instante, então relaxei e levei a garrafa aos lábios outra vez.

Ele devia estar precisando de um adiantamento de sua mesada. Raramente me visitava, a menos que quisesse alguma coisa.

Não olhei para Luca quando ele entrou e se sentou na minha frente. Ele me observou por um momento antes de perguntar:

– O que foi que aconteceu?

– Nada. – Minha cabeça girava. Pisquei para afastar a vertigem antes de me corrigir: – Vivian e eu terminamos.

As palavras tinham um sabor amargo. Talvez eu devesse mudar do uísque para algo mais doce, como rum.

– *O quê?*

O rosto pálido de Luca entrou em foco quando finalmente me virei. O simples movimento exigiu tanto esforço quanto nadar em melaço. Meu Deus, minha cabeça sempre fora tão pesada assim?

"É o seu ego. Acrescenta no mínimo *cinco quilos*." A provocação hipotética de Vivian soou em meus ouvidos.

Meu coração se apertou. Já era ruim o suficiente que cada palavra e sorriso dela estivessem gravados em minha memória. Agora eu estava ouvindo coisas que ela *não* tinha dito?

– Por quê? – questionou Luca. – E o Francis e as fotos?

Claro. Eu ainda não tinha contado a ele que havia destruído as fotos, em parte porque andara distraído e também porque elas o mantinham sob controle. Merda, Luca merecia sofrer um pouco mais depois da porra da confusão em que tinha me colocado.

– Eu cuidei disso – respondi, seco. – Foi por isso que o Francis me visitou no começo da semana. Vivian ouviu a nossa conversa. Nós terminamos. Fim.

– *Meu Deus*, Dante, você não podia ter me contado antes? Por que precisei receber uma ligação da Greta com medo de alienígenas terem tomado conta do seu corpo?

– Não sei, Luca. Talvez porque eu estivesse ocupado salvando o *seu* pescoço – respondi entredentes.

Ele me encarou por um segundo antes de afundar na cadeira.

– Merda. Bem, isso é ótimo, certo? Não tem mais chantagem. Não tem mais Francis. Não tem mais Vivian. Era o que você queria.

Outro longo gole.

– Era.

– Você não parece muito feliz – apontou ele.

A raiva se libertou.

– O que você quer que eu faça, dê uma festa? Pelo amor de Deus, eu acabei de salvar a sua *vida*, e tudo o que você faz é comentar que eu não pareço *feliz*!

Luca não vacilou.

– Você é meu irmão – disse ele calmamente. – A sua felicidade é importante para mim.

Então minha raiva se dissipou tão depressa quanto viera.

– Se isso fosse verdade, você não teria nos colocado nessa confusão.

Ele fez uma careta.

– Sim, bem, eu já fiz muitas coisas... questionáveis, como você deve saber.

Bufei em concordância.

– Mas você estava certo em me obrigar a arrumar um emprego. Eu até que gosto de trabalhar na Lohman & Sons, e a rotina tem me feito bem. É bom não acordar de ressaca todo dia. – Um sorriso surgiu no rosto de Luca. – Admito que fiquei bem ressentido quando você veio com essa ideia do trabalho. Toda a história da chantagem não parecia real na época e odiei ser punido como se fosse seu filho, em vez de seu irmão. O emprego, terminar com a Maria... Eu fui... egoísta.

Baixei a garrafa e estreitei os olhos.

– Não tenho certeza se o meu corpo é que foi tomado por alienígenas. Quem é você e o que fez com meu irmão?

Luca deu risada.

– Como eu disse, a rotina tem me feito bem. Então não tenho saído tanto com meu antigo grupo de amigos. Na verdade... – Ele deu um pigarro. – Eu conheci uma garota. Leaf. Ela realmente mudou meu jeito de ver as coisas.

– Você está namorando uma mulher chamada *Leaf*? O nome dela é "folha"? – perguntei, incrédulo.

– Os pais dela eram hippies – explicou ele. – Ela é instrutora de ioga no Brooklyn. Muito flexível. Enfim, isso não vem ao caso. O que importa é que ela tem me ajudado muito a trabalhar nas minhas questões.

Claro. Eu deveria ter imaginado. Todas as grandes mudanças na vida de Luca giravam em torno de mulheres, bebidas ou festas.

– Ela está me ajudando a curar minha criança interior – prosseguiu ele. – Isso inclui resolver o nosso relacionamento de irmãos.

Meu Deus. Pelo menos uma instrutora de ioga do Brooklyn chamada Leaf era melhor do que uma princesa da máfia. Maior chance de tornar meu irmão vegano, menor chance de fazê-lo ser assassinado.

– E a Maria? Achei que você estivesse apaixonado.

– Eu não falo com ela desde... desde aquele dia no seu escritório. – Luca pigarreou. – Conversei com a Leaf sobre isso. Acho que confundi a emoção do proibido com *amor* de verdade, sabe? São coisas bem comuns de se confundir.

Você jura mesmo?

— Mas chega de falar da minha vida amorosa. Estávamos falando da sua. Com a Vivian.

Fiquei tenso outra vez.

— Não estávamos, não.

— Você deveria estar comemorando por ter se livrado dos Laus — disse Luca, me ignorando. — Mas está aqui bebendo sozinho feito o tio Agostino depois de perder no pôquer. Nós dois sabemos por quê.

— Porque estou tentando esquecer que tenho um irmão chato pra caralho com péssimo gosto para mulheres.

— Não. É porque, na verdade, você gosta da Vivian — disse ele, direto. — Talvez até a ame.

As hipóteses de Luca me atingiram feito uma bola de demolição, que ricocheteou no meu peito e descompassou meus batimentos cardíacos.

— Isso é ridículo.

— É mesmo? Seja sincero.

Luca se inclinou para a frente e fixou um olhar duro em mim. Não era uma expressão que eu estava acostumado a ver nele. Foi perturbador.

— Deixando de lado toda essa questão com o Francis, você *quer* ficar com ela?

Estiquei a mão para afrouxar a gravata, apenas para perceber que não estava usando uma. Então por que minha garganta estava tão apertada?

— Não é tão simples assim.

— E por que não, merda?

— Porque *não é* — rebati. — O que você acha que vai acontecer? Vamos jantar em família no Dia de Ação de Graças depois de eu destruir a empresa do pai dela? Vamos nos casar na frente de todos os nossos amigos como se não tivéssemos virado um casal em circunstâncias completamente bizarras? Se eu me casar com ela, Francis ganha. Ele ainda terá um Russo como genro. E quando a empresa dele estiver ruindo, as pessoas vão questionar por que eu não ajudo. Vai ser um caos!

— Beleza — disse Luca, aparentemente nem um pouco impressionado com a minha explicação. — Mas isso não responde à minha pergunta. Você quer ficar com ela?

A ira de Romano não era nada. Eu estava a segundos de ceder à minha e estrangular Luca com minhas próprias mãos. Se não fosse por ele, Francis não teria me chantageado. Se não fosse pela chantagem, eu não teria ficado noivo de Vivian. Se não fosse pelo noivado, não teria me apaixonado...

Senti um soco no peito ao me dar conta daquilo, tão forte e repentino que jurei ter ouvido um estalo. Coração machucado, costelas fraturadas, falta de ar, tudo no espaço de um minuto. Era como se meu corpo estivesse me punindo por não ter admitido a verdade antes, quando era tão óbvia.

O tempo a mais que eu ficava na cama todas as manhãs apenas para não perder seu primeiro sorriso do dia.

Nossos almoços no escritório, que com o tempo se tornaram minha parte favorita da semana.

O fato de eu ter me aberto com ela sobre a minha família, minha vida, sobre *mim*...

E a maneira como vê-la ir embora na segunda-feira havia custado uma parte irrecuperável da minha alma.

Fiquei sem ar. De alguma forma, em algum ponto ao longo do caminho, eu havia me apaixonado por Vivian Lau.

Não era apego ou luxúria. *Amor*, em toda a sua glória, aterrorizante, imprevisível e indesejado.

Luca me observou processar aquelas conclusões com uma expressão ao mesmo tempo preocupada e satisfeita.

– Foi o que eu imaginei.

Merda. Merdamerdamerdamerda. MERDA.

Esfreguei o rosto, inquieto e nervoso.

E agora, o que eu ia fazer? Nunca havia me apaixonado. Nunca planejara me apaixonar. E agora tinha me apaixonado pela única mulher por quem não deveria, feito um completo idiota.

– Quando foi que você virou o irmão mais velho? – questionei.

Aquele assunto era mais seguro do que o outro ainda não resolvido que pairava no ar.

– Pode acreditar, não sou e nem quero ser. Muita responsabilidade. – O rosto de Luca ficou sério. – Mas você sacrificou muito por mim, Dante. Eu nem sempre reconheço ou agradeço abertamente, mas... – Ele engoliu em seco. – Eu sei disso. Sei de todas as vezes que você ficou do meu lado quando outros não puderam ou não quiseram estar. Você ter aceitado se casar com Vivian e depois ter aberto mão dela... Era disso que eu estava falando quando comentei que precisamos resolver o nosso relacionamento.

Você sempre foi uma figura paterna porque eu *precisava* de uma figura paterna. Mas agora... queria que tentássemos ser irmãos.

Desta vez, o aperto no peito não teve nada a ver com Vivian.

– E o que isso significa?

– Significa que vou tentar não fazer nenhuma merda para você ter que resolver. – Ele me deu um sorriso torto. – E que vou chamar sua atenção quando for preciso, como agora. Você ama a Vivian. Eu vi com meus próprios olhos, lá em Bali. Mas por que você a deixou ir embora? Por orgulho e vingança? Essas coisas não vão te levar a lugar nenhum.

– Foi a Leaf quem disse isso?

– Que nada. – Outro sorriso. – Li uma matéria sobre os sete pecados capitais na sala de espera do dentista.

Deixei escapar um som irônico, mas as palavras de Luca se repetiam sem parar na minha cabeça.

Mas por que você a deixou ir embora? Por orgulho e vingança? Essas coisas não vão te levar a lugar nenhum.

– Eu deveria ter colocado você para trabalhar mais cedo. Teria me poupado uma tonelada de dinheiro e dores de cabeça. – Esfreguei o rosto outra vez, tentando entender a montanha-russa que tinham sido as últimas 24 horas. – Por que você está tão interessado no meu relacionamento com Vivian?

O sorriso de Luca desapareceu.

– Porque você me protegeu a vida inteira – respondeu ele baixinho. – E chegou a hora de eu retribuir o favor.

Coloquei a culpa do ardor em meu peito no álcool.

– É para isso que serve a minha equipe de segurança.

– Não quero te proteger de outras pessoas, e sim de você mesmo. – Luca meneou a cabeça em direção à garrafa pela metade ainda na minha mão. – Não deixe que a sua ira estrague a melhor coisa que já te aconteceu. É, resolver as coisas com Vivian vai ser difícil, mas você sempre foi um lutador. Então lute, porra.

CAPÍTULO 36

Vivian

NA QUARTA-FEIRA SEGUINTE À MINHA MUDANÇA da casa de Dante, fretei um voo para Boston. De acordo com minha mãe, para quem liguei sob o pretexto de discutir os preparativos do casamento, meu pai já estava de volta em casa.

Havia passado a viagem inteira ensaiando o que diria, mas quando me sentei na frente dele em seu escritório, ouvindo o tique-taque do relógio e a cadência superficial de minha respiração, percebi que nenhum ensaio teria sido capaz de me preparar para confrontá-lo.

O silêncio se estendeu entre nós por mais um minuto antes de ele se recostar na cadeira e erguer a sobrancelha espessa e grisalha.

– Qual é a emergência, Vivian? Presumo que você tenha algum assunto importante para discutir comigo para aparecer desse jeito sem avisar.

Era ele quem me devia desculpas, mas sua voz severa fez com que uma espiral de vergonha me dominasse. Era a mesma voz que ele usava sempre que eu tirava uma nota que não fosse a máxima. Tentei não me deixar abalar, mas era difícil superar décadas de condicionamento.

– Tenho, sim.

Levantei o queixo e endireitei os ombros, tentando trazer à tona o fogo de dois dias atrás. Tudo o que consegui foram pequenas nuvens de fumaça.

Era muito mais fácil confrontar meu pai dentro da minha cabeça do que na vida real.

Parte do motivo era que ele parecia exausto, com bolsas inchadas sob os olhos e linhas de preocupação formando profundos sulcos e fendas em seu rosto.

Matérias de jornal mencionando problemas na Lau Jewels já tinham começado a sair. Nada muito sério até então, apenas alguns boatos aqui e ali, mas eram um sinal da tempestade que estava por vir. O escritório fervilhava de tensão e os valores das ações haviam caído.

Uma pontada irracional de culpa atravessou meu estômago. Meu pai era o responsável por aquela confusão. Eu *não deveria* me sentir culpada por questionar suas ações, não importava como ele estava cansado ou estressado.

– Então? – disse ele, impaciente. – Eu já adiei uma reunião para isso. Não vou adiar de novo. Se você não tem nada a dizer agora, vamos ter que conversar durante o jantar…

– Você chantageou Dante para que ele se casasse comigo? – perguntei subitamente, antes de perder a coragem.

Meu coração batia forte contra as costelas enquanto a expressão de meu pai endurecia a um molde ilegível. O relógio continuou com sua marcha ensurdecedora.

– Eu ouvi vocês conversando. No escritório de Dante.

Agarrei a bolsa no colo em busca de apoio. Não estava usando tweed nem tons neutros naquele dia. Em vez disso, optara por um vestido de seda feito sob medida e uma camada extra de batom vermelho para me dar confiança. *Eu deveria ter colocado duas camadas extras.*

– Se você nos ouviu, então por que desperdiçar meu tempo perguntando? – O tom de meu pai era tão indecifrável quanto seu rosto.

Uma brasa de raiva se acendeu.

– Porque eu quero que você confirme! Chantagem é *ilegal*, pai, sem falar que é moralmente errado. Como você pôde fazer isso? – Forcei o ar pelo meu peito apertado. – Será que eu sou tão indesejável que você teve que *forçar* alguém a se casar comigo?

– Não seja dramática – retrucou ele. – Não era *qualquer pessoa*. Era Dante Russo. Você sabe quantas portas se abririam se você se casasse com um Russo? Mesmo com todo o nosso dinheiro e o casamento de sua irmã, ainda tem quem nos olhe com desprezo. Somos convidados para as festas, eles aceitam nosso dinheiro para arrecadar fundos, mas vivem cochichando pelas nossas costas, Vivian. Acham que somos inferiores. O casamento com Dante teria acabado com esse falatório de uma vez.

– Você chantageou uma pessoa por conta de *falatórios*? – perguntei, incrédula.

Meu pai sempre se preocupou com sua aparência e reputação. Antes mesmo de ficarmos ricos, ele esticava o orçamento e fazia questão de pagar a conta em jantares com os amigos para não ficar por baixo. Mas eu jamais teria imaginado que sua necessidade de validação social chegasse tão longe.

– A oportunidade surgiu e eu tirei proveito dela – respondeu ele friamente. – O irmão de Dante foi tolo e imprudente. Quais eram as chances de eu pegá-lo com a sobrinha de Gabriele Romano durante uma visita a Nova York? – Ele deu de ombros, demonstrando que não se arrependia. – O destino o colocou em meu caminho e eu tirei vantagem da situação em nome da *nossa* família. Não vou me desculpar por isso.

– Você podia ter escolhido qualquer outra pessoa. – Havia um zumbido alto em meus ouvidos, mas segui falando. – Alguém que concordasse *voluntariamente* com um casamento arranjado.

– Alguém que fosse concordar de bom grado não seria bom o suficiente.

– Você percebe o que está falando? – As brasas se transformaram em chamas. Minha fúria voltou com tudo, tão quente e brilhante que borrou o rosto de meu pai. – Estamos falando da *vida* das pessoas, não de brinquedos que você pode moldar e manipular. E se as fotos vazassem e o irmão de Dante fosse morto? E se *você* fosse morto por estar em posse dessas evidências? Como você pôde ser tão... – *Cruel. Insensível. Corrupto.* – obtuso? Não é...

– Não levante a voz para mim! – Meu pai bateu na mesa com tanta força que os objetos em cima dela tremeram. – Eu sou seu pai. *Não fale* comigo dessa maneira.

Meu coração ameaçava explodir.

– O pai que eu conhecia jamais teria feito isso.

O silêncio foi tão absoluto que daria para ouvir uma mariposa batendo as asas.

Meu pai se endireitou e recostou-se novamente. Seu olhar me perfurou.

– Você só pode se dar ao luxo de se preocupar com moral por *minha causa*. Eu faço o que tenho que fazer para garantir que nossa família esteja protegida, e da *melhor* maneira possível. Você e sua irmã cresceram cheias de privilégios, Vivian. Você não faz ideia do que foi necessário para eu chegar aonde estou hoje, porque protegi vocês da realidade nua e crua. A quantidade de gente que riu da minha cara e me apunhalou pelas costas...

deixaria você nauseada. Você acha que o mundo é cor-de-rosa quando, na melhor das hipóteses, é cinza.

– Proteger nossa família não significa destruir a de outra pessoa. Não podemos baixar tanto assim o nível, pai. Não somos esse tipo de gente.

Uma breve sombra de remorso perpassou seus olhos e logo desapareceu.

– Eu sou o chefe da família – disse ele em um tom irredutível. – Somos o tipo de gente que eu disser que somos.

As palavras me alcançaram, frias e insensíveis. Um arrepio percorreu minha coluna.

– E o meu relacionamento com Dante? – O fecho da bolsa estava cravado na palma da minha mão. – Você não pensou em como suas atitudes me afetariam? Um casamento arranjado é diferente de um casamento forçado. Eu teria passado a vida inteira com alguém que se ressentia de mim, só porque você queria o nome dele em nossa árvore genealógica.

– Não se faça de mártir – disse meu pai. – É vergonhoso. Sua irmã nunca reclamou de se casar com Gunnar, e *ela* teve que se mudar para outro país.

– Ela não reclama porque *eles realmente se amam*.

Ele continuou como se eu não tivesse dito nada.

– Existem coisas bem piores do que ser a esposa de um bilionário. Você é jovem e charmosa. Teria conquistado Dante em algum momento. Na verdade, ele já parecia bastante encantado por você no fim do ano.

– Bem, você está errado – respondi categoricamente. – Acabou, pai. Eu saí da casa de Dante. Não vamos nos casar. E... – Olhei pelo vidro para o andar do escritório principal. – A empresa não está indo bem.

Porque você provocou alguém que não devia.

As palavras permaneceram implícitas entre nós.

A mandíbula de meu pai se contraiu. Ele odiava ser lembrado de que seu gerenciamento não era perfeito.

– A empresa vai ficar bem. Estamos apenas passando por um contratempo.

– Parece mais grave do que isso.

Ele me encarou, sua ira se transformando em algo mais calculista.

– Talvez você tenha razão. Pode ser mais do que um contratempo, e nesse caso a ajuda de Dante seria de grande valia. Ele está chateado no momento, mas tem uma queda por você. Convença-o a... nos ajudar.

Senti meus ossos gelarem.

— Eu já disse que nós *terminamos*. Ele nos odeia. Não tem queda nenhuma por mim nem por qualquer outra pessoa da família.

— Não é verdade. Eu vi como ele olhava para você quando sua mãe e eu fomos visitar. Mesmo que tenham terminado, se você se esforçar o suficiente, tenho certeza de que pode fazer com que ele deixe de bobagem.

O frio em meus ossos se espalhou para a boca do estômago. Olhei para meu pai, observando seu cabelo perfeitamente penteado com gel, terno caro e relógio chamativo. Era como estar diante de um ator fingindo ser Francis Lau e não do meu pai.

Como ele havia se transformado do pai ligeiramente brega mas bem-intencionado da minha infância na pessoa à minha frente? Frio. Desonesto. Obcecado por dinheiro e status, e determinado a ganhar — e manter — ambos a qualquer custo.

Sua aparência era a mesma, mas eu mal o reconhecia.

— Não vou fazer isso. — Minha voz vacilou, mas minhas palavras foram firmes. — Isso tudo é problema *seu*, pai. Não posso ajudá-lo.

Odiava o fato de que minha mãe e minha irmã seriam afetadas se a Lau Jewels afundasse, mas não podia ser mais uma peça no tabuleiro do meu pai, como se fosse sua propriedade. Além disso, as duas tinham o próprio pé-de-meia; elas ficariam bem, financeiramente falando.

Eu já tinha passado muito tempo oferecendo a outra face. Sempre disposta demais a aceitar todas as ordens dos meus pais, porque era mais fácil do que bater de frente com eles e desapontá-los. Apesar de todos os seus defeitos, eu amava meu pai e minha família. Não queria magoá-los.

Porém, até então não tinha me dado conta de que não abrir a boca quando eles passavam dos limites seria mais prejudicial do que benéfico, a longo prazo.

As rugas do rosto de meu pai foram preenchidas por descrença.

— Você está escolhendo seu *ex*-noivo em vez de sua família? Foi assim que criamos você? — questionou ele. — Para ser tão desrespeitosa e *desobediente*? — A palavra soou como se fosse um xingamento.

— Desobediente? — A indignação me envolveu como um vendaval repentino, varrendo qualquer resquício de culpa. — Eu fiz *tudo* que você me pediu! Cursei a faculdade "certa", terminei com Heath e fiz o papel de filha perfeita da alta sociedade. Concordei até em me casar com um homem que mal conhecia porque isso faria *você* feliz. Mas cansei de viver para te agradar. – A emoção embargou a minha voz. – A vida é *minha*, pai. Não sua. E assim como você não pode mais tomar decisões por mim... eu não posso mais inventar desculpas para as suas atitudes. Não mais.

Desta vez, o silêncio foi tão pesado que me cobriu feito um cobertor de chumbo.

– Claro, você é livre para tomar as próprias decisões – disse meu pai por fim, sua voz terrivelmente calma. – Mas eu quero que saiba de uma coisa, Vivian: se você sair deste escritório hoje sem se desculpar por essa *insolência*, não será mais minha filha. Nem uma Lau.

Seu ultimato me atingiu com a força de um trem desgovernado, perfurando meu peito como uma baioneta e enchendo meus ouvidos com o latejar do meu sangue.

A temperatura caiu para abaixo de zero enquanto nos encarávamos, a fúria gelada dele travando uma batalha silenciosa com minha determinação angustiada.

Ali estava. O monstro invisível que eu temia desde a infância, exposto como um cadáver macabro do relacionamento que costumávamos ter. Eu podia cobri-lo com uma manta e desviar o olhar, ou podia me manter firme e encará-lo de frente.

Eu me levantei, meu sangue eletrizado de medo e adrenalina, e meu pai perdeu uma fração ínfima de sua compostura. Ele esperava que eu fosse recuar.

Desculpe. O pedido quase saiu da minha boca por força do hábito antes que eu me lembrasse de que não havia nada pelo que me desculpar.

Queria ficar mais um minuto, memorizar seu rosto e sentir o luto por algo que havia morrido há muito tempo.

Em vez disso, virei-me e saí.

Não chore. Não chore. Não chore.

Meu pai havia me deserdado.

Meu pai havia me deserdado e eu não tentara impedi-lo porque o preço era alto demais.

Lágrimas embargaram minha garganta, mas eu as engoli mesmo enquanto uma sensação esmagadora de solidão me invadia. No espaço de uma semana, havia perdido minha família e Dante.

A única coisa que me restava era eu mesma. E, por enquanto, teria que ser o suficiente.

CAPÍTULO 37

Vivian

NO MEIO DAQUELE CAOS que se tornara a minha vida, a proximidade do Legacy Ball acabou sendo uma bênção disfarçada. Nos dois dias entre a briga com meu pai e o baile, mergulhei no trabalho com tanto fervor que até Sloane, uma workaholic inveterada, demonstrou preocupação.

Despertador às cinco da manhã. Jantar no escritório. Almoço revisando cada detalhe e garantindo que eu tivesse um plano B para cada plano B, cobrindo qualquer situação, desde um blecaute que atingisse a cidade inteira até uma briga entre convidados.

Quando o dia do baile finalmente chegou, eu estava meio enlouquecida pela falta de sono.

Não me importava. Era bom estar ocupada. Significava menos tempo agonizando por conta da confusão que era minha vida pessoal.

No entanto, apesar de todo o meu planejamento, havia uma coisa para a qual não havia me preparado: o efeito que entrar no Valhalla Club teria sobre mim.

Um aperto tomou meu peito enquanto eu sorria e batia papo com os convidados. Naquela noite, eu era a anfitriã, o que significava que não era minha responsabilidade verificar a comida ou a música. Esse era um trabalho para minha equipe. Meu papel era circular pela festa, estar bonita, posar para fotos... e não passar cada segundo inconscientemente procurando por Dante.

Eu só havia visitado o Valhalla duas vezes, ambas com ele. Não o tinha visto ainda. Talvez ele nem sequer viesse. Mas sua presença – sombria, magnética e inescapável – permeava o salão.

Sua risada em cada canto. Seu cheiro no ar. Seu toque em minha pele. Beijos quentes, momentos especiais e memórias tão vívidas que pareciam pintadas por todas as paredes.

Dante *era* o Valhalla, pelo menos para mim. E estar ali naquela noite, sem ele, era como um navio deixar o porto sem âncora.

– Vivian. – A voz de Buffy me tirou da beira de um colapso que eu não podia me dar ao luxo de ter. Chorara mais na última semana do que em toda a minha vida e, francamente, já estava cansada disso. – Que vestido *deslumbrante*.

Ela parou ao meu lado, elegante como sempre em um vestido de brocado verde que prestava uma homenagem de bom gosto ao tema do baile, "Jardim Secreto". Diamantes magníficos pendiam de seu pescoço e de seus punhos.

Pisquei para conter um formigamento suspeito nos olhos e abri um sorriso forçado.

– Obrigada. O seu também é lindo.

Buffy lançou um olhar perspicaz para o meu vestido.

A peça de Yves Dubois tinha virado muitas cabeças naquela noite, e por um bom motivo. Ele descia até o chão em uma requintada cauda de seda vermelha e penas douradas, tão compactadas que pareciam uma pilha de folhas douradas caídas de uma árvore. Um cintilante fio de ouro formava um intrincado padrão de fênix na seda, tão sutil que era quase invisível, a menos que a luz batesse no bordado de um determinado ângulo.

Era ao mesmo tempo uma roupa, uma obra de arte e uma armadura. Uma peça ousada o suficiente para demonstrar poder, mas tão deslumbrante que poucas pessoas eram capazes de enxergar a tristeza por trás dela.

– Assinado por Yves Dubois – disse Buffy. – Dante é um noivo generoso.

O olhar dela pousou em meu dedo anelar vazio.

Um mal-estar correu sob minha pele. Dante e eu não tínhamos anunciado a separação ainda, mas a ausência de um anel de noivado havia atraído a atenção de todos naquela noite.

Já circulavam boatos, não apenas sobre nosso relacionamento, mas também sobre a queda livre das ações da Lau Jewels na bolsa. A cobertura negativa da imprensa havia explodido nas últimas 48 horas. Embora todos tivessem sido absolutamente gentis comigo até então – eu ainda era a anfitriã do baile, independentemente de meus problemas familiares –, seus cochichos não tinham passado despercebidos.

– Fui eu mesma que comprei o vestido – respondi ao comentário de Buffy. Sorri para seu lampejo de surpresa. – Sou uma Lau. – *Mesmo que meu pai tenha me deserdado.* – Posso comprar minhas próprias roupas.

Eu não era bilionária, mas, juntando minha poupança, meus investimentos e os lucros da produção de eventos, tinha um bom dinheiro.

Buffy se recompôs rapidamente.

– Claro. Que... moderno da sua parte. Falando no Dante, ele vai se juntar a nós hoje? É a sua grande noite. Estou surpresa por ele ainda não ter chegado.

Meu sorriso ficou tenso. Ela era educada demais para fazer uma pergunta direta sobre o anel, mas claramente estava tentando jogar um verde.

– Ele teve uma emergência no trabalho. – Torci para que ela não conseguisse ouvir as batidas do meu coração em meio à música que saía dos alto-falantes. – Virá se conseguir terminar a reunião a tempo.

– Espero que sim. Não seria um Legacy Ball de verdade sem a presença de um Russo, não é?

Forcei uma risada para acompanhar a dela.

Felizmente, Buffy logo pediu licença e fiquei livre para respirar outra vez.

Circulei pelo salão, mais consciente do que nunca dos comentários sutis e dos olhares em direção a minha mão. Eu os ignorei o máximo que pude. Deixaria para me preocupar com as fofocas no dia seguinte.

Aquela era minha grande noite, e eu me recusava a deixar que alguém a arruinasse.

Exceto pela bem-vinda ausência de Dante, o salão de baile estava lotado com as pessoas mais importantes da alta sociedade de Manhattan. Dominic e Alessandra Davenport estavam cercados por um grupo de titãs de Wall Street; um grupinho das *it girls* da temporada flertava com herdeiros de cabelos desgrenhados próximo ao bar.

O salão por si só era uma obra-prima. Mais de trinta árvores importadas da Europa circundavam o espaço, entrelaçadas com fios etéreos de luz que brilhavam como joias contra um pano de fundo frondoso. Flores e arbustos no valor de 70 mil dólares adornavam as mesas, onde plaquinhas vintage escritas à mão com o nome de cada convidado indicavam seus assentos.

Estava tudo perfeito – o bolo de quatro andares coberto com *buttercream*, decorado com flores e uma fechadura comestível de folha de ouro 24 quilates; a torre cor-de-rosa e branca de morangos e rosas; os arcos de madeira cobertos de musgo e as enormes lâmpadas vintage que adornavam o bar.

E ainda assim os olhares e sussurros continuavam.

Respirei profundamente.

Está tudo bem. Ninguém vai fazer uma cena no meio do Legacy Ball.

Peguei uma taça de champanhe de uma bandeja na tentativa de afogar o constrangimento que formigava pela minha pele.

– A anfitriã bebendo sozinha em sua grande noite? De jeito nenhum.

Sorri para a voz familiar antes de me virar.

– Eu precisava de um descanso de... – Apontei para o salão. – Você sabe.

– Ah, eu sei – disse Kai em um tom seco, bonito como sempre em um smoking sob medida e com os óculos que eram sua marca registrada. – Será que me concede esta dança?

Ele estendeu a mão. Aceitei e deixei que Kai me guiasse até a pista.

Dezenas de pares de olhos se voltaram para nós como mísseis guiados por laser em busca de seus alvos.

– Sou só eu ou você também se sente em um aquário gigante? – perguntou ele.

– Um aquário bonito e caro – concordei.

Ele abriu um sorriso divertido antes de sua expressão assumir um ar preocupado.

– Como você está, Vivian?

Presumi que ele estivesse falando do término com Dante. Os dois eram amigos, mas até que ponto ele sabia sobre o que havia acontecido?

Escolhi uma resposta segura e neutra.

– Já estive melhor.

– Não vi Dante no ringue essa semana. Isso é estranho. Ele costuma recorrer imediatamente à violência quando está chateado.

Sua piada fracassou ao tentar me arrancar um sorriso. Fiquei aflita demais com a menção a Dante.

– Talvez ele não esteja chateado.

Não tínhamos nos falado desde que eu saíra do apartamento. Eu deveria estar chateada com ele. A maior parte da culpa era do meu pai, mas Dante também não era totalmente inocente.

Ainda assim, era difícil invocar qualquer coisa além de tristeza ao pensar nele. Por um tempo, eu realmente achei...

– Talvez. – Kai olhou por cima do meu ombro. Seu olhar se tornou especulativo. – Sabe, eu não quis dizer nada enquanto você estava noiva, mas você é uma das mulheres mais bonitas que conheço.

Hesitei, assustada com a mudança repentina de tom e de assunto.

– Obrigada.

– Talvez seja muito cedo, mas já que você não está mais com Dante...

A mão de Kai deslizou pelas minhas costas e parou acima da curva da minha bunda. Baixo o suficiente para ser sugestivo, mas alto o bastante para contornar o limite do inadequado. Fiquei tensa.

– Talvez possamos sair algum dia desses.

Surpresa e alarme borbulharam em meu peito. Será que ele estava bêbado? Não parecia o Kai que eu conhecia.

– Humm... – Deixei escapar uma risada constrangida e tentei me desvencilhar de suas mãos, mas elas estavam firmes sobre o meu vestido. – Você tem razão. É muito cedo. E embora eu realmente goste de você como *amigo*... – disse, enfatizando a última palavra. – Não tenho certeza se quero sair com alguém por agora.

Ele nem prestou atenção. Estava ocupado demais olhando por cima da minha cabeça com um sorriso travesso.

– Lá vem ele – murmurou Kai.

Antes que eu pudesse perguntar de quem ele estava falando, senti um toque caloroso e *familiar* no meu ombro.

– Tire as mãos da minha noiva. – Sombria e turbulenta, a ordem saiu tão carregada de ameaça que parecia a uma faísca da combustão.

– Mil perdões. – Kai me soltou, sua expressão estranhamente satisfeita. – Eu não sabia que...

– Não dou a mínima para o que você sabia ou não sabia. – A afirmação baixa e letal fez um calafrio percorrer minha coluna. – Toque na Vivian novamente e eu te mato.

Simples. Brutal. *Sincero.*

A sombra de um sorriso cintilou no olhar de Kai.

– Entendido. – Ele meneou a cabeça para nós. – Divirtam-se.

Observei-o se afastar, atordoada demais para dizer qualquer coisa.

Só quando Dante me girou e segurou a minha mão foi que minha voz voltou.

– O que você está fazendo aqui?

Meus pés seguiram os dele por instinto, mas o resto do meu corpo formigava, sobressaltado.

A presença de Dante era poderosa demais, seu cheiro, envolvente demais. O aroma tomou conta de meus pulmões, enchendo-os com o odor de terra fresca e especiarias. Perto dele, era fácil me perder, não importava como eu estava chateada ou magoada.

Perdi a capacidade de respirar quando os olhos dele encontraram os meus.

Cabelo escuro. Maçãs do rosto bem marcadas. Lábios firmes e sensuais.

Fazia menos de uma semana desde a última vez que nos vimos, mas de alguma forma ele estava mais bonito do que eu me lembrava.

– Eu fui convidado. Por você, acredito.

A brutalidade fria tinha desaparecido, substituída por uma diversão cálida. Foi como se a partida de Kai tivesse acionado um interruptor.

Pensei detectar uma pitada de nervosismo também, mas devo ter imaginado. Dante nunca ficava nervoso.

– Você me entendeu. O que está fazendo *aqui*, dançando comigo?

A palma da mão dele praticamente queimava a minha. Queria desesperadamente me afastar, mas não podia, não com todo mundo olhando. Parecia que todos os olhos estavam fixos em nós.

– Porque você é minha noiva, e esta é a sua grande noite. Você trabalhou meses no Legacy Ball, Vivian. Achou que eu ia perder?

Suas palavras foram como agulhas em meu coração, injetando-o com uma onda de eletricidade e adrenalina antes que eu o forçasse a se acalmar. Se a semana anterior havia me ensinado alguma coisa, era que cada momento nas alturas vinha acompanhado de uma queda vertiginosa.

– Eu não sou mais sua noiva.

Dante ficou em silêncio.

À primeira vista, ele parecia o perfeito CEO enigmático arrumado para uma noite na cidade. O smoking feito sob medida moldava seu corpo, enfatizando os ombros largos e os músculos fortes e elegantes. As luzes suaves realçavam suas feições bem marcadas, e seu queixo mantinha a habitual angulação orgulhosa e arrogante.

No entanto, um olhar mais atento revelava as tênues sombras arroxeadas sob seus olhos. Linhas de tensão marcavam sua boca, e ele me apertava com força, de um jeito quase desesperado, quando respondeu.

– Nós tivemos uma briga – disse ele em voz baixa. – Não terminamos oficialmente.

Meu sentimento de descrença despertou, juntando-se a seus fiéis escudeiros, o choque e a frustração.

– Terminamos, sim. Eu *te devolvi a aliança*. Você pegou de volta. Eu saí da sua casa.

Mais ou menos. Ainda precisava buscar o restante de meus pertences assim que tivesse a chance de respirar.

– Para mim, isso significa que terminamos. Isso sem falar em todas as... complicações entre você e o meu pai.

A diferença entre aquele Dante e o que tinha me observado ir embora quatro dias antes era tão gritante que eu fiquei convencida de que um impostor alienígena havia se hospedado em seu corpo.

– Sim, bem, eu queria falar com você sobre isso. – Ele engoliu em seco. Todos os resquícios de sua máscara descontraída desapareceram, revelando um nervosismo que jamais imaginei que ele pudesse sentir. – Eu estraguei tudo, Vivian. Disse muitas coisas que não deveria, e estou tentando consertar a situação.

As palavras vibraram pelo ar e de alguma forma alcançaram meu peito antes de chegarem aos meus ouvidos. No momento em que meu cérebro as processou, meu coração já estava apertado e em frangalhos.

Ele não podia fazer aquilo. Não naquele momento, não ali, não quando eu tinha *acabado* de voltar a funcionar direito depois do caos que fora o início daquela semana.

– Não importa. – Forcei as palavras a saírem. – Como você disse, era apenas um negócio.

A angústia escureceu os cantos dos olhos de Dante.

– *Mia cara...*

Senti a garganta apertar.

O resto do baile desapareceu, desintegrando-se como bolas de papel atiradas no fogo da presença de Dante.

Mia cara.

Ele era a única pessoa que conseguia pronunciar aquela frase de maneira tão suave e dolorida, como se fosse uma bela substituta para as outras palavras que nós tínhamos medo de dizer.

Pisquei para afastar a emoção dos olhos.

— Faz quatro dias que eu fui embora, Dante. No dia, você não fez nada para me impedir. Como você espera que eu acredite que as coisas mudaram tanto em tão pouco tempo?

— Não. Não espero que você acredite em nada do que eu digo, mas torço para que sim — respondeu ele calmamente. — Lamento que você tenha descoberto as coisas daquele jeito. Eu deveria ter contado antes, mas a verdade é que... Eu não estava pronto para perder você. Eu me afastei depois de Paris e disse a mim mesmo que estava te preparando para a verdade, quando o que eu queria mesmo era ter o melhor dos dois mundos. Ficar com você e ao mesmo tempo me enganar de que não era isso que eu queria.

Ele engoliu em seco e continuou:

— Eu *odiava* o seu pai, Vivian. Ainda odeio. E odiava a ideia de ele sair ganhando, inclusive... — Dante apertou minha mão com mais força. — Inclusive se eu ficasse com você, como eu queria. Não foi meu momento mais brilhante, não me orgulho disso, mas é a verdade. Sim, fui forçado a aceitar o noivado, mas tudo o que aconteceu depois... Nossos encontros, nossas conversas, nossa viagem a Paris... Ninguém me obrigou a fazer nada disso. Foi real. E eu fui um idiota de pensar que poderia superar todos eles, ou você, quando... — Sua voz caiu um tom, ficando rouca. — Você foi embora há menos de uma semana e eu já sinto como se tivesse passado uma eternidade no inferno.

O ar fugiu de meus pulmões. O oxigênio se solidificou, tornando-se algo doce e meloso que desceu para minha barriga, enchendo-a de calor. Um soluço sufocado se uniu à mistura antes que eu o engolisse.

Não havia ninguém por perto. Todo mundo mantinha certa distância de Dante, e a maioria dos convidados tinha voltado para suas conversas em vez de prestar atenção em nós.

Ainda assim, eu não podia me dar ao luxo de perder a compostura. Uma rachadura seria o suficiente para que eu me estilhaçasse inteira.

— Mas nada mudou — comentei, minha voz embargada. — Você ainda odeia meu pai, e ele ainda sai ganhando se nos casarmos.

Eu ainda não havia mencionado o fato de ter sido deserdada nem os problemas envolvendo a empresa. Eram outros assuntos complicados.

— Você está enganada — disse Dante. — Algo mudou, *sim*. Achei que seria capaz de viver sem você. Que a vingança era mais importante do que meus sentimentos. Mas só precisei de alguns dias... merda, de algumas horas...

para perceber que nada disso era verdade. Não queria distrair você enquanto se preparava para o baile, por isso não falei antes. Mas... – Ele voltou a engolir em seco. – Eu te amo, Vivian. Um amor muito maior do que o ódio que sinto pelo seu pai. Muito maior do que eu pensei ser capaz de sentir.

Meu coração disparou; meu estômago afundou em uma queda livre alucinante. A contradição desafiava as leis da física, mas nada em nosso relacionamento jamais havia seguido as regras.

Eu te amo, Vivian.

As palavras ecoaram em minha cabeça e transbordaram em meu peito, onde encontraram sua resposta pela primeira vez.

Eu também te amo. Mesmo depois do que você fez. Mesmo que eu não deva. Eu te amo mais do que jamais poderia te odiar.

A única diferença era que eu não conseguia expressar nada disso ainda.

– Você e eu – disse Dante, seus olhos fixos nos meus. – De verdade dessa vez. Podemos fazer dar certo. Isto é... se você quiser.

Se você puder me perdoar.

O verdadeiro significado de suas palavras ondulou entre nós.

Seríamos de fato capazes de superar o que acontecera com tanta facilidade e rapidez? Ele parecia sincero, mas...

Não fui eu que a escolhi.

Eu fiz o que tinha que fazer.

É apenas um negócio.

Caí de volta na realidade.

Eu amava Dante. Sabia disso desde Paris, e não fazia sentido fingir que meus sentimentos haviam mudado magicamente da noite para o dia, apesar do que acontecera.

Eu amava como seus sorrisos espreitavam por trás de sua cara amarrada.

Amava o jeito como ele beijava meu ombro todas as manhãs quando eu acordava.

Amava seu humor e sua inteligência, sua força e sua vulnerabilidade, seu cuidado e sua ambição.

Mas só porque eu o amava não significava que confiasse nele *ou* em mim.

Podemos fazer dar certo. Isto é... se você quiser.

A montanha-russa emocional daquela semana havia cobrado seu preço, e eu não fazia ideia do que queria. Sequer havia pensado em como me sentia em relação às questões envolvendo a empresa de meu pai. Obviamente, Dante tinha um dedo nisso, mas quão chateada eu *realmente* tinha ficado, considerando que uma pequena e secreta parte de mim culpava a Lau Jewels pelo que minha família havia se tornado?

– Vamos a um encontro – disse ele quando não respondi. – Podemos fazer o que você quiser. Podemos até comer pipoca.

Eu não ri ao ouvir a piada. Outra centelha de nervosismo surgiu nos olhos dele.

– Já tivemos antes.

– Antes. Estou pensando no agora. – O rosto de Dante se suavizou. – Apenas um encontro. Por favor.

Meu coração apertou, mas balancei a cabeça em negativa.

– Não acho que seja uma boa ideia.

Frustração e um toque de pânico contraíram o rosto dele.

– Por que não?

– Por mil motivos. Você odeia minha família. Nunca quis se casar e nunca *me* quis. Você foi forçado a isso e, se ficarmos juntos de novo, meu pai ainda sai ganhando. E... – Uma secura revestiu minha garganta. – A gente não dá certo, Dante. Nosso relacionamento era sempre oito ou oitenta, mas demos um jeito porque *tínhamos* que dar. Agora que não precisamos mais... – Procurei a maneira certa de expressar meus pensamentos. – Foi difícil desde o primeiro dia. Talvez isso seja um sinal.

A última parte saiu baixinho, como um alfinete caindo no oceano.

Nosso relacionamento estivera maculado desde o início. Mesmo que eu o amasse, não via como superar os erros do passado.

Meu coração se contorceu novamente, dessa vez com uma dor tão aguda que não tinha certeza de como sobreviveria.

Mas eu sobreviveria. Precisava sobreviver.

– São seis motivos – disse Dante. – Posso dar conta de seis. Posso dar conta até de mil.

Meu peito doeu.

– Dante...

– Você acha que nós não somos uma boa ideia, mas eu vou te provar que somos, sim. – Sua mandíbula estava marcada por determinação, mas sua voz e seus lábios foram suaves ao roçar minha testa. – Me dê um tempo, *mia cara*. É só disso que eu preciso, além de você.

CAPÍTULO 38

Vivian

— OI, VIVIAN. O DE SEMPRE?

— Sim, por favor. São quatro — respondi enquanto a barista registrava meu pedido. Eu ia à cafeteria perto do meu escritório com tanta frequência que eles já haviam decorado meu pedido. — Obrigada, Jen.

— Imagina — disse ela com um sorriso. — Até amanhã.

Paguei e fui até o outro balcão retirar o pedido, sem prestar muita atenção no caminho. Estava distraída demais com a enxurrada de mensagens na tela do celular.

Meu telefone passara o fim de semana apitando. Amigos, conhecidos, colunistas sociais, todos queriam me parabenizar ou falar comigo depois do sucesso estrondoso do Legacy Ball.

A *Mode de Vie* o havia considerado "um dos bailes mais requintados da história da instituição" em seu resumo de domingo, então acordei naquela manhã com ainda mais mensagens lotando minha caixa de entrada. Ainda era segunda-feira e eu já tinha 22 propostas de novos clientes, cinco convites para entrevistas e inúmeros chamados para bailes, exibições e festas particulares.

Os boatos sobre os problemas envolvendo a Lau Jewels ainda circulavam, mas não eram suficientes para superar o prestígio de ter sido a anfitriã do Legacy Ball. Tudo isso era igualmente emocionante e exaustivo.

Estava abrindo o e-mail de um cliente em potencial quando dei de cara com outra pessoa no café. A bebida espirrou de seu copo aberto, caindo em seus sapatos.

Entrei em pânico.

– Sinto muito! – disse, erguendo os olhos e esquecendo o e-mail. – Eu não queria...

Minhas desculpas morreram rapidamente quando meus olhos pousaram em um rosto familiar, com cabelo escuro e pele bronzeada. Continuei boquiaberta, mas as palavras fugiram para alguma ilha distante, tirando férias não planejadas.

– Tudo bem – respondeu Dante, tranquilo. – Quem nunca? Foi minha culpa deixar o copo aberto com a cafeteria lotada desse jeito.

Observei, atordoada, enquanto ele pegava uma tampa do balcão e cobria o copo.

Estávamos no meio da tarde, mas, em vez de terno, ele usava calças sociais pretas e uma camisa branca de botão com as mangas arregaçadas. Sem gravata.

– O que você está fazendo aqui?

Encontrei a voz em algum lugar entre as batidas aceleradas do meu coração e a secura na garganta. Era a segunda vez que fazia aquela pergunta a ele em dois dias.

Seu escritório ficava a alguns quarteirões de distância, mas havia pelo menos meia dúzia de cafeterias entre os dois pontos.

Ele ergueu levemente a sobrancelha, com uma expressão brincalhona.

– Tomando café, como você.

Dante tocou meu braço e me moveu delicadamente para o lado antes que uma loira apressada de 20 e poucos anos passasse por nós com uma bandeja de café.

Se eu não tivesse saído da frente, meu vestido Diane von Furstenberg teria levado um banho.

Dante deixou a mão em meu braço por alguns segundos antes de afastá-la e estendê-la para mim.

– Aliás, meu nome é Dante.

A sensação de seu toque ainda ardia em minha pele.

Olhei para sua mão estendida, perguntando-me se ele havia batido a cabeça e desenvolvido um súbito caso de amnésia durante o fim de semana.

Não consegui pensar em outra forma de responder, então segurei a mão dele e respondi, cautelosa:

– O meu é Vivian.

– Prazer em conhecê-la, Vivian.

Sua palma era quente, áspera.

Meu estômago vibrou com as memórias nebulosas daquela aspereza mapeando meu corpo, até que consegui afastá-las. Pertenciam ao passado, não tinham lugar na minha cafeteria favorita, onde eu estava tendo a conversa mais bizarra do mundo com meu ex-noivo (em meio a uma crise de amnésia?).

– Você vem sempre aqui? – perguntou ele casualmente.

A cantada foi tão cafona que me tirou do choque.

– Sério? – perguntei em um tom desconfiado.

Os olhos dele se enrugaram nos cantos e eu odiei o quanto isso era adorável.

– É uma pergunta sincera.

– Sim. Você *sabe* que sim. – Soltei a mão dele e olhei para o balcão. A barista ainda não havia me chamado. – O que está fazendo, Dante? E não estou falando do café.

Seu bom humor cedeu.

– Você disse que nosso relacionamento teve um começo difícil, e tem razão – disse ele baixinho. – Então estou aqui, tentando começar de novo. Nada de negócios ou mentiras. Só nós dois, nos conhecendo normalmente, como qualquer casal.

A admissão dele atingiu meu peito e o apertou.

Quem me dera.

O momento de tensão passou e o sorriso de Dante voltou, lento e devastador. Eu me arrependi de todas as vezes que pedi a ele para fazer menos cara feia. Era muito mais fácil resistir a um Dante carrancudo do que a um Dante sorridente.

– Não quero parecer abusado, já que acabamos de nos conhecer – disse ele. – Mas você gostaria de sair comigo um dia desses?

Reprimi a ponta relutante de divertimento que senti pelo absurdo da situação e balancei a cabeça.

– Desculpa. Não estou interessada em sair com ninguém no momento.

– Não precisa ser um encontro – sugeriu ele sem hesitar. – Só um jantar entre duas pessoas se conhecendo melhor.

Estreitei os olhos. Dante me encarou de volta com uma expressão inocente, mas seus olhos brilhavam de malícia.

A barista finalmente chamou meu nome.

Rompi o contato visual e peguei meu café.

– Foi um prazer conhecê-lo, *Dante* – falei incisivamente. – Mas tenho que voltar ao trabalho.

Ele me acompanhou até a porta e a segurou para mim.

– Já que não quer um encontro, pelo menos me dê o seu número. Prometo que não vou passar trote nem enviar fotos inadequadas. – Seu sorriso ficou mais malicioso. – A menos que você queira, é claro.

Reprimi outro sorriso e, em vez disso, arqueei a sobrancelha em uma expressão cética.

– Você é sempre tão insistente com mulheres que conhece em cafés?

– Apenas com aquelas que não saem da minha cabeça – respondeu ele, seus olhos fixos nos meus.

O ar ficou úmido. Uma brisa soprou, mas não foi suficiente para aliviar o súbito peso do meu vestido ou o calor desabrochando em meu estômago.

Estávamos emaranhados em uma teia muito complicada, mas por um momento me deixei levar pela fantasia de sermos um casal normal. Que se conhecia de um jeito normal, ia a encontros normais, tinha um relacionamento normal. Apenas uma mulher querendo um homem que a queria de volta.

– Se eu te der meu número, você vai parar de me seguir?

Os lábios dele se curvaram de leve.

– Nós dois estávamos de saída, então não sei se isso conta como *seguir*, mas sim.

Dei a ele meu número. Dante já o tinha, é claro, mas digitou no celular como se não tivesse.

– Dante – chamei, parando-o quando ele já estava no meio da calçada.

Ele olhou para mim.

– Como você sabia que eu estaria aqui a essa hora?

– Eu não sabia. Mas sei que é sua cafeteria favorita e você sempre vem aqui na hora do almoço. – Suas palavras de despedida flutuaram em minha direção junto com a brisa. – Foi um prazer conhecê-la, Vivian.

Dante

UM TOQUE. DOIS. TRÊS.

Eu andava de um lado para outro em meu quarto, o estômago embrulhado de nervosismo enquanto esperava que ela atendesse.

Eram dez e meia, o que significava que ela estava se preparando para dormir. Vivian geralmente levava uma hora para relaxar com uma ducha ou um banho de banheira, dependendo de como estava estressada, depois uma confusa e detalhada rotina de *skin care* em dez passos, e um livro, se não estivesse muito cansada.

Eu havia cronometrado a ligação para depois que ela saísse do banho.

Quatro toques. Cinco.

Supondo, claro, que ela atendesse minha ligação.

Fiquei ainda mais nervoso.

Vivian tinha me dado seu número naquela tarde, o que significava que queria que eu ligasse, certo? Se não, ela teria simplesmente ido embora. Merda, parte de mim *esperara* que ela fizesse isso.

Eu tinha passado quase duas horas naquela maldita cafeteria na esperança de vê-la. Ela ia lá todos os dias, mas o horário variava dependendo de sua carga de trabalho. Não era o melhor plano do mundo, mas havia funcionado, mesmo que tivesse significado um almoço de trabalho desmarcado.

Seis toques. Set...

– Alô? – A voz dela fluiu pela linha. Clara e doce, como a primeira inspiração ao emergir de um lago gelado.

Soltei o ar dos pulmões.

– Oi. É o Dante.

– Dante...? – disse ela, como se estivesse tentando lembrar quem era.

Pelo menos estava participando da brincadeira. Era *um avanço*.

– Nós nos conhecemos no café hoje à tarde – recordei com um tom divertido.

– Ah, sim. Era para você ter esperado três dias – disse Vivian. – Ligar para uma mulher no mesmo dia em que pega o número dela pode fazer você parecer desesperado.

Parei na frente da janela e olhei para a superfície escura do Central Park lá embaixo. A imagem se misturava com o quarto refletido às minhas costas – os frascos de perfume pela metade alinhados na cômoda, a cama perfeitamente arrumada onde o cheiro dela ainda permanecia, a poltrona onde ela gostava de se aconchegar e ler à noite.

Vivian ainda não havia buscado o restante de seus pertences e eu não sabia se isso era uma bênção ou uma maldição. Uma bênção porque me dava esperanças de que ela voltaria. Uma maldição porque para onde quer que eu olhasse, lá estava ela. Uma presença linda e que me assombrava, que eu sentia sem conseguir tocar.

Uma dor familiar invadiu meu peito.

– Pode, não, *mia cara* – respondi em voz baixa. Meu reflexo me encarava, tenso de exaustão e ódio de mim mesmo. Não dormia direito havia uma semana, e minha aparência sofria as consequências. – Eu *estou* desesperado.

Um silêncio se seguiu, tão profundo e intenso que engoliu tudo, exceto as batidas dolorosas do meu coração.

Admitir fraqueza, ainda mais desespero, era algo inédito para um Russo. Merda, eu não admitia nem quando estava gripado. Mas negar meus sentimentos havia me levado àquele inferno, e eu não ia cometer o mesmo erro duas vezes.

Não quando se tratava de Vivian.

Apertei o celular enquanto esperava uma resposta. Nada.

Ela ficou quieta por tanto tempo que cheguei a verificar se tinha desligado. Não tinha.

– Eu nunca... – Pigarreei, desejando ser mais eloquente ao expressar minhas emoções. Era uma das poucas habilidades que meu avô não me ensinara quando jovem. – Eu nunca tive que... correr atrás de alguém antes, então talvez não esteja sabendo fazer isso direito. Mas eu queria ouvir a sua voz.

Nada de palavras bonitas, tudo que eu tinha era a verdade.

Outra vez o silêncio.

A dor sangrou do meu peito, carregando minha voz.

– O apartamento não é o mesmo sem você, *mia cara*.

Apesar do movimento dos empregados e das entregas, do cheiro da comida de Greta e dos milhões de dólares em arte e móveis, com a ausência de Vivian, o lugar parecia todo oco.

Um céu sem estrelas, uma casa sem alma.

– Não faz isso – sussurrou Vivian.

O ar mudou, o tom de brincadeira de antes desaparecendo sob o peso de nossas emoções.

– É a verdade. Suas roupas estão aqui. As lembranças estão aqui. Mas *você* não está, e eu... – Respirei fundo e passei a mão pelo cabelo. – Porra, Vivian, não imaginei que fosse capaz de sentir tanta falta de alguém. Mas sou capaz, e sinto.

Eu tinha todo o dinheiro do mundo, mas não podia comprar a única coisa que eu queria.

Ela, de volta ao meu lado.

Era o que eu queria desde que chegara em casa e a encontrara fazendo as malas. Merda, era o que eu queria desde que voltamos de Paris e me afastei feito um idiota, mas minha cabeça estava tão presa a Francis e à ideia de vingança que não conseguia enxergar nada além de minhas próprias bobagens. Foi preciso que meu irmão, logo ele, me fizesse recuperar o bom senso.

Eu amava Vivian. Tinha me apaixonado por ela, pouco a pouco, desde que ela invadira minha exposição e me encarara com um olhar desafiador.

– Diz alguma coisa, querida – falei suavemente quando ela ficou quieta outra vez.

– Você diz que sente minha falta agora, mas vai passar. Você é Dante Russo. Pode ter qualquer pessoa. – Uma hesitação vibrava sob sua voz. – Você não precisa de mim.

Uma pequena falha na palavra *mim* me atingiu como um soco no estômago.

Você nunca quis se casar e nunca me quis.

Um de seus seis motivos, e pelo qual eu assumia uma parte justa da culpa. Mas eu não era o único. Os pais dela tinham contribuído para que Vivian se sentisse dispensável, a não ser que demonstrasse utilidade, e eu jamais os perdoaria por isso.

Era hipócrita, mas não me importava.

– Eu não quero mais *ninguém* – rebati ferozmente. – Quero *você*. Sua sagacidade e sua inteligência, sua bondade e seu charme. A maneira como seus olhos se enrugam quando você ri, e como seu sorriso tira o mundo um pouquinho do eixo. Eu quero até as combinações nojentas de comida que você faz e que de algum jeito ficam boas.

Uma meia risada, meio soluço cruzou a linha.

– Mas é isso que é incrível em você, Vivian. – Minha voz assumiu um tom mais caloroso. – Você pega as coisas mais comuns e inesperadas e as torna extraordinárias. Você vê o lado positivo das situações e enxerga o bem em todo mundo, mesmo que as pessoas não mereçam. E eu sou egoísta o suficiente para esperar que você veja o quanto eu não apenas quero, mas *preciso* de você. Hoje, amanhã e todos os dias depois disso.

Outro soluço, mais silencioso, mas não menos intenso.

Merda, eu queria vê-la. Abraçá-la. Confortá-la. E olhar em seus olhos para que ela tivesse a certeza de que era sincero em cada maldita palavra.

– Eu sei que demorei um pouco para chegar nesse ponto, querida, e não sou tão bom em expressar sentimentos, mas... – Minha respiração vacilou. – Só me dê uma chance de provar a você. Vá a um encontro comigo. Só um.

O primeiro silêncio tinha sido longo. Aquele ali foi torturante.

Meu coração batia rápido e forte o suficiente para doer, então parou completamente quando Vivian enfim respondeu. Sua voz ecoou suave e hesitante, mas cheia de emoção.

– Tá bem. Só um.

CAPÍTULO 39

Dante

— MICETTA, QUE BOM VER VOCÊ! — disse Greta, passando por mim e envolvendo Vivian em um abraço. O apelido carinhoso, *gatinha*, era reservado apenas para os netos, mas, aparentemente, havia sido estendido para Vivian. — A casa não é a mesma sem você.

Franzi a testa para o tom sugestivo dela. Greta havia me ignorado a semana inteira. Eu tinha certeza de que ela havia queimado minhas costeletas de porco de propósito na outra noite. Me forcei a dar duas mordidas antes de desistir e pedir delivery. Mas ela não era a única; até mesmo Edward me lançara olhares de reprovação quando achava que eu não estava vendo.

Meus funcionários não sabiam o que havia acontecido com Vivian. Só que ela tinha ido embora, e me culpavam por isso.

Que inferno, eu também me culpava, e era por isso que estava tentando fazer as pazes.

Eu tinha passado os últimos dois dias desde a ligação planejando o encontro, e estava completamente em frangalhos. Não ficava tão nervoso desde que era um calouro do ensino médio convidando a garota mais popular da escola para sair.

Enfiei as mãos nos bolsos enquanto Vivian retribuía o abraço de Greta. Uma onda irracional de inveja me envolveu. Era inacreditável que eu estivesse com ciúmes da minha maldita governanta de 74 anos.

— É bom ver você também — declarou Vivian com uma voz calorosa. — Espero que não esteja trabalhando demais.

– Não, só garantindo que o meu *patrão* – disse Greta, levantando a voz, embora eu estivesse a menos de um metro e meio de distância – não faça mais besteiras do que já fez. É um trabalho de tempo integral, *micetta*. Não é para os fracos.

Maldita Greta. Todo dia eu me perguntava por que ainda não a havia demitido.

Fez-se um silêncio constrangedor. Vivian olhou na minha direção e logo desviou o olhar. Meus nervos já à flor da pele se despedaçaram.

– Bem – disse Greta, obviamente percebendo que tinha deixado o clima mais desconfortável do que pretendia. – Vou deixar vocês a sós. Estarei na cozinha.

Ela deu um tapinha na mão de Vivian e olhou para mim ao passar.

Não estrague tudo, diziam seus olhos.

Fechei a cara ainda mais. Como se eu precisasse do conselho.

– Devo me preocupar com o fato de o encontro ser na sua casa? – perguntou Vivian.

Eu dissera a ela para que se vestisse confortavelmente, mas mesmo usando um vestido simples de algodão e sandálias ela estava tão linda que me deixava sem fôlego.

Nossa casa.

– Não, a menos que você tenha medo de comida e diversão.

– Você tem em alta conta sua habilidade de planejar encontros.

– Você nunca reclamou.

Ela revirou os olhos, mas eu abri um leve sorriso. Era um avanço, por menor que fosse.

– Então. – Dei um pigarro enquanto nos dirigíamos até a sala, onde eu tinha arrumado tudo. – O Legacy Ball foi um sucesso. A cidade inteira está comentando.

– O maior assunto é a apresentação da Veronica Foster – respondeu ela. – Quem ia imaginar que ela tinha uma voz tão boa?

A maioria das socialites que se arriscavam no mundo das artes obtinha "sucesso" devido ao nepotismo, não ao talento. Veronica era uma surpreendente exceção.

– Você sabia. Só deu uma vaga a ela depois de assistir à audição. Tenho certeza de que Buffy está feliz.

– Sim. Minha reputação sobreviveu.

Outro silêncio constrangedor caiu entre nós.

As ações da Lau Jewels haviam despencado a níveis recordes depois de uma enxurrada de notícias negativas. Vivian ainda não tinha sido muito afetada – eu havia me certificado disso –, mas não estava imune às fofocas e especulações.

Coisas que eu ajudara a fomentar.

A sensação de culpa corroeu meu estômago.

Ir ao baile na sexta-feira tinha sido uma tentativa desesperada. Em parte eu esperava que ela me desse um tapa e saísse furiosa, mas outra, atipicamente idealista, esperava que Vivian me ouvisse.

E ela me ouviu.

Eu não sabia o que havia feito para merecer isso, mas ia aproveitar.

Chegamos à sala. Hesitei por um instante antes de abrir as portas.

Se controla, Russo. Eu já tinha 30 e tantos anos. Não tinha mais idade para agir como um maldito adolescente no primeiro encontro. Mas a situação era exatamente essa, tirando a parte de ser adolescente. Era nosso primeiro encontro de verdade.

Sem mentiras, sem segredos, sem farsas.

Só nós dois.

Senti uma onda de ansiedade quando Vivian examinou a sala com olhos arregalados. Eu tinha passado horas pensando naquele encontro antes de escolher algo simples, mas íntimo. O importante ali não era brilho e glamour. Era passar um tempo juntos e consertar nosso relacionamento.

Ela gostava de romance e de astronomia, então na TV de tela plana passava um filme de fantasia romântico sobre uma estrela caída que na verdade era uma mulher (ou alguma bobagem do tipo). Eu nunca tinha ouvido falar do filme, mas, de acordo com a neta de Greta – sim, eu recorri a uma adolescente –, era "superfofo".

Havia mais de vinte embalagens de comida na mesa de centro, ao lado de Pringles, picles e pudim. Eu também tinha comprado uma máquina vintage de pipoca e corrido para instalá-la no dia anterior, para que tivéssemos a experiência completa. Pipoca era nojento, mas Vivian e a maior parte do mundo gostavam, por alguma razão que só Deus sabia.

– Você disse que não tinha encontrado um novo lugar favorito para comer guioza depois que aquele de Boston fechou, então pensei em te ajudar nisso – expliquei quando os olhos dela se demoraram nas caixas de comida.

— São amostras de 34 dos melhores restaurantes de guiozas dos cinco distritos de Nova York, de acordo com Sebastian Laurent em pessoa.

O CEO do Laurent Restaurant Group era um gastrônomo renomado. Se ele dizia que algo era bom, então era bom.

— Tem certeza de que isso não é um plano para me encher tanto de comida que eu não vou conseguir ir embora? — brincou Vivian.

Seus ombros relaxaram pela primeira vez desde que ela chegou.

Eu sorri.

— Não posso confirmar nem negar, mas, se você quiser ficar, não vou impedi-la.

Ela ainda não havia levado o restante de seus pertences. Eu sabia que o motivo era que andara ocupada demais com o Legacy Ball, mas havia tomado como um sinal de que suas coisas já estavam onde deveriam estar, assim como Vivian. Comigo.

Suas bochechas ficaram rosadas, mas ela não respondeu.

— Como você sabia que esse era um dos meus filmes favoritos na adolescência? — perguntou ela quando o filme começou.

Vivian pegou um guioza de uma das caixinhas e deu uma mordida delicada. Eu não sabia se ela conseguiria provar todos os 34 em uma noite, mas poderíamos experimentar depois os que sobrassem.

— Eu não sabia — admiti. — Estava procurando um filme sobre estrelas que *não fosse* um documentário nem ficção científica. A neta da Greta me ajudou.

Eu deveria comprar um presente de agradecimento para a garota. Talvez um carro ou férias onde ela quisesse.

— Recebendo conselhos de uma adolescente? Muito estranho para Dante Russo.

— É, bem, agir como Dante Russo não tem sido a melhor estratégia ultimamente.

Nossos olhares se encontraram. O sorriso dela desapareceu, deixando uma leve cautela para trás.

— Luca veio aqui na segunda à noite. Eu contei a ele o que aconteceu. Pela primeira vez, ele me deu conselhos, em vez de seguir os meus. E até que foram conselhos muito bons.

— O que ele disse?

— Que eu precisava lutar por você. E ele tinha razão.

A respiração de Vivian ficou mais entrecortada. Algo explodiu na tela, mas não desviamos o olhar um do outro.

Meu coração batia com força. O ar ficou pesado, crepitando como gravetos encharcados de gasolina, e justo quando o silêncio chegou ao ponto de ruptura, ela voltou a falar.

– Eu confrontei meu pai na quarta-feira – disse Vivian baixinho, deixando-me completamente chocado. – Peguei um avião para Boston e apareci no escritório dele. Não avisei que estava indo. Talvez tivesse perdido a coragem.

Esperei que ela continuasse. Como isso não aconteceu, eu a estimulei com delicadeza:

– E como foi?

Ela brincou com a comida.

– Resumindo, nós brigamos feio por causa do que ele fez. Ele me disse para pedir a *você* para... ajudar com os problemas da empresa. Eu disse que não faria isso. E ele me deserdou.

Suas palavras foram pragmáticas, mas sua voz soou tão triste que fez doer meu coração.

Merda.

– Sinto muito, querida.

Eu detestava Francis com a intensidade de mil sóis, mas era o pai dela. Vivian o amava, e o rompimento provavelmente a deixara arrasada.

– Tudo bem. Quer dizer, não está tudo bem, mas está. – Vivian balançou a cabeça. – A escolha foi minha. Eu podia ter concordado, mas não era o certo. Para ele, eu ainda era só um peão, e me recusei a deixar que ele me usasse para manipular você.

Teria funcionado.

Francis Lau tinha deduzido minha fraqueza. Não havia nada que eu não daria a Vivian, se ela pedisse.

– É a empresa da sua família – falei, observando-a com atenção.

Eu estava surpreso de verdade por ela não estar mais chateada com as minhas ações. Eu tomara aquela atitude mesmo sabendo que abalaria sua família e, por extensão, Vivian. E não tinha outra justificativa para isso a não ser meu orgulho e minha sede de vingança.

– O que você quer que aconteça?

– Eu não quero que a empresa quebre, é óbvio. Se eu pudesse ajudar de alguma outra forma, ajudaria, mas... – Ela soltou um suspiro. – Não é uma coisa legal de se dizer, mas meu pai nunca enfrentou as consequências dos próprios atos. É ele quem manda, no escritório e em casa. Ele faz o que quer, e os outros precisam aceitar. Esta é a primeira vez que ele vai ter que lidar com as repercussões. E ele só entende a língua da força e do poder. Sutileza não funciona, não quando se trata de coisas desse tipo. Não concordo com o que você fez, mas entendo. Então, mesmo que eu devesse te odiar... – A voz dela baixou até ficar quase inaudível. – Não odeio.

Meus dedos ficaram brancos de tanto apertar meus joelhos.

– Mesmo que a empresa vá à falência?

Os lábios dela se contraíram.

– Você acha que isso vai acontecer?

– É bem possível – respondi, sem desviar os olhos dos dela. – Me fala a verdade, Vivian. Você quer que eu interfira e resolva o problema?

Ainda não havíamos chegado a um momento crítico. A situação com a Lau Jewels era reversível, mas o relógio estava correndo. Logo, não haveria nada que eu pudesse fazer.

– Posso fazer isso. Sem cair na manipulação do seu pai. Sem questionar nada. Basta você pedir.

O que eu disse na outra noite era verdade. Meu amor por ela era maior do que meu ódio por Francis, e se estar com Vivian significava ter que salvá-lo, eu o faria sem hesitar.

Os olhos de Vivian brilharam sob a luz da TV.

– Por que fazer isso quando você teve todo esse trabalho para puni-lo?

– Porque não me importo mais com punição ou vingança. Eu me importo com você.

O brilho aumentou. Um pequeno tremor a percorreu quando passei o polegar em sua bochecha, a comida e o filme já esquecidos.

Eu não tinha comparativos para a dor indescritível que sentia na boca do estômago. Era interminável e faminta, saciada apenas pela maciez de sua pele sob a minha.

Vivian não me tocou de volta. Mas também não se afastou.

– O que estamos fazendo, Dante? – sussurrou ela.

Meu polegar desceu e roçou a curva de seu lábio inferior.

– Estamos resolvendo nossos problemas, como qualquer casal.

– A maioria dos casais não é tão disfuncional quanto nós.

– Não tem problema em ser um pouquinho disfuncional. Mantém as coisas interessantes. – Sorri quando ela bufou de leve, depois voltei a ficar sério. – Volte para casa, *mia cara*. Você pode ficar com seu antigo quarto, se ainda não se sentir confortável em dormir no nosso. – Engoli em seco. – Greta sente sua falta. Edward sente sua falta. *Eu* sinto sua falta. Pra cacete.

Vivian respirou fundo.

– Você realmente acha que é tão simples? Que basta eu voltar e tudo vai estar resolvido?

– Não. – Estávamos em meio a um absoluto caos, e eu não era tão ingênuo assim. – Mas é um primeiro passo.

Afastei a mão e rocei os lábios nos dela, apenas o suficiente para roubar uma pitada de seu sabor.

– Você e eu, querida. Esse é o objetivo. E estou disposto a dar quantos passos forem necessários para chegar lá.

CAPÍTULO 40

Vivian

NÃO VOLTEI PARA A CASA DE DANTE.

Parte de mim queria, mas não estava pronta para mergulhar de cabeça novamente tão cedo.

No entanto, concordei em ter outro encontro com ele.

Três dias depois de nossa noite de cinema, chegamos a um canto tranquilo do Jardim Botânico do Brooklyn. Fazia uma tarde linda, com céu claro e sol brilhante, e o cenário do piquenique parecia saído de um conto de fadas.

Uma mesa baixa de madeira se estendia sobre uma grossa manta marfim, cercada por enormes almofadas, com luminárias de pé de ouro e vidro e uma enorme cesta de vime. A mesa em si estava posta com pratos de porcelana e um banquete que incluía baguetes, frios e sobremesas.

– Dante – disse, sem fôlego, atordoada com a complexidade do cenário. – O que...

– Lembrei o quanto você gosta de piqueniques.

A mão dele deslizou da minha cintura para a parte inferior das minhas costas. Um fogo correu por minha pele, afugentando o arrepio da visão à nossa frente.

– Por favor, não me diga que você fechou o jardim para isso.

A maioria dos visitantes fazia piqueniques nos gramados, mas estávamos bem no meio de um jardim de verdade.

– Claro que não – respondeu Dante. – Só reservei uma parte dele.

A risadinha que ele deu ao ouvir o meu grunhido foi como um copo de água gelada em um dia quente, e o clima estava ótimo para relaxar quando nos acomodamos à mesa.

Foi fácil e natural, muito diferente do ar mordaz e carregado da outra noite. Ali, eu quase conseguia esquecer os problemas que nos aguardavam fora dos limites daquele exuberante jardim.

– Este encontro talvez seja o mais longo que já tive – comentei.

Havia começado com uma exposição especial no Whitney Museum, seguida de mimosas em um brunch exclusivo, e agora isso.

De cara, parecia um encontro luxuoso como qualquer outro, mas eu suspeitava que Dante tivesse segundas intenções. Os rumores sobre nosso relacionamento e a empresa de meu pai estavam aumentando. Ao me levar para sair tão publicamente, ele estava fazendo uma declaração: nosso relacionamento seguia firme e forte (mesmo que não fosse o caso), e qualquer boato sobre mim não seria tolerado. Meu vínculo com ele era a melhor forma de proteção contra as fofocas perversas da alta sociedade.

Ninguém queria irritar Dante.

– Podemos torná-lo ainda mais longo.

O sorriso dele assentou em meu peito. Se estava chateado por eu ter rejeitado sua proposta de voltar para casa, não demonstrava. Ele não tocara no assunto desde a minha recusa.

– Quer passar a noite no interior de Nova York? Tenho um chalé em Adirondacks.

– Não force a barra. As horas extras serão descontadas do nosso próximo encontro.

– Quer dizer então que *haverá* um próximo encontro.

– Talvez. Depende se você vai continuar me irritando ou não.

Sua risada grave e retumbante espalhou arrepios pelas minhas costas.

– Eu não venho ao Brooklyn com frequência, mas o tenho visitado mais, já que a namorada do meu irmão mora aqui. – Ele fez uma leve careta. – Adivinha qual é o nome dela.

– Não faço ideia.

– Leaf – disse ele sem rodeios. – O nome dela é Leaf Greene.

Quase engasguei com a água.

– Os pais dela têm um senso de humor peculiar.

Leaf Greene? Tipo, "Folha Verde"? Ela devia ter sofrido na escola.

– Ela tem ajudado o Luca a "trabalhar suas questões", seja lá que merda é essa. Mas ele não está nem usando cocaína nem enchendo a cara até cair em nenhuma boate, então já é um avanço. – O tom de Dante era seco.

– Como estão as coisas entre vocês dois?

Dante havia mencionado que eles vinham conversando mais, só que eu não sabia como estava a situação.

Ele serviu um copo de chá gelado de menta e o deslizou sobre a mesa na minha direção.

– Diferentes. Não ruins, só... diferentes. Ele amadureceu nesse último ano, e não fico mais tão preocupado com a possibilidade de alguém me ligar no meio da noite para tirá-lo da cadeia. Combinamos de almoçar juntos a cada dois meses. – Outra careta. – O último foi na casa da Leaf, e ela cozinhou uma merda de um frango de tofu.

Soltei uma gargalhada.

– Tofu pode ser gostoso, se preparado da maneira certa.

– Tofu como tofu, não como frango. *Frango* tem que ser frango – resmungou Dante. – E, caso você esteja se perguntando, não, ela *não* preparou da maneira certa. Tinha gosto de papelão.

Não pude deixar de rir outra vez.

As pessoas achavam que ainda estávamos noivos, mas era de momentos íntimos como aqueles que eu sentia falta – as piadas, nossos assuntos, os detalhes pessoais, as conversas sobre tópicos corriqueiros que, como um todo, tinham tanta importância quanto conversas mais significativas.

Amor nem sempre tinha a ver com grandes momentos. Com mais frequência, surgia nos pequenos instantes que conectavam os maiores. Aquele encontro parecia um desses. Um degrau em nosso caminho para uma possível reconciliação.

Eu não estava pronta para confiar cem por cento em Dante outra vez, mas talvez um dia estivesse.

– Para alguém que não tem um relacionamento sério há anos, você organiza encontros muito bem – comentei depois que terminamos de comer.

Caminhamos pelo jardim para esticar as pernas e absorver a paisagem antes de irmos embora.

Ao nosso redor, flores da primavera desabrochavam – lilases, peônias, azaleias, cornisos, gerânios silvestres e jacintos-dos-campos. O ar vibrava com os doces aromas da natureza, mas eu mal percebia. Estava distraída demais com o cheiro de Dante e o calor que emanava de seu corpo que roçava a lateral do meu, um toque quente e pesado, embora caminhássemos a uma distância respeitável um do outro.

– É fácil quando você conhece a pessoa – A resposta dele foi casual e íntima.

Meu coração palpitou.

– E você acha que me conhece?

– Gosto de pensar que sim.

Paramos à sombra de uma árvore próxima e me recostei no tronco, seus galhos arqueando-se acima de nós em uma copa frondosa. A luz do sol era filtrada pela folhagem, dando aos olhos de Dante uma cor exuberante de âmbar derretido. A barba por fazer cobria seu maxilar forte e as maçãs do rosto bem marcadas, e todo o meu corpo formigou quando me lembrei da sensação daquela barba arranhando a parte interna das minhas coxas.

O ar faiscou, um fósforo aceso em uma poça de gasolina. Todo o calor que reprimimos durante o almoço veio à tona em uma onda despudorada. Minha pele de repente ficou quente demais, minhas roupas, pesadas demais. Eletricidade nos envolvia, lenta e sinuosa.

– Por exemplo...? – Minha voz sempre foi assim, tão aguda e ofegante?

– Por exemplo, eu sei que você ainda está com medo – disse Dante suavemente. – Sei que não está pronta para confiar em mim plenamente outra vez, mas você quer. Caso contrário, não estaria aqui.

Sua observação perfurou minha máscara como se ela fosse feita de nada além de respirações e sussurros.

Outro batimento cardíaco vacilante.

– Essa é uma suposição e tanto.

– Talvez. – Um passo o trouxe mais para perto. Meu coração acelerou. – Me diga, então: o que você quer?

– Eu...

Ele tocou meu pulso com a ponta dos dedos e meus batimentos dispararam de vez.

– Seja lá o que for, eu te darei.

Dante entrelaçou os dedos nos meus, seu olhar firme. *Quente*.

As palavras me escaparam, perdidas na neblina que cobria meu cérebro.

Olhamos um para o outro, o ar pesado com as coisas que queríamos, mas não conseguíamos admitir.

O âmbar tornou-se escuridão. O corpo de Dante estava todo tenso, sua mandíbula contraída e seus ombros tão retesados que os músculos praticamente vibravam.

Suas palavras seguintes soaram graves e ásperas.

– Me diga o que você quer, Vivian. Quer que eu me ajoelhe aos seus pés?

Ah, meu Deus.

O oxigênio desapareceu quando ele se abaixou lentamente até tocar o chão, o movimento ao mesmo tempo orgulhoso e subserviente.

A respiração de Dante soprou em minha pele.

– Você quer isso aqui? – perguntou ele, seus dedos soltando minha mão e indo até a parte de trás da minha perna, deixando um rastro de fogo.

Minha mente estava confusa, mas eu tinha o bom senso de saber que aquilo ali não era apenas uma questão de sexo. Era uma questão de vulnerabilidade. Reparação. *Absolvição.*

Era um momento crucial disfarçado de um momento trivial, condensado em uma única palavra.

– *Quero.*

A resposta foi ao mesmo tempo comando e entrega, gemido e suspiro.

Dante soltou o ar.

Se eu estivesse com qualquer outra pessoa, ficaria preocupada de alguém passar e nos ver, mas a presença de Dante era como um escudo invisível me protegendo do resto do mundo. Se ele não quisesse que ninguém nos visse, ninguém veria.

Suas mãos queimavam quando afastaram minhas coxas. Ele mal havia me tocado e eu já estava pegando fogo.

Inclinei a cabeça para trás, me afogando em excitação, calor e luxúria, e na adoração de seu toque enquanto seus beijos subiam pela minha coxa. Sua barba por fazer arranhou minha pele e enviou pequenos choques de prazer pela minha coluna.

– Me desculpa. – O sussurro dolorido pairou sobre mim, penetrando em minhas veias e se assentando em meus ossos. Outro arrepio percorreu meu corpo. – Me desculpa por ter magoado você... – Um beijo suave na junção das minhas coxas com aquele calor persistente. – Por ter te afastado... – Ele deslizou minha calcinha para o lado e tocou delicadamente meu clitóris com a língua. – Por ter feito você se sentir indesejada quando você é a única pessoa que eu já amei na vida.

Suas palavras cruas se misturaram com o meu gemido quando ele colocou meu clitóris na boca e o chupou. Meu corpo se arqueou, afastando-se da árvore. Minhas mãos afundaram no cabelo dele, e tudo que pude fazer foi ficar ali agarrada enquanto Dante me venerava com seus lábios, mãos e língua.

Forte, mas suave. Firme, mas suplicante. Sensual, mas terno. Cada movimento enviava outro choque de sensações pelo meu corpo.

A pressão cresceu simultaneamente no meu peito e na base da minha coluna, me deixando sem fôlego, voando alto nas graças da emoção e da adrenalina.

Ele recuou e roçou os dentes contra meu clitóris sensível, então me penetrou com dois dedos, metendo e girando enquanto eu me contorcia, completamente entregue.

Dante conhecia o meu corpo. Ele sabia exatamente como mexer comigo, quais pontos provocar, e me tocava como a um instrumento afinado. Um maestro regendo uma orquestra de suspiros e gemidos.

Ele pressionou o meu clitóris com o polegar ao mesmo tempo que atingia meu ponto G.

A pressão explodiu.

O orgasmo atravessou meu corpo e meus gritos ainda ecoavam no ar quando Dante se levantou, arfando.

Ele apoiou as mãos uma de cada lado da minha cabeça e beijou com ternura as lágrimas que escorriam pelo meu rosto. Eu não tinha percebido que estava chorando.

Ele hesitou quando alcançou meus lábios. O silêncio ficou mais pesado entre nós enquanto sua boca pairava a um milímetro da minha, aguardando. Na expectativa. Em busca de permissão.

Quase cedi. Quase inclinei o queixo e acabei com o espaço entre nós enquanto meu corpo vibrava com as últimas ondas do clímax.

Em vez disso, virei a cabeça. Apenas um milímetro, mas o suficiente para Dante recuar com a respiração irregular.

Tínhamos avançado bastante, mas eu ainda não estava pronta para ir mais adiante. Estava muito esgotada física e emocionalmente.

– Desculpa – sussurrei.

– Não precisa se desculpar, *mia cara*.

Ele entrelaçou os dedos aos meus novamente, forte e reconfortante. Seu olhar era delicado.

– Quantos passos forem necessários, lembra? Vamos chegar lá.

CAPÍTULO 41

Vivian

DANTE E EU NÃO FALAMOS MAIS SOBRE nosso encontro no jardim, mas aquele momento permaneceu dias pairando na minha mente.

Não por conta do sexo, mas da vulnerabilidade. Da paciência. Do vislumbre de *como* nosso relacionamento seria diferente daquela vez.

Pela primeira vez, eu realmente acreditei que uma reconciliação seria possível. Talvez não de imediato, mas um dia. Como Dante tinha dito, nós chegaríamos lá.

Estávamos saindo de um jantar no topo do Empire State Building, em nosso terceiro encontro, quando meu celular tocou.

Interrompi no meio o relato sobre a proposta de Buffy Darlington para que eu organizasse seu aniversário de 65 anos. Ela estava se tornando uma cliente fiel, o que era uma bênção e uma maldição. Suas expectativas eram mais altas do que o prédio em que estávamos.

Olhei o celular e meu coração disparou quando vi o nome na tela.

– Me desculpe, eu preciso atender. É a minha irmã.

Era madrugada em Eldorra e eu não falava com Agnes desde que lhe contara do confronto com nosso pai. Será que havia acontecido algo com ela ou com Gunnar?

– Claro. – Dante enfiou as mãos nos bolsos e acenou com a cabeça para o outro lado da plataforma de observação. – Sem pressa. Estarei ali.

Era difícil conciliar aquele Dante com o CEO rude e arrogante que eu havia conhecido no verão anterior, mas não éramos as mesmas pessoas de nove meses atrás.

O antigo Dante não teria sido tão paciente ou compreensivo. A antiga Vivian não teria resistido tanto tempo ao seu charme. E o antigo Dante e a antiga Vivian não estariam ali, tentando reconstruir os destroços do relacionamento quando seria muito mais fácil abandonar a ideia e seguir adiante.

– Obrigada – respondi, meu peito estranhamente quente.

Esperei até que ele estivesse distante para atender.

– Você precisa me salvar – disparou Agnes sem floreios. – A mamãe está me *enlouquecendo*.

O alívio afrouxou o nó de ansiedade em meu peito.

– São quatro da manhã aí. Você realmente me ligou para reclamar da mamãe?

– Eu não consegui dormir e, sim, liguei. Ela tentou redecorar a nossa casa, Viv. *Duas vezes*. E ela está aqui há menos de uma semana.

De acordo com Agnes, minha mãe tivera uma briga homérica com meu pai ao descobrir que ele havia me deserdado. Naquele momento, estava na casa da minha irmã em Eldorra, e foi assim que eu soube que as coisas não andavam bem. Ela odiava o zoológico de Agnes porque os animais soltavam muito pelo.

– O que você quer que eu faça? Estou em Nova York. – Olhei para Dante, sua figura alta formando uma sombra impressionante contra as luzes da cidade. – Além disso, você não deveria estar falando comigo. O papai vai ficar chateado.

– Fala sério. *Eu* é que estou chateada com *ele*, e essa briga é entre vocês dois, não entre nós. – Ela hesitou, depois acrescentou: – Esse é o outro motivo da minha ligação. Ele está aqui. Em Eldorra.

Meu estômago ficou pesado.

– Ele está tentando fazer as pazes com a mamãe e disse que precisa de um tempo longe do escritório enquanto o conselho "discute como seguir em frente".

Tradução: estavam pensando em demiti-lo.

O valor das ações da Lau Jewels havia se estabilizado desde domingo, mas ainda estava muito abaixo do que deveria. A cobertura negativa da imprensa afetara bastante a empresa.

– Você devia vir nos visitar – disse Agnes.

Não consegui conter uma risada irônica.

– Fala sério, Aggie.

– Estou falando sério. Precisamos ser uma família unida, agora mais do que nunca, e não brigar. O que ele fez foi horrível, mas ele ainda é nosso pai, Viv.

– Mas até quando vou conseguir perdoá-lo?

Se eu estava confusa quanto aos meus sentimentos em relação a Dante, a situação era duas vezes pior quando se tratava dos meus sentimentos em relação a meu pai. Eu queria me reconciliar com ele ou nosso relacionamento era irreparável?

Agnes ficou um tempo em silêncio.

– Dá uma chance, só isso – pediu ela por fim. – Por favor. Por mim, pela mamãe e por você. Converse com ele agora que todos já se acalmaram. Mesmo que vocês não façam as pazes, vão concluir o assunto. Além disso, estou com saudades. Faz um tempão que não te vejo.

– Isso é chantagem emocional.

– Aprendi com a melhor.

– *Mamãe* – dissemos em uníssono.

Cecelia Lau era profissional em fazer alguém se sentir culpado.

– Quando ele vai embora?

Olhei para a cidade. Quem me dera poder ficar ali para sempre, longe das preocupações e das incertezas que assolavam a vida lá embaixo.

– Segunda-feira. Sei que está um pouco em cima, mas se você conseguir vir, eu vou gostar muito de te ver. – A voz de Agnes se suavizou: – Estou com saudades mesmo.

Estava indecisa. Eu podia respirar agora que o Legacy Ball havia acabado, e não ia a Eldorra havia mais de um ano. Mas será que já estava pronta para rever meu pai?

Estava tomada pela indecisão.

– Também estou com saudades – respondi por fim. – Vou ver o que posso fazer. Mande um beijo para a mamãe e vá dormir um pouco. Te ligo amanhã.

Desliguei e me juntei a Dante na beirada da plataforma.

– Desculpe. Assunto de família. – Suspirei e puxei o casaco um pouco mais apertado ao meu redor. O vento havia diminuído, mas ainda fazia frio. – Meus pais estão em Eldorra e Agnes quer que eu vá visitá-los. Para conversar.

Era estranho falar com Dante a respeito daquilo, considerando seu histórico com meu pai, mas eu não sabia com quem mais conversar. Além de meu pai e de mim, ele era o único que estava totalmente a par da situação.

Sua expressão permaneceu neutra e ponderada.

– Você quer ir?

– Talvez. – Outro suspiro. – Quero muito ver minha irmã e preciso falar com a minha mãe pessoalmente. Mas não sei se estou pronta para enfrentar meu pai sozinha outra vez. Ele vai embora na segunda, então tenho que tomar uma decisão. Depressa.

– Você deveria ir.

Ergui a cabeça, surpresa.

– Se não for, vai ficar se perguntando para sempre como teria sido.

A lua projetava luz e sombra no rosto de Dante, ressaltando seus traços angulosos e feições bem marcadas, mas com uma suavidade em seus olhos que acabava comigo.

– Eu quero que você chegue perto do seu pai? Não. Acho que ele não merece nada de você. Mas tenho a sensação de que você precisa de uma resolução melhor do que a que teve em Boston. Então, por esse motivo, você deveria ir. Ver a sua irmã. Resolver o assunto.

– Certo. – Soltei um suspiro longo e controlado. – Acho que deveria dar uma olhada nos voos logo.

Era noite de quinta-feira. Pensando de forma realista, eu não conseguiria antes de sábado, o que me daria pouco mais de um dia em Eldorra.

– Você pode fazer isso. – Dante fez uma pausa. – Ou pode pegar meu jatinho.

Arregalei os olhos.

– Você disse que talvez não esteja pronta para enfrentar seu pai sozinha outra vez. Se quiser, eu posso ir com você. – A voz dele ficou mais suave: – Dada a minha... situação complicada com a sua família, entendo se você não quiser, mas a oferta está na mesa. Você pode ir de jatinho, de qualquer maneira. É mais fácil do que encontrar um voo tão em cima da hora.

Meu coração acelerou sem permissão.

– Se você for, terá que ficar na mesma casa que meu pai.

Não havia hotéis nem pousadas perto da propriedade da minha irmã. Era afastado demais. Uma sombra cruzou o rosto de Dante.

– Eu sei.

– Tudo bem por você?

– Vou sobreviver. Isso não tem a ver comigo, *mia cara*.

Senti um calor na boca do estômago.

– E o trabalho?

Ele me deu um sorriso torto.

– Acho que consigo convencer meu chefe a me dar um dia de folga.

O calor se espalhou pelas minhas veias. Fazer uma longa viagem com Dante era uma péssima ideia... mas ir ver meu pai sem apoio era pior.

– Podemos partir amanhã?

CAPÍTULO 42

Vivian

MINHA IRMÃ E MEU CUNHADO MORAVAM em Helleje, um condado idílico de belos vilarejos, mansões centenárias e patrimônios preservados pelo Estado, localizado três horas ao norte da capital de Eldorra, Athenberg.

Dante e eu pousamos no pequeno aeroporto de Helleje na tarde de sexta-feira. Levamos mais quarenta minutos de carro para chegar à propriedade rural de mais de dez hectares de Agnes e Gunnar.

– Vivian! – Minha irmã abriu a porta, a imagem perfeita do country chique em sua blusa branca larga e suas botas de montaria. – É tão bom ver você! Você também, Dante – completou ela, educada.

Presumi que meu pai também não havia contado a ela o que Dante fizera. Caso contrário, Agnes não estaria tão calma.

Não me surpreendi. Meu pai jamais admitiria de bom grado que alguém levara a melhor sobre ele.

Dante e eu deixamos nossa bagagem em quartos do andar de cima antes de nos juntarmos a Agnes na sala de estar. Gunnar estava em sessão no Parlamento, então seria mesmo um fim de semana da família Lau.

Hesitei ao ver mamãe no sofá ao lado de minha irmã. À primeira vista, parecia centrada como sempre, mas uma análise mais atenta revelou as linhas de tensão em torno de sua boca e as tênues olheiras.

Senti uma pontada no peito.

Os olhos dela ganharam vida e ela fez menção de se levantar ao me ver, mas então se sentou outra vez. Foi um movimento extraordinariamente esquisito para Cecelia Lau e que fez meu coração apertar.

O olhar de Agnes oscilou entre nós.

– Dante, o que acha de um tour pela casa? – disse ela. – A planta pode ser meio confusa...

Ele olhou para mim, e eu assenti de leve.

– Eu adoraria – respondeu ele.

Minha mãe enfim se levantou quando eles saíram da sala.

– Vivian, que bom te ver.

– É bom ver você também, mãe.

Em seguida fui envolvida por seus braços e meus olhos arderam quando senti o cheiro familiar de seu perfume.

Não éramos muito de demonstrações de afeto. A última vez que nos abraçamos foi quando eu tinha 9 anos, mas aquele parecia um abraço muito necessário para nós duas.

– Eu não sabia se você viria – confessou ela ao me soltar. Sentamo-nos no sofá. – Você emagreceu? Está mais magra. Precisa comer mais.

Eu sempre estava comendo muito ou pouco. Não havia meio-termo.

– Não tenho tido muito apetite – respondi. – Estresse. As coisas têm estado... caóticas.

– Sim. – Ela respirou fundo e levou as mãos ao colar de pérolas. – Que confusão, tudo isso. Nunca fiquei tão irritada com seu pai. *Imagine*, fazer *aquilo* logo com Dante Russo...

Eu a interrompi com a pergunta que vinha me atormentando desde que ouvira a conversa de Dante com meu pai:

– Você sabia da chantagem?

Ela ficou boquiaberta.

– Mas *é claro* que não! Como você pode pensar uma coisa dessas? Chantagem é uma coisa indigna, Vivian.

– Você sempre concordou com as atitudes do papai. Pensei que...

– Nem sempre. – O rosto de minha mãe ficou sombrio. – Eu não concordo com ele tentar deserdar você. Você é *nossa* filha. Ele não tem o direito de decidir se eu posso vê-la ou não nem de resolver expulsá-la da família. Eu disse isso a ele.

Um nó de emoção se formou em minha garganta com aquele desdobramento inesperado. Minha mãe nunca tinha me defendido antes.

– Ele está aqui?

– Está lá em cima, de mau humor. – Ela franziu levemente a testa. – Falando nisso, você deveria ir se trocar antes do jantar. Camiseta e calça legging? Em público? Espero que ninguém importante tenha visto você com essa aparência no aeroporto.

E, assim, o calor de suas palavras desapareceu.

– Você sempre faz isso.

– Isso o quê? – Ela pareceu confusa.

– Critica tudo que eu faço ou visto.

– Eu não estava criticando, Vivian, apenas fiz uma sugestão. Você acha apropriado usar legging para um jantar?

Foi inacreditável a rapidez com que ela mudou de indignada e preocupada para crítica. Meu pai era o responsável pela maioria dos problemas da família, mas ao longo dos anos um tipo diferente de frustração surgira em relação à minha mãe.

– Mesmo que eu não estivesse de legging, você criticaria meu cabelo, minha pele ou minha maquiagem. Ou a maneira como me sento ou como. Eu sempre me sinto como se... – Engoli em seco. – Como se nunca fosse boa o suficiente. Como se você estivesse sempre decepcionada comigo.

Se a ideia era conversar sobre nossos problemas, então eu colocaria tudo para fora. A questão da chantagem tinha sido a gota d'água, mas os problemas na casa dos Laus estavam se acumulando havia anos, se não décadas.

– Não seja ridícula – respondeu minha mãe. – Eu digo essas coisas porque *me importo*. Se você fosse uma desconhecida na rua, eu não me daria ao trabalho de tentar ajudar. Você é minha filha, Vivian. Quero que você seja o melhor que pode ser.

– Talvez – falei com um nó na garganta. – Mas não é o que parece. Parece que você só tem que se virar com a filha medíocre que tem.

Minha mãe me encarou, uma surpresa genuína brilhando em seus olhos. Eu sabia que ela tinha boas intenções e que não era deliberadamente cruel, mas as pequenas alfinetadas haviam se acumulado com o tempo.

– Quer saber por que eu sou tão dura com você? – disse ela por fim. – Porque somos Laus, não Logans ou Lauders. – Ela enfatizou os sobrenomes. – Não somos os únicos novos-ricos em Boston, mas somos os mais desprezados pelos esnobes de sangue azul. Por que você acha que isso acontece?

Era uma pergunta retórica. Nós duas sabíamos por quê.

Dinheiro comprava um monte de coisas, mas não acabava com preconceitos arraigados.

– Temos que trabalhar duas vezes mais para obter um pingo do respeito de nossos pares. Somos criticados a cada passo em falso e examinados a cada falha, enquanto outros se safam de coisas muito piores. *Temos* que ser perfeitos. – Ela suspirou. Com sua pele impecável e aparência imaculada, ela geralmente passava por alguém de 30 e tantos ou 40 e poucos anos, mas naquele dia aparentava ter a idade que tinha. – Você é uma boa filha, e sinto muito se alguma vez a fiz sentir como se não fosse. Eu a critico para protegê-la, mas... – Ela pigarreou. – Talvez nem sempre seja o correto a fazer.

Consegui dar uma risada em meio às lágrimas contidas.

– Talvez não.

– Não consigo mudar da água pro vinho. Estou velha, Vivian, mesmo que minha pele não transpareça. – Ela deu um sorriso discreto diante de minha segunda risada. – Certas coisas viraram hábito. Mas posso tentar maneirar meus... comentários.

Era o melhor que eu poderia pedir. Se ela tivesse oferecido qualquer outra coisa, teria sido inverossímil na melhor das hipóteses e nada autêntico, na pior. As pessoas não mudavam assim, mas o esforço já fazia diferença.

– Obrigada – respondi baixinho. – Por me ouvir e por enfrentar o papai.

– De nada.

Um silêncio desconfortável se estabeleceu. Conversas sinceras não eram comuns na casa dos Laus, e nenhuma de nós sabia o que fazer a partir dali.

– Bem... – Minha mãe se levantou primeiro e passou a mão pelo elegante vestido de seda. – Tenho que dar uma olhada na sopa do jantar. Não confio nos cozinheiros de Agnes. Eles colocam sal demais em tudo.

– Vou tomar banho e me trocar. – Fiz uma pausa. – Papai vai... estar presente no jantar?

A viagem seria um desperdício se ele se trancasse no quarto e me evitasse o tempo todo.

– Vai, sim – respondeu minha mãe. – Eu garanto.

Duas horas depois, meu pai e eu estávamos sentados um de frente para o outro à mesa de jantar, ele, ao lado de minha mãe, eu, entre Agnes e Dante.

A tensão deixava o ar sufocante enquanto comíamos em silêncio.

Ele não tinha olhado para mim nem para Dante uma única vez desde que entrara no cômodo. Estava furioso conosco. A rigidez de sua mandíbula e sua expressão sombria deixavam isso claro. Porém, o que quer que ele tivesse a dizer, não disse à mesa com minha mãe e minha irmã presentes.

Dante comia tranquilamente, não parecendo abalado pela raiva silenciosa de meu pai, enquanto minha pobre irmã tentava puxar conversa.

– Você tinha que ver a cara do ministro do Interior quando o gato real saiu correndo pelo palco – disse ela, contando uma história do baile de primavera do palácio. – Não sei como ele foi parar no salão. A rainha Bridget levou na esportiva, mas achei que sua secretária de comunicações ia ter um troço.

Ninguém disse nada.

Meadows, a felina real de Eldorra, era adorável, mas nenhum de nós se importava muito com suas aventuras diárias.

Alguém tossiu. Talheres tilintaram alto contra a porcelana. Nos fundos da casa, um dos cachorros latiu.

Cortei meu frango com tanta força que a faca arranhou o prato com um guincho suave.

Minha mãe olhou para mim. Normalmente, teria me repreendido pelo incidente, mas naquela noite ela não disse uma palavra.

Mais silêncio.

Por fim, não aguentei mais.

– Nós éramos uma família melhor antes de sermos ricos.

Três garfos congelaram no ar. Dante foi o único que continuou comendo, embora seus olhos estivessem atentos e escuros enquanto observavam a reação dos outros.

– Jantávamos juntos toda noite. Íamos acampar e não nos importávamos se nossas roupas eram da coleção passada nem com que tipo de carro dirigíamos. E nunca teríamos forçado alguém a fazer algo que não quisesse. – A insinuação pesou sobre a mesa congelada. – Éramos mais felizes e pessoas melhores.

Mantive os olhos em meu pai.

Eu estava sendo mais assertiva do que havia planejado, mas precisava falar. Estava cansada de guardar meus pensamentos apenas porque eram *inconvenientes* ou *inadequados*. Nós éramos uma família. *Deveríamos* dizer a verdade uns aos outros, não importava como fosse difícil ouvir.

– Éramos? – Meu pai parecia impassível. – Não ouvi você reclamar quando paguei a sua faculdade inteira para que você pudesse se formar sem dívidas. Você não parecia preocupada em ser *mais feliz* ou *uma pessoa melhor* enquanto eu financiava suas compras e o ano que passou no exterior.

Suas palavras saíram em um tom mordaz.

Apertei o cabo do garfo de metal, que se cravou na palma da minha mão.

– Não estou dizendo que não me beneficiei do dinheiro, mas me beneficiar e até gostar de algo não significa que eu não tenha críticas. Você mudou, papai. – Usei deliberadamente a palavra que usava quando nova. Soou distante e estranha, como os ecos de uma canção havia muito esquecida. – Você se afastou tanto da…

– Já chega!

Talheres e porcelanas chacoalharam em um estranho déjà-vu daquele dia no escritório de meu pai. Ao meu lado, Dante finalmente pousou o garfo, seus músculos tensos e contraídos, como uma pantera pronta para atacar.

– Não vou ficar aqui sentado enquanto você me insulta na frente da minha própria família. – Meu pai me fuzilou com os olhos. – Já é ruim o suficiente que você tenha escolhido *ele* em vez de nós. – Ele não olhou para Dante, mas todos sabiam de quem estava falando. – Nós criamos você, alimentamos você e garantimos que não lhe faltasse nada, e você nos agradece se afastando quando a família mais precisa. Você *não tem* o direito de se sentar aqui e me repreender. Eu sou *seu pai*.

Essa sempre foi a desculpa dele. *Eu sou seu pai.* Como se isso o absolvesse de qualquer delito e lhe desse o direito de me manipular como uma peça de xadrez em um jogo que eu nunca consenti.

Minha boca tinha gosto de cobre.

– Não, não é. Você me deserdou, lembra?

O silêncio foi alto o suficiente para fazer meus ouvidos zumbirem.

Minha mãe entreabriu a boca, respirando fundo sem fazer barulho; os olhos de minha irmã estavam arregalados.

Dante não se moveu um centímetro, mas eu sentia seu apoio reconfortante ao meu lado.

– Você não me tratou como filha, me tratou como um objeto. A facilidade que teve em me mandar embora no minuto em que me recusei a fazer sua vontade é prova disso. Sempre serei grata pelas oportunidades que me deu na juventude, mas o passado não justifica o presente. E a verdade é que a pessoa que você é agora não é alguém que eu me orgulhe de chamar de pai.

Fixei o olhar nele; seu rosto tinha adquirido um lindo tom carmim.

– Você ao menos se arrepende do que fez? – perguntei baixinho. – Sabendo como afetaria as pessoas ao seu redor?

Como nos afetaria?

Eu torci, *rezei* por uma única centelha de remorso. Algo que me dissesse que meu velho pai ainda estava enterrado em algum lugar dentro dele. Se estava, não o vi.

Os olhos de meu pai permaneceram pétreos e impassíveis.

– Eu fiz o que tinha que fazer pela minha família.

Ao contrário de você.

As palavras implícitas ricochetearam em mim, sem me acertar.

Não me dei ao trabalho de responder. Já tinha ouvido tudo o que precisava.

Dante

ENCONTREI FRANCIS NA SALA DE ESTAR, depois do jantar, olhando fixamente para a lareira. Era primavera, mas as noites em Helleje eram frias o suficiente para justificar o aquecimento extra.

– A sensação não é nada boa, não é?

Ele se assustou com o som da minha voz. Uma ruga surgiu entre suas sobrancelhas quando ergueu os olhos e me viu entrar.

– Do que você está falando?

– De Vivian. – Parei na frente dele, o copo de uísque pela metade na mão, bloqueando sua visão do fogo. – De perdê-la.

Minha sombra se derramou sobre o sofá, grande e escura o suficiente para engoli-lo inteiro.

Francis me fuzilou com os olhos.

Ele parecia menor sem o suporte de sua arrogância. Mais velho também, com linhas pesadas marcando seu rosto e olheiras fundas.

Um mês antes, eu o odiava profundamente, tanto que só de pensar nele minha visão ficava nublada. Naquele momento, olhando para Francis, só sentia desprezo e, sim, um pouco da raiva remanescente também. A maior parte da raiva, no entanto, havia esfriado, indo de lava derretida para uma rocha dura e insensível.

Eu estava pronto para esquecer Francis Lau e seguir em frente... *depois* de uma conversinha.

– Ela vai cair em si. – Ele afundou ainda mais no sofá. – Jamais dará as costas para a família.

– Essa é a questão. Você não é mais a família dela.

Havia sido necessária toda a minha força de vontade para que eu segurasse a língua durante o jantar. Aquela era a viagem de Vivian e o momento dela de confrontar sua família; ela não precisava da minha ajuda. Mas agora que o jantar havia acabado e Francis e eu estávamos a sós, eu não precisava mais me conter.

– Você usa sua família como desculpa. Diz que quer o melhor para elas, mas fez o que fez por si mesmo. *Você* queria o status e a influência. *Você* entregou suas filhas a homens que elas mal conheciam por conta do próprio ego. Se realmente se importasse com sua família, teria colocado a felicidade delas acima dos seus desejos egoístas, mas não.

Os casamentos arranjados das filhas Laus até que tinham dado certo – embora um ponto de interrogação ainda pairasse sobre o meu relacionamento com Vivian –, mas Francis não tinha como prever o que aconteceria quando fez os acordos.

Ele ficou vermelho.

– Você não sabe *nada* a nosso respeito nem sobre o que eu tive que fazer para chegar aonde estou hoje.

– Não, não sei, porque não me importo – respondi friamente. – Não dou a mínima para você, Francis, mas *amo* a Vivian, então vou ser breve e direto, para o bem dela.

Ele abriu a boca, mas eu continuei antes que ele pudesse falar:

– Você diz que ela se afastou da família, quando ela é o *único* motivo pelo qual você está sentado aqui agora. Se você não fosse o pai dela e Vivian não se importasse mais com você, apesar de todas as merdas pelas quais a fez passar, você estaria enterrado sob os escombros da sua empresa. Mas eu não sou tão legal quanto a Vivian.

O leve tom de ameaça em minhas palavras pairou no ar e pousou na superfície do meu uísque.

– Se ela quiser se reconciliar com você no futuro, a decisão é dela. Mas se você falar com ela do jeito que fez hoje na mesa de jantar outra vez... Se a machucar de alguma forma, se a fizer derramar uma única lágrima ou provocar nela um único maldito segundo de tristeza, eu vou tirar *tudo* que você tem. Sua empresa, sua casa, sua reputação. Vou queimá-lo de tal maneira que você não conseguirá passar pelo segurança de um barzinho de merda qualquer. – Meu olhar se fixou em Francis enquanto o rosto dele perdia a cor. – Entendeu?

Minha raiva podia ter esfriado, mas não sumira, e estava a uma palavra errada de entrar em erupção novamente. Eu estava pronto para deixar Francis no passado, aonde ele pertencia, mas se magoasse Vivian...

Senti um calor nas entranhas, mais quente que o fogo nas minhas costas.

Francis agarrou os joelhos. Ele vibrava de ressentimento, mas sem Vivian para servir de intermediária, tanto para o bem quando para o mal, não havia nada que ele pudesse fazer.

– Sim – disse ele por fim, os dentes cerrados.

– Ótimo. – Meu sorriso foi desprovido de calor. – Não se esqueça de que, desta vez, eu poupei você por ela. Da próxima, não serei tão generoso.

Terminei a bebida em um gole fácil e coloquei o copo vazio na mão dele, como se Francis fosse um dos garçons dos quais desdenhava, então me retirei.

Seis meses antes, eu teria ateado fogo na merda daquela sala com Francis dentro. Mas, naquela noite, não estava interessado em nenhum confronto ou discussão.

O ódio que eu tinha por ele quase me custara a pessoa que eu amava, e eu me recusava a perder um único segundo a mais com aquele homem. Não quando havia outra pessoa com quem eu preferiria passar meu tempo.

CAPÍTULO 43

Vivian

A BATIDA VEIO ENQUANTO eu estava me preparando para dormir.

Soube quem era antes de abrir a porta, mas isso não impediu meu estômago de dar uma cambalhota estranha quando vi Dante no corredor.

Ele usava o mesmo suéter de caxemira e a mesma calça jeans do jantar.

Eu não sabia para onde ele tinha ido depois da refeição, mas estava ali agora, e vê-lo fez meu peito se contorcer com uma emoção inesperada.

Até então, eu não havia percebido o quanto precisava estar com ele, *só* com ele. Dante era a única pessoa que podia me trazer de volta ao chão depois de uma montanha-russa como aquela.

Olhamos um para o outro, o silêncio repleto de palavras não ditas, até que abri mais a porta em um convite para ele entrar. O pequeno movimento quebrou o feitiço e nós dois relaxamos visivelmente quando ele entrou e eu me sentei na cama.

– Você se saiu muito bem. – Dante se encostou na parede, a mão enfiada no bolso enquanto seus olhos encontravam os meus. – Enfrentando seu pai.

– Obrigada. – Abri um sorriso triste, sentada na cama de frente para ele. – Mas queria que a conversa tivesse sido melhor.

– Foi do jeito que deveria ser. – Feixes prateados de luar brilhavam nos olhos de Dante. – Agora você sabe o tipo de homem que ele é. Um caso perdido, *mia cara*. Sei que sou suspeito para falar, mas é verdade. Se eu pudesse escolher, preferiria que vocês se resolvessem e você ficasse feliz, mas o tipo de pessoa que ele é... – Dante baixou a voz: – Não merece seu tempo nem sua energia.

Uma dor se instalou em minha garganta.

– Eu sei.

A situação não se resolvera como eu queria, mas bastava.

– Fiquei impressionada com o modo como você se conteve durante o jantar – acrescentei, tentando aliviar o clima. – Tinha me preparado para insultos. Talvez algumas ameaças e socos, só para deixar a coisa mais interessante.

Dante não dissera uma palavra durante o confronto. Eu nunca o tinha visto tão quieto por tanto tempo, mas foi bom, pois precisava lutar minhas próprias batalhas em vez de recorrer a outras pessoas.

– Tenho exercitado o autocontrole. – Sua boca se curvou apenas um milímetro. – Como eu disse, esta viagem não tem nada a ver comigo.

Nossos olhares se encontraram, me causando uma sensação de formigamento.

Meu quarto era grande o suficiente para acomodar quatro pessoas, mas a presença de Dante preenchia cada canto, deixando meus pensamentos nebulosos e o vazio no meu peito um pouco menor.

– Obrigada por ter vindo comigo. – Tentei ignorar a maneira como seu olhar me banhava com calor. – Sei o quanto você é ocupado, e não deve ser nada divertido ficar sob o mesmo teto que alguém que você odeia.

– Foi meio divertido assistir enquanto ele quase tinha um treco à mesa.

Uma risada involuntária me escapou.

– Você é terrível.

– Só com quem merece. – Outro sorriso. – É bom ouvir você rir de novo, *mia cara*.

Meu sorriso desapareceu diante do significado delicado e profundo de suas palavras.

Outro silêncio caiu entre nós, denso e carregado de tensão. Vaga-lumes dançavam sobre a minha pele, deixando rastros de eletricidade. Meu vestido pareceu pesado e me remexi na cama, tentando aliviar a nova ansiedade que crescia em minha barriga.

Os olhos de Dante escureceram. Sua mandíbula pulsou por um segundo antes de ele se afastar da parede.

– Está tarde. – A rouquidão na voz dele expressava nervosismo. – Nós dois deveríamos descansar um pouco.

Ele chegou a meio caminho da porta antes que eu o interrompesse:

– Espere.

Dante parou, os ombros rígidos. Não se virou para olhar para mim.

O ar parecia pressionar meu peito enquanto eu pensava no que fazer a seguir.

Tinha feito as pazes com minha mãe, de certa forma. Havia encerrado a questão com meu pai. A única relação que faltava resolver era com Dante.

Ela havia mudado e se reorganizado de inúmeras maneiras ao longo do último ano. Passamos de estranhos a colegas de apartamento, a adversários, a amigos, a amantes, a ex... A lista continuava. Em algum momento aquilo teria um fim, e cabia a mim decidir até onde iria.

Fiquei de pé, meu coração batendo mais rápido a cada passo enquanto eu me colocava entre Dante e a porta. Ele me encarou e, embora sua expressão fosse indiferente, seus olhos estavam tão quentes que poderiam incendiar cada centímetro do meu corpo.

O que era intolerável para mim?

Ele ter escondido a chantagem de meu pai? Me afastado? Tentado destruir a empresa da minha família? Todas essas coisas mereciam minha raiva, mas, ao mesmo tempo, eram justificáveis.

Foram necessários tempo e esforço, mas demos um jeito. Acho que você e Dante também conseguem.

– Você não precisava ter vindo.

Tempo era o bem mais valioso para ele.

Seus olhos negros como carvão queimaram ainda mais.

– Não.

Meu coração disparou.

– Hoje à tarde, vários jornais importantes publicaram matérias se retratando em relação às fraudes envolvendo a Lau Jewels. – Eu havia recebido os alertas antes do jantar. – Timing interessante.

– Ou só coincidência.

– Talvez. Mas não acredito mais em coincidências. – As palavras pairaram entre nós. – Por que você fez isso?

A indiferença se transformou em algo mais suave.

– Porque eles ainda são sua família, *mia cara*. Porque, se eu pudesse voltar no tempo e impedir que seu pai me chantageasse, não voltaria. Caso contrário... – A voz dele se tornou levemente mais grave: – Eu não teria conhecido você.

As palavras pulsaram em meus ouvidos e vibraram em meu sangue. A emoção me impediu de falar qualquer coisa, então fiz a única coisa que era capaz.

Fiquei na ponta dos pés e pressionei com delicadeza meus lábios nos dele.

Um suspiro soprou entre nós. Um segundo se estendeu.

Em seguida, a mão dele tocou minha bochecha e sua boca se moveu contra a minha. Suave e desesperadamente, como se Dante quisesse sentir de novo o meu gosto mas temesse que eu fosse desaparecer a qualquer segundo.

Fios lentos de desejo se desenrolaram de mim enquanto eu deslizava a língua contra a dele e saboreava nosso beijo. Intenso e profundo, como fome temperada com saudade e adoçada com perdão.

Ofeguei junto a sua boca, lambendo e explorando, enquanto nos conduzia para a cama. Dante geralmente assumia o controle, mas daquela vez ele me deixou tomar as rédeas. Ele me observou, as pálpebras pesadas e o peito arfando, enquanto eu tirava nossas roupas.

Nossas mãos vagaram, nossos corações batendo em sincronia e nossos beijos aumentando de intensidade até o calor se tornar insuportável.

Afundei nele, acolhendo-o devagar, centímetro a centímetro, até que Dante estivesse totalmente enterrado em mim.

Gememos em uníssono. As mãos de Dante agarraram meus quadris enquanto eu me movimentava contra o corpo dele. O suor cobriu minha pele, suspiros delicados e gemidos preencheram o ar e uma pressão deliciosa cresceu dentro de mim, aumentando cada vez mais até que minha mente foi tomada por uma nuvem de luxúria.

Os músculos dele estavam visivelmente tensos com o esforço de se segurar, mas Dante não tentou assumir o controle enquanto eu nos conduzia a um orgasmo simultâneo e atordoante. Foi a primeira vez que gozamos juntos.

A intimidade avassaladora do momento desencadeou um segundo clímax, menos intenso, e meu corpo ainda vibrava quando Dante me puxou para um beijo.

– Você fica linda quando está no controle, *mia cara*. – Sua voz aveludada acariciou minha pele tanto quanto sua mão em meu pescoço.

– Eu também acho. – Rocei os lábios nos dele antes de assumir um tom mais sério: – Não estou pronta para morar com você de novo. Ainda preciso de um tempo. Mas... vamos chegar lá em algum momento.

– Leve o tempo que precisar. Estarei bem aqui. – Dante acariciou minha nuca com o polegar. – *Per te aspetterei per sempre, amore mio.*

– *Spero non ci vorrà così tanto.* – Sorri ao vê-lo surpreso. – Eu falo seis idiomas, Dante. Italiano é um deles.

Sua surpresa se dissolveu em uma risada.

– Você é cheia de surpresas. – Ele me beijou novamente, agora mais relaxado. – *Ti amo.*

Talvez fosse por estar em paz com a minha família. Talvez pela emoção de finalmente assumir o controle da minha vida. Fosse o que fosse, as muralhas em meu peito haviam ruído, e minha resposta finalmente saiu em um sussurro:

– Eu também te amo.

CAPÍTULO 44

– AQUELA É ESCORPIÃO. – Vivian apontou para o céu. – Está vendo?

Segui seu olhar em direção à constelação. Parecia outro aglomerado de estrelas qualquer.

– Aham. É linda.

Ela virou a cabeça e estreitou os olhos.

– Você está vendo mesmo ou está mentindo?

– Eu vejo estrelas. Várias.

Vivian soltou um ruído, metade resmungo, metade risada.

– Você não tem jeito.

– Eu já disse, não sou e nunca vou ser um especialista em astronomia. Estou aqui apenas pela vista e pela companhia – respondi, beijando o topo da cabeça dela.

Estávamos deitados em uma pilha de mantas e almofadas do lado de fora de nosso *glamping resort* no deserto do Atacama, no Chile, um dos principais destinos para observação de estrelas do mundo. Depois de todas as merdas que haviam acontecido no mês anterior, aquele era o lugar perfeito para recomeçar antes do nosso casamento, que havíamos adiado para setembro devido às reformas que demoraram mais do que o esperado.

Tínhamos passado os últimos quatro dias escalando vulcões, desfrutando de fontes termais e explorando dunas de areia. Minha assistente quase desmaiara quando contei que tiraria dez dias de folga do trabalho, mas depois preparou o itinerário perfeito para minhas primeiras férias de verdade desde que me tornara CEO.

Havia até deixado o celular profissional em casa. Minha equipe tinha o número do resort em caso de emergência, mas sabia que não deveria me incomodar a menos que o prédio estivesse literalmente pegando fogo.

– Verdade. Acho que você pode continuar só sendo lindo. – Vivian deu um tapinha no meu braço. – Cada um tem seu talento...

Ela deu um gritinho quando girei para o lado e prendi seu corpo sob o meu.

– Veja lá como fala comigo – disse, dando-lhe uma mordidinha. – Ou vou te dar uma lição aqui mesmo, na frente de todo mundo.

As estrelas refletiam em seus olhos, que brilhavam com malícia.

– Isso é uma ameaça ou uma promessa?

Meu gemido ecoou entre nós, tenso e ardente.

– Você adora me provocar.

– Foi você que começou. – Vivian passou os braços em volta do meu pescoço e me beijou. – Não comece algo se vai deixar pela metade, Russo.

– Por acaso já fiz isso alguma vez? – Deslizei os lábios pela linha delicada do maxilar dela. – Mas, antes de chocarmos os outros hóspedes com uma performance pornográfica... – A risada dela vibrou pela minha coluna. – Eu tenho uma confissão a fazer.

Meu coração acelerou. Havia passado um mês inteiro me preparando para aquele momento, mas ainda me sentia à beira de um penhasco sem paraquedas.

Vivian inclinou a cabeça.

– Confissão do tipo "esqueci de agendar nossos passeios a cavalo de amanhã" ou do tipo "matei alguém e preciso da sua ajuda para enterrar o corpo"?

– Por que você sempre acha que é algo mórbido?

– Porque sou amiga da Isabella, e você é assustador.

– Pensei que você tinha dito que meu talento era ser bonito – provoquei.

– Bonito *e* assustador. – Um sorriso travesso curvou sua boca. – Uma coisa não exclui a outra.

– Bom saber, mas não, não matei ninguém – respondi em um tom seco, então me afastei e me sentei direito.

A noite no deserto era fresca, mas o calor envolvia minha pele como um terno apertado.

– Graças a Deus. Não sou muito boa com pás. – Vivian sentou-se também e me lançou um olhar curioso. – Então, essa confissão... é boa ou ruim? Preciso me preparar psicologicamente?

– É boa. Espero. – Dei um pigarro, meu coração agora a toda velocidade. – Você se lembra da minha viagem à Malásia há algumas semanas?

– A que durou 72 horas? Lembro. – Ela balançou a cabeça. – Não acredito que você pegou um avião até lá para ficar só um dia. Deve ter sido uma reunião importante.

– Foi, sim. Eu fui ver minha mãe.

Meus pais haviam se mudado de Bali e agora estavam em Langkawi.

Uma ruga surgiu entre as sobrancelhas de Vivian, demonstrando confusão.

– Por quê?

Vivian sabia que eu não tinha com a minha mãe o tipo de relacionamento em que largaria tudo para ir vê-la. Meus pais ainda me irritavam bastante, mas eu havia feito as pazes com suas falhas. Eles eram quem eram e, comparados a pessoas como Francis Lau, poderiam ser considerados santos.

– Eu precisava pegar uma coisa.

Decidi ir direto ao ponto e tirei uma pequena caixa do meu bolso. Vivian a encarou com uma expressão atordoada.

– Dante...

– Quando eu te pedi em casamento pela primeira vez, não foi exatamente um pedido – falei, o sangue latejando em meus ouvidos. – Nosso noivado foi uma fusão, o anel, uma assinatura. Eu escolhi esse aí... – disse, apontando o diamante em seu dedo – porque era frio e impessoal. Mas agora que vamos fazer isso de verdade...

Eu abri a caixa, revelando uma deslumbrante pedra vermelha incrustada em ouro. Existiam menos de quarenta gemas como aquela no mundo.

– Queria te dar algo mais significativo.

Vivian soltou o ar de uma vez, em um ruído alto. A emoção ficou nítida em suas feições, pintando-a com mil tons de surpresa, prazer e tudo mais entre um e outro.

– Diamantes vermelhos são os diamantes coloridos mais raros que existem. Apenas uns trinta já foram minerados. Meu avô comprou um dos primeiros diamantes vermelhos, na década de 1950, e deu à minha avó quando a pediu em casamento. Ela passou para o meu pai, que deu para a minha mãe... – Engoli o nó na garganta. – Que passou para mim.

O anel brilhava como uma estrela cadente em meio à absoluta escuridão.

Minha mãe o usara pouquíssimas vezes. Tinha muito medo de perdê-lo durante suas viagens, mas o manteve guardado para o dia em que eu precisasse. Foi uma das poucas coisas sentimentais que ela havia feito por mim desde que nasci.

– Uma herança de família – murmurou.

– Sim. Uma herança que me lembra muito de você. Linda, rara e difícil pra cacete de encontrar... mas que vale cada minuto gasto na busca. – Meu rosto relaxou. – Passei 37 anos achando que não existia um par perfeito para mim. Você provou que eu estava errado em menos de um ano. E, mesmo que a gente não tenha feito as coisas do jeito certo da primeira vez, espero que você me dê a chance de provar que sou capaz disso agora.

Meu coração estava acelerado de nervosismo quando a pergunta mais importante da minha vida saiu da minha boca.

– Vivian Lau, quer se casar comigo?

Os olhos dela se encheram de lágrimas. Uma gota solitária escapou e desceu por sua bochecha quando ela assentiu.

– Sim. *Sim*, é claro que eu quero me casar com você.

A tensão se dissolveu em risos e soluços e em um alívio fresco e angustiante. Tirei a antiga aliança de seu dedo e a substituí pela nova antes de beijá-la.

Feroz e apaixonadamente, com todo o meu amor.

Às vezes, precisávamos de palavras para nos comunicar. Já em outras, não era necessário dizer uma palavra sequer.

EPÍLOGO

Dante

O DIA DO NOSSO CASAMENTO amanheceu claro e ensolarado sobre o lago de Como.

Recebemos 250 convidados vindos de todo o mundo para acompanhar as festividades na Villa Serafina, onde as reformas haviam sido concluídas bem a tempo de um exército de funcionários aparecer e transformá-la em um paraíso de luzes, flores e plantas pendentes.

A cerimônia foi realizada ao ar livre, no terraço mais alto da *villa* com vista para o lago. O sol brilhava, forte e quente, enquanto, sob o caramanchão, eu esperava que Vivian aparecesse.

– Não acredito que você vai casar. – O sussurro saiu do canto da boca de Luca. – Não achei que fosse realmente acontecer. Sei que disse para você lutar por ela, mas eu tinha certeza de que ela ia te chutar e...

– Cala a boca – respondi sem desfazer o sorriso. As câmeras estavam apontadas para nós e eu queria que as fotos ficassem perfeitas. – Fazer comentários inconvenientes não é o trabalho do padrinho.

Corri os olhos pela multidão, inquieto. Quase todos os convidados haviam confirmado presença. Avistei Dominic e Alessandra entre os Laurents e os Singhs, e a namorada de Christian, Stella, sentada ao lado da rainha Bridget e do príncipe Rhys de Eldorra. Surpreendentemente, meus pais também estavam presentes e haviam trocado suas roupas de praia habituais por trajes apropriados para a ocasião.

Meu olhar passou pelos Laus. Francis viera como acompanhante de Cecelia, mas havia sido destituído de todos os deveres atribuídos ao pai da noiva.

Em vez disso, Cecelia levaria Vivian até o altar. Era uma humilhação pública para alguém tão obcecado pela própria reputação, mas ele devia achar que *não* comparecer seria pior do que ir como convidado de um convidado.

Estava sentado ao lado do genro, sisudo, mas quieto. Vivian tinha passado semanas angustiada, questionando-se se deveria convidá-lo, até que chegamos a um acordo. Ela estava preocupada em me chatear, mas eu já tinha deixado Francis no passado, onde se tornara uma mancha no espelho retrovisor.

Se Vivian estivesse feliz, eu estava feliz.

– Deveria ser. Você não estaria aqui se não fosse por mim – comentou Luca, trazendo minha atenção de volta para ele, que soava muito satisfeito consigo mesmo. – Quem foi que te tirou da lama quando você estava lá chafurdando?

– Estou prestes a chafurdar *você*, se não calar a boca.

A pessoa que inventou irmãos mais novos merecia um lugar especial no inferno.

– Calem a boca, *os dois* – disse Christian, do outro lado de Luca. – Cacete, como irmãos são irritantes. Graças a Deus eu não tenho um.

Porra, amém.

Kai era o único padrinho com o bom senso de manter a boca fechada.

Ele olhava fixamente para o arco, onde Agnes, Sloane e Isabella, as madrinhas, estavam paradas em vestidos rosa-claro.

Isabella ergueu as sobrancelhas para ele, que estreitou um pouco os olhos antes que os tons profundos e majestosos da marcha nupcial preenchessem o ar, fazendo com que Kai desviasse os olhos para o corredor.

Os convidados se levantaram em uníssono. Todos os pensamentos envolvendo irmãos irritantes e padrinhos igualmente irritantes cessaram quando Vivian surgiu no final da nave. Inferno, todos os pensamentos cessaram, ponto-final.

A única coisa que existia era ela.

Parei de respirar enquanto ela caminhava rumo ao altar com a mãe, seu rosto radiante e seu sorriso suave ao encontrar meus olhos.

Certa vez, Vivian me contara sobre um provérbio chinês que dizia que um fio invisível conectava aqueles destinados a se encontrarem, independentemente do tempo, do lugar e das circunstâncias. Eu sentia o puxão invisível do fio naquele momento, estendendo-se entre nós e vibrando diante da promessa de algo que só o destino poderia oferecer.

Eu costumava pensar que não teríamos ficado juntos se o pai dela não tivesse nos forçado a isso, mas me enganara.

Parte de mim seria sempre capaz de encontrá-la. Ela era minha Estrela do Norte, a joia mais brilhante do meu céu.

Minha visão ficou embaçada quando Vivian me alcançou. Pisquei para me controlar, senão passaria o resto da vida aguentando Luca, Christian ou Kai no meu ouvido.

A mãe dela a entregou para mim. Cecelia havia ficado chateada quando Vivian não permitiu que ela se intrometesse nos preparativos do casamento. Naquele momento, parecia ter os olhos suspeitamente marejados.

Parecia que ela era capaz de expressar outras coisas além de reprovação, afinal.

– Você está muito bonito, Sr. Russo – murmurou Vivian, sua mão pequena e macia contra a minha.

– Posso dizer o mesmo de você, Sra. Russo.

Ela usava um vestido feito sob medida e os melhores cabelo e maquiagem que o dinheiro era capaz de comprar, mas mesmo em um saco de juta ela seria a mulher mais bonita que eu já tinha visto.

– Ainda não sou a Sra. Russo. Ainda dá tempo de realizar minha fantasia de noiva em fuga – brincou ela.

Um sorriso malicioso se abriu em meus lábios.

– Eu até que gosto de uma boa caçada.

As bochechas de Vivian enrubesceram com o duplo sentido.

O padre deu um pigarro, interrompendo nossos cochichos. Trocamos um último sorriso antes de voltarmos a atenção para a cerimônia.

A fala do padre, os votos, a troca de alianças. As batidas do meu coração abafaram sons e movimentos até chegarmos ao final da cerimônia.

– Eu os declaro marido e mulher. Já podem...

Peguei Vivian em meus braços e a beijei antes que o padre terminasse a frase.

A multidão explodiu em aplausos e assobios. Eu mal ouvi. Estava ocupado demais com minha esposa.

Esposa. A palavra me causou um arrepio eletrizante.

– Impaciente como sempre – brincou Vivian quando nos afastamos. Seu rosto estava vermelho de prazer e diversão. – Teremos que trabalhar nisso. Paciência é uma virtude.

– Eu nunca disse ser uma pessoa virtuosa, querida. Pecar é mais divertido. – Outro sorriso malicioso. – Como você descobrirá hoje à noite.

Seu rosto e seu colo enrubesceram novamente.

Meu sorriso se alargou.

Jamais me cansaria de fazê-la sorrir e corar.

Ela era minha esposa, minha parceira, minha estrela-guia.

E eu não trocaria isso por nada.

Vivian

– MEU BEBÊ SE CASOU. Eles crescem *tão rápido*! – Isabella soltou uma fungada dramática. – Ainda me lembro de quando você era uma jovem inocente de 22 anos, navegando na selva de Nova Yo...

– Deixe de ser dramática. A Vivian é um ano mais velha que você – disse Sloane, dando um golinho em seu champanhe. – Vários anos, se estivermos falando de maturidade.

Reprimi uma risada por causa do suspiro ofendido de Isabella.

O dia virou noite conforme as festividades do casamento continuavam. A recepção estava acontecendo no enorme pátio murado da *villa*, sob um dossel de flores e luzes cintilantes.

Os convidados ainda estavam de pé mesmo depois de horas de bebida e música, mas eu precisava de um descanso. Ser a noiva em uma festa de casamento era um trabalho em tempo integral. *Todo mundo* queria conversar.

– *Calúnias envolvendo minha maturidade à parte* – disse Isabella, com um olhar mordaz para Sloane –, estou feliz que você e Dante tenham se acertado. Agora posso riscar *ser madrinha de um casamento na Itália* da minha lista de desejos.

– Que bom que eu pude realizar um de seus sonhos – respondi.

– Também acho. Só falta encontrar um italiano para uma noite quente de... – A frase de Isabella foi interrompida por um leve pigarro atrás de mim.

Eu me virei e abafei outra risada ao ver Kai. Ele tinha o pior ou o melhor timing quando se tratava de minhas conversas com Isabella, dependendo de como se encarasse a situação.

– Desculpe interromper mais uma... conversa fascinante. Mas Dante está ficando inquieto sem sua noiva. Vivian, talvez seja melhor você ir atrás dele. Ele já teve que contar a história de como a pediu em casamento dez vezes, e acho que está a ponto de bater em alguém.

Olhei para Dante, junto a um pequeno grupo de convidados, aparentemente entediado e irritado. Seu olhar encontrou o meu e ele murmurou "Socorro".

Contive um sorriso.

– Já volto. Preciso salvar meu marido.

Sloane me dispensou com um gesto de mão.

– Aproveite sua festa.

– Parabéns outra vez! – celebrou Isabella, evitando cuidadosamente olhar nos olhos de Kai.

Deixei-os conversando e cruzei o pátio. Só consegui chegar à metade do caminho antes que minha mãe me parasse.

– Vivian! Você viu sua irmã? – perguntou, preocupada. – Ela foi ao banheiro faz uma hora e ainda não voltou.

– Não. Talvez ela esteja no banheiro com o Gunnar – brinquei.

– *Vivian*. Francamente. – Ela levou as mãos ao colar. – Isso não é piada que se faça em público.

– Tenho certeza de que ela está bem, mãe. É uma festa. Divirta-se. – Entreguei a ela uma taça de champanhe de uma bandeja próxima. – Louis Roederer. Seu favorito.

Nosso relacionamento vinha melhorando desde a conversa em Eldorra. Não era perfeito; como ela dissera, não era capaz de mudar completamente. Sua mania de microgerenciar tudo havia me enlouquecido ao longo das semanas que antecederam o casamento, mas ela *estava* tentando. Nem sequer discutiu quando pedi ao maquiador que usasse um batom vermelho em vez de um de tom neutro, embora ela considerasse lábios e unhas vermelhos "impróprios" para uma herdeira da alta sociedade.

Meu pai, por outro lado, estava distante como sempre. Tinha ido embora imediatamente após a cerimônia; de acordo com Agnes, não suportou ouvir as pessoas cochichando sobre por que ele não tinha dado minha mão em casamento.

Ninguém fora de nosso círculo sabia a razão do nosso distanciamento, e jamais saberiam. Algumas coisas deviam permanecer privadas.

Eu havia aceitado nosso relacionamento difícil, e não perdi tempo pensando nele quando minha mãe aceitou o suborno em forma de champanhe.

– Está bem – disse ela. – Tenho mesmo que falar com Buffy Darlington. Mas, se encontrar sua irmã, diga que estou com o celular dela. Sinceramente, não sei *o que* ela está fazendo...

Consegui me desvencilhar dela e cheguei a Dante bem a tempo.

– Então, conte como você a pediu em casamento – disse a pobre convidada, aparentemente alheia à pálpebra tremendo do noivo. – Quero ouvir *cada* detalhe.

– Mil desculpas por interromper. – Apoiei a mão no peito de Dante antes que ele pudesse responder. – Mas posso roubá-lo um minutinho? Compromissos do casamento.

– Ah, mas é claro – disse a mulher, afobada. – Parabéns mais uma vez. Vocês estão lindos.

Sorri e virei Dante na direção de um canto tranquilo do pátio.

– Obrigada. Aproveite a noite.

– Porra, graças a Deus – disse Dante quando a mulher estava fora do alcance de sua voz. As abotoaduras de sorvete que eu comprara para ele em Paris brilharam quando ele passou a mão pelo rosto, e a visão me deixou constrangedoramente feliz. – Agora eu sei por que as pessoas fogem para se casar. As conversas nesse tipo de evento são insuportáveis.

– São mesmo, mas tenho certeza de que você consegue encontrar pelo menos *uma* coisa de que goste.

Passei os braços em volta do pescoço dele. A tensão de seus ombros aliviou e sua cara amarrada relaxou em um leve sorriso.

– Talvez tenha uma. – A mão dele pousou na minha cintura. O calor queimou sobre meu vestido, chegando à boca do meu estômago. – Os canapés de lagosta estão muito bons.

– E?

– E... – Ele fingiu pensar. – As flores são impressionantes. Mas, por 120 mil dólares, tinham que ser mesmo.

– E as pessoas? – Ergui o queixo. – Alguém tolerável?

– Hum... Tem uma mulher que eu passei a noite toda olhando... –

Dante baixou a cabeça para que seus lábios roçassem os meus. – Ela é linda, charmosa, tem o sorriso mais bonito que eu já vi... mas acho que é casada.

– Nossa... que pena.

Perdi o ar quando a mão dele deslizou pela minha cintura, acendendo pequenas chamas ao longo do caminho.

– Pois é. – Outro toque de seus lábios. – Ouvi dizer que o marido dela é muito protetor. Se ele me vir falando com ela, pode tomar alguma atitude precipitada.

– Tipo...?

Minha mente ficou nebulosa quando sua mão passou pela curva do meu ombro e alcançou minha nuca.

– Tipo beijá-la loucamente na frente de 250 pessoas, sem a menor vergonha.

Dante capturou minha boca em um beijo envolvente, e a festa, a música, os convidados... tudo desapareceu, ofuscado pelo calor de seu toque, que se infiltrou no meu peito e nas minhas veias, aquecendo-me de dentro para fora.

O tipo de coisa que acontece apenas quando se chega ao fim de uma longa jornada... e se encontra um lar.

CENA BÔNUS

Vivian

– ACHO QUE NÃO É ASSIM que se faz.

Eu estava me segurando para não rir da tentativa de Dante de dobrar a massa em formato de meia-lua.

– É só massa – retrucou ele, e fechou o guioza todo torto, colocou-o de lado e começou um novo. – Quantas formas de dobrar existem?

Ele pôs uma colherada de recheio bem no meio, com mais força do que o necessário. Se tinha uma coisa (na verdade, muitas) que o deixavam mal-humorado, era não ser ótimo em algo que se propunha a fazer.

– Duas. – Peguei um guioza em uma das mãos e, com o polegar e o indicador da outra, fui dobrando e beliscando toda a borda, criando pequenas pregas ao longo da lateral. – A certa e a errada.

Apesar dos meus esforços para disfarçar o quanto estava me divertindo às custas dele, a risada me escapou quando vi a cara amarrada de Dante. O efeito teria sido pior se ele não estivesse com o nariz e a bochecha sujos de farinha.

Estávamos fazendo, ou melhor, *tentando* fazer guiozas para o jantar de Ano-Novo Lunar, que aconteceria no dia seguinte. Era nosso primeiro Ano-Novo Lunar casados, e dessa vez a comemoração seria em nossa casa, não na de meus pais.

Minha mãe iria nos visitar, enquanto meu pai – com quem eu não falava desde nossa grande briga no ano anterior – iria comemorar com Agnes e Gunnar em Eldorra. Por um lado eu estava triste por nossa família não se reunir em uma data tão importante, mas, por outro, Agnes não poderia vir mesmo para os Estados Unidos, devido às obrigações parlamentares de Gunnar. Aquele arranjo foi a melhor solução.

Como também era a primeira vez que eu organizava as comemorações do Ano-Novo Lunar, achei que seria divertido se Dante e eu passássemos uma noite na cozinha e servíssemos guiozas caseiros, mas... talvez não tenha sido a *melhor* ideia.

Meu marido era talentoso em muitas coisas. Cozinhar não era uma delas.

– Você está rindo de mim? – questionou ele, não de um jeito mordaz.

Dante me encarou com uma expressão aborrecida e complacente enquanto eu limpava a farinha de seu nariz.

– Claro que não. – Minha risada morreu, mas o sorriso permaneceu em meu rosto. Fiquei na ponta dos pés e lhe dei um beijo no nariz, bem onde eu tinha limpado. – Não seja tão rabugento. É o Ano do Dragão. É o *seu ano*.

Eu tinha sido sincera ao contar a ele, alguns meses antes, a respeito do animal com que o identificava. Seu ego inflou tanto que ele praticamente flutuou até o teto.

Eu tocava no assunto de maneira estratégica sempre que ele estava mal-humorado com alguma coisa, como quando o Holchester United, seu time de futebol do coração, perdeu para o Chelsea porque Asher Donovan estava machucado.

– Sei, sei – resmungou Dante, mas seu rosto se suavizou. – Não pense que eu não sei o que está fazendo com esse papo de dragão.

– Não sei do que você está falando. – Abri um sorriso travesso. – Mas tudo bem admitir que cozinhar não é um dos seus pontos fortes. Nem todo mundo consegue ser tão talentoso na cozinha quanto Greta e eu.

– Você? A pessoa que semana passada disparou o alarme de incêndio tentando fritar bacon?

Meu sorriso deu lugar a um rubor generalizado.

– Não foi minha culpa – respondi na defensiva.

De imediato, surgiu em minha mente uma imagem de Dante entrando na cozinha todo desgrenhado de sono, só de calça de moletom e um sorriso preguiçoso, e o rubor se intensificou.

– *Alguém* entrou e me distraiu com... com...

– Com sua beleza diabólica e seu charme inacreditável?

Os últimos vestígios de chateação se transformaram em um sorriso provocante.

De repente, senti um frio na barriga. Dante ainda tinha um pouco de farinha na bochecha e isso, combinado com seu sorriso, me fez esquecer qualquer assunto de guiozas e bacon queimado.

Ver o indomável Dante Russo ser tão *humano* por algum motivo fazia com que eu me derretesse. Todas. As. Vezes.

Mas mantive a expressão neutra. Por mais que o amasse, não precisava que seu ego ficasse maior do que já era.

— Não — respondi. — Acho que foi sua inacreditável humildade, seu cabelo todo despenteado... — Minha frase foi interrompida por um gritinho quando ele me agarrou com um grunhido brincalhão e começou a me girar.

— Para com isso!

Comecei a rir, ofegante tanto pelo giro quanto pela vertigem que uma noite com Dante costumava provocar. O trabalho e as obrigações sociais nos faziam passar várias noites por semana fora de casa, e era sempre um prazer ter algumas horas sozinha com ele fazendo coisas normais de casal.

— Olha o que você está fazendo comigo.

As mãos dele ainda estavam polvilhadas com farinha. No fundo, eu não me importava, mas *deveríamos* estar cozinhando. Ou algo do tipo.

Era difícil pensar direito quando ele olhava para mim com *aquele* sorriso e *aqueles* olhos.

Deveriam ser proibidos, assim como sua voz. Eram uma vantagem injusta que nenhum homem deveria ter.

— Ainda não fiz nada, *mia cara*. — Um sorriso malicioso cruzou seu rosto quando ele me colocou no chão. Suas mãos encontraram meus quadris, me firmando enquanto a cozinha parava de girar. — Me dê meia hora.

— *Dante*. — Um calor tomou minhas bochechas e minha nuca com o duplo sentido de suas palavras. — A Greta vai matar a gente.

Depois de muitos pedidos, bajulações e subornos com biscoitos de chocolate, ela relutantemente havia nos cedido sua preciosa cozinha naquela noite. Se nos visse fazendo qualquer coisa ali além de cozinhar, ela nos expulsaria para sempre e nos faria comer macarrão duro por um mês.

Ainda assim, não resisti quando Dante segurou minha bochecha e roçou a boca na minha.

– Vou correr o risco.

Sua resposta aveludada vibrou pela minha coluna e acelerou ainda mais meu coração.

– Você é uma má influência, Sr. Russo.

Meu fraco protesto transformou-se em um suspiro de prazer quando ele me beijou outra vez, mais profundamente, com uma ternura firme que fez um calor se espalhar por mim.

Fazia quatro meses desde o nosso casamento e quase um ano e meio desde o nosso noivado, mas não importava havia quanto tempo estávamos casados ou quantas vezes tínhamos nos beijado. Parecia sempre a primeira vez, da melhor maneira possível.

Enlacei o pescoço dele enquanto sua mão deslizava do meu rosto para a minha nuca. Sua língua roçou a minha em uma carícia vagarosa e experiente, e os cantos da minha mente ficaram nebulosos.

Quem se importava com a farinha ou os guiozas? Era para isso que serviam chuveiros e delivery. Na pior das hipóteses, poderíamos pedir comida...

– O que vocês estão fazendo?

A voz de Greta apagou nossa chama mais rápido que um balde de água fria.

Dante e eu nos separamos mais rápido do que dois adolescentes flagrados pelos pais no meio de um amasso. A mão dele se afastou do meu rosto e nossos olhares culpados se desviaram simultaneamente em direção à porta, onde Greta estava parada com uma cara feia de reprovação e as mãos plantadas na cintura.

Ops.

Imagens de macarrão velho e carne sem tempero servidos como punição passaram pela minha mente. Greta em geral era bastante compreensiva, mas era inflexível quando se tratava das regras de sua cozinha.

Isso significava que qualquer coisa que não fosse comer, cozinhar e gritar com a TV era ativamente desencorajada.

Dante se recompôs primeiro.

– Estamos fazendo uma pausa – disse ele, a imagem da inocência. – Fazer guiozas é cansativo.

– Fazer *guiozas*? – replicou Greta, bufando. – É *assim* que os jovens chamam hoje em dia?

Dante conteve um sorriso enquanto eu enterrava o rosto no peito dele para esconder a risada que borbulhava em minha garganta. Não pude evitar. Nós éramos adultos e ele era, tecnicamente, o chefe dela, mas muitas vezes Greta nos tratava como uma avó severa porém amorosa que estava farta de nossas travessuras.

Na verdade, pensando melhor... essa era uma descrição bastante precisa do nosso relacionamento.

– Eu falei para vocês: nada de gracinhas na minha cozinha! E isso aí, o que é? – Greta suspirou. – Era para serem... *guiozas*?

Ela deveria ter visto as obras de arte de Dante.

Meus ombros tremeram com uma risada silenciosa quando imaginei a expressão horrorizada dela.

Dante me abraçou mais apertado.

– Sim. – Sua voz se tornou defensiva: – Óbvio.

– De jeito nenhum! – Pelo tom de Greta, parecia até que ele tinha acabado de dizer que serviríamos fast-food em um jantar oficial. – Nós *não vamos* servir isso para os convidados na minha casa.

– Na verdade, a casa é minha – respondeu Dante.

Ela o ignorou.

– Fora! Fora, os dois! Deixa que eu faço isso. Meu Deus, imagine só se sentar para jantar e ver *essas coisas* no prato...

Seus resmungos diminuíram até um fluxo de italiano furioso enquanto Dante e eu saíamos com relutância da cozinha.

– Não estavam *tão* ruins assim – murmurou ele, já no corredor. – Estavam?

– Bem... – tentei falar, rindo. – Estavam péssimos. Desculpa.

– Você deveria me defender, *Sra.* Russo – disse Dante incisivamente, mas um pequeno sorriso se abriu em seu rosto. – Se bem que a interrupção da Greta pode ter sido boa, no fim das contas.

– Ah, é? E por quê? – perguntei, erguendo a sobrancelha mesmo enquanto meu coração acelerava com o brilho diabólico nos olhos dele.

Toda a frivolidade restante desapareceu quando ele me puxou para perto, o suficiente para que nossos corpos fossem pressionados um ao outro. Um calor floresceu, espalhando-se por minhas veias e acumulando-se em meu estômago quando ele acariciou meu quadril com o polegar.

– Acabei não fazendo nada com você lá na cozinha – disse ele lentamente. – Agora posso resolver isso.

Suas palavras pulsaram entre minhas pernas.

Era início de fevereiro em Nova York, no meio do inverno, mas de repente desejei que o ar-condicionado estivesse ligado em vez do aquecedor. Eu estava pegando fogo.

– Quem disse que eu vou deixar?

Respirei fundo, mas outro suspiro escapou quando Dante baixou a cabeça e roçou os lábios no meu pescoço.

Era injusto. Ele *sabia* que beijos no pescoço eram meu ponto fraco.

– Hum... – Dante beijou lentamente o percurso até minha boca. – Eu sei ser *muito* convincente.

– Não sei, não. – O frio na barriga voltou, agora com mais força. – Talvez eu precise de muito convencimento...

Eu o senti sorrir.

– Que bom que temos a noite toda, então.

Não tentamos voltar para a cozinha naquela noite. Em vez disso, fomos para o nosso quarto, onde, horas depois, confirmei a declaração de Dante com cem por cento de certeza: meu marido era, de fato, *muito* convincente.

Agradecimentos

AOS MEUS LEITORES: OBRIGADA por participarem desta nova jornada comigo! Escrever pode ser uma profissão solitária, mas as mensagens, os comentários e todo o seu amor e apoio são a melhor companhia que eu poderia pedir como autora.

A Becca: obrigada por ser meu porto seguro e aturar meus milhares de mensagens sobre capas, cenas e basicamente tudo que passa pela minha cabeça. Sou infinitamente grata a você!

A Brittney, Sarah, Rebecca, Salma, Aishah e Mia: seus feedbacks detalhados, reações e comentários sempre iluminam minha caixa de entrada (mesmo que, às vezes, pelo bem da história, vocês digam coisas que não quero ouvir). Obrigada por me ajudarem a fazer Dante e Vivian brilharem.

A Viola e Aliya: obrigada por suas observações sobre a história, pela tradução mágica e por garantir que eu não ofendesse o idioma italiano (o Google Tradutor nem sempre é o melhor amigo de um escritor). Dante, Greta e eu somos eternamente gratos.

A Amy e Britt: vocês são uns tesouros. Um dia NÃO teremos um prazo apertado. Eu prometo!

A Cat: depois de tantas mensagens, repetições e sessões de brainstorming... nós conseguimos! Sua paciência e seu talento são realmente admiráveis e tenho sorte de contar com você na minha equipe.

A minhas assistentes pessoais, Amber e Michelle, e a minha agente Kimberly: vocês são verdadeiras estrelas e sou muito grata a vocês!

Por fim, a Christa Désir e a toda a equipe da Bloom: obrigada por todo o trabalho e apoio. Conquistamos muita coisa juntos e estou extremamente animada para adentrar a nova era de Reis do Pecado com vocês!

Beijos, Ana

**Ela é o oposto dele em todos os sentidos...
e a maior tentação que ele já experimentou.**

Leia a seguir um trecho do próximo livro da série Reis do Pecado

REI DO ORGULHO

CAPÍTULO 1

Isabella

– QUER DIZER ENTÃO que você *não* usou as camisinhas que eu te dei? As que brilham no escuro?
– Não. Desculpe. – Tessa retribuiu meu olhar decepcionado com uma expressão divertida. – Foi o nosso primeiro encontro. Mas onde você arrumou aquelas camisinhas, afinal?
– Naquela festa com tema de patinação neon, do mês passado.
Eu tinha ido à festa na esperança de que ela me ajudasse a resolver a minha vida. Isso não aconteceu, mas acabei ganhando uma sacola com lembrancinhas deliciosamente brilhantes que acabei distribuindo para as amigas. Como havia decidido ficar longe de homens, estava vivendo por meio de outras pessoas, o que era difícil quando as supostas amigas não cooperavam.
Tessa franziu a testa.
– Por que estavam distribuindo preservativos numa festa de patinação?
– Porque essas festas sempre acabam virando umas orgias enormes – expliquei. – Vi uma pessoa usando uma daquelas camisinhas bem no meio do rinque de patinação.
– Mentira.

– Juro. – Reabasteci os petiscos, depois fui ajeitar os vários copos e taças. – Doideira, né? Foi divertido, mesmo tendo passado quase uma semana traumatizada com algumas coisas que testemunhei...

Continuei divagando, sem prestar total atenção no que fazia. Depois de um ano como bartender no Valhalla, um clube exclusivo que contava com membros ricos e poderosos do mundo inteiro, a maior parte do meu trabalho era feita por memória muscular.

Eram seis da tarde de uma segunda-feira, horário nobre em outros estabelecimentos mas completamente morto no Valhalla. Tessa e eu sempre usávamos esse tempo para fofocar e nos atualizar do que havia acontecido no fim de semana.

Eu trabalhava ali apenas pelo dinheiro, até terminar de escrever e publicar meu livro, mas era bom conviver com alguém de quem realmente gostava. A maioria dos meus colegas anteriores era bem esquisito.

– Eu te contei do peladão da bandeira? – perguntei. – Ele é um dos que *sempre* participa das orgias.

– Hã, Isa...

Meu nome saiu em um tom agudo que não combinava nada com Tessa, mas eu estava tão empolgada com a história que não dei atenção.

– Sinceramente, nunca imaginei que veria um pau brilhante em...

Uma tosse educada interrompeu meu discurso. Uma tosse educada e *masculina*, que não pertencia à minha colega de trabalho favorita.

Meus movimentos pararam bruscamente. Tessa soltou outro sonzinho nervoso, confirmando o que meu instinto já suspeitava: o recém-chegado era um membro do clube, não nosso gerente tranquilão nem um dos seguranças que apareciam durante o intervalo.

E ele tinha acabado de me ouvir falando sobre paus brilhantes.

Merda.

Senti minhas bochechas arderem. Terminar meu manuscrito não era mais uma questão; o que eu mais queria naquele momento era que a terra se abrisse e me engolisse inteira.

Infelizmente, não houve um único tremor sob meus pés, então, depois de um segundo de humilhação, endireitei os ombros, abri meu melhor sorriso de atendimento e me virei.

Minha boca mal completou sua curva ascendente antes de congelar. Simplesmente desistiu, como um site que não terminou de carregar.

Porque, parado a menos de um metro de distância, com uma expressão confusa e muito mais bonita do que qualquer homem tinha o direito de ter, estava Kai Young.

O estimado membro do conselho administrativo do Valhalla Club, herdeiro de um império de mídia multibilionário e dono da incrível capacidade de *sempre* aparecer no meio das minhas conversas mais constrangedoras.

Uma nova onda de vergonha fez meu rosto arder.

– Desculpe interromper – disse ele, seu tom neutro sem revelar qualquer indício do que pensava a respeito de nossa conversa. – Eu gostaria de um drinque, por favor.

Apesar do desejo incontrolável de me esconder atrás do balcão até que ele fosse embora, não pude deixar de me derreter um pouco ao ouvir o som de sua voz. Grave, suave e aveludada, envolta em um sotaque britânico tão elegante que daria inveja na falecida rainha. Ele mergulhou em minha corrente sanguínea como meia dúzia de doses de um uísque potente.

Meu corpo se aqueceu.

As sobrancelhas de Kai ergueram-se um milímetro e eu percebi que havia ficado tão focada em sua voz que ainda não tinha respondido ao seu pedido. Enquanto isso, Tessa, aquela traidora, havia desaparecido atrás do bar, me deixando sozinha. *Ela nunca mais vai ganhar camisinhas.*

– Claro. – Dei um pigarro, tentando aliviar a nuvem de tensão que só crescia. – Mas infelizmente não servimos gim-tônica que brilha no escuro.

Ao menos não sem uma luz negra para fazer a tônica brilhar.

Ele me lançou um olhar neutro.

– Lembra a última vez que você me ouviu falando sobre camis... métodos contraceptivos?

Nada. Pela reação dele, parecia até que eu estava tagarelando sobre o trânsito na hora do rush.

– Você pediu um gim-tônica de morango porque eu estava falando sobre...

Eu estava me enterrando em um buraco cada vez mais fundo. Não queria lembrar Kai da vez que ele me ouvira falando de preservativos sabor morango durante o baile de outono do clube, mas eu precisava dizer *alguma coisa* para desviar sua atenção de, bem, da minha situação atual envolvendo preservativos.

Eu realmente deveria parar de falar sobre sexo no trabalho.

– Deixa pra lá – concluí rapidamente. – O de sempre?

Tirando a vez que pedira o tal gim-tônica de morango, Kai sempre pedia uísque, sempre puro. Ele era mais previsível do que a música de Natal da Mariah Carey tocando no fim do ano.

– Hoje não – respondeu ele tranquilamente. – Vou querer um Death in the Afternoon. – Ele ergueu o livro para que eu pudesse ver o título na capa gasta. *Por quem os sinos dobram*, de Ernest Hemingway. – Acho que combina.

Inventado pelo próprio Hemingway, o Death in the Afternoon era um drinque simples, composto de champanhe e absinto. Sua cor verde iridescente também era o mais próximo de brilhar no escuro que uma bebida comum poderia chegar.

Estreitei os olhos, sem saber se aquilo era uma coincidência ou se ele estava de sacanagem comigo.

Ele me encarou de volta com uma expressão inescrutável.

Cabelo escuro. Rosto bem delineado. Óculos de armação preta fina e um terno de corte tão perfeito que só podia ter sido feito sob medida. Kai era a sofisticação aristocrática em pessoa e tinha todo aquele estoicismo britânico para acompanhar.

Eu geralmente era muito boa em ler as pessoas, mas havia um ano que o conhecia e ainda não tinha conseguido quebrar sua máscara. Isso me irritava mais do que eu gostaria de admitir.

– Saindo um Death in the Afternoon – falei por fim.

Eu me ocupei com o drinque enquanto ele se sentava em seu lugar habitual, no final do balcão, e tirava um caderno do bolso do casaco. Minhas mãos se movimentavam, mas minha atenção estava dividida entre o copo e o homem que lia em silêncio. De vez em quando, ele parava e escrevia alguma coisa.

Nada disso por si só era incomum. Kai frequentemente aparecia para ler e beber sozinho antes da movimentação da noite. Incomum era o momento.

Era segunda-feira à tarde, três dias e duas horas antes de sua visita semanal sagrada, nas noites de quinta-feira. Ele estava quebrando o padrão.

Kai Young *nunca* quebrava o padrão.

Curiosidade e uma estranha falta de ar diminuíram meu passo enquanto eu levava a bebida até ele. Tessa ainda estava no almoxarifado, e o silêncio pesava mais a cada passo.

– Está fazendo anotações?

Coloquei o drinque sobre um guardanapo e dei uma olhada no caderno dele, que estava aberto ao lado do livro, suas páginas cheias de letras claras e precisas em tinta preta.

– Estou traduzindo o livro para o latim.

Ele virou a página e rabiscou outra frase sem erguer os olhos nem tocar na bebida.

– Por quê?

– É relaxante.

Hesitei, certa de ter ouvido errado.

– Você acha *relaxante* traduzir um romance de 1.500 páginas para o latim à mão?

– Acho. Se eu quisesse um desafio mental, traduziria um livro de economia. Traduzir ficção é algo que faço no meu tempo livre.

Ele deu a explicação casualmente, como se fosse um hábito tão comum e arraigado quanto atirar um casaco nas costas de um sofá.

Meu queixo caiu.

– Uau. Isso é... – Eu estava sem palavras.

Sabia que pessoas ricas se envolviam em hobbies estranhos, mas pelo menos eram excentricidades divertidas, como organizar festas de casamento luxuosas para os animais de estimação ou tomar banho de champanhe. O hobby de Kai era só *entediante*.

Os cantos da boca dele se contraíram e a ficha caiu junto, fazendo surgir o constrangimento. *Parece que hoje vai ser assim.*

– Você está de sacanagem comigo.

– Não totalmente. Acho relaxante mesmo, embora não seja um grande fã de livros de economia. Já li o suficiente deles em Oxford.

Kai finalmente ergueu os olhos. Meu coração subiu à garganta. De perto, ele era tão lindo que quase doía encará-lo de frente. Cabelos pretos volumosos caíam em sua testa, emoldurando traços da era clássica de Hollywood. As maçãs do rosto bem marcadas desciam para um queixo quadrado e lábios desenhados, enquanto olhos castanhos profundos brilhavam por trás dos óculos que apenas aumentavam seu charme. Sem eles, seu potencial de atração seria frio, quase intimidador em sua perfeição, mas com os óculos ele parecia acessível. Humano.

Pelo menos quando não estava ocupado traduzindo clássicos ou gerindo a empresa de mídia da família. Com ou sem óculos, não havia nada de *acessível* em nenhuma dessas coisas.

Senti um formigamento na coluna quando ele pegou o copo. Minha mão ainda estava no balcão. Ele não me tocou, mas o calor de seu corpo me alcançou de todo modo.

O formigamento se espalhou, vibrando sob minha pele e desacelerando minha respiração.

– Isabella.

– Sim?

Agora que estava pensando no assunto, por que Kai precisava de óculos, afinal de contas? Ele era rico o suficiente para pagar uma cirurgia a laser.

Não que eu estivesse reclamando. Ele podia ser chato e um pouco sério demais, mas realmente...

– O cavalheiro do outro lado do bar está tentando chamar sua atenção.

Voltei à realidade em um baque desagradável. Enquanto estava ocupada encarando Kai, novos clientes haviam entrado no bar. Tessa estava atrás do balcão, atendendo um casal bem-vestido enquanto outro membro do clube aguardava.

Merda.

Eu me apressei, deixando para trás um Kai com expressão entretida.

Depois que terminei com meu cliente, outro se aproximou, em seguida mais um. Tínhamos chegado ao horário de happy hour no Valhalla, e eu não tive tempo para pensar em Kai nem em seus estranhos métodos de relaxamento.

Ao longo das quatro horas seguintes, Tessa e eu entramos em nosso ritmo já familiar enquanto atendíamos ao público.

O Valhalla limitava seu número de membros a cem, então mesmo as noites mais movimentadas não eram nada comparadas ao caos com o qual eu costumava lidar nos bares do centro de Nova York. Mas, embora houvesse menos pessoas, os clientes do clube exigiam mais mimos e massagens no ego do que um estudante de fraternidade ou uma solteira bêbada. Quando o relógio já marcava quase nove, eu estava prestes a desmaiar e agradecida demais por ter que trabalhar apenas meio turno naquela noite.

Ainda assim, não conseguia resistir a dar uma espiadinha em Kai de vez em quando. Ele geralmente ia embora depois de uma ou duas horas, mas ali estava ele, ainda bebendo e conversando com os outros membros como se não houvesse outro lugar onde preferisse estar.

Tem algo errado. Além do horário, o comportamento dele naquele dia não se encaixava com seus padrões anteriores e, quanto mais de perto eu olhava, mais sinais de problemas eu via: o retesamento em seus ombros, a pequena ruga entre suas sobrancelhas, a tensão em seus sorrisos.

Talvez tenha sido o choque de vê-lo fora do horário, ou talvez eu estivesse tentando retribuir Kai por todas as vezes em que ele podia ter me feito ser demitida por comportamento inapropriado (também conhecido como falar sobre sexo no trabalho), mas não o fez. Independentemente da motivação, acabei levando outra bebida para ele durante um momento de calmaria.

O timing foi perfeito; seu último parceiro de conversa tinha acabado de sair, deixando Kai sozinho novamente no bar.

– Um gim-tônica de morango. Por minha conta. – Deslizei o copo pelo balcão. Havia preparado o drinque num impulso, imaginando que seria uma forma divertida de melhorar seu humor, mesmo que fosse fazendo piada comigo mesma. – Parece que você está precisando de uma animada.

Ele respondeu arqueando a sobrancelha com um ar questionador.

– Você veio fora do seu horário – expliquei. – Você nunca sai do cronograma, a menos que tenha algo errado.

A sobrancelha baixou, sendo substituída por uma pequena ruga no canto dos olhos. Meus batimentos cardíacos vacilaram com aquela visão inesperadamente cativante.

É apenas um sorriso. *Se controla.*

– Eu não sabia que você prestava tanta atenção na minha agenda. – Indícios de uma risada vibraram sob a voz de Kai.

Um calor inundou minhas bochechas pela segunda vez naquela noite. *Quem me mandou ser uma boa samaritana?*

– Não é de propósito – respondi na defensiva. – Você vem ao bar toda semana desde que comecei a trabalhar aqui, mas nunca apareceu na segunda-feira. Sou apenas observadora. – Eu deveria ter parado por aí, mas minha boca se abriu antes que meu cérebro pudesse impedi-la. – Fique tranquilo, você não faz meu tipo, então não precisa se preocupar que eu dê em cima de você.

Era verdade. Em termos objetivos, eu reconhecia que Kai era um cara atraente, mas eu gostava de homens menos certinhos. Ele era muito careta. Mesmo que não fosse, a confraternização entre sócios e funcionários do clube era terminantemente proibida, e eu não pretendia virar minha vida de cabeça para baixo outra vez por causa de um homem, muito obrigada.

Isso não impedia que meus hormônios traidores suspirassem toda vez que o viam. Era bem irritante.

– Bom saber. – O tom risonho ficou um pouco mais nítido quando ele levou o copo aos lábios. – Obrigado. Tenho uma queda por gim-tônica de morango.

Desta vez, meus batimentos não vacilaram, mas cessaram por completo, mesmo que só por uma fração de segundo.

Uma queda? *O que isso significa?*

Não significa nada, uma voz resmungou no fundo da minha mente. *Ele está falando da bebida, não de você. Além disso, ele não faz seu tipo. Lembra?*

Ah, cala essa boca.

Ótimo. Agora minhas vozes internas estavam discutindo umas com as outras. Eu nem sabia que *tinha* mais de uma voz interna. Não havia sinal mais claro de que eu precisava dormir em vez de passar outra noite sofrendo com meu livro.

– De nada – respondi, com um leve atraso. Eu ouvia meu coração batendo em meus ouvidos. – Bem, é melhor eu...

– Desculpe o atraso. – Um homem alto e loiro se sentou ao lado de Kai, sua voz tão cortante quanto a geada de outono grudada em seu casaco. – Minha reunião acabou tarde.

Ele me lançou um breve olhar antes de se voltar para Kai.

Cabelo loiro-escuro, olhos azul-escuros, a estrutura óssea de um modelo da Calvin Klein e o calor do iceberg do *Titanic*. Dominic Davenport, o rei de Wall Street.

Eu o reconheci à primeira vista. Era difícil esquecer aquele rosto, mesmo que suas habilidades sociais não fossem das melhores.

Senti alívio e uma irritante pontada de decepção com a interrupção, mas não esperei pela resposta de Kai. Fui para o outro lado do bar, odiando a forma como sua *queda* havia ficado no ar, como se não fosse nada além de um comentário bobo.

Se ele não fazia meu tipo, eu *com certeza* não fazia o dele. Kai namorava o tipo de mulher que participava de comitês de caridade, passava o verão nos Hamptons e combinava pérolas com terninhos Chanel. Não havia nada de errado com nenhuma dessas coisas, mas eu não era assim.

Coloquei a culpa de minha reação exagerada às palavras dele no meu período de seca autoimposto. Estava tão sedenta por contato físico e carinho que provavelmente ficaria tonta com uma piscadela daquele caubói seminu que estava sempre perambulando pela Times Square. Não tinha nada a ver com Kai especificamente.

Pelo resto da noite, não voltei para o lado do bar onde ele estava.

Perto das dez, transferi minhas comandas restantes para Tessa, me despedi e peguei a bolsa na salinha dos fundos, tudo sem olhar para certo bilionário fã de Hemingway.

Eu poderia jurar que senti o calor de seus olhos escuros nas minhas costas quando saí, mas não me virei para confirmar. Era melhor não saber.

O salão estava silencioso e vazio àquela hora da noite. A exaustão deixava minhas pálpebras pesadas, mas, em vez de correr para a saída rumo ao conforto da minha cama, virei à esquerda em direção à escada principal.

Eu *deveria* ir para casa, para atingir minha meta diária de palavras escritas, mas primeiro precisava de inspiração. Não conseguia me concentrar com o estresse de enfrentar uma página em branco anuviando minha cabeça.

As palavras costumavam fluir livremente; escrevi três quartos do meu thriller erótico em menos de seis meses. Então o reli, detestei e joguei tudo fora para iniciar um novo projeto. Infelizmente, a criatividade que alimentou meu primeiro manuscrito desapareceu junto com ele. No momento, eu tinha sorte quando escrevia mais de duzentas palavras por dia.

Subi até o segundo andar.

As dependências do clube eram proibidas aos funcionários durante o horário de trabalho, mas enquanto o bar ficava aberto até as três da manhã, o restante do prédio fechava às oito da noite. Eu não estava quebrando nenhuma regra visitando meu local favorito para tentar relaxar um pouco.

Ainda assim, andei de mansinho pelo espesso tapete persa. Segui em frente, depois mais um pouco, passando pelo salão de bilhar, pelo salão de beleza e pelo lounge em estilo parisiense, até chegar a uma familiar porta de carvalho. A maçaneta de bronze estava fria e lisa quando a abri.

Quinze minutos. Era tudo que eu precisava. Então iria para casa, tomaria um banho e escreveria.

Mas, como sempre, o tempo voou depois que me sentei. Quinze minutos se transformaram em 30, que se transformaram em 45, e fiquei tão imersa no que estava fazendo que nem percebi o rangido da porta se abrindo atrás de mim.

Só notei quando era tarde demais.

CAPÍTULO 2

Kai

— NÃO ME DIGA que você me chamou aqui para ficar te olhando ler Hemingway pela décima vez – disse Dominic, lançando um olhar nada impressionado para o meu livro.

— Você nunca me viu lendo Hemingway. – Olhei para o bar, mas Isabella já havia passado para outro cliente, deixando o gim-tônica em seu rastro.

Morangos boiavam preguiçosamente no drinque, seu tom vibrante de vermelho um contraste chocante com os requintados tons terrosos do bar. Eu normalmente evitava bebidas doces; o ardor áspero e o leve âmbar do uísque eram muito mais do meu gosto. Mas, como disse, tinha uma queda por aquele sabor.

Tudo bem, mas se você mudar de ideia, eu tenho preservativos com sabor de morango. Tamanho extragrande, com nervuras para a sua...

Desculpe interromper, mas gostaria de pedir outro drinque.

Um gim-tônica. De morango.

A lembrança da expressão horrorizada de Isabella me fez rir por dentro, a contragosto. Havia interrompido a conversa dela com a amiga, Vivian, quando as duas falavam sobre camisinhas durante o baile de gala de outono do ano anterior, e ainda me lembrava da interação em detalhes vívidos.

Eu me lembrava de *todas* as nossas interações em detalhes vívidos, querendo ou não. Ela havia aterrissado em minha vida como um tornado, errado meu drinque em seu primeiro dia de trabalho no Valhalla, e não saíra mais de meus pensamentos.

Era irritante.

— Eu não te vi lendo. – Dominic acendia e apagava o isqueiro, chamando minha atenção de volta. Ele não fumava, mas carregava aquele isqueiro como uma pessoa supersticiosa se agarra a amuletos da sorte. – Mas imagino que seja isso que você faz quando passa a noite enfurnado na sua biblioteca.

Um sorriso brotou do meu humor instável.

– Você passa muito tempo me imaginando na biblioteca, é?

– Apenas para contemplar como a sua existência é triste.

– Disse o *workaholic* que passa a maior parte das noites no escritório.

Era um milagre que sua esposa o tolerasse havia tanto tempo. Alessandra era uma santa.

– É um belo escritório. – Acender. Apagar. Uma pequena chama ganhava vida apenas para morrer rapidamente em suas mãos. – Eu estaria lá agora, não fosse pela sua ligação. O que é tão urgente a ponto de você exigir que eu viesse correndo para cá em plena segunda-feira?

Eu havia pedido, não exigido, mas não me dei ao trabalho de corrigi-lo. Em vez disso, enfiei a caneta, o livro e o caderno no bolso do casaco e fui direto ao ponto.

– Recebi a ligação hoje.

A impaciência entediada de Dominic desapareceu, revelando uma centelha de curiosidade.

– Já?

– Sim. Cinco candidatos, incluindo eu. A votação é daqui a quatro meses.

– Você sempre soube que não seria uma coroação. – Dominic acendeu o isqueiro. – Mas a votação é uma formalidade. É claro que você vai ganhar.

Dei apenas um murmúrio evasivo em resposta.

Como filho mais velho e provável herdeiro da Young Corporation, eu tinha passado a vida inteira na expectativa de me tornar CEO. Mas deveria assumir dali a cinco ou dez anos, não em quatro meses.

Uma nova onda de apreensão tomou meu peito.

Leonora Young jamais abriria mão de seu poder tão cedo de forma voluntária. Ela tinha apenas 58 anos. Era inteligente, saudável, amada pelo conselho. Tudo que fazia da vida era trabalhar e perguntar quando eu ia me casar, mas inegavelmente era ela na videochamada daquela tarde, informando a mim e a outros quatro executivos que estávamos concorrendo ao cargo de CEO.

Nenhum aviso, nenhum detalhe além da data e da hora da votação.

Passei a mão distraidamente pelo copo de gim-tônica, encontrando um estranho consolo em suas curvas suaves.

– Quando a notícia vai ser anunciada? – perguntou Dominic.

– Amanhã.

Portanto, pelos quatro meses seguintes, todos os olhos estariam voltados para mim, na expectativa de que eu fizesse alguma merda. Isso jamais aconteceria. Eu era controlado demais.

Embora tecnicamente houvesse cinco candidatos, eu era o favorito. Não só por ser um Young, mas por ser o melhor. Meu histórico como presidente da divisão da América do Norte falava por si só. O núcleo tivera os maiores lucros, as menores perdas e as melhores inovações, ainda que alguns membros do conselho nem sempre concordassem com minhas decisões.

Eu não estava preocupado com o resultado da votação, mas o timing me incomodava, transformando o que deveria ter sido um ponto alto da minha carreira em uma poça lamacenta de nervosismo.

Se Dominic notou meu pouco entusiasmo, não demonstrou.

– O mercado vai ficar agitado.

Eu praticamente podia ver os cálculos passando por sua cabeça. Fosse outra época, eu teria ligado para Dante primeiro e extravasado minhas preocupações suando no ringue de boxe, mas, desde que ele se casara, afastá-lo de Vivian para uma sessão não programada era mais difícil do que arrancar um osso da boca de um cachorro.

Provavelmente era melhor assim. Dante veria através da minha máscara de serenidade, enquanto Dominic só se importava com fatos e números. Se algo não movimentava os mercados nem expandia sua conta bancária, ele não dava a mínima.

Peguei minha bebida enquanto ele fazia suas previsões. Tinha acabado de virar o que restava do gim quando uma súbita risada profunda e gutural roubou a minha atenção.

Meu olhar deslizou por cima do ombro de Dominic e pousou em Isabella, que estava conversando com uma herdeira da indústria de cosméticos na outra ponta do balcão. Ela dissera algo que fez a socialite normalmente reservada sorrir abertamente, e as duas se aproximaram sobre o balcão feito melhores amigas fofocando durante o almoço. De vez em quando Isabella gesticulava amplamente com as mãos e outra de suas características risadas preenchia o salão.

O som abriu caminho em meu peito, aquecendo-o mais do que o álcool que ela me trouxera.

Com seu cabelo roxo-escuro, seu sorriso travesso e sua tatuagem na parte interna do punho esquerdo, ela parecia tão deslocada ali quanto um diamante em meio a rochas. Não por ser uma garçonete em um local cheio de bilionários, mas porque brilhava demais para um lugar como os confins escuros e tradicionais do Valhalla.

Infelizmente não servimos gim-tônica que brilha no escuro.

Um sorrisinho surgiu em meu rosto antes que eu pudesse reprimi-lo.

Isabella era ousada, impulsiva e tudo o que eu normalmente evitava em conhecidos. Eu valorizava boas maneiras, mas ela pelo visto não tinha nenhuma, como indicava sua aparente predileção por falar de sexo em locais inadequados.

Ainda assim, algo nela me atraía como uma sereia chamando um marinheiro. Algo destrutivo, certamente, mas tão bonito que quase valeria a pena.

Quase.

– Dante sabe? – perguntou Dominic.

Ele havia concluído suas previsões de mercado – eu só ouvira metade –, e agora estava ocupado respondendo a e-mails no celular. O sujeito trabalhava mais do que qualquer outra pessoa que eu conhecia.

– Ainda não. – Observei Isabella se afastar da herdeira e ir até o caixa. – Ele tinha um encontro com a Vivian e deixou claro que não queria ser interrompido por ninguém, a menos que fosse questão de vida ou morte... e todas as outras pessoas da lista de contatos já estivessem ocupadas.

– Isso é a cara dele.

– Aham – concordei, distraído.

Isabella terminou o que estava fazendo no caixa, disse algo à outra bartender e desapareceu nos fundos do bar. O turno dela devia ter terminado.

Algo revirou meu estômago. Por mais que tentasse, era impossível entender como outra coisa além de decepção.

Tinha conseguido manter distância de Isabella por quase um ano e era suficientemente versado em mitologia grega para entender o terrível destino que aguardava os marinheiros atraídos pelo canto das sereias. A última coisa que eu deveria fazer era ir atrás dela. Ainda assim...

Um gim-tônica de morango. Por minha conta. Parece que você está precisando de uma animada.

Merda.

– Me perdoe por encerrar a noite mais cedo, mas acabei de lembrar que tenho um assunto urgente para resolver. – Me levantei e tirei o casaco do gancho sob o balcão. – Continuamos nossa conversa mais tarde? As bebidas desta noite são por minha conta.

– Claro. Quando você puder – disse Dominic, soando imperturbável diante da minha partida abrupta. Ele não ergueu os olhos quando paguei a conta. – Boa sorte com o anúncio amanhã.

Os cliques distraídos de seu isqueiro me acompanharam por metade do salão, até que o barulho crescente do bar os engoliu. Logo eu estava no corredor, a porta fechada atrás de mim, e o único som vinha de meus passos suaves.

Eu não sabia o que faria quando encontrasse Isabella. Apesar de termos conhecidos em comum – sua melhor amiga, Vivian, era a esposa de Dante –, não éramos amigos. Mas as notícias sobre a vaga de CEO haviam me deixado desconcertado, assim como seu presente inesperado mas atencioso.

Eu não estava acostumado com pessoas me oferecendo coisas sem esperar algo em troca.

Um sorriso triste cruzou meus lábios. Ganhar uma simples bebida de uma conhecida tinha sido o ponto alto da minha noite. O que isso dizia a respeito da minha vida?

Subi as escadas até o segundo andar, meus batimentos constantes, apesar da vozinha me incitando a dar meia-volta e sair correndo na direção oposta.

Estava seguindo um palpite. Ela poderia não estar lá e eu não deveria estar indo atrás dela de todo modo, mas meu comedimento habitual havia se desgastado sob uma vontade mais urgente de me distrair. Precisava fazer algo a respeito daquele frustrante *desejo* e, se não conseguia entender o que estava acontecendo com minha mãe, precisava ao menos descobrir o que acontecia comigo. O que Isabella tinha que me mantinha refém? Naquela noite, talvez fosse a pergunta mais fácil de responder.

Minha mãe havia me garantido que estava bem durante nossa conversa após a reunião. Ela não estava doente, morrendo, nem sendo chantageada; estava apenas pronta para uma mudança.

Se fosse qualquer outra pessoa, eu teria acreditado, mas minha mãe não fazia nada por impulso. Isso ia contra sua natureza. Também não achava que ela estivesse mentindo; eu a conhecia bem o suficiente para identificar quando isso acontecia, e ela não havia demonstrado nada durante nossa ligação.

A frustração tomou o meu rosto. Não fazia sentido.

Se não tinha a ver com saúde nem com chantagem, o que mais poderia ser? Um desentendimento com a diretoria? Necessidade de relaxar, depois de décadas dirigindo uma corporação multibilionária? Um alienígena controlando seu corpo?

Eu estava tão absorto em minhas reflexões que não percebi os acordes suaves de um piano flutuando pelo corredor até que parei bem diante da fonte da melodia.

Ela estava ali, afinal.

Meu coração palpitou uma vez, tão leve e rapidamente que mal notei a perturbação. Minha cara amarrada se dissolveu, substituída por curiosidade e, em seguida, espanto quando o turbilhão de notas se encaixou e reconheci a música.

Ela estava tocando "Hammerklavier", de Beethoven, uma das peças mais desafiadoras já compostas para piano. E tocando bem.

Uma onda gelada de surpresa me fez perder o fôlego.

Raríssimas vezes ouvi "Hammerklavier" sendo tocada na velocidade correta, e, quando percebi, impressionado, que Isabella era capaz de superar até mesmo profissionais experientes, quaisquer reservas que eu pudesse ter sobre procurá-la foram esmagadas.

Eu tinha que presenciar aquilo.

Depois de uma breve hesitação, fechei a mão ao redor da maçaneta, girei-a e entrei.